이것이 완전범죄다

세계 미스터리 걸작선 2
사건편

이것이 완전범죄다

엘러리 퀸 엮음
김석희 옮김

섬앤섬
SOME&SOME PUBLISHING COMPANY

옮긴이 머리말

이 책은 두 권으로 기획된 〈세계 미스터리 걸작선〉의 '사건편'으로, '탐정편'인 《명탐정은 영원하다》와 함께 한 쌍을 이룬다.

추리소설은 곧 사건을 이야기하는 서술 방식의 하나이다. 이때 사건은 물론 범죄를 가리킨다. 범죄를 둘러싸고, 그 행위를 감추려는 자와 밝혀내려는 자가 쫓고 쫓기며 벌이는 숨바꼭질이 바로 추리소설의 플롯이고 재미이다.

그 때문에 추리소설을 쓰는 작가는 언제나 이율배반적인 모순 속에서 그 긴장감의 극대화를 노린다. 즉, 한편으로는 범인의 입장에서 달아나려 하고, 다른 한편으로는 탐정의 입장에서 추적하려고 애쓴다. 탐정의 입장에서 성공한 작품들을 모은 것이 '탐정편'이라면, 범인의 입장에서 성공을 거둔 작품들을 모은 것이 '사건편'이라고 할 수 있겠다.

범인의 입장에서 가장 바람직한 범죄는 무엇일까, 그것은 말할 것도 없이 완전범죄이다. 사건 자체가 영원한 미궁 속에 빠지고 마는 상태─이것은 범죄자의 꿈일 뿐만 아니라 추리소설 작가들이 도전하는 고지이기도 하다. 여기서 중요한 점은 범죄 자체가 허황하거나 불합리해서는 안 된다는 사실이다. 스릴이 있고 서스펜스가 있고 기상천외한 결말이 있다 해도, 그 바탕에 핍진성이 없으면 제대로 된 추리소설이라고 말하기는 어렵기 때문이다. 그러므로 완전범죄에 도전한다는 것은 그만큼 어려운 노릇이며, 어려운 만큼 흥미진진하지 않을 수 없다.

이 책에 수록된 11편의 작품들은 갖가지 유형의 범죄 사건을 다루고 있다. 치정에 얽힌 살인, 탐욕으로 말미암은 비극, 사차원적 환상을 이용한 트릭, 유괴 사건을 둘러싼 여러 반응들, 살인을 위한 살인, 인간 사냥의 야수성, 일생일대의 도박, 사법제도의 맹점을 역이용한 무죄 판결… 등등.

더구나 여기에 실린 작품들은 이른바 추리소설의 황금기라는 1920~30년대에 창작된 것들이다. 그러므로 이 책은 추리소설에서 다루어질 수 있는 갖가지 범죄 유형의 전시장이라고 말할 수 있겠다.

미국의 저명한 추리소설 작가이자 편집자인 엘러리 퀸은 추리소설 탄생 100주년을 기념하여 《101년 동안의 엔터테인먼트(101 Years' Entertainment-The Great Detective Stories, 1841~1941)》를 펴낸 바 있다. '위대한 탐정들'과 '위대한 도둑들' 및 '위대한 범죄들'의 세 부분으로 나뉘어 있는데, 제3부에 실린 작품들에 몇 편을 더해 편역한 것이 이 책이다. 그런 의미에서도 독자들은 본격 추리소설의 진수를 만끽할 수 있으리라 믿는다.

김석희

차 례

옮긴이 머리말

시계
A. E. W. 메이슨
9

나이팅게일 별장
애거사 크리스티
41

가장 위험한 사냥감
리처드 코넬
81

열한 번째 배심원
빈센트 스태릿
117

오터몰 씨의 손
토머스 버크
151

땅속에서 발견된 보물
F. 테니슨 제시
185

의혹
도로시 L. 세이어스
197

은가면
휴 S. 월폴
225

두 개의 양념병
로드 던세이니
251

몸값
펄 S. 벅
277

완전범죄
벤 레이 레드먼
325

시계

A. E. W. 메이슨

A. E. W. 메이슨(Alfred Edward Woodley Mason, 1865~1948)

영국의 소설가 겸 극작가. 그가 추리소설을 쓰기 시작한 것은 1916년인데, 일반 소설을 쓰는 틈틈이 3편의 장편과 1편의 단편 추리소설을 발표했다. 추리소설로 성공한 것은 《화살의 집》인데, 추리적 트릭과 순수 문학성이 어우러진 작풍으로 성가를 높였다.
수록 작품의 원제목은 'The Clock'(1917)이다.

변호사 트위스 씨는 걷기를 무척이나 좋아하는 사람이다. 하루 일과가 끝나면 아델피에 있는 사무실에서 햄프스테드에 있는 집까지 걸어가는 것이 그의 습관이었다. 그런데 어느 가을날 오후, 그는 근저당 문제를 상의하러 찾아온 브레이턴 대위 때문에 퇴근이 평소보다 한 시간쯤 늦어졌다. 트위스 씨는 벽시계를 쳐다보았다.

"서쪽으로 갈 거지?" 그가 물었다. "나하고 피카딜리까지 함께 걸어가지 않겠나? 자네가 가는 방향에서 많이 벗어나진 않을 것이고, 나는 자네와 함께 걷고 싶은 이유가 있다네."

"물론 좋습니다." 브레이턴 대위가 대답했다. 그래서 두 사람은 함께 사무실을 떠났다.

하지만 트위스 씨는 어떻게 말을 꺼내야 할지 몰라서 애를 먹고 있는 듯했다. 두 사람은 한동안 말없이 걸었다. 그들은 팰맬 가(런던의 웨스트민스터에 있는 거리 이름-옮긴이)에 도착하여 그 넓은 도로를 따라 내려갔다. 그제야 비로소 중요한 말이 입에서 나왔다. 이 기회를 마련해준 것은 순전히 우연이었다. 브레이턴 대위와 동년배인 젊은이 하나가 클럽 계단을 내려와 그들 쪽으로 걸어왔다. 그가 가로등 밑을 지나갈 때 트위스 씨는 그 얼굴을 알아보고 흠칫 놀랐다. 거의 동시에 젊은이는 갑자기 급한 약속이라도 생각난 사람처럼 홱 돌아서더니 뛰어서 길을 건넜다. 두 사람은 다시 걷기 시작했다. 몇 걸음 걸었을 때 브레이턴 대위가 말했다.

"저 친구, 머리가 좀 이상해진 것 같군요."

트위스 씨는 고개를 저었다.

"그렇게 말하는 걸 들으니 유감이군. 사실 나는 그에 대해서 자네한테 말하고 싶었다네. 그가 마음을 열어주기만 한다면, 나는 단순히 그의 일을 처리해주는 변호사가 아니라 그 이상의 존재가 되겠다고 그의 부친에게 약속했지. 그런데 솔직히 말해서 나는 그 때문에 골치를 썩이고 있어. 자네, 아치 크랜필드를 잘 알고 있지?"

브레이턴 대위는 고개를 끄덕였다.

"아니, 전에는 잘 알았다고 말하는 게 옳겠군요. 우리는 같은 학교에 다녔고, 채텀 해군기지에서 함께 복무했지만, 그가 현역 복무를 포기한 뒤로는 거의 만나지 못했으니까요." 여기서 그는 잠시 망설이다가, 결국 마음을 다잡은 듯 신중하게 말을 이었다. "우리 사이가 멀어진 데에는 그럴 만한 이유가 있었습니다. 말다툼을 심하게 했거든요."

트위스 씨는 실망했다.

"그러면 아치가 최근에 어떻게 지내고 있는지는 잘 모르겠군?"

트위스 씨가 묻자 브레이턴 대위는 어깨를 으쓱해 보였다.

"저도 별로 아는 게 없습니다. 그를 아는 몇몇 사람이 이미 알고 있는 정도예요. 아치는 외톨이가 되었고, 남에게 적대적인 태도를 취하게 되었고, 무엇보다도 두드러진 변화는 음흉해졌다는 겁니다. 놀랄 만큼 음흉해졌지요. 아치는 남들과 이야기할 때도 무언가 은밀한 생각을 하면서 혼자 히죽히죽 웃습니다. 세상 돌아가는 일에는 아예 관심을 꺼버렸어요. 남의 이야기는 들으려고도 하지 않고, 말도 거의 하지 않습니다. 혼자만의 은밀한 문제에 관심을 가지고 있는데, 그걸 교활하게 숨기고 있지요. 어쨌든 친구들은 아치의 성격을 그런 식으로 평가하고 있습니다."

그들은 세인트제임스 가 모퉁이에 이르러 있었다. 모퉁이를 돌아 언덕을 올라가기 시작했을 때 트위스 씨가 이야기를 이어받았다.

"그건 조금도 놀라운 일이 아닐세. 정말 유감스러운 일이야. 우리는 둘 다 아치가 야심만만하고 훌륭한 군인이었다는 걸 기억하고 있으니까 말이지. 아치가 변한 건 그 시골집 탓이 아닐까 싶어."

그러나 브레이턴 대위는 동의하지 않았다.

"그보다 더 깊은 이유가 있습니다. 시골에서 혼자 사는 사람은 도회지에 오면 아마 은밀하고 수상쩍은 태도를 보일지도 모릅니다. 하지만 어째서 아치는 시골에 혼자 살고 있지요? 아니, 그런 이유만으로는 충분치 않을 겁니다."

언덕이 끝나는 곳에서 두 사람은 헤어졌다.

트위스 씨는 본드 가를 따라 올라갔다. 아치 크랜필드가 파묻혀 살고 싶어 하는 그 시골집의 기억이 계속 그를 따라왔다. 트위스 씨는 크랜필드가 집에 없는 어느 토요일 오후에 직접 그 집을 보려고 동부로 간 적이 있었다. 그 집은 기차역에서 10킬로미터쯤 걸어간 곳에 있었다. 에식스 주와 서폭 주의 접경 어름에 스투어 강을 등지고 서 있는 16세기 양식의 작은 집이었는데, 그 집은 검은 각재와 낮은 천장과 거대한 벽난로로 이루어져 있었다. 축벽으로 보강된 뒷마당은 강둑까지 뻗어 있고, 이웃집과 같은 높이에는 창문이 거의 없었다. 그림처럼 아름다운 곳이지만, 트위스 씨는 번화한 도시와 포장된 도로와 밝은 거리를 좋아했다. 아름드리나무에서 빗방울이 떨어지는 이런 저녁에 그 시골집은 어떨까 하고 그는 상상해보았다. 그 집에 사는 사람이 얼굴에 음흉한 미소를 띠고 난롯가에 웅크리고 있는 모습을 떠올렸다. 그러자 갑자기 그 그림에 불길한 분위기가 감돌았다. 트위스 씨는 불안감에 사로잡혀 뒤를 힐끔 돌아보았다. 주머니 속에는 아치 크랜필드의 편지가 들어 있었다. 지금 세들어 살고 있는 시골집이 매물로 나왔으니까, 가구까지 몽땅 사들이라고 지시하는 내용이었다.

브레이턴 대위가 다시 트위스 씨의 사무실에 나타난 것은 그로부터 일주일 뒤였다. 일이 끝나자 브레이턴 대위가 먼저 아치 크랜필드 이야기를 꺼냈다.

"아치와 함께 며칠 지내게 됐습니다. 우리가 펠멜 가에서 아치와 엇갈린 날 밤, 아치한테서 편지가 왔더군요. 조촐한 총각 파티를 열 계획이랍니다. 저는 정말 기쁩니다. 솔직히 말해서 우리 말다툼은 아주 심각했는데, 이제는 그것도 끝난 것 같으니까요."

트위스 씨도 기뻐하면서 고객의 손을 다정하게 잡고 흔들었다.

"그럼 나중에 아치 크랜필드의 소식을 전해주게." 그가 말했다. 그러고는 갑자기 진지한 표정을 지으며 덧붙였다. "내가 갖고 있는 것보다는 좋은 소식이기를 기대하겠네." 이 말을 굳이 한 것은, 그 집의 매매계약을 맺으러 갔을 때 아치 크랜필드의 이웃 사람들을 만났는데, 여러 사람이 그에 대해 하는 말이 한결같았기 때문이다. 크랜필드는 그 지역에서 별로 평판이 좋지 않았다. 아치가 왜 그렇게 되었는지, 이웃 사람들은 그 원인이 될 만한 사실을 꼬집어 말하지는 못했다. 이유는 모두 종잡을 수 없고 막연한 것들뿐이었다. 요컨대 아치 크랜필드의 이상하고 음흉한 태도가 좋지 않은 인상을 준다는 것이었다. 아치는 걸핏하면 우쭐거리며 킬킬거리곤 했는데, 무엇 때문에 그러는지는 아무도 짐작조차 하지 못했다. 그런가 하면, 때로는 심각한 고민거리라도 안고 있는 사람처럼 깊은 침묵에 빠지곤 했다.

"돌아오면 꼭 나를 찾아와주게."

트위스 씨가 말하자 브레이턴 대위는 진심으로 대답했다.

"물론입니다."

하지만 그는 트위스 씨를 찾아오지 않았다. 며칠 뒤에 신문은 그의 죽음을 둘러싼 이상한 수수께끼를 캐느라 바빴다.

이 수수께끼의 첫 번째 실마리는 어느 날 밤늦게 트위스 씨의 집으로 전달되었다. 그것은 아치 크랜필드가 보낸 전보였는데, 심란한 변호사에게는 그 전보가 전신을 통해 보내진 메시지라기보다 절망의 울부짖음처럼 여겨졌다.

'당장 와주세요. 곤경에 빠져 있습니다. 크랜필드'

이 시간에는 트위스 씨를 고객에게 데려다줄 수 있는 열차가 없었기 때문에 그는 다음날 아침까지 기다려야 했다. 날이 밝자마자 그는 리버풀 스트리트 역에서 떠나는 첫 기차를 타고 달려갔다. 매점에서는 신문을 팔고 있었지만, 아치 크랜필드의 집에서 변고가 생겼다는 기사는 한 줄도 실려 있지 않았다. 그래서 트위스 씨는 마음을 놓고 좀 더 여유있게 숨을 쉬기 시작했다. 택시가 역에서 기다리고 있기에는 너무 이른 시간이었다. 트위스 씨는 10킬로미터를 걷기 시작했다. 화창한 11월 아침이었다. 그러나 나뭇잎은 다 떨어지고 새들도 없어서 시골 풍경은 을씨년스러웠다. 그렇지만 않았다면 트위스 씨는 11월이 아니라 6월이라고 생각했을지도 모른다. 걸을수록 그는 기운이 솟아났고 몸도 기분 좋게 훈훈해졌다. 집 대문에 도착했을 때쯤 크랜필드의 부름은 그에게는 이미 사소한 일이 되어 있었다. 그러나 현관으로 걸어가는 동안 그의 기분은 달라졌다. 창문의 블라인드가 모두 내려져 있었기 때문이다. 그가 초인종을 울리기도 전에 현관문이 벌컥 열렸다. 문을 열어준 사람은 크랜필드 자신이었다. 얼굴은 창백했고 심란해 보였다. 그는 어찌할 바를 모르는 사람처럼 허둥대고 있었다.

"무슨 일인가?" 트위스 씨는 현관 홀로 들어서면서 물었다.

"끔찍한 일입니다! 브레이턴 때문에요. 아침은 드셨습니까? 아마 안 드셨겠지요. 이리 오세요. 식사하는 동안 말씀드리죠."

크랜필드는 트위스 씨가 아침을 먹는 동안 식당을 이리저리 거닐었다. 질문과 답변을 통해 이야기가 차츰 형태를 갖추었다. 증거가 되는 사실은 간단하고 분명했다. 사실에 대해서는 논란의 여지가 전혀 없었다. 사실 자체는 지극히 간단명료했다.

그 집에는 브레이턴 대위 말고도 두 명의 손님이 더 있었다. 한 사람은 헨리 차머스라는 젊은 변호사였고, 또 한 사람은 윌리엄 린필드라는 런던 사교계의 한량이었다. 두 사람과 크랜필드의 관계는 브레이턴과 크랜필드의 관계나 거의 마찬가지였다. 다시 말해서 오랜 친구지만 최근에는 별로 만나지 않은 사이였다. 그토록 오랫동안 소식이 뜸했던 크랜필드한테서 느닷없이 초대를 받고 그들은 약간 놀랐다. 세 사람은 수요일 저녁에 함께 도착했다. 목요일에 네 사람은 그 집에 딸려 있는 작은 숲에서 사냥을 하고, 저녁에는 브리지 게임을 했다. 누가 보아도 브레이턴은 그다지 좋은 기분이 아니었다. 금요일에 네 사람은 다시 사냥을 했고, 어둠이 깔리기 시작할 무렵 집으로 돌아왔다. 그들은 거실에서 차를 마셨다. 차를 마신 뒤, 브레이턴이 저녁을 먹기 전에 편지를 몇 통 써야겠다고 말했다. 그러고는 위층에 있는 자기 방으로 올라갔다.

나머지 세 사람은 거실에 남아 있었다. 거기에 대해서는 의심할 여지가 없었다. 차머스와 린필드는 그 점을 강조했다. 특히 차머스는 이렇게 말했다.

"우리는 앉아서 케케묵은 주제에 대해 이야기하고 있었습니다. 나는 벽난로 옆에 있는 의자에 앉아 있었고, 크랜필드는 내 맞은편에, 그리고 린필드는 우리 사이에 있는 당구대 끝에 걸터앉아 있었지요. 어떻게 그런 화제가 나왔는지는 기억나지 않지만, 나는 이렇게 주장했습니다. 대부분의 인간은 가장 친한 친구한테도 평생 동안 자신의 참모습을 숨긴다. 사람의 의식 속에는 은밀한 방이 있어서, 사람은 그 방에서 세상 사람들이 보고 아는 것과는 다른 삶을 살고 있고, 다른 사람이 그 방의 문지방을 넘어서는 일은 아주 드문 실수에 의해서만 일어난다고요. 린필드는 그 말에 동의하려 하지 않았습니다. 그 숨겨진 인간이 사람의 참모습이라면 진실은 어떤 식으로든 승리하게 마련이고, 친한 사람들은 모두 결국에는 진실을 막연하게나마 알아차리게 될 거라고 린필드는 주장했지요. 나는 법정에서 경험한 사례를 들어 내 견해를 뒷받침했고, 린필드는 풍부한 상상력의 도움으로 자기 견해를 지지했지요. 그리고 크랜필드는 장난스럽게 조롱하는 미소를 지으며 우리를 번갈아 바라보고 있었습니다. 나는 좀 열이 올라서 크랜필드한테 말했지요.

'크랜필드, 자네는 알고 있는 것 같은데, 우리 가운데 누가 옳은지 말해보게.'

그러자 크랜필드의 파이프가 손가락에서 떨어져 벽난로에 부딪히는 바람에 깨지고 말았습니다. 크랜필드는 파랗게 질린 얼굴로 벌떡 일어나더니, 입술을 뒤로 잡아당겨 이를 드러내고는 으르렁거렸지요.

'그게 무슨 뜻이지?' 하고 크랜필드가 물었습니다.

그런데 내가 미처 대답하기도 전에 문이 벌컥 열리더니 크랜필드의 하인인 험프루스가 방으로 들어왔습니다. 그는 흥분을 억누르고 이렇게 말하더군요.

'주인님, 조용히 말씀드릴 게 있는데요.'

크랜필드는 하인과 함께 밖으로 나갔습니다. 하지만 크랜필드가 문에서 여섯 걸음 이상 떨어졌을 리는 없습니다. 크랜필드는 방에서 나가 문을 닫았지만, 우리는 크랜필드와 하인이 낮은 목소리로 이야기하는 소리를 들었으니까요. 게다가 그 소리가 그치고 크랜필드가 방에 들어올 때까지는 별로 오랜 시간이 걸리지 않았습니다. 크랜필드는 벽난로로 돌아와서 조용히 말하더군요.

'끔찍한 소식이야. 브레이턴이 총으로 자살했다네.'

크랜필드는 린필드와 내 얼굴을 힐끔 쳐다보고는 의자에 털썩 주저앉았습니다. 그러고는 몸을 부들부들 떨면서 난롯불 위로 몸을 숙였습니다. 린필드와 나는 그 소식에 너무 놀라서, 잠시 아무 말도 할 수가 없었지요. 이윽고 린필드가 물었습니다.

'그럼 죽었나?'

'험프리스의 말로는 그렇다네.' 크랜필드가 대답했습니다. '경찰과 의사한테는 내가 전화했어.'

'하지만 우리가 직접 위층에 올라가 보는 게 낫겠어.' 내가 말했습니다. 그래서 우리는 모두 함께 위층으로 올라갔지요."

이것으로 차머스의 이야기는 끝났다. 하인인 험프리스가 설명을 보탰다.

"다섯 시 반에 브레이턴 대위님의 방에서 벨이 울렸습니다. 제가 당장 달려갔더니 대위님이 물으시더군요. 우편물은 몇 시에 떠나느냐고. 저는 여섯 시에 집에서 우체국으로 편지를 가져간다고 대답했지요. 그러자 대위님은 그때까지 편지를 써놓을 테니, 그 시간에 다시 와서 준비해둔 편지를 가져가 달라고 부탁하셨습니다. 제가 여섯 시 정각에 다시 가보았더니 브레이턴 대위님이 벽난로 앞 양탄자에 쓰러져 있었지요. 대위님은 이미 숨이 끊어졌고, 손에는 권총을 움켜쥐고 계셨습니다. 그 위에 몸을 굽혔을 때 무언가 타고 있는 냄새를 맡았습니다. 대위님은 심장에 총을 쏘았고, 권총을 가슴에 바싹 들이댔는지 옷이 눌어붙어 있었지요."

두 사람은 심문을 받을 때도 똑같은 이야기를 되풀이했다. 험프리스의 증언이 이 단계에 이르렀을 때 검시관이 한 가지 질문을 던졌다.

"권총이 누구 건지 알아봤습니까?"

"브레이턴 대위님의 손이 펴질 때까지는 알아보지 못했습니다."

"하지만 손이 펴진 뒤에는 알아봤겠지요?"

"예." 험프리스가 대답했다.

검시관은 권총이 놓여 있는 탁자를 가리켰다.

"저게 그 권총인가요?"

험프리스는 권총을 집어 들고 손잡이를 살펴보았다. 거기에는 'A. C.'라는 두 개의 머리글자가 새겨져 있었다.

"예, 맞습니다." 험프리스가 말했다. "저는 그 권총이 크랜필드 나리의 권총이라는 걸 알아봤습니다. 주인님은 권총을 침대 옆 서랍 속에 넣어두셨지요."

브레이턴 대위의 소지품에서는 어떤 권총도 발견되지 않았다.

그러니까 세 사람이 거실에서 대화를 나누고 있는 동안 브레이턴 대위가 크랜필드의 방에 들어가 권총을 가지고 나와서 그 권총으로 자살한 것이었다. 그러나 브레이턴이 왜 자살했는지, 그 이유를 말해주는 증거는 전혀 제시되지 않았다. 매사가 순탄했고, 재산도 넉넉했고, 군대에서 출세할 전망도 확실했다. 개인적으로 어떤 불행을 당한 기미도 전혀 없었다. 따라서 그 참극은 해결할 수 없는 수수께끼의 목록에 들어갔다.

"험프리스가 거실에 뛰어드는 바람에 중단된 그 논쟁을 다시 시작한다면…" 차머스가 말했다. "이번에는 내가 지금까지 제시한 어떤 사례보다도 더 좋은 사례를 제시할 수 있을 겁니다. 브레이턴 대위의 자살 사건 말입니다."

"변호사님은 가지 않으시겠죠?" 아치 크랜필드는 트위스 씨에게 간청했다. "린필드와 차머스는 오늘 떠납니다. 변호사님마저 가버리면 저는 완전히 혼자가 될 거예요."

"그런데 자네는 왜 여기 남아 있어야 하지?" 트위스 씨가 물었다.

"설마 겨울이 지날 때까지 이 집에 남아 있을 작정은 아니겠지?"

"예, 하지만 며칠 동안은 여기 있어야 합니다. 떠나기 전에 몇 가지 처리해야 할 문제가 있거든요."

크랜필드가 진심으로 떠날 작정인 것을 알고 트위스 씨는 그의 설득을 받아들였다. 트위스 씨는 그 집에 계속 머물렀고, 그 결과 브레이턴 대위의 죽음이 전혀 예상치 못한 결과를 낳은 것을 알아차렸다. 아치 크랜필드에 대한 이웃 사람들의 감정이 달라진 것이다. 그가 인기를 얻게 되었다고는 말할 수 없지만―그는 너무나 슬프고 침울한 분위기를 띠고 있었다―이웃 사람들은 너그러운 언행으로 그에게 동정심을 보여주었다.

이웃에 사는 퇴역 해군 제독은 정치적 성향 때문에 지금까지 아치 크랜필드를 싫어했지만, 애도의 뜻을 표하기 위해 크랜필드의 집을 몸소 찾아왔다. 크랜필드는 그를 만나지 않았지만 트위스 씨가 대신 만나서 현관에서 대문에 이르는 찻길을 함께 걸어갔다.

"크랜필드한테는 힘겨운 시련일 겁니다." 제독이 말했다. "우리 모두 그걸 인정하고 있지요. 브레이턴이 자기를 초대한 사람의 권총으로 자살한 건 공정하지 못했어요. 크랜필드가 거실에서 린필드와 차머스와 함께 있지 않았다면 이 사건은 정말 추악한 양상을 띠게 되었을지도 몰라요. 우리 이웃들은 모두 그것을 느끼고, 크랜필드에게 그것을 보상해줄 생각입니다. 당신이 크랜필드한테 그렇게 전해주세요."

"정말 친절하시군요." 트위스 씨가 대답했다. "하지만 크랜필드는 아마 여기서 계속 살지는 않을 겁니다. 브레이턴 대위가 죽은 건 그에게 너무나 큰 충격이었으니까요."

트위스 씨는 대문에서 제독에게 작별인사를 하고 집으로 돌아왔다. 그는 마음이 편치 않았다. 아름드리나무들 아래의 잔디밭을 거닐면서 생각했다.

'아치 크랜필드가 거실에 린필드와 차머스와 함께 있었던 건 정말 행운이야. 그러지 않았다면 나도 어떻게 생각하게 되었을지 몰라.'

두 사람은 심하게 말다툼을 벌였다고, 언젠가 브레이턴이 직접 트위스 씨에게 털어놓은 적이 있었다. 그 후 아치 크랜필드의 성격이 이상하게 변했다. 그 변화가 낯선 사람들을 적으로 만들었고, 친구들을 서먹서먹한 사이로 만들었다. 음흉하고, 고독을 좋아하고, 세상일에 무관심하고, 비밀의 힘을 알고 있는 사람처럼 수상쩍은 미소를 짓고…. 그의 모든 것이 무어라 형언할 수 없이 기분 나쁘고 으스스했다. 트위스 씨는 자신이 받은 인상을 이렇게 정리하고 가로수길에 멈춰 섰다.

'의심을 품을 만한 정당한 근거는 전혀 없어.' 그는 결론을 내렸다. '하지만 의심하면 안 된다고 말할 수도 없어.'

그는 천천히 현관 쪽으로 걸어갔다.

그는 현관 홀을 지나서 거실로 들어갔고, 그래서 그를 몹시 불안하게 만든 어떤 사건의 목격자가 되었다. 방에는 아무도 없었다. 트위스 씨는 파이프에 불을 붙이고 책장에서 책을 한 권 꺼냈다. 벽난로에서는 불이 이글이글 타오르고 있었다. 그는 벽난로 앞에 둘러친 낮은 철망 쪽으로 의자를 바싹 끌어당긴 다음, 책을 읽으려고 편안한 자세를 취했다. 그러나 날씨는 음산했고 벽난로는 방의 어두운 구석에 있었다. 트위스 씨는 책을 들고 창가로 다가갔다. 밖으로 불쑥 튀어나간 내닫이창의 창턱은 사람이 앉을 수 있을 만큼 넓었다. 창문 양쪽에는 커튼이 걸려 있어서, 커튼을 닫으면 방과 내닫이창이 완전히 차단되었다. 그리고 지금처럼 커튼이 열려 있어도 창턱의 양쪽 구석은 여전히 커튼에 가려져 있었다. 트위스 씨가 자리를 잡은 곳은 커튼에 가려진 그 창턱의 한쪽 구석이었다. 거기서 그는 5분 동안 조용히 책을 읽었다.

그때 거실문 빗장이 철커덕하는 소리가 들렸다. 커튼 뒤에서 내다보니 문이 천천히 열리는 게 보였다. 아치 크랜필드가 문지방을 넘어 실내로 들어와 문을 닫았다. 그는 잠시 문간에 꼼짝도 않고 서 있었지만 숨을 가쁘게 몰아쉬고 있었다. 트위스 씨는 커튼 뒤에서 나가 자신의 존재를 알리려고 했지만, 크랜필드의 태도에 무언가 이상하고 은밀한 분위기가 있었기 때문에, 트위스 씨는 양심의 가책을 느끼면서도 계속 커튼 뒤에 숨어 있었다. 아니, 단순히 숨어 있기만 한 것이 아니었다. 그는 커튼과 벽 사이에 좁은 틈새를 만들고, 그 틈으로 크랜필드를 엿보았다. 크랜필드가 벽난로로 재빨리 다가가더니, 벽난로 위에 놓여 있는 작고 고풍스러운 괘종시계를 움켜쥐고는 허공으로 높이 치켜든 다음, 격렬한 분노를 드러내며 그 시계를 벽난로에 내동댕이치는 것이 보였다. 이런 수상한 일을 한 뒤, 아치 크랜필드는 난롯가에 놓은 의자-좀 전에 트위스 씨가 끌어다 놓은 의자-에 털썩 주저앉았다. 그는 두 손에 얼굴을 묻고 흐느끼기 시작했다. 발작적인 슬픔에 사로잡혀 몸을 좌우로 흔들며 비통하게 울부짖었다. 트위스 씨는 어떻게 해야 좋을지 몰라서 당황했다. 남자가 흐느끼는 현장을 목격했다가는 그 사람한테 영영 원한을 사게 될지도 모른다고 트위스 씨는 생각했다. 그러나 그 울음소리가 너무나 비통하여 그의 마음을 아프게 했기 때문에 가만히 있을 수가 없었다. 그러나 그 슬픔의 발작은 일어났을 때처럼 순식간에 사라졌다. 크랜필드는 벌떡 일어나더니 벨을 울렸다. 험프리스가 달려왔다.

"내가 벽난로를 팔꿈치로 내리치는 바람에 시계가 떨어졌어." 크랜필드가 말했다. "아마 깨졌을 거야. 누가 유리에 손을 벨지 모르니까, 깨진 조각을 좀 치워주게."

크랜필드는 방에서 나갔고 험프리스는 쓰레받기를 가지러 갔다. 트위스 씨는 거실에서 들키지 않고 빠져나갈 수 있었다. 그러나 그 일이 불러일으킨 불안을 가라앉히는 데에는 오랜 시간이 걸렸다.

나흘 뒤에 두 사람은 함께 그 집을 떠났다. 하인들은 봉급을 받고 해고되었다. 험프리스는 짐을 챙기고 한 발 먼저 런던으로 떠났다. 트위스 씨와 크랜필드가 마지막으로 떠날 예정이었다. 두 사람이 현관 앞 계단으로 나오자 크랜필드가 현관문 자물쇠에 열쇠를 넣고 돌렸다.

"이제 다시는 이 집을 보지 않을 겁니다." 그가 느닷없이 말했다.

"그럼 이 집을 매물로 내놓을 텐가?"

트위스 씨가 묻자 크랜필드는 잠시 눈살을 찌푸리며 열쇠를 만지작거렸다. 그러다가 마침내 입을 열었다.

"아니요." 그러고는 집 뒤에 있는 시냇물 쪽으로 달려가면서 열쇠를 물속에 던져버렸다. "아니요." 그는 날카롭게 되풀이했다. "이 집은 지금처럼 텅 빈 채 썩어갈 겁니다. 쥐 떼가 이 집을 제멋대로 하겠지요."

그는 대문 쪽으로 성큼성큼 걸어갔다. 트위스 씨는 그 뒤를 따라갔다. 역까지 10킬로미터를 걷는 동안 두 사람 사이에는 한마디도 오가지 않았다.

세월이 흘렀다. 트위스 씨는 바쁜 사람이었다. 스투어 강가의 그 낡은 집은 그 집을 자주 감싸는 안개와 비의 장막에 가려 그의 기억에서 사라지기 시작했다. 브레이턴 대위의 죽음에 얽힌 수수께끼조차도 이제는 그를 당혹스럽게 만들지 않았다. 그런데 바로 그 무렵, 사건 전체가 놀라운 방식으로 되살아났다.

어느 여름날 아침, 지름길을 통해 일터로 가던 노동자 하나가 문이 닫히고 덧문이 내려진 크랜필드의 집 마당을 지나갔다. 그는 건물 뒤꼍을 돌아가게 되었는데, 집이 강물 쪽으로 쓸려가지 않도록 축벽을 쌓아놓은 모퉁이까지 왔을 때 아래쪽 물가에서 웬 남자가 잠을 자고 있는 게 보였다. 남자는 그에게 등을 돌리고 있었다. 반쯤은 모로 누운 상태였고 반쯤은 엎드린 자세였다. 노동자는 누가 저런 곳에 누워 있을까 하고 강둑으로 내려가보았다. 맨 먼저 눈에 띈 것은 풀밭에 놓여 있는 권총이었다. 검은 총신과 손잡이가 아침 햇살에 반짝이고 있었다. 노동자는 자고 있는 사람의 몸을 돌려 반듯이 눕혔다. 조끼의 왼쪽 가슴께에 피가 약간 묻어 있었다. 그 사람은 죽어 있었다. 몸이 굳어 있는 것으로 보아 죽은 지 몇 시간이 지난 게 분명했다.

노동자는 크랜필드 씨가 자기 집 뒤꼍에서 심장에 총을 맞아 죽었다는 놀라운 소식을 가지고 마을로 달려갔다. 사람들은 처음에는 당연히 크랜필드가 살해당한 줄 알았다. 그러나 좀 더 판단력이 있는 사람들은 고개를 저었다. 집의 문이나 창문이 하나도 열려 있지 않았다.

자물쇠를 억지로 열고 들어가보니 마루와 의자와 탁자 위에는 먼지가 두껍게 덮여 있었다. 어디에도 손자국이나 발자국이 남아 있지 않았다. 집 밖에도 오랫동안 방치된 풀밭에 남아 있는 발자국은 두 쌍뿐이었다. 한 쌍은 노동자가 일터로 가는 길에 낸 것이었고, 또 한 쌍은 아치 크랜필드의 시체가 발견된 지점으로 곧장 이어져 있었다. 서로 모순되는 온갖 소문이 이 집에서 저 집으로 퍼져갔다. 사람들은 경찰서 주위와 길거리에 모여 다음 소문을 기다렸다. 그러나 한두 시간 만에 수수께끼는 막을 내렸다. 아치 크랜필드의 시체에서 그가 친필로 서명한 종이 한 장이 발견되었는데, 거기에는 이런 말이 적혀 있었다는 소문이 새어나왔다.

'나는 자살합니다. 권총은 브레이턴 대위를 죽일 때 사용한 것입니다.'

검시 심문은 거실에서 열렸고, 이 유서가 낭독되자 사람들은 술렁거렸다. 그러나 지금 심문을 주재하고 있는 검시관은 브레이턴 대위가 총에 맞았을 때 검시 법정을 주재한 바로 그 사람이었다. 그는 그 사건을 또렷이 기억하고 있었다.
"그 사건에서 크랜필드 씨의 알리바이는 의문의 여지가 없었습니다. 브레이턴 대위가 침실에서 총으로 자살했을 때 크랜필드 씨는 바로 이 방에서 두 친구와 함께 있었으니까요. 그건 조금도 의심할 여지가 없습니다."
배심원들은 검시관의 지시에 따라 '불안정한 정신 상태에서의 자살'이라는 평결을 내렸다.

트위스 씨는 검시 심문과 장례식에 참석했다. 그는 배심원들의 평결을 기꺼이 받아들였지만, 마음 한구석은 편치 않았다. 그는 크랜필드가 거실로 몰래 들어와 벽난로 위의 괘종시계를 머리 위로 치켜들었다가 격렬한 분노와 함께 벽난로에다 내동댕이치는 것을 본 순간을 생생히 기억하고 있었다. 그는 그 분노가 어떻게 절망으로 바뀌었는지도 기억해냈다. 의자에 털썩 주저앉아 머리를 감싸고 몸을 흔들며 발작적으로 오열하던 크랜필드의 모습이 다시금 눈앞에 떠올랐다. 그 울부짖는 소리가 트위스 씨의 귓전에서 무시무시하게 되살아났다.

"뉘우침 때문이 아니라면, 도대체 무엇 때문에 크랜필드는 아무도 살지 않는 그 황폐한 집으로 돌아가서 목숨을 끊었을까? 거기서 저지른 어떤 나쁜 짓에 대한 뉘우침 때문이 아니라면?" 그는 자신에게 물었다.

이 의문에 대해 그는 며칠 동안 고개를 저었다. 이 의문은 그의 집 난롯가에서 그를 기다렸고, 햄프스테드에 있는 집과 아델피에 있는 사무실 사이를 날마다 걸어 다니는 그를 길모퉁이에 숨어서 기다리기도 했다. 이 의문은 으스스한 상상을 불러일으켰고, 그 상상은 건전하고 습관적인 그의 일상을 파괴하기 시작했다. 그는 심장을 짓누르는 압박감을 떨쳐버릴 수가 없었다. 그의 쾌적한 세계의 변두리에서 희미한 공포가 어렴풋이 모습을 드러냈다. 그는 발밑에 놓여 있는 것을 두려워하면서 연약한 껍질 위를 걷고 있는 것 같았다. 교활한 미소, 수상쩍은 승리감, 비밀의 힘에 대한 분명한 의식 – 이런 것들은 크랜필드의 영혼이 타락했음을 나타내고 있었을까? 크랜필드 혼자만이 알고 있는 그 타락의 증거였을까?

'어쨌든 크랜필드는 그 대가를 치렀어.' 트위스 씨는 애써 생각하곤 했지만, 그런 생각에서도 위안을 얻지 못했다. 수수께끼는 업무 시간까지 침범하기 시작하여, 그의 사무실 안에 떡 버티고 앉아서 말없이 그의 관심을 요구했다. 그래서 어느 날 아침 험프리스라는 사람이 면회를 요청한다는 말을 사무원한테서 들었을 때 그는 정말로 안도감을 느꼈다.

"들여보내게." 트위스 씨가 소리쳤다. 그러고는 혼잣말로 덧붙였다. "이제 모든 걸 알게 되겠군."

험프리스는 손에 편지 한 통을 들고 방으로 들어왔다. 그는 그 편지를 탁자 위에 놓았다. 트위스 씨는 겉봉에 적힌 글씨가 아치 크랜필드의 필적이라는 것을 한눈에 알아보았다. 그는 편지를 덮치다시피 낚아챘다. 편지는 크랜필드의 봉인으로 봉해져 있었다. 받는 사람은 트위스 씨로 되어 있고, 봉투 왼쪽 구석에 짤막한 글이 적혀 있었다.

'내가 죽은 뒤에 전할 것.'

트위스 씨는 엄격한 표정으로 험프리스를 돌아보았다.
"왜 좀 더 일찍 가져오지 않았나?"
"나리께서는 한 달 동안 기다리라고 하셨습니다."
트위스 씨는 편지를 손에 들고 방을 가로질러 한 바퀴 돌았다.
"그럼 자네는 주인이 자살할 작정이라는 걸 알고 있었군? 알면서도 잠자코 있었단 말이야?"
"아닙니다. 저는 몰랐습니다." 험프리스는 단호하게 대답했다.

"나리께서는 열차를 타고 멀리 여행할 계획이라면서 그 편지를 주셨습니다. 저한테 편지를 주실 때 나리께서는 웃고 계셨지요. 편지를 주면서 하신 말씀을 저는 지금도 기억할 수 있습니다. '매표소에서는 차표를 팔 때 보험에 들라고 권한다네. 그러니까 여행에는 항상 위험이 따르는 모양이야. 내가 죽거든 이 편지를 트위스 변호사에게 전하게. 그건 나한테 아주 중요한 일이야.' 나리께서는 너무나 쾌활하게 말씀하셨기 때문에, 속으로 무슨 생각을 하고 계시는지 짐작조차 못했습니다. 변호사님이라도 아마 마찬가지였을 겁니다."

트위스 씨는 그를 보내고 사무원을 불렀다.

"오늘 오후에는 아무도 만나지 않겠네."

그러고는 봉인을 뜯고, 봉투에서 글씨가 빽빽이 적힌 편지지 몇 장을 꺼냈다. 그리고 떨리는 손으로 편지지를 펼쳤다.

그러나 마음 한구석에서는 편지를 읽을 기분이 아니었다. 무슨 내용이 들어 있는지, 또 무엇을 알게 될지, 알고 난 뒤에는 어떤 기분이 될지, 호기심보다도 불안감이 앞섰기 때문이다. 물결에 흔들리며 강을 따라 내려가는 거룻배들을 창밖으로 내다보면서, 그는 편지지를 난롯불 속에 던져 넣고 싶은 충동을 느꼈다.

'하지만 그랬다가는 평생 동안 의문에 시달리게 될 거야.' 그는 혼잣말로 중얼거리고는 책상 위에 고개를 숙이고 편지를 읽기 시작했다.

친애하는 변호사님께,

이제는 사실을 밝혀야 할 것 같습니다. 어떤 변명도 하지 않겠습니다. 변명할 여지가 없으니까요. 이 편지를 읽어도 변호사님은 아마 믿지 못하실 것이고, 미친놈의 허튼소리를 읽었다고 생각할 겁니다. 변호사님 생각이 맞을 수만 있다면 얼마나 좋겠습니까. 이건 진심입니다. 하지만 변호사님 생각은 틀렸습니다. 나는 오늘 마지막 순간에 이르렀습니다. 인생의 마지막 글을 쓰고 있습니다. 따라서 거짓말은 한마디도 쓰지 않을 것입니다.

에식스에 있는 그 시골집을 기억하시겠지요. 변호사님은 내가 그 집을 사는 것을 반대했으니까요. 변호사님의 결론은 타당했지만, 결론을 내린 이유는 표적에서 한참 벗어나 있었습니다. 집이 외떨어져 있다느니, 나무들이 너무 커서 음침하다느니, 그 밖에도 변호사님은 도시에서 자란 분답게 여러 가지 이유로 그 집을 싫어하셨지요. 변호사님께 좀 더 확실한 이유를 말씀드리겠습니다. 그 거실을 머릿속에 그려보고, 내가 처음 그 집에 세를 들었을 때 거실이 어떻게 꾸며져 있었는지 생각해보세요. 벽 앞에는 높은 등받이와 팔걸이가 달린 긴 의자가 놓여 있고, 난롯가에는 깊숙한 가죽 의자들이 놓여 있고, 벽난로 위에는 나무상자에 들어 있는 작고 고풍스러운 괘종시계가 놓여 있었지요. 변호사님은 아마 그 시계에 눈길을 준 적도 없을 테지만, 나는 그 집에서 지낸 첫날 저녁부터 그 시계에 주목했습니다. 저녁때면 난롯가에서 파이프를 피우며 혼자 시간을 보내곤 했으니까요. 그 시계는 참으로 괴상한 버릇이 있었습니다. 얼마 동안은 거의 알아들을 수 없을 만큼 작은 소리로 똑딱거리다가 아무 이유도 없이, 정말 느닷없이 소리가 커지면서 빈 울림소리가 되는 겁니다. 마치 추가 흔들리다가 나무상자에 부딪히는 듯한 소리였습니다. 나처럼 그 방에 몇 시간이나 혼자 앉아 있는 사람에게는 그 똑딱거리는 소리가 기묘한 영향을 미쳤습니다. 시계는 거의 인간적인 성격을 갖게 되었지요. 시계가 어떨 때는 사람의 주의를 끌고 싶어 하는 것처럼 보이지만, 또 어떨 때는 사람의 관심을 피하고 싶어 하는 것 같았습니다. 나는 점점 커지는 그 소리에 마음이 불안해져, 자리에서 일어나 시계를 다른 곳으로 옮겨놓은 게 한두 번이 아닙니다. 그러면 똑딱거리는 소리는 당장 그치지만, 내가 다시 자리에 앉아 책을 읽기 시작하면 시계는 다시금 조심스럽고 은밀하게 똑딱거리기 시작하는 것입니다. 그리고 한 번의 똑딱 소리가 전보다 유난히 크고 강렬해질 때까지 내가 알아차리지 못하고 그냥 넘어간 경우도 많았습니다. 하지만 한 번의 똑딱 소리가 나머지 소리들보다 유난히 크고 집요해서 나를 성가시게 만들면 나는 다시 자리에서 일어나 시계를 옮겨놓곤 했지요. 그러나 일주일쯤 지나자 나는 그 소리에 익숙해졌고, 그러자 이상한 일이 벌어졌습니다. 그 일은 잇따라 발생한 사건의 출발점이 되었지만, 내일이면 그 일련의 사건도 드디어 막을 내리게 될 것입니다.

그 일은 이웃 사람 둘이 나를 찾아왔을 때 일어났습니다. 한 사람은 변호사님도 만난 적이 있는 포킨 제독입니다. 별것도 아닌 이야기를 장황하게 늘어놓는 버릇이 있는 지루한 노신사지요. 또 한 사람은 그 지역에서 출마할 생각을 갖고 있는 스타일스라는 시골 신사였습니다. 나는 두 사람을 거실로 안내하여, 제독이 장광설을 늘어놓는 동안 차분히 귀를 기울였습니다. 그러나 내게는 시계가 여느 때보다 더 크게 똑딱거리는 것처럼 느껴졌습니다. 그러다가 금속성으로 날카롭게 쾅 하는 소리가 나더니 소리가 완전히 그쳤습니다. 거의 같은 순간에 포킨 제독이 말을 하다 말고 이야기를 멈추었습니다. 그의 이야기는 조금도 중요한 내용이 아니었지만 나는 제독이 하다 만 말을 지금도 똑똑히 기억하고 있습니다.

"나는 자주…" 여기까지 말한 다음 말을 뚝 그쳤는데, 갑자기 놀라서도 아니고 적당한 말을 찾지 못해서도 아니었습니다. 마치 말하고자 했던 것을 전부 다 말해버린 것처럼 입을 다문 것입니다. 나는 벽난로 너머로 그를 바라보았지만, 그의 얼굴에는 여느 때처럼 만족스럽고 차분한 표정이 떠올라 있었습니다. 그는 전혀 혼란에 빠져 있지 않았습니다. 어떤 새로운 생각이 갑자기 떠올라 거기에 정신을 빼앗긴 것처럼 보이지도 않았습니다. 나는 스타일스 씨 쪽으로 눈길을 돌렸는데, 스타일스 씨는 제독이 말을 멈춘 것도 알아차리지 못하는 것 같았습니다. 변호사님도 기억하시겠지만 포킨 제독은 그 지역의 유지이고, 그래서 스타일스 씨는 나중에 출마하게 되면 포킨 제독의 도움이 필요해질 것이기 때문에 제독한테 잘 보이는 게 좋다고 생각하고 있었지요. 처음부터 그는 제독 쪽으로 몸을 기울이고, 팔꿈치를 무릎 위에 올려놓고, 턱을 손으로 괴고, 제독의 시시껄렁한 이야기에 연신 맞장구를 치면서 이따금 생각에 잠긴 얼굴로 고개를 끄덕이고 있었습니다. 그런데 제독이 말을 멈춘 뒤에도 그는 여전히 그런 태도를 취하고 있었습니다. 놀라지도 않고, 제독의 지혜로운 말씀이 다시 시작되기를 끈기 있게 기다리는 것도 아니고, 그냥 가만히 귀를 기울이고 있었지요.

나도 움직이지 않고 가만히 있었습니다. 그런 상태가 재미있었기 때문입니다. 두 사람은 꼭 마담 투소(프랑스 출신의 밀랍 조각가―옮긴이) 박물관에 전시된 밀랍 인형처럼 보였습니다. 뻣뻣한 자세로 굳어버린 채, 건물에 불이 나서 밀랍이 녹아내릴 때까지 그런 상태로 남아 있어야 할 운명인 밀랍 인형 같았지요. 나는 얼마

동안 그들을 지켜보면서, 여전히 움직이지도 않고 말도 하지 않았습니다. 그토록 우스꽝스러운 자세를 본 것은 난생처음이었습니다. 나는 태연하게 행동하려고 애썼습니다. 내 집에 찾아온 손님을 보고 웃는 것은 무례한 짓일 뿐만 아니라, 이웃에서 내 평판도 나빠질 테니까요. 하지만 도저히 웃음을 참을 수가 없었지요. 나는 히죽히죽 웃기 시작했고, 그 미소는 폭소로 발전했습니다. 하지만 손님들의 얼굴 근육은 하나도 달라지지 않았습니다. 언짢은 표정이 제독의 평온한 만족감에 그림자를 던지지도 않았고, 제독을 찬탄하는 눈으로 바라보고 있던 스타일스 씨는 나에게 눈길 한 번 던지지 않았습니다. 그때 시계가 다시 똑딱거리기 시작했습니다. 놀랍게도 바로 그 순간 제독이 말을 이었습니다.

"…마음이 가벼울 때면 혼잣말을 하곤 했지요. 아니, 그런데 도대체 뭘 보고 웃는 거요?"

그리고 스타일스 씨는 나한테 성난 눈길을 던졌습니다. 포킨 제독은 다시 대화를 시작했는데, 그 사이에 막간의 휴지가 있었다는 것을 전혀 모르는 게 분명했습니다. 그런데 내 웃음은 막간이 끝난 뒤에도 계속 이어졌고, 그래서 방금 제독의 입에서 나온 말에 반주 역할을 했습니다. 나는 그럴듯한 핑계를 댔지만 그들은 불쾌하게 여긴 나머지 차갑게 작별인사를 하고 내 집을 떠났습니다.

이런 이상한 일은 다른 손님이 찾아왔을 때도 되풀이되었지만, 나는 분별없는 즐거움에 빠지지 않도록 조심했습니다. 하지만 당황해서 어찌할 바를 몰랐습니다. 손님들은 상당히 긴 막간이 있다는 것, 아니 길든 짧든 막간이 있다는 것조차 알아차리지 못하는 것 같았습니다. 그들이 무엇 때문에 그토록 완전한 최면 상태에 빠지는지, 나는 물어보기가 망설여졌습니다.

다음 사건은 내가 그 방에 혼자 있을 때 일어났습니다. 오후 5시였습니다. 나는 집 근처 사냥터에 나가서 사냥을 하고 돌아왔는데, 험프리스를 부르려고 벨을 울린 직후에, 사냥터 관리인에게 몇 가지 지시를 내릴 작정이었는데 깜박 잊어버린 것을 기억해냈습니다. 그래서 관리인이 집으로 돌아가기 전에 총기 보관실에 있는 그를 만나려고 얼른 자리에서 일어났지요. 내가 의자에서 일어섰을 때, 더 크게 똑딱거리던 시계-앞에서도 말했듯이 그 소리는 단순한 똑딱 소리가 아니라 시계추가 나무상자에 부딪히는 듯한 빈 울림소리였습니다-가 갑자기 소리를 그쳤습니다. 나는 그런 현상에 서서히 익숙해지고 있었지요. 그래서 별로 의아하게 생각지도 않고 방에서 현관 홀로 나갔습니다. 그런데 험프리스가 찻쟁반을 든 채 현관 홀에 서 있는 게 보였습니다. 그는 거실문 쪽으로 향해 있었지만, 놀랍게도 부동자세였습니다. 그는 마치 걸음을 반쯤 내디뎠을 때 벼락에라도 맞은 것처럼 한 발을 허공에 들어 올린 자세를 취하고 있었지요. 변호사님도 사람이 걷고 있을 때 찍은 스냅 사진을 본 적이 있을 텐데, 험프리스의 자세가 바로 그런 사진처럼 보였습니다. 그에게 무슨 일이냐고 말을 거는 게 당연한 일이겠지만, 관리인을 어서 붙잡아야 한다는 생각에 험프리스는 아랑곳하지 않고 재빨리 현관 홀을 지나 밖으로 나갔습니다. 현관문은 그냥 열어두었습니다. 집 뒤꼍에 외따로 있는 총기 보관실은 골함석으로 지은 작은 오두막인데, 나는 그리로 다가가서 문을 열려고 했습니다. 그런데 문이 잠겨 있더군요. 나는 큰 소리로 불렀습니다. "마틴! 마틴!"

하지만 대답이 없었습니다. 나는 그가 방금 떠났을지도 모른다고 생각하여 다시 집을 돌아서 달려갔지만 마틴은 흔적도 보이지 않았습니다. 마틴이 돌보도록 되어 있는 별채가 있었기 때문에 나는 거기로 가서 문을 열고 그의 이름을 불렀습니다. 그래도 대답이 없기에, 어쩌면 길을 가는 그를 볼 수 있을지도 모른다는 생각에 찻길을 따라 대문까지 내려갔지만, 역시 그를 찾지 못했습니다. 나는 집으로 돌아와 현관문을 닫았는데, 현관 홀에는 아직도 험프리스가 찻쟁반을 든 채 우스꽝스러운 자세로 서 있었습니다. 나는 그를 지나쳐 다시 거실로 들어갔습니다. 험프리스는 나를 전혀 알아차리지 못했습니다. 나는 벽난로 위에 있는 괘종시계를 보고 내가 정확히 14분 동안 그 방을 떠나 있었다는 걸 알았습니다. 그러니까 험프리스는 14분 동안이나 현관 홀에 외다리로 서 있었던 것입니다. 그건 우스꽝스러울 뿐 아니라 도저히 믿을 수 없는 일이었습니다. 하지만 그 일이 실제로 일어났다는 것을 시계가 말해주고 있었지요. 나는 두 손을 부들부들 떨면서 의자에 주저앉았습니다. 내 마음은 혼란에 빠져 있었습니다. 너무나 이상한 생각이 내 마음에 떠올랐습니다. 그 생각을 마음속으로 곱씹는 동안 시계가 다시 똑딱거리기 시작했지요. 그러자 문이 열리고 험프리스가 찻쟁반을 들고 나타났습니다.

"무척 오래 걸렸군." 내가 말하자 그는 재빨리 나를 쳐다봤습니다. 내 목소리는 흥분으로 떨리고 있었고, 내 얼굴에는 아마 혼란스러운 표정이 떠올라 있었을 겁니다.

"분부를 받자마자 차를 준비했는데요, 나리." 험프리스가 대답했습니다.

"저 시계로는 내가 벨을 울린 지 20분이나 지났어."

험프리스는 차를 내 옆의 작은 탁자에 내려놓고는 괘종시계를 바라보았습니다. 놀란 표정이 그의 얼굴에 떠올랐습니다. 그는 그 시계를 자신의 손목시계와 비교해보았습니다.

"저 시계는 손 좀 봐야겠는데요." 험프리스가 말했습니다. "오늘 아침에 부엌 시계에 맞춰놓았는데, 어느새 14분이나 빨라졌네요."

나는 주머니에서 회중시계를 꺼내어 들여다보았습니다. 험프리스의 말이 맞았습니다. 벽난로 위의 괘종시계는 나의 회중시계나 험프리스의 손목시계보다 14분이나 빨라져 있었습니다. 하지만 순식간에 14분이 빨라졌고, 그건 다른 것에 비하면 그리 놀라운 일도 아니었습니다. 나는 그 14분을 이용할 수 있었습니다. 말하자면 시간의 신에게 14분을 낚아챈 것이지요. 나는 아까 벨을 울릴 때 회중시계를 보았는데, 그때 시각은 5시 5분 전이었습니다. 그리고 깜박 잊고 관리인에게 지시를 내리지 않은 것을 기억해낼 때까지 약 4분 동안 그 방에 남아 있었습니다. 그런 다음 밖으로 나가서 총기 보관실과 별채를 둘러보았고, 대문까지 걸어갔다가 집으로 돌아왔습니다. 관리인을 찾아다니는 데에는 14분이 걸렸습니다. 그보다 조금이라도 더 걸렸을 리가 없습니다. 그런데 지금 내 회중시계의 바늘은 5시가 조금 안 된 시각을 가리키고 있었습니다. 내가 회중시계를 다시 주머니에 집어넣을 때 바깥 현관 홀의 괘종시계가 5시를 쳤습니다.

"현관 홀을 지나올 때 아무도 보지 못했나?" 나는 험프리스에게 물었습니다.

험프리스는 당황한 표정으로 눈썹을 치켜 올렸습니다.

"예, 나리. 아무도 못 봤는데요. 하지만 현관문이 쾅 하고 닫힌 것 같은 기분이 들었습니다. 아마 열려 있었던 모양입니다."

"그렇겠지. 이제 됐네." 내가 말하자 험프리스는 방을 나갔습니다.

그때 내 기분이 어땠을지, 상상해보십시오. 시간은 상대적입니다. 그건 우리 감각의 상태일 뿐, 그 이상도 이하도 아닙니다. 그건 우리 모두 알고 있는 사실이지요. 하지만 시간과 나의 관계는 다른 사람들과는 달랐습니다. 벽난로 위의 괘종시계는 세상 누구에게도 주어지지 않은 14분을 나한테만 주었습니다. 나에게는 꼬박 14분이었지만, 다른 사람에게는 그 14분이 눈 깜짝할 사이에 지나가 버렸습니다. 그리고 그 시계는 나에게 한 번만 이런 선물을 준 것이 아니라 여러 번 주었습니다. 스타일스 씨가 알아차리지 못한 포킨 제독의 침묵을 이제는 이해할 수 있었습니다. 제독은 전혀 말을 멈추지 않은 것입니다. 그는 유창하게 말을 계속했고, 스타일스 씨는 계속 듣고 있었습니다. 하지만 나에게는 포킨 제독의 두 마디 사이에 시간이 멈춰 있었던 것입니다. 그와 마찬가지로, 험프리스는 현관 홀에서 외다리로 서 있는 우스꽝스러운 자세를 취하지 않았습니다. 그는 여느 때와 마찬가지로 걸음을 내디뎠지만, 그가 마침 한쪽 발을 들어 올린 순간 나에게 14분이 주어진 것입니다. 나는 현관 홀을 지나 밖으로 나갔다가 다시 현관 홀을 지나 돌아왔지만, 험프리스는 나를 보지 못했습니다. 그에게는 눈을 사용할 만한 막간이 없었기 때문에 나를 볼 수가 없었던 것이죠. 내 움직임은 섬광보다도 더 빨랐던 것입니다. 섬광조차도 인간의 감각에는 포착되니까요.

앞에서 내 기분을 상상해보라고 말씀드렸지요. 건전하고 안정된 인생관을 가진 변호사님은 내가 처음에 느낀 기분에 대해서만 공감하실 겁니다. 처음에는 나도 깊은 충격을 받았으니까요. 이어서 나는 벽난로 위에 있는 그 시계를 박살내어 그 이상하고 부자연스러운 선물을 거절하고 싶은 충동에 사로잡혔습니다. 그렇게 했다면 얼마나 좋았겠습니까! 하지만 그 충동은 곧 사라지고, 그런 다음에는 믿을 수 없을 만큼 기분이 상쾌해졌습니다. 내가 받은 그 선물은 나를 왕들보다 더 높은 지위로 끌어올렸고, 내 마음속에 있는 허영심의 불꽃에 부채질을 하여 활활 타오르게 했습니다. 나는 어느 누구보다도 훨씬 많은 시간을 갖게 되었습니다. 나는 그 시간을 이용할 계획을 세우면서 즐거워했지만, 곧이어 실망을 맛보았습니다. 14분 동안에 할 수 있는 일이 별로 없었기 때문입니다. 나에게 특별히 주어진 그 은밀한 시간에 내가 할 수 있는 일이 얼마 안 된다는 것을 깨달을수록 나는 무언가를 하고 싶었고, 그 시간 속에서 완전히 살고 싶었고, 거기에서 힘과 이익을 얻고 싶었습니다. 그래서 나는 시계의 똑딱거리는 소리가 갑자기 그치기를 기대하기 시작했습니다. 나는 그것을 기다리기 시작했고, 오직 그것을 위해서만 살기 시작했습니다. 하지만 막상 그 순간이 오면 나는 그것을 전혀 이용할 수 없었습니다. 나는 이따금 14분을 덤으로 얻었지만, 다른 사람들과 나누던 시간을 점점 더 많이 잃어버렸습니다. 다른 사람들과 함께하는 시간은 이제 재미가 없었습니다. 나만의 14분을 낭비하는 것이 괴로워졌습니다. 나는 힘을 갖고 있었습니다. 이제 내가 원하는 것은 그 힘을 사용하는 것이었습니다. 그 소망은 내 생각을 독차지하고 내 꿈을 집요하게 괴롭히는 강박관념이 되었습니다.

어느 날 저녁에 팰맬 가에서 브레이턴과 변호사님을 만났을 때

나는 바로 이런 기분에 빠져 있었습니다. 그날 밤에 나는 브레이턴에게 편지를 썼습니다. 내 양심을 걸고 맹세하지만, 편지를 쓸 때는 오랜 불화를 끝내고 가능하다면 옛 우정을 되살리고 싶은 마음밖에 없었습니다. 나는 갑자기 변한 감정 속에서 편지를 썼습니다. 나는 인생을 낭비하고 있다는 것을 뼈저리게 느꼈지요. 그 커다란 선물은 끊임없는 손실에 불과하다는 것을 깨달았습니다. 나는 친지들을 주위에 끌어모으고, 내 힘을 실증해 보이고 싶은 야망을 버리고, 정상적인 생활의 실마리를 다시 한번 잡으려고 했습니다. 그러나 이런 결심은 편지를 쓰는 동안에만 지속되었고, 편지를 우체통에 넣는 순간 어느덧 사라져버렸습니다. 나는 편지가 우체통 바닥에 떨어지는 소리를 들었을 때도 그 편지를 보낸 것을 후회했습니다.

나와 브레이턴의 말다툼에 대해서는 길게 쓸 것도 없습니다. 그 다툼은 악의에 찬 시기심 때문에 일어났으니까요. 우리는 처음에는 친구이자 급우였습니다. 하지만 브레이턴은 한 걸음 한 걸음 나보다 조금 앞서 올라갔고, 나는 우정을 미움과 분노로 바꾸었습니다. 그는 항상 1등이었고, 나는 끝내 2등을 벗어나지 못했습니다. 내가 4등이나 5등이었다면 별로 신경을 쓰지 않았을 겁니다. 하지만 우리의 능력이나 진급에는 거의 차이가 없었습니다. 그래도 약간의 차이는 늘 있었고, 나는 브레이턴이 껑충 뛰어올라 나를 멀찌감치 떼어놓을 순간을 두려워했습니다. 질투는 증오로 발전했고, 브레이턴이 그것을 전혀 모른다는 사실, 그리고 설령 안다 해도 괴로워할 필요가 전혀 없다는 사실을 알고 있었기 때문에 나는 훨씬 견디기 어려운 고통을 맛보았습니다.

내가 군대를 떠나 브레이턴을 만나지 않게 되자 질투의 불길은 다소 가라앉았습니다. 그를 내 집으로 초대했을 때만 해도 나는 그 불길이 완전히 꺼졌다고 믿었습니다. 하지만 그가 집에 온 지 한 시간도 지나기 전에 내 마음속에서 질투의 불길이 다시 활활 타올랐습니다. 그의 성공과 출세, 그것이 그에게 준 자신감, 낯선 사람들에 대한 편안하고 친절한 태도, 전도유망한 장교인 그와 나누는 대화… 이런 것들이 내 영혼을 갉아먹었습니다. 그의 발소리만 들어도 구역질이 났습니다.

내가 이런 기분일 때, 때마침 거실에 있는 괘종시계의 똑딱거리는 소리가 점점 크게 울려 퍼지기 시작한 겁니다. 차머스와 린필드는 이야기를 나누고 있었지만, 내 귀에는 그들의 대화가 전혀 들어오지 않았습니다. 내 심장은 가슴속에서 시계 소리와 보조를 맞추어 점점 크게 고동쳤지요. 잠시 후에는 그 소리가 멎을 것이고, 내 비밀 왕국의 문이 활짝 열리리라는 것을 알았습니다. 내가 의자에 앉아 기다리는 동안 사악한 영감이 떠올라 점점 강해졌습니다. 내가 가진 힘을 사용할 기회가 왔다. 브레이턴은 자기 방에서 편지를 쓰고 있다. 그 방은 집의 날개 쪽에 있다. 총소리는 아무도 듣지 못할 것이다. 그의 성공과 출세는 이제 끝장날 것이다. 나는 내가 가진 특권을 의기양양하게 사용할 수 있다….

시계 소리가 갑자기 멎었습니다. 나는 방을 살짝 빠져나가 이층으로 올라갔습니다. 나는 느긋했습니다. 시간은 충분했습니다. 7분도 지나기 전에 나는 거실로 돌아와 내 의자에 앉았습니다.

아치 크랜필드.

나이팅게일 별장

애거사 크리스티

애거사 크리스티(Agatha Christie, 1890~1976)

영국 데번주 토키에서 태어났다. 정식 교육은 거의 받지 않았지만, 어릴 적부터 독서를 무척 좋아했고 시나 소설을 창작하여 혼자 즐기기도 했다. 1920년에 처녀작인 《스타일스 저택의 괴사건》을 발표한 이후 '미스터리의 여왕'으로 전 세계적인 명성과 인기를 누렸다.
수록 작품의 원제목은 'Philomel Cottage'(1927)이다.

"그럼 다녀올게, 여보."

"안녕히 다녀오세요."

앨릭스 마틴은 작고 소박한 대문 위로 몸을 내밀고 서서, 읍내 쪽으로 난 길을 따라 멀어져가는 남편의 뒷모습을 바라보고 있었다.

이제 남편은 길모퉁이를 돌아서 앨릭스의 시야에서 사라졌지만, 앨릭스는 여전히 자세를 허물지 않은 채, 바람에 날려 얼굴을 가리는 풍성한 갈색 머리카락을 멍하니 쓸어 넘겼다. 그녀의 눈은 꿈꾸듯 먼 곳을 바라보고 있었다.

앨릭스 마틴은 아름답지도 않았고, 엄정하게 말하면 예쁘장하지도 않았다. 그러나 더 이상 젊지 않은 그녀의 얼굴은 전에 다니던 사무실 동료들이 거의 알아보지 못할 만큼 환히 빛나고 부드러워져 있었다. 처녀 시절의 앨릭스 킹은 유능하고, 태도는 약간 무뚝뚝하지만 분명 수완이 있고 실제적이며 단정한 여자였다. 그녀는 아름다운 갈색 머리를 갖고 있었지만, 처녀 시절에는 그 아름다움을 최대한 살린 게 아니라 오히려 눈에 띄지 않도록 죽이고 있었다. 그녀는 윤곽이 또렷하고 도톰한 입술을 항상 엄격하게 다물고 있었다. 옷은 깔끔하고 잘 어울렸지만, 여자다운 멋은 찾아볼 수 없었다.

앨릭스는 힘겨운 시절을 보냈다. 열여덟 살부터 서른세 살까지 15년 동안 그녀는 타자수로 일하면서 혼자 힘으로 생계를 꾸려나가야 했다(그리고 그 가운데 7년 동안은 병든 어머니까지 돌봐야 했다). 그것은 살아남기 위한 투쟁이었고, 그것이 소녀 시절에는 부드러웠던 얼굴 윤곽을 딱딱하게 만들어버렸다.

사실은 연애 비슷한 것도 해보았다. 그것도 일종의 연애임에는 분명했다. 상대는 사무실 동료인 딕 윈디퍼드였다. 실제로는 지극히 여자다운 앨릭스는 자신에 대한 딕의 마음을 모르는 척했지만, 실은 언제나 알고 있었다. 겉보기에 그들은 친구 이상도 이하도 아니었다. 딕은 쥐꼬리만 한 봉급으로 동생의 학비를 대느라 쩔쩔매고 있었다. 그래서 당분간은 결혼할 꿈도 꿀 수 없는 처지였다. 그런데도 앨릭스는 미래를 마음속으로 그려볼 때마다, 언젠가는 딕의 아내가 되리라고 확신했다. 그녀의 표현을 빌리면 그들은 서로 좋아했지만, 둘 다 분별 있는 사람이었다. 시간은 충분했다. 성급한 짓을 할 필요는 전혀 없었다. 그렇게 세월은 흘러갔다.

그런데 갑자기 그녀가 전혀 예기치 못한 형태로 나날의 힘겨운 일에서 해방되었다. 먼 친척이 죽으면서 앨릭스에게 몇천 파운드의 유산을 남겨준 것이다. 그 유산은 해마다 200파운드가 넘는 수입을 보장해주었다. 앨릭스에게 그 돈은 자유였고, 인생이며, 독립이었다. 이제 그녀와 딕은 더 이상 기다릴 필요가 없었다.

그러나 딕의 반응은 뜻밖이었다. 그가 앨릭스에게 직접 사랑을 고백한 적은 없었지만, 이제는 전보다 훨씬 더 사랑을 고백할 마음이 내키지 않는 것 같았다. 딕은 그녀를 피했을 뿐만 아니라 성격도 까다롭고 우울해졌다. 앨릭스는 재빨리 진실을 알아차렸다. 그녀는 이제 부자가 되어 있었다. 딕이 그녀에게 청혼하고 싶어도, 이제는 그녀에 대한 배려와 자존심이 그것을 가로막고 있었던 것이다.

그런데 그녀는 그를 좋아했고, 딕의 청혼을 기다리지 않고 그녀가 먼저 적극적으로 나서는 문제를 진지하게 고려하고 있을 때, 두 번째로 예기치 않은 일이 그녀에게 닥쳤다.

친구 집에서 제럴드 마틴을 만난 것이다. 두 사람은 당장에 열렬한 사랑에 빠졌고, 만난 지 일주일도 지나기 전에 약혼했다. 항상 자신을 '사랑에 빠지는 것과는 거리가 먼 여자'로 생각했던 앨릭스가 제럴드한테 넋을 잃고 열중해버렸다.

무의식적으로 그녀는 옛 애인을 자극하는 방법을 찾아낸 것이다. 그녀를 찾아온 딕은 너무 화가 나서 말을 더듬었다.

"당신은 그 자식에 대해서 아무것도 몰라. 출신도 근본도 전혀 모르잖아?"

"내가 그를 사랑하고 있다는 건 알고 있어요."

"그걸 어떻게 알 수 있지? 고작 일주일 만에?"

"한 여자를 사랑하고 있다는 걸 아는 데 모든 사람이 11년씩이나 걸리진 않아요." 앨릭스는 화가 나서 외쳤다.

딕의 얼굴이 창백해졌다.

"나는 당신을 처음 만난 순간부터 좋아했어. 그리고 당신도 나를 좋아하는 줄 알았지."

앨릭스는 솔직했다.

"나도 그런 줄 알았어요." 그녀는 인정했다. "하지만 그건 사랑이 뭔지를 내가 몰랐기 때문이었어요."

그러자 딕은 다시 분통을 터뜨렸다. 그는 빌고, 간청하고, 협박까지 했다. 그의 자리를 차지한 남자에 대한 협박이었다. 그녀가 그토록 잘 알고 있다고 생각했던 남자의 차분한 겉모습 밑에 그렇게 격렬한 감정이 숨어 있는 것을 알고 앨릭스는 깜짝 놀랐다. 그리고 약간 겁이 나기도 했다. 물론 딕이 진심으로 그런 말을 했을 리가 없어. 제럴드 마틴에게 복수하겠다는 협박은 진심이 아닐 거야. 딕은 화가 났어. 그것뿐이야.

이 화창한 아침, 그녀는 그 작은 집 대문에 기대서서 딕을 마지막으로 만났던 그때를 돌이켜 생각하고 있었다. 그녀가 결혼한 지도 어느덧 한 달이 지났다. 그동안은 목가적인 행복 속에 잠겨 있었지만, 그녀의 전부인 남편이 이따금 곁에 없을 때면 희미한 불안이 그녀의 완벽한 행복을 침범하곤 했다. 그리고 그 불안의 원인은 딕 윈디퍼드였다.

결혼한 뒤 세 번이나 그녀는 똑같은 꿈을 꾸었다. 주변 상황은 제각기 달랐지만 주된 줄거리는 매번 똑같았다. 꿈속에서 그녀는 남편이 죽어서 누워 있고 딕 윈디퍼드가 그 옆에 서 있는 것을 보았다. 그리고 남편에게 치명타를 가한 손이 딕의 손이라는 것을 그녀는 분명히 알았다.

이 꿈도 무서웠지만, 그보다 더 무서운 것—잠에서 깨어났을 때 그녀를 소름 돋게 만드는 것—은 따로 있었다. 그녀가 남편의 죽음을 기뻐했던 것이다. 그런데 꿈속에서는 그런 감정이 매우 자연스럽고 당연하게 여겨졌다. 그녀는 감사한 마음으로 살인자에게 두 손을 내밀었고, 고맙다고 말하기까지 했다. 꿈은 언제나 그녀가 딕 윈디퍼드의 품에 안기는 장면으로 끝났다.

이 꿈에 대해 남편에게는 한마디도 하지 않았지만, 이 꿈은 그녀가 스스로 인정하고 싶어 하는 것보다 훨씬 더 그녀를 불안하게 했다. 그건 경고일까? 딕 윈디퍼드에 대한 경고일까? 딕은 어떤 불가사의한 힘을 가지고 있어서, 멀리 있는 나에게 그 힘을 입증하려고 애쓰고 있는 걸까? 그녀는 최면술에 대해 많이 알지는 못했지만, 사람을 억지로 최면에 걸 수는 없다는 말은 들은 적이 있었다.

집 안에서 전화벨이 울리는 바람에 앨릭스는 깊은 상념에서 깨어났다. 그녀는 집으로 들어가 수화기를 들었다. 수화기에서 흘러나오는 목소리를 들은 순간 그녀는 갑자기 휘청거렸다. 그리고 넘어지지 않으려고 한 손을 내밀었다.

"누구시라고요?"

"앨릭스, 당신 목소리가 왜 그래? 하마터면 못 알아들을 뻔했어. 나 딕이야."

"오오! 지금 어디… 어디 있어요?"

"트래블러스 암스라는 여관이야. 당신은 자기 마을에 여관이 있다는 것도 모르나? 난 휴가를 얻었어. 여기서 낚시를 좀 하고 있지. 오늘 저녁 식사를 끝낸 뒤에 당신 부부를 찾아가도 괜찮을까?"

"안 돼요. 오면 안 돼요." 앨릭스는 날카롭게 말했다.

잠시 침묵이 흘렀다. 이윽고 미묘하게 달라진 딕의 목소리가 다시 말했다.

"죄송합니다." 그는 딱딱하게 말했다. "물론 부인께 폐를 끼치는 짓은…"

앨릭스는 서둘러 딕의 말을 가로막았다. 당연히 딕은 내 태도를 이상하게 생각할 거야. 내 태도는 정말 이상했어. 신경이 갈기갈기 찢어져버린 모양이야. 내가 그런 꿈을 꾼 건 딕의 잘못이 아니잖아.

"나는 다만… 오늘 밤에는 선약이 있다는 뜻이었어요." 그녀는 되도록 자연스러운 목소리를 내려고 애쓰면서 설명했다. "그럼… 내일 저녁에 식사하러 오면 안 될까요?"

그러나 딕은 그녀의 말투에 진심이 담겨 있지 않다는 것을 알아차린 게 분명했다.

"고맙습니다." 그는 아까와 똑같이 딱딱한 목소리로 말했다. "하지만 언제 다른 곳으로 떠날지 몰라서요. 내 친구가 오느냐 오지 않느냐에 달려 있지요." 그는 잠시 입을 다물었다가 달라진 말투로 서둘러 덧붙였다. "잘 있어요, 앨릭스. 행운이 있기를!"

앨릭스는 안도감을 느끼며 수화기를 내려놓았다.

'딕은 여기 오면 안 돼.' 그녀는 혼잣말로 되풀이했다. '절대로 오면 안 돼. 나는 정말 바보야. 이런 상태에 빠진 나를 상상하다니. 그래도 딕이 오지 않겠다니 다행이야.'

그녀는 탁자에서 밀짚모자를 집어 들고 다시 뜰로 나갔다. 그러고는 잠시 멈춰 서서, 포치 위에 새겨진 '나이팅게일 별장'이라는 이름을 쳐다보았다.

"너무 별난 이름이 아닐까요?" 그녀는 결혼하기 전에 제럴드에게 말한 적이 있었다. 그는 웃었다.

"이봐요, 런던 아가씨." 그는 다정하게 말했다. "당신은 아마 나이팅게일의 노랫소리를 한 번도 들어본 적이 없을 거요. 당신이 그 노랫소리를 들어보지 못한 게 나는 기뻐. 나이팅게일은 사랑하는 짝을 위해서만 노래를 부르니까. 이제 여름날 저녁이면 우리는 집 밖에서 함께 나이팅게일의 노래를 듣게 될 거요."

그들이 정말로 나이팅게일의 노랫소리를 들었을 때를 기억해내고 앨릭스는 문간에 서서 행복감으로 얼굴을 붉혔다. '나이팅게일 별장'을 찾아낸 것은 제럴드였다. 그는 흥분에 들떠서 앨릭스를 찾아왔다. 그는 두 사람에게 딱 알맞은 보금자리-오직 하나뿐인 보금자리, 보석처럼 아름다운, 평생 한 번 찾아낼까 말까 한 집-를 찾아낸 것이다. 그리고 그 집을 본 순간 앨릭스도 당장 반하고 말았다. 집이 약간 외떨어져 있는 것은 사실이었다. 가장 가까운 마을에서도 3킬로미터나 떨어진 외딴집이었다. 그러나 고풍스러운 외관은 너무나 아름다웠고, 게다가 쾌적하고 편안한 욕실과 온수 설비, 전등에 전화까지 갖추어져 있어서, 그녀는 당장 그 집의 매력에 사로잡히고 말았다. 그런데 문제가 생겼다. 집주인이 변덕을 부려서, 집을 빌려주기를 거절한 것이다. 집을 산다면 모르지만 빌려줄 수는 없다고 고집을 부렸다.

  제럴드 마틴은 상당한 수입을 갖고 있었지만 원금에는 손을 댈 수가 없었다. 그가 끌어모을 수 있는 돈은 기껏해야 1천 파운드 정도였다. 집주인은 3천 파운드를 요구하고 있었다. 그러나 그 집을 갈망하던 앨릭스가 구원의 손길을 뻗쳤다. 그녀의 자산은 무기명 채권으로 되어 있어서 쉽게 현금으로 바꿀 수 있었다. 그녀는 그 자산의 절반을 집값으로 보태기로 했다. 그렇게 해서 '나이팅게일 별장'은 그들 소유가 되었고, 앨릭스는 한순간도 그 선택을 후회해본 적이 없었다. 하인들이 그 외딴 시골을 좋아하지 않는 것은 사실이었다. 실제로 지금은 하인이 한 명도 없었다. 그러나 오붓한 가정생활을 갈망했던 앨릭스는 직접 음식을 만들고 집 안을 가꾸는 일을 즐거워했다.

아름다운 꽃들로 가득한 정원은 마을에 사는 조지라는 정원사 영감이 일주일에 두 번 와서 돌봐주었다. 그리고 정원 가꾸기에 열심인 제럴드 마틴은 대부분의 시간을 정원에서 보냈다.

앨릭스는 집 모퉁이를 돌아섰을 때 정원사 영감이 꽃밭에서 바쁘게 일하는 것을 보고 깜짝 놀랐다. 영감이 오는 날은 매주 월요일과 금요일인데, 오늘은 수요일이었기 때문이다.

"아니, 영감님, 여기서 뭘 하고 계세요?" 앨릭스는 그에게 다가가서 물었다.

영감은 허리를 펴고, 낡아빠진 모자테를 손으로 만졌다.

"놀라셨죠? 하지만 실은 이렇게 된 겁니다요. 금요일에 지주 어른 댁에서 축제가 열리거든입쇼. 그래서 혼자 생각했습죠. 제가 이번 주만은 금요일 대신 목요일이나 수요일에 와도 마틴 나리나 사모님께서 언짢게 여기지 않을 거라고 말입죠."

"그건 괜찮아요." 앨릭스가 말했다. "축제에서 재미있게 지내시길 바라겠어요."

"그야 물론입죠." 조지 영감은 순박하게 말했다. "공짜로 배불리 먹을 수 있다는 건 신나는 일입죠. 지주 어른께서는 항상 소작인들에게 적당한 다과회를 베푼답니다. 그리고 또 생각했습죠. 사모님이 떠나시기 전에 만나 뵙고 화단을 어떻게 꾸미고 싶어 하는지 알아두는 게 좋겠다고 말입죠. 언제 돌아올지는 아직 모르시겠죠?"

"하지만 나는 떠나지 않을 건데요."

조지 영감은 그녀를 뚫어지게 바라보았다.

"내일 런던에 가지 않으신다고요?"

"안 가요. 도대체 어째서 그런 생각을 하게 됐죠?"

조지 영감은 고개를 어깨너머로 홱 돌렸다.

"어제 마을에서 마틴 나리를 만났습죠. 나리께서 그러시던데요. 두 분이 내일 런던으로 떠난다고, 언제 돌아올지는 확실치 않다고…."

"말도 안 돼요." 앨릭스는 웃으면서 말했다. "영감님이 잘못 알아들으신 게 분명해요."

그래도 제럴드가 무슨 말을 했길래 영감이 그런 오해를 하게 됐는지 궁금했다. 런던에 간다고? 런던에는 두 번 다시 가고 싶지 않았다.

"난 런던을 싫어해요." 그녀는 거칠게 말했다.

"아, 예." 조지 영감은 차분하게 대꾸했다. "제가 잘못 들은 모양이군요. 하지만 나리께서는 아주 분명하게 말씀하신 것 같았는데. 어쨌든 여기서 계속 지내신다니 기쁘군요. 저는 여기저기 놀면서 돌아다니는 걸 별로 좋게 생각지 않는 데다, 런던은 형편없는 곳이라고 생각한답니다. 저는 한 번도 런던에 갈 필요가 없었습죠. 거긴 차가 너무 많아요. 요즘에는 그게 골치 아픈 문제지요. 사람들이 일단 자동차를 갖게 되면 어디에도 가만히 눌러앉아 있질 못해요. 전에 이 집에 살았던 제임스 씨도 그놈의 자동차를 사기 전에는 조용한 생활을 좋아하는 훌륭한 신사였습죠. 그런데 차를 사더니 한 달도 지나기 전에 이 집을 팔려고 내놓았답니다. 게다가 제임스 씨는 침실마다 욕실을 만들고, 전등이다 뭐다 해서 이 집에 돈을 꽤 들였습죠. 저는 제임스 씨한테 말했답니다. '나리는 이제 두 번 다시 그 돈을 구경하지 못할 겁니다. 모든 사람이 나리처럼 집에 있는 모든 방에서 몸을 씻고 싶어 하진 않을 테니까요' 하고 말입죠. 하지만 제임스 씨는 이러더군요. '이보게 조지, 이 집을 팔 때는 2천 파운드에서 단 한 푼도 깎아주지 않을 거야' 하고 말입죠. 그리고 정말로 그렇게 하셨습죠."

"그 사람은 3천 파운드를 받았어요." 앨릭스는 웃으면서 말했다.

"2천 파운드입니다요." 조지 영감이 말했다. "제임스 씨가 부른 액수가 그때 사람들 입에 오르내렸습죠. 다들 터무니없이 비싸다고 생각했는걸입쇼."

"정말로 3천 파운드였어요." 앨릭스가 말했다.

"여자분들은 절대로 숫자를 이해하지 못한다니까요." 조지 영감은 고집스럽게 말했다. "제임스 씨가 집값으로 사모님께 3천 파운드를 요구할 만큼 낯가죽이 두꺼운 사람은 아닌뎁쇼."

"나한테 직접 말하진 않았어요." 앨릭스가 말했다. "남편한테 말했죠."

조지 영감은 다시 꽃밭에 허리를 굽혔다.

"어쨌든 집값은 2천 파운드였답니다요." 조지 영감은 고집스럽게 말했다

앨릭스는 굳이 조지와 실랑이할 필요는 없다고 생각했다. 다른 꽃밭으로 걸어가면서 그녀는 꽃을 따기 시작했다. 햇빛, 꽃향기, 바쁘게 날아다니는 벌들의 희미한 날갯소리, 이 모든 것이 어우러져 그날을 완벽한 것으로 만들어주었다.

앨릭스가 향기로운 꽃다발을 한 아름 안고 집 쪽으로 걸어가고 있을 때, 짙은 초록빛을 띤 작은 물건이 꽃밭의 나뭇잎 사이로 엿보이는 것이 눈에 띄었다. 그녀는 허리를 굽혀 그것을 집어 들었

다. 남편의 수첩이었다. 남편이 여기서 잡초를 뽑고 있을 때 주머니에서 떨어진 게 분명했다.

그녀는 수첩을 펼치고, 약간 즐거운 기분으로 내용을 훑어보았다. 결혼생활을 시작하자마자 앨릭스는 충동적이고 감정적인 제럴드가 그답지 않게 꼼꼼하고 정리 정돈을 잘한다는 것을 알아차렸다. 그는 정해진 시간에 규칙적으로 식사하는 것에 대해 지나칠 만큼 까다로웠고, 항상 시간표처럼 정확하게 하루의 계획을 미리 세워놓았다. 예를 들어 오늘 아침에는 식사를 한 뒤 10시 15분에 마을로 떠나겠다고 예고했다. 그리고 10시 15분 정각에 그는 집을 나섰다.

수첩을 뒤적거리다가 그녀는 5월 14일자 페이지에 '2시 30분 성베드로 성당에서 앨릭스와 결혼하다'는 글이 적혀 있는 것을 보고 즐거워졌다.

'바보 같으니.' 앨릭스는 중얼거리고 페이지를 넘겼다. 갑자기 그녀는 손을 멈추었다.

'수요일, 6월 18일… 이건 오늘이잖아.'

그 날짜 페이지에는 제럴드의 단정하고 꼼꼼한 필체로 '오후 9시'라고 적혀 있었다. 그것뿐이었다. 제럴드는 오후 9시에 무엇을 할 계획일까? 앨릭스는 궁금했다. 그녀는 일기가 어떤 사건의 계기가 되는 소설을 자주 읽었다. 이게 만약 소설이라면, 이 수첩에는 뜻밖의 새로운 사실이 적혀 있어서 그녀를 깜짝 놀라게 했을 것이다. 이런 생각을 하면서 그녀는 빙긋 웃었다. 소설이라면 이 수첩에는 틀림없이 다른 여자의 이름이 적혀 있었을 거야. 그녀는 한가롭게 페이지를 팔랑팔랑 넘겼다. 날짜와 약속, 사업상 거래에 관한 내용들이 짤막하게 적혀 있을 뿐, 여자 이름은 딱 하나밖에 없었다. 바로 그녀의 이름이었다.

그러나 수첩을 주머니에 집어넣은 다음 꽃다발을 안고 집으로 가다가 그녀는 막연한 불안을 느꼈다. 딕 윈디퍼드의 말이 마치 그가 바로 옆에서 그 말을 되풀이하고 있는 것처럼 생생하게 되살아났다.

"당신은 그 자식에 대해서 아무것도 몰라. 출신도 근본도 전혀 모르잖아?"

그건 사실이야. 내가 그이에 대해서 뭘 알고 있지? 어쨌든 제럴드는 마흔 살이야. 40년이나 살았다면, 그동안 그의 인생에는 여자들이 있었을 게 분명해….

앨릭스는 성급하게 고개를 저었다. 이런 생각에 빠지면 안 돼. 내게는 그보다 훨씬 더 긴급하게 처리해야 할 문제가 있어. 딕 윈디퍼드한테 전화가 왔다는 말을 남편한테 할 것인가 말 것인가?

제럴드가 마을에서 딕과 우연히 마주쳤을 가능성도 생각해야 해. 하지만 만약 그랬다면 그이는 집에 돌아오자마자 나한테 그 이야기를 할 거야. 그러면 문제는 내 손을 떠나겠지. 그러지 않으면 어떡하지? 거기에 대해서는 아무 말도 하고 싶지 않은 게 앨릭스의 솔직한 심정이었다. 제럴드는 딕에 대해 늘 친절한 태도를 보였다. 한번은 이렇게 말한 적도 있었다.

"가엾은 친구야. 그도 나만큼이나 당신한테 열중해 있는 것 같던데 내가 당신을 가로챘으니 얼마나 억울할까?"

제럴드는 앨릭스의 감정에 대해서는 티끌만 한 의심도 품지 않았다.

딕한테 전화가 왔다고 말하면 제럴드는 틀림없이 딕을 우리 집으로 초대하자고 말할 거야. 그러면 나는 딕이 찾아오겠다고 말했지만 내가 핑계를 대서 오지 못하게 했다고 설명해야 할 거야. 그이는 왜 그랬느냐고 묻겠지. 그러면 내가 뭐라고 대답할 수 있겠어? 내 꿈에 대해서 얘기해? 하지만 그이는 그냥 웃어버릴 거야. 아니면, 그이가 시시한 개꿈으로 생각하는 그 꿈을 내가 중요하게 생각하고 있다는 걸 알아차리겠지. 그러면 그이는 어떻게 생각할까!! 아니, 그이가 무슨 생각을 할지 어떻게 알아!

결국 앨릭스는 부끄러움을 무릅쓰고 아무 말도 하지 않기로 결심했다. 그것은 남편에게 털어놓지 않은 최초의 비밀이었고, 그것을 깨닫자 마음이 불안해졌다.

점심시간이 되기 직전에 제럴드가 마을에서 돌아오는 소리가 들리자 그녀는 당혹감을 감추려고 서둘러 부엌으로 들어가 식사 준비를 하느라 바쁜 체했다.

제럴드가 딕 윈디퍼드를 만나지 못한 것은 분명했다. 앨릭스는 안도감과 당혹감을 동시에 느꼈다. 이제는 남편에게 감추기로 한 방침을 단호히 고수할 수밖에 없었다. 그날 온종일 그녀는 신경이 곤두서고 멍해 있었다. 무슨 소리가 날 때마다 깜짝깜짝 놀랐지만, 남편은 아무것도 눈치채지 못한 것 같았다. 그 자신도 생각이 딴 데 가 있는지, 한두 번은 그녀가 같은 말을 두 번 되풀이한 뒤에야 겨우 대꾸한 적도 있었다.

조촐한 저녁 식사를 끝낸 뒤, 바깥에서 자라는 비단향꽃 향기가 상쾌한 밤공기에 실려 집 안으로 들어오도록 창문을 활짝 열어젖히고 참나무로 들보를 댄 거실에 앉았을 때에야 비로소 앨릭스는 남편의 수첩을 생각해내고, 의심과 당혹감을 떨쳐버리기 위해 얼른 주머니에서 그 수첩을 꺼냈다.

"꽃에 물을 주다가 떨어뜨린 모양이에요." 그녀는 이렇게 말하면서 수첩을 그의 무릎 위로 던졌다.

"화단에 떨어져 있었소?"

"이젠 당신의 비밀을 전부 다 알았어요."

"난 죄지은 게 아무것도 없는걸." 제럴드는 고개를 저으며 말했다.

"오늘 밤 아홉 시의 약속도요?"

"아아! 그거…." 그는 잠시 당황한 듯했지만, 특별히 즐거운 일이라도 있는 것처럼 빙긋 웃었다. "어떤 멋진 여자와 만나기로 약속했지. 그 여자는 갈색 머리에 푸른 눈을 갖고 있고, 당신을 쏙 빼닮았어."

"이해할 수가 없군요." 앨릭스는 일부러 엄격하게 말했다. "당신은 요점을 회피하고 있어요."

"아니, 그렇지 않아. 사실은 오늘 밤에 필름을 현상할 예정인데, 그걸 잊지 않으려고 써둔 거야. 당신이 나를 좀 도와주었으면 좋겠는데…."

제럴드 마틴은 사진에 열중해 있었다. 카메라는 약간 구식이었지만 렌즈만은 훌륭했다. 그는 암실로 꾸민 작은 지하실에서 감광판을 직접 현상했다. 그는 싫증도 내지 않고 앨릭스에게 이런저런 자세를 취하게 했다.

"그 일은 정확히 아홉 시에 해야 하는군요?" 앨릭스는 놀리듯이 말했다.

제럴드는 약간 성난 표정을 지었다.

"여보." 그의 태도에는 어딘지 모르게 성급한 데가 있었다. "사람은 항상 계획을 세워야 해. 일정한 기간에 할 일을 미리 계획해 놓고, 그 계획대로 정확하게 일을 끝마쳐야지."

앨릭스는 의자에 기대어 검은 머리를 뒤로 젖힌 채 담배를 피우고 있는 남편을 말없이 바라보며 잠시 앉아 있었다. 깨끗이 면도한 그의 얼굴 윤곽이 어두운 배경을 등지고 또렷이 떠올라 있었다. 그때 갑자기 어디서 오는지 알 수 없는 공포의 물결이 그녀를 덮쳤다. 그녀는 저도 모르게 그만 소리를 지르고 말았다.

"오오 제럴드, 당신을 좀 더 많이 알면 얼마나 좋을까요?"

남편은 놀란 얼굴로 그녀를 돌아보았다.

"여보, 당신은 나에 대해 전부 다 알고 있잖소. 노섬벌랜드에서 보낸 어린 시절이며 남아프리카 생활에 대해서도, 그리고 나에게 성공을 가져다준 지난 10년 동안의 캐나다 생활에 대해서도 당신한테 모두 말했을 텐데."

"그저 사업 얘기뿐이죠."

제럴드가 갑자기 웃음을 터뜨렸다.

"이제야 당신 말뜻을 알겠어. 연애를 말하는 거겠지. 여자들은 다 똑같다니까. 개인적인 문제 말고는 어떤 것에도 관심이 없으니…."

앨릭스는 목이 바싹 타는 것을 느끼면서 입속으로 우물거렸다.

"하지만 연애한 적이 분명 있었을 거예요. 내 말은… 그걸 안다면…."

다시 한동안 침묵이 흘렀다. 제럴드 마틴은 얼굴에 망설이는 표정을 띤 채 눈살을 찌푸리고 있었다. 마침내 입을 열었을 때 그의 얼굴은 엄숙했다. 좀 전의 놀리는 듯한 태도는 흔적도 없이 사라졌다.

"당신은 그게 현명한 일이라고 생각해? 푸른 수염(프랑스의 샤를 페로가 쓴 동화의 주인공으로, 아내를 여섯 명이나 죽인 귀족의 별명-옮긴이)의 침실을 들여다보는 게? 물론 내 인생에도 여자들이 있었지. 그건 부인하지 않겠소. 부인해봤자 당신이 믿어주지도 않을 테고. 하지만 나한테 중요한 의미를 지닌 여자는 하나도 없었다고 진실로 맹세할 수 있소."

그의 목소리에는 듣고 있는 아내를 안심시키는 진지함이 담겨 있었다.

"이제 만족했소, 앨릭스?" 그는 미소를 지으며 물었다. 그러고는 호기심 어린 표정으로 그녀를 바라보았다. "그런데 하필이면 오늘 밤에 이런 불쾌한 문제를 생각하게 된 이유가 뭐지? 지금까지 한 번도 그런 얘기를 꺼낸 적이 없었잖소."

앨릭스는 일어나서 주위를 이리저리 돌아다니기 시작했다.

"나도 모르겠어요. 오늘은 하루 종일 신경이 곤두서 있었어요."

"그거 참 이상하군." 제럴드는 마치 혼잣말처럼 낮은 목소리로 말했다. "정말 이상해."

"뭐가 그렇게 이상해요?"

"나한테 그렇게 화내지 말아요. 난 다만 당신이 평소에는 너무나 상냥하고 차분한 여자라서, 신경이 곤두서는 건 이상하다고 말했을 뿐이오."

앨릭스는 억지로 미소를 지었다.

"오늘은 모든 게 나를 괴롭히려고 음모라도 꾸민 것 같았어요."

그녀는 솔직히 털어놓았다. "조지 영감까지도 우리가 런던으로 떠날 거라는 엉뚱한 생각을 하고 있더군요. 조지 영감은 당신이 그렇게 말했다는 거예요."

"조지 영감을 어디서 만났는데?" 제럴드가 날카롭게 물었다.

"금요일 대신 오늘 일하러 왔거든요."

"바보 같은 늙은이." 제럴드가 성난 목소리로 말했다.

앨릭스는 놀라서 그를 빤히 쳐다보았다. 남편의 얼굴은 분노로 부들부들 떨리고 있었다. 남편이 그렇게 화를 내는 것은 본 적이 없었다. 그녀가 놀라는 것을 보고 제럴드는 애써 마음을 가라앉혔다.

"조지 영감은 정말로 어리석은 늙은이요." 그는 항의하듯 말했다.

"당신이 무슨 말을 했길래 조지 영감이 그런 생각을 하게 됐죠?"

"내가? 난 아무 말도 안 했어. 아아! 그래. 이제야 생각이 나는군. 내가 '아침에 런던으로 떠나는 문제'에 대해서 농담을 했더니, 그 영감이 그걸 진담으로 받아들인 모양이야. 아니면 영감이 귀가 어두워서 제대로 듣지 못했거나. 물론 당신은 영감이 잘못 생각했다고 말했겠지?"

그는 그녀의 대답을 조바심하며 기다렸다.

"물론이죠. 하지만 그 영감은 일단 어떤 생각을 머릿속에 집어넣으면 그 생각을 다시 머리에서 꺼내기가 쉽지 않은 노인네예요."

이어서 그녀는 제임스 씨가 '나이팅게일 별장'의 집값으로 요구한 금액이 3천 파운드라고 정원사 영감이 우겨댄 것에 대해 이야기했다.

제럴드는 잠시 입을 다물고 있다가 천천히 말했다.

"제임스는 현금으로 2천 파운드를 주고, 나머지 1천 파운드는 이 집에 대해 저당권을 설정해주면 된다고 했지. 아마 그것 때문에 그런 오해가 생긴 모양이군."

"정말 그런 것 같네요." 앨릭스는 동의했다.

그러고는 시계를 쳐다보고, 장난스럽게 그것을 손가락으로 가리켰다.

"벌써 일을 시작했어야 할 시간이에요. 예정보다 5분이나 늦었다고요."

아주 독특한 미소가 제럴드 마틴의 얼굴에 떠올랐다.

"마음이 바뀌었어." 그가 조용히 말했다. "오늘 밤에는 작업하지 않겠소."

여자의 마음은 참으로 이상야릇한 것이다. 그 수요일 밤에 잠자리에 들었을 때 앨릭스의 마음은 만족스럽고 평온했다. 잠시 공격을 받았던 그녀의 행복이 다시 전처럼 우쭐하게 고개를 쳐들었다.

그러나 이튿날 저녁이 되자 그녀는 어떤 미묘한 힘이 그 행복을 은밀히 해치고 있다는 것을 깨달았다. 딕 윈디퍼드는 전화를 다시 걸어오지 않았지만 그녀는 그의 영향력이 작용하고 있음을 느꼈다. 그의 말이 되풀이해서 머리에 떠올랐다. "당신은 그 자식에 대해서 아무것도 몰라. 출신도 근본도 전혀 모르잖아?" 그리고 그 말과 함께 "당신은 그게 현명한 일이라고 생각해? 푸른 수염의 침실을 들여다보는 게?" 하고 말했을 때 그녀의 뇌리에 사진처럼 또렷이 새겨진 남편의 얼굴이 되살아났다. 왜 그는 그런 말을 했을까? 그 말은 도대체 무슨 뜻이었을까?

그 말 속에는 분명 경고가 담겨 있었다. 그건 일종의 협박이었다. 그가 실제로는 이렇게 말한 것 같았다. "내 인생에 대해 꼬치꼬치 캐묻지 않는 게 좋아. 그랬다가는 불쾌한 충격을 받을지도 몰라." 물론 잠시 뒤에 그는 자신의 인생에서 중요한 의미를 지닌 여자는 하나도 없었다고 맹세했다. 그때는 그 맹세가 진실하다고 느꼈지만, 이제 와서는 그 느낌을 다시 붙잡으려고 아무리 애를 써도 소용이 없었다. 그가 꼭 그런 맹세를 해야 할 의무는 없었잖아?

금요일 아침이 되자 앨릭스는 제럴드의 인생에 여자가 있다고 확신하게 되었다. 뒤늦게 눈을 뜬 그녀의 질투심이 맹렬히 타올랐다.

그이는 그날 밤 9시에 여자를 만날 예정이 아니었을까? 사진을 현상한다는 이야기는 엉겁결에 꾸며낸 거짓말이 아니었을까? 앨릭스는 그 수첩을 발견한 이후 줄곧 마음이 괴로웠다는 사실을 깨닫고 충격을 받았다. 그런데 그 수첩에는 그녀를 괴롭힐 만한 것은 아무것도 적혀 있지 않았다. 그것이 이 모든 일의 얄궂은 점이었다.

사흘 전만 해도 그녀는 남편을 속속들이 알고 있다고 생각했다. 그런데 이제는 그가 전혀 모르는 낯선 사람처럼 여겨졌다. 그녀는 그가 조지 영감에게 지나칠 만큼 화를 낸 것을 기억해냈다. 그것은 평소에 그토록 너그럽고 온화하던 태도와는 전혀 딴판이었다. 아마 사소한 일이겠지만, 그 일은 남편을 정말로 알지는 못한다는 사실을 그녀에게 일깨워주었다.

주말에 쓸 몇 가지 하찮은 물건을 마을에서 가져와야 할 필요가 있었다. 앨릭스는 제럴드에게 당신이 정원에서 일하는 동안 마을에 가서 그 물건들을 가져오겠다고 말했다. 그런데 놀랍게도 제럴드는 여기에 맹렬히 반대하면서, 자기가 가서 가져올 테니 당신은 그냥 집에 있으라고 고집을 부렸다. 앨릭스는 남편의 말에 따를 수밖에 없었지만, 그의 고집스러운 태도에 놀라움과 불안을 느꼈다. 왜 그이는 내가 마을에 가는 것을 그렇게 한사코 막고 싶어 할까?

그 모든 걸 명쾌하게 설명해주는 한 가지 이유가 불현듯 머리에 떠올랐다. 나한테는 아무 말도 하지 않았지만, 사실은 제럴드가 마을에서 딕 윈디퍼드를 우연히 만났을 수도 있잖아? 내 질투심도 결혼할 당시에는 완전히 잠자고 있다가 나중에야 깨어났어. 제럴드도 마찬가지가 아닐까? 그이는 내가 딕 윈디퍼드와 다시 만나는 걸 막고 싶었던 게 아닐까? 이 설명은 사실과 부합할 뿐만 아니라 앨릭스의 불안한 마음을 달래주기도 했기 때문에 그녀는 여기에 열심히 매달렸다.

그러나 차 마실 시간이 지나자 그녀는 다시 침착성을 잃고 불안해졌다. 그녀는 제럴드가 마을로 떠난 뒤 줄곧 자기를 괴롭히는 유혹과 맞서 싸우고 있었다. 마침내 그녀는 남편 방을 청소할 필요가 있다는 구실로 양심을 달래며 이층에 있는 남편의 서재로 올라갔다. 청소한다는 핑계로 양심을 계속 속이기 위해 먼지떨이와 걸레도 가져갔다.

'난 그저 확신할 수만 있으면 돼.' 그녀는 속으로 되풀이해서 말했다. '확신할 수만 있다면…'

다른 여자와 관련된 증거물은 제럴드가 벌써 오래전에 없애버렸을 거라고 자신을 타일렀지만 소용이 없었다. 남자들은 지나치게 감상적이어서 꼼짝달싹할 수 없는 증거물을 보관하는 경우도 있다고 주장하는 목소리가 더 강했다.

결국 앨릭스는 그 목소리에 굴복했다. 자신의 행동이 너무 부끄러워서 얼굴이 화끈거렸지만, 그녀는 숨을 죽인 채 편지와 서류뭉치를 샅샅이 조사하고, 책상 서랍의 내용물을 꺼내고, 심지어는 남편 옷의 호주머니까지 뒤졌다. 그녀가 뒤지지 못한 서랍은 두 개뿐이었다. 하나는 정리장의 아래 서랍이었고 또 하나는 책상 오른쪽에 달린 작은 서랍이었는데, 둘 다 자물쇠가 채워져 있었다. 그러나 앨릭스는 이제 수치심을 전혀 느끼지 못했다. 그 서랍 속에 자기를 괴롭히는 과거의 여자, 그 상상 속의 여자에 관한 증거물이 있을 거라고 그녀는 확신했다.

그녀는 제럴드가 부주의하게도 아래층 찬장 위에 열쇠뭉치를 놓고 간 것을 기억해냈다. 그녀는 그 열쇠뭉치를 가져와서 하나씩 자물쇠에 꽂아보았다. 세 번째 열쇠가 책상 서랍에 맞았다. 앨릭스는 성급하게 그 서랍을 잡아당겼다. 서랍 속에는 수표책 한 권과 지폐가 가득 들어 있는 지갑이 있었고, 뒤쪽에 끈으로 묶어놓은 편지 묶음이 있었다.

앨릭스는 숨을 가쁘게 몰아쉬며 그 끈을 풀었다. 그러나 다음 순간 그녀의 얼굴이 새빨개졌다. 그녀는 편지를 다시 책상 속에 집어넣은 다음, 서랍을 닫고 자물쇠를 채웠다. 그 편지들은 그녀가 결혼하기 전에 제럴드에게 쓴 것들이었기 때문이다.

앨릭스는 이제 자기가 찾는 것을 발견하게 되리라는 기대보다는 오히려 한 군데도 남김없이 조사했다는 확신을 갖고 싶어서 정리장 서랍 쪽으로 돌아섰다. 그녀는 자신이 부끄러웠고, 그런 강박증이 바보스럽게 느껴졌다.

곤혹스럽게도 제럴드의 열쇠뭉치 가운데 문제의 서랍에 들어맞는 열쇠는 하나도 없었다. 앨릭스는 그래도 포기하지 않고, 다른 방들을 돌아다니며 여러 종류의 열쇠를 가지고 돌아왔다. 다행히 예비 침실의 옷장 열쇠가 그 정리장에도 맞았다. 그녀는 자물쇠를 열고 서랍을 잡아당겼다. 그러나 그 안에는 오래되어 누렇게 바랜 신문지 조각들이 들어 있을 뿐이었다.

앨릭스는 안도의 한숨을 내쉬었다. 그런데도 그녀는 제럴드가 어떤 주제에 그토록 관심이 많길래 그런 지저분한 신문지 조각들을 소중하게 보관하고 있는지 궁금해서, 신문지 조각들을 훑어보았다. 그것들은 거의 다 7년쯤 전에 나온 미국 신문이었고, 악명 높은 사기꾼이자 중혼자인 찰스 르메트르의 재판을 다룬 기사들이었다. 르메트르는 그에게 속아 결혼한 여자들을 죽였다는 혐의를 받았다. 그가 세든 집의 마루 밑에서 유골이 발견되었고, 그가 '결혼'한 여자들은 대부분 그 후 소식이 끊겼다.

그는 미국에서 가장 유능한 변호사의 도움을 받아 '증거 없음'이라는 평결을 이끌어냈다. 증거가 없었기 때문에 그는 살인 혐의에 대해서는 무죄 판결을 받았지만, 다른 혐의로 장기 징역형을 선고받았다.

앨릭스는 당시 그 사건이 흥분을 자아낸 사실을 기억해냈고, 르메트르가 3년 뒤에 탈옥하여 세상을 들끓게 한 일도 기억해냈다. 그는 그 후 두 번 다시 잡히지 않았다. 당시에는 영국 신문들도 그가 법정에서 걸핏하면 흥분해서 항의를 제기했는데, 그를 모르는 사람들은 그의 연기력이 대단하다고 생각했지만 실제로 그는 심장이 약해서 이따금 핏대를 올리다가 졸도하기도 했다는 사실을 보도했으며, 그의 인간성과 여자를 사로잡는 비범한 능력을 장황하게 보도하기도 했다.

앨릭스가 들고 있는 스크랩 조각 하나에는 그의 사진이 실려 있었다. 그녀는 흥미롭게 그 사진을 들여다보았다. 턱수염을 길게 기르고 학자처럼 보이는 신사였다. 사진을 보았을 때 그녀는 누군가를 연상했지만, 그 누군가가 과연 누구인지 당장은 생각이 나지 않았다. 남자들이 범죄와 유명한 재판에 흥미를 갖는다는 것은 그녀도 알고 있었지만, 제럴드에게 그런 취미가 있는 줄은 미처 몰랐다.

그런데 사진에 나온 얼굴을 보고 누구를 연상했을까? 문득 그녀는 그 누군가가 바로 제럴드라는 사실을 깨닫고 깜짝 놀랐다. 눈과 눈썹이 아주 비슷했다. 제럴드가 신문지 조각을 보관한 것은 아마 그 때문이었을 것이다. 그녀는 사진 옆에 실려 있는 기사 쪽으로 눈길을 옮겼다. 피고의 수첩에는 어떤 날짜가 적혀 있었는데, 검사는 그것이 그가 희생자들을 죽인 날짜라고 주장한 모양이었다. 이어서 한 여자가 증인으로 출두하여, 그의 왼쪽 손목, 손바닥 바로 위에 사마귀가 있다는 사실을 근거로 피고의 신원을 자신 있게 확인했다.

앨릭스의 손에서 힘이 빠져 신문지 조각들이 떨어졌다. 서 있던 그녀의 몸이 휘청거렸다. 제럴드의 왼쪽 손목, 손바닥 바로 위에는 작은 흉터가 있었다.

방이 그녀 주위에서 빙글빙글 돌았다. 나중에 생각해보니 그녀가 당장 그렇게 절대적인 확신에 도달한 것은 참으로 기이하게 여겨졌다. 제럴드 마틴은 바로 찰스 르메트르였던 것이다! 그녀는 당장 그것을 알았고, 그 사실을 받아들였다. 뿔뿔이 흩어졌던 단편들이 마치 제자리에 끼워지는 그림 맞추기 조각처럼 그녀의 머릿속에서 어지럽게 소용돌이쳤다.

집값으로 지불된 돈은 그녀의 돈이었다. 오직 그녀의 돈뿐이었다. 그녀가 그에게 맡긴 무기명 채권이었다. 그녀의 꿈조차 그 진정한 의미를 드러냈다. 그녀의 마음속 깊은 곳에서 그녀의 잠재의식은 줄곧 제럴드 마틴을 두려워했고, 그에게서 도망치고 싶어 했다. 그리고 그녀의 잠재의식이 도움을 청한 상대는 바로 딕 윈디퍼드였다. 그녀가 조금도 의심하거나 망설이지 않고 그토록 쉽사리 진실을 받아들일 수 있었던 것은 그 때문이기도 했다. 그녀는 르메트르의 또 다른 희생자가 될 운명이었다. 그것도 아주 빠른 시일 안에.

그녀는 어떤 사실을 기억해내고 조그맣게 비명을 질렀다. 수요일 오후 9시. 지하실에 깔린 판석은 쉽게 들어 올릴 수 있어. 전에도 그는 지하실에 희생자를 파묻은 적이 있었어. 그는 그 일을 모두 수요일 밤에 해치울 계획이었어. 하지만 그 계획을 그처럼 꼼꼼하게 미리 적어놓다니, 이건 광기야! 아니, 광기가 아니라 완전히 논리적이야. 제럴드는 항상 약속이나 볼일을 기록해두지. 살인도 그에게는 하나의 사업일 뿐이야.

그런데 무엇이 나를 구해주었지? 무엇이 나를 구해줄 수 있었을까? 마지막 순간에 마음이 약해졌을까? 아니야. 갑자기 대답이 그녀의 머리에 떠올랐다. 조지 영감이야. 그녀는 이제야 남편이 분노를 억누르지 못한 이유를 이해할 수 있었다. 그는 만나는 사람마다 이튿날 나와 함께 런던으로 떠날 예정이라고 말하여 길을 닦아둔 게 분명해. 그런데 뜻밖에도 조지 영감이 일하러 왔다가 나한테 런던 이야기를 꺼냈고, 나는 아니라고 그 이야기를 부인했어. 조지 영감이 그 대화를 나에게 전한 바로 그날 밤에 나를 죽이는 건 너무 위험했겠지. 하지만 정말 아슬아슬했어! 내가 때마침 그 일을 털어놓지 않았다면…. 앨릭스는 몸서리를 쳤다.

하지만 이제는 어물거리고 있을 시간이 없었다. 당장 도망쳐야 해. 그가 돌아오기 전에. 이 세상의 무엇을 준다 해도 그와 같은 지붕 밑에서 하룻밤을 더 보내진 않을 거야. 그녀는 서둘러 신문지 조각들을 서랍 속에 도로 집어넣은 다음, 서랍을 닫고 자물쇠를 채웠다.

바로 그 순간 그녀는 그 자리에 얼어붙은 것처럼 움직임을 멈추었다. 대문이 삐걱거리는 소리가 들렸기 때문이다. 남편이 돌아온 것이다.

잠시 앨릭스는 돌처럼 굳어 있다가, 발꿈치를 들고 창가로 살금살금 다가가 커튼 뒤에 숨어서 창밖을 내다보았다.

역시 남편이었다. 그는 미소를 지으며 가볍게 콧노래를 부르고 있었다. 그가 손에 들고 있는 물건을 보고, 그렇지 않아도 겁에 질려 있는 앨릭스의 심장이 하마터면 멎을 뻔했다. 그것은 새로 산 삽이었다.

앨릭스는 본능적으로 알아차렸다.

'오늘 밤에 나를 죽일 모양이구나…'

하지만 아직은 기회가 있었다. 제럴드는 여전히 콧노래를 흥얼거리며 집 뒤쪽으로 돌아갔다.

'지하실에 삽을 갖다 두러 간 거야. 준비하러.' 앨릭스는 몸서리를 치면서 생각했다.

그녀는 잠시도 망설이지 않고 계단을 뛰어 내려가 집 밖으로 뛰쳐나갔다. 그러나 그녀가 막 현관문을 나설 때 남편이 집 반대쪽을 돌아서 나타났다.

"여보! 그렇게 급히 어딜 가는 거요?"

앨릭스는 필사적으로 마음을 가라앉히고 예사롭게 보이려고 애썼다. 지금은 기회가 사라졌지만, 남편의 의심을 불러일으키지 않도록 조심하면 나중에 다시 기회가 올 거야. 어쩌면 지금도 가능할지 몰라….

"길이 끝나는 곳까지 산책하고 올 작정이었어요." 그녀는 자기 귀에도 가냘프고 분명치 않게 들리는 목소리로 말했다.

"그거 좋지." 제럴드가 말했다. "나도 함께 갈까?"

"아니, 괜찮아요. 난 신경이 곤두서고 골치가 아파요. 혼자 가고 싶어요."

그는 주의 깊게 그녀를 바라보았다. 그의 눈 속에서 순간적으로 의혹의 빛이 번득인 듯한 기분이 들었다.

"도대체 무슨 일이야? 얼굴이 창백하고… 부들부들 떨고 있잖소."

"아무것도 아니에요." 그녀는 일부러 퉁명스럽게 말했다. 그러고는 미소를 지으며 덧붙였다. "머리가 아파서 그래요. 그것뿐이에요. 산책을 하고 나면 나아질 거예요."

"아무리 그래도 소용없어." 제럴드는 느긋하게 웃으면서 말했다. "당신이 좋든 싫든 당신을 따라갈 거니까."

그녀는 더 이상 항의할 용기가 나지 않았다. 내가 사실을 알고 있다는 낌새를 채면….

그녀는 애써 여느 때의 태도를 어느 정도 되찾았다. 그러나 남편이 아직도 납득이 가지 않은 것처럼 이따금 그녀를 힐끔힐끔 곁눈질하는 듯한 느낌이 들어서 불안했다. 그녀는 그의 의심이 완전히 풀리지 않았음을 느꼈다.

집으로 돌아오자 그는 그녀를 억지로 소파에 눕히고, 화장수를 가져다가 그녀의 관자놀이를 적셔주었다. 그는 여느 때처럼 헌신적인 남편이었지만, 앨릭스는 손발이 덫에 걸린 듯한 무력감을 느꼈다.

그는 잠시도 앨릭스를 혼자 내버려두지 않았다. 부엌까지 따라 들어와서, 그녀가 이미 마련해둔 조촐한 요리를 식탁에 나르는 일을 거들었다. 목이 콱 막혀서 음식이 목구멍으로 넘어가지 않았지만, 그녀는 억지로 음식을 먹으며 쾌활하고 자연스러워 보이려고 애썼다. 그녀는 이제 목숨을 구하기 위해 싸우고 있다는 것을 알았다. 도움의 손길에서 몇 킬로미터나 떨어진 이곳에 그녀는 그와 단둘이 있었고, 오로지 그의 처분에 내맡겨져 있는 상태였다. 이제 그녀가 살아날 수 있는 길은 딱 하나뿐이었다. 그의 의심을 누그러뜨려서, 단 몇 분-현관 홀에 있는 전화기까지 걸어가서 도움을 청하는 데 필요한 시간-만이라도 혼자 있는 기회를 만드는 것이다. 이제는 그것이 유일한 희망이었다. 집에서 도망친다 해도, 도와줄 사람을 만나기 훨씬 전에 남편에게 따라잡히고 말 것이다.

그가 며칠 전에 왜 계획을 포기했는지를 기억해냈을 때 잠시 희망의 빛이 번득였다. 딕 윈디퍼드가 오늘 저녁에 찾아올 거라고 말하면 어떨까?

그 말이 그녀의 입술 위에서 바르르 떨렸다. 그러나 다음 순간 그녀는 서둘러 그 말을 뿌리쳤다. 이 사람은 두 번째 살인도 주저하지 않을 거야. 그의 침착한 태도 밑에는 단호한 결의와 자신감이 숨어 있었다. 그것을 느꼈을 때 그녀는 구역질이 났다. 그런 말을 하면 오히려 범죄를 재촉할 뿐이야. 딕이 찾아올 거라고 말하면 이 사람은 계획을 앞당겨 지금 당장 나를 죽일 거야. 그러고는 침착하게 딕에게 전화를 걸어서 우리가 갑자기 외출할 일이 생겼다고 둘러대겠지. 딕이 정말로 오늘 밤 이곳에 와준다면 얼마나 좋을까. 딕이 만약…

문득 어떤 착상이 떠올랐다. 그녀는 곁눈질로 날카롭게 남편을 살폈다. 계획을 세우자 용기가 솟아났다. 태도도 완전히 자연스러워져서 스스로 생각해도 경탄스러울 정도였다. 그녀는 이제 제럴드의 의심이 완전히 풀린 것을 느꼈다.

그녀는 커피를 끓여, 그들이 화창한 날 저녁에 나가서 앉는 포치로 커피를 가져갔다.

"그건 그렇고…" 제럴드가 갑자기 말을 꺼냈다. "커피를 마시고 나서, 전에 하려고 했던 그 사진 작업을 합시다."

앨릭스는 전율이 온몸을 꿰뚫고 지나가는 것을 느꼈지만 태연하게 대답했다.

"혼자 하면 안 돼요? 오늘 밤엔 좀 피곤해서 그래요."

"오래 걸리지 않을 거요." 그는 혼자 빙긋 웃었다. "그리고 일을 끝낸 뒤에는 더 이상 피곤하지 않을 거요. 그건 약속할 수 있소."

그는 이 말이 퍽 재미난 모양이었다. 앨릭스는 몸서리를 쳤다. 계획을 실행할 기회는 지금뿐이다. 이 기회를 놓치면, 기회는 영영 오지 않을 것이다.

그녀는 의자에서 일어났다.

"정육점에 전화 좀 걸어야겠어요." 그녀는 차분하게 말했다. "당신은 그냥 앉아 계세요."

"정육점? 이 늦은 시간에?"

"물론 가게문은 닫았겠죠. 하지만 주인은 집에 있을 거예요. 게

다가 내일은 토요일이잖아요. 소고기 커틀릿을 아침 일찍 갖다 달라고 부탁하려고요. 다른 사람이 먼저 가져가기 전에요. 그 영감님은 내 부탁이라면 들어줄 거예요."

그녀는 재빨리 집 안으로 들어가 현관문을 닫았다. 그러자 제럴드가 외치는 소리가 들렸다.

"문 닫지 마!"

그녀는 쾌활한 말투로 재빨리 대꾸했다.

"문을 닫아야 나방이 못 들어오죠. 난 나방이라면 딱 질색이에요. 내가 정육점 주인이랑 연애라도 할까봐 걱정이세요?"

일단 안으로 들어가자 그녀는 낚아채듯 수화기를 집어 들고 '트래블러스 암스'의 전화번호를 댔다. 당장 전화가 연결되었다.

"윈디퍼드 씨가 아직도 거기 계신가요? 좀 바꿔주시겠어요?"

바로 그 순간 그녀의 심장이 덜컹 내려앉으면서 울컥 구역질이 났다. 현관문이 벌컥 열리고 남편이 현관 홀로 들어왔기 때문이다.

"나가요, 제럴드." 그녀는 쌀쌀맞게 말했다. "난 전화로 이야기하고 있을 때 누가 듣는 걸 싫어해요."

그는 껄껄 웃으며 의자에 털썩 주저앉았다.

"정말로 정육점 주인과 통화하고 있는 거야?"

앨릭스는 절망에 빠졌다. 계획은 실패했어. 이제 곧 딕 윈디퍼드가 전화를 받을 거야. 위험을 무릅쓰고 큰 소리로 도움을 청할까? 제럴드가 내 손에서 수화기를 빼앗기 전에 딕이 내 말뜻을 이해해줄까? 아니면 그저 짓궂은 장난쯤으로 치부해버릴까?

그녀가 절망에 사로잡혀 손에 든 수화기의 작은 버튼을 신경질적으로 눌렀다 풀었다 하고 있을 때 또 다른 계획이 문득 섬광처럼 떠올랐다. 그 버튼은 상대방에게 이쪽 목소리를 들리게 할 수도 있고 들리지 않게 할 수도 있는 장치였다.

'어려울 거야…' 그녀는 생각했다. '이 계획이 성공하려면 정신을 바짝 차려야 하고, 적당한 낱말을 생각해내야 하고, 잠시도 더듬거리지 말아야 해. 하지만 난 해낼 수 있을 거야. 아니, 해내야만 해.'

바로 그때 수화기에서 딕 윈디퍼드의 목소리가 들렸다.

앨릭스는 숨을 깊이 들이마셨다. 그러고는 버튼을 힘껏 누르고 말했다.

"나이팅게일 별장의 마틴 부인이에요. (버튼을 풀고) 내일 아침에 소고기 커틀릿을 좋은 걸로 여섯 장만 갖고 (다시 버튼을 누르고) 와주세요. 아주 중요한 일이에요. (다시 버튼을 풀고) 고마워요, 헥스워시 씨. 이렇게 늦은 시간에 전화했다고 언짢게 생각하진 않으시겠죠. 하지만 그 커틀릿이 중요해서요. (버튼을 누르고) 생사와 관련된 문제예요. (버튼을 풀고) 좋아요. 내일 아침에 (버튼을 누르고) 되도록 빨리 와주세요…"

그녀는 수화기를 돌려놓고 숨을 몰아쉬며 남편을 돌아보았다.

"당신은 정육점 주인한테 늘 그런 식으로 말해?" 제럴드가 말했다.

"여자들이 흔히 써먹는 수법이죠." 앨릭스는 쾌활하게 대꾸했다.

그녀는 너무 흥분해서 금방이라도 폭발할 것 같았다. 제럴드는 아무것도 눈치채지 못했어. 딕은 내 말을 이해하지 못했다 해도 틀림없이 와줄 거야.

그녀는 거실로 들어가 전등을 켰다. 제럴드가 그녀를 따라왔다.

"이젠 기운이 넘치는 것 같군." 그는 이상한 듯이 그녀를 바라보며 말했다.

"그래요, 두통이 가셨어요."

그녀는 늘 앉는 의자에 앉아, 맞은편 의자에 털썩 주저앉는 남편에게 미소를 지어 보였다. 이제 난 살았어. 아직 8시 25분밖에 안 됐어. 딕은 9시가 되기 훨씬 전에 도착할 거야.

"당신이 아까 끓여준 커피 말이야, 별로 맛이 없던데." 제럴드가 투덜거렸다. "아주 쓴 맛이 났어."

"시험 삼아 새 커피를 끓여봤어요. 당신이 싫으면 다시는 끓이지 않을게요."

앨릭스는 바느질감을 집어 들고 바느질을 하기 시작했다. 그녀는 이제 착한 아내 역할을 계속하는 자신의 능력에 자신감을 느꼈다. 제럴드는 책을 몇 장 읽었다. 그러다가 시계를 힐끔 쳐다보고는 책을 옆으로 내던졌다.

"여덟 시 반이군. 지하실로 내려가서 일을 시작할 시간이야."

바느질감이 앨릭스의 손가락에서 미끄러져 떨어졌다.

"아직 안 돼요. 아홉 시까지 기다려요."

"아니, 여덟 시 반에 시작할 거야. 일찍 시작하면 그만큼 빨리 잠자리에 들 수 있잖아."

"하지만 나는 아홉 시까지 기다리고 싶어요."

"여덟 시 반이야." 제럴드는 고집스럽게 말했다. "내가 시간을 정하면 항상 지킨다는 건 당신도 알잖아. 자, 갑시다, 앨릭스. 나는 이제 잠시도 더 기다리지 않겠어."

앨릭스는 그를 쳐다보고, 저도 모르게 공포의 물결이 밀려오는 것을 느꼈다. 가면은 벗겨졌다. 제럴드의 두 손은 꿈틀꿈틀 경련을 일으키고 있었다. 그의 눈은 흥분으로 번들거렸다. 그리고 바싹 마른 입술을 계속 혀로 핥고 있었다. 그는 더 이상 흥분을 감추려고 애쓰지도 않았다.

'그건 그래.' 앨리스는 생각했다. '이 사람은 더 이상 기다리지 않을 거야. 미친 사람이나 마찬가지야.'

그는 성큼성큼 다가와서, 한 손으로 그녀의 어깨를 움켜잡고 일으켜 세웠다.

"자, 갑시다. 아니면 내가 당신을 안고 갈까?"

그의 말투는 쾌활했지만, 그 뒤에는 가면을 벗은 잔인함이 숨어 있었다. 앨릭스는 오싹 소름이 돋는 것을 느꼈다. 그녀는 온 힘을 다해 제럴드의 손을 뿌리치고 벽에 찰싹 달라붙어 몸을 움츠렸다. 그녀는 무력했다. 도망칠 수도 없었고, 아무것도 할 수 없었다. 그리고 그는 그녀를 향해 한 걸음씩 다가오고 있었다.

"자, 앨릭스…."

"안 돼요. 싫어요."

그녀가 제럴드를 피하려고 무력하게 두 손을 내밀며 비명을 질렀다.

"잠깐만요. 당신한테 얘기할 게 있어요. 고백할 게…."

그가 걸음을 멈추었다.

"고백?" 그가 흥미를 느낀 듯이 물었다.

"네, 고백요." 그녀는 그의 관심을 계속 잡아두려고 애쓰면서 필사적으로 말을 이었다. "당신한테 벌써 말했어야 하는 건데."

경멸하는 표정이 그의 얼굴을 스쳤다. 주문은 깨졌다.

"옛 애인 이야기겠지." 그가 코웃음을 쳤다.

"아니에요. 다른 얘기예요. 당신은 그걸 아마… 아마 범죄라고 부를 거예요."

그 말이 정곡을 찔렀다는 건 당장 알 수 있었다. 그의 관심을 다시 사로잡았기 때문이다. 그것을 깨닫자 그녀도 용기가 되살아났다. 그녀는 다시 한번 상황을 뜻대로 통제할 수 있다는 자신감을 느꼈다.

"다시 자리에 앉는 게 좋겠어요."

그녀는 방을 가로질러 의자로 가서 앉았다. 그러고는 허리를 굽혀 바느질감을 집어 들었다. 겉으로는 침착했지만 속으로는 초조하게 머리를 쥐어짜며 그럴듯한 거짓말을 꾸며내고 있었다. 도와줄 사람이 올 때까지, 꾸며낸 이야기로 제럴드의 관심을 붙잡아두어야 했기 때문이다.

"당신한테는 내가 15년 동안 타자수로 일했다고 말했지만, 전적으로 사실은 아니었어요. 그 사이에 두 번 공백기가 있었으니까요. 첫 번째는 내가 스물두 살 때였어요. 어떤 남자를 우연히 만났는데, 나이가 지긋하고 재산도 꽤 있는 사람이었죠. 그 남자는 나를 사랑하게 되었고, 결혼하자고 말했답니다. 나는 그 청혼을 받아들여 우리는 결혼했어요." 그녀는 잠시 말을 끊었다가 이었다. "그리고 나는 그 사람을 설득해서, 나를 수취인으로 생명보험에 들게 했죠."

그녀는 남편의 얼굴에 갑자기 강렬한 호기심이 솟아나는 것을 보고 다시 자신감을 얻어 말을 이었다.

"전쟁 동안 나는 병원 약국에서 일한 적이 있어요. 거기서 온갖 종류의 희귀한 약품과 독약을 다루었죠. 네, 독약요."

그녀는 생각에 잠긴 얼굴로 말을 끊었다. 이제 그는 강한 흥미에 사로잡혀 있었다. 그건 의심할 여지가 없었다. 살인자는 항상 살인에 흥미를 갖게 마련이다. 그녀는 거기에 도박을 걸었고, 성공했다. 그녀는 시계를 힐끔 훔쳐보았다. 8시 35분이었다.

"어떤 독약이 있는데… 하얀색의 고운 가루예요. 아주 조금만 먹어도 즉사할 정도로 독한 약이에요. 당신은 독약에 대해서 잘 아시겠죠?"

그녀는 약간 불안한 마음으로 그 질문을 던졌다. 그가 독약에 대해 알고 있다면 조심해야 할 것이다.

"아니. 독약에 대해서는 거의 몰라."

그녀는 안도의 한숨을 내쉬었다. 그렇다면 일이 한결 쉬워지겠군.

"하이오신이라는 진통제에 대해서는 물론 들어봤겠죠. 이건 그 하이오신과 거의 같은 작용을 하는 약이지만, 나중에 검시를 해도 절대로 찾아낼 수 없어요. 어떤 의사라도 심장마비로 죽었다는 사망 진단서를 떼어줄 거예요. 나는 그 약을 조금 훔쳐서 가지고 있었죠."

그녀는 잠시 말을 끊고 남아 있는 힘을 모두 끌어모았다.

"계속해."

"아뇨. 난 무서워요. 차마 말할 수가 없어요. 나중에 말할게요."

"지금 말해." 그가 초조하게 말했다. "난 듣고 싶어."

"우리는 한 달쯤 결혼생활을 했어요. 나는 나이든 남편한테 아주 잘해주었어요. 정말 상냥하고 헌신적인 아내였죠. 그이는 이웃 사람들을 만날 때마다 입에 침이 마르도록 나를 칭찬했답니다. 그래서 내가 얼마나 헌신적인 아내인지는 모두 다 알고 있었어요. 나는 저녁마다 그이의 커피를 직접 끓였죠. 어느 날 저녁에 우리가 단둘이 있을 때 나는 그이의 커피잔에 그 치명적인 독약을 조금

넣었답니다."

앨릭스는 말을 끊고 조심스럽게 다시 바느질을 시작했다. 평생 연극이라고는 해본 적이 없는 그녀가 지금 이 순간에는 세상에서 가장 훌륭한 여배우와도 어깨를 겨룰 만했다. 그녀는 냉혹한 독살자 역할을 실제로 열연하고 있었다.

"무척 평화로웠어요. 나는 그이를 지켜보며 앉아 있었죠. 그이는 숨을 한 번 헐떡거리고는 가슴이 답답하니까 바람 좀 쐬게 해달라고 하더군요. 나는 창문을 열었어요. 그랬더니 그이는 의자에서 움직일 수가 없다고 말하고는 이내 죽었답니다."

그녀는 말을 끊고 미소를 지었다. 8시 45분이었다. 이제 곧 사람들이 올 것이다.

"보험금은 얼마나 됐는데?" 제럴드가 물었다.

"2천 파운드 정도였어요. 나는 그 돈으로 투기를 했다가 몽땅 날려버렸죠. 그래서 다시 사무실로 돌아가 타자수로 일했어요. 하지만 거기서 오랫동안 일할 생각은 추호도 없었지요. 그때 또 다른 남자를 만났어요. 나는 사무실에서 줄곧 처녀 시절 이름을 쓰고 있었죠. 그래서 그는 내가 전에 결혼한 적이 있다는 걸 몰랐어요. 그는 젊고, 꽤 잘생겼고, 돈도 많았어요. 우리는 서식스에서 조용히 결혼식을 올렸답니다. 그이는 생명보험에는 들고 싶어 하지 않았지만, 나를 상속인으로 한 유언장을 만들었어요. 그이도 역시 내가 커피를 끓여주는 걸 좋아했죠. 첫 남편이 그랬던 것처럼."

앨릭스는 생각에 잠긴 얼굴로 빙그레 웃고는 짤막하게 덧붙였다.

"나는 커피를 아주 맛있게 끓이죠." 그러고는 다시 말을 이었다. "나는 우리가 살고 있던 마을에서 친구를 몇 명 사귀었어요. 어느 날 저녁 식사를 마친 뒤에 내 남편이 갑자기 심장마비로 죽자 친구들은 나를 무척 가엾게 여겼답니다. 하지만 의사는 별로 내 마음에 들지 않았어요. 그가 나를 의심했다고는 생각지 않지만, 내 남편이 갑자기 죽은 건 정말 이상하다고 무척이나 놀랐거든요. 내가 왜 사무실로 다시 돌아갔는지, 그 이유는 나도 모르겠어요. 아마 습관 때문인가 봐요. 두 번째 남편은 나한테 4천 파운드를 남겨주었죠. 이번에는 그 돈으로 투기를 하지 않았어요. 그 대신 투자를 했죠. 그래서 당신도 알다시피…"

그러나 그녀는 말을 끝맺지 못했다. 피가 위로 몰려 얼굴이 빨개진 제럴드 마틴이 거의 질식할 것처럼 숨을 헐떡거리며, 부들부들 떨리는 집게손가락으로 그녀를 가리키고 있었기 때문이다.

"커피라고… 맙소사! 그 커피!"

그녀는 그를 빤히 쳐다보았다.

"그 커피가 왜 그렇게 썼는지, 이제야 알겠어. 이 악마 같으니. 나한테 독약을 먹였군."

그는 두 손으로 의자 팔걸이를 움켜잡았다. 금방이라도 그녀에게 덤벼들 태세였다.

"나한테 독약을 먹이다니."

앨릭스는 그를 피해 벽난로 쪽으로 뒷걸음쳤다. 이제 그녀는 겁에 질려, 그렇지 않다고 부인하려 했다. 그러나 입을 벌린 그녀는 목구멍까지 올라온 말을 꿀꺽 삼켰다. 다음 순간에는 그가 용수철처럼 덤벼들 것이다. 그녀는 몸에 남아 있는 힘을 모두 긁어모았다. 그러고는 그의 눈을 뚫어지게, 그녀를 주목하지 않을 수 없을 만큼 강렬하게 쏘아보았다.

"그래요. 당신한테 독약을 먹였어요. 그 독약은 벌써 작용하고 있어요. 이제 당신은 그 의자에서 움직이지 못해요. 움직일 수 없어요…."

저 의자에 제럴드를 묶어둘 수만 있다면… 단 몇 분 동안만이라도….

아아! 저게 뭐지? 길에서 발소리가 들린다. 대문이 삐걱거리는 소리. 그리고 대문에서 현관으로 걸어오는 발소리. 현관문이 열렸다….

"당신은 움직일 수 없어요." 그녀는 되풀이해서 말했다. 그러고는 그의 곁을 살짝 빠져나가, 방에서 곤두박질치듯 도망쳐 나갔다. 방에서 나오자마자 그녀는 딕 윈디퍼드의 품 안에 기절하여 쓰러졌다.

"맙소사! 앨릭스!" 딕이 외쳤다.

이어서 그는 함께 온 남자를 돌아보았다. 키가 크고 건장한 체격에 경찰 제복을 입은 사람이었다.

"저 방에서 무슨 일이 일어나고 있었는지, 가서 살펴보세요."

그는 앨릭스를 조심스럽게 소파에 눕히고, 그녀 위에 몸을 굽혔다.

"내 사랑." 그가 중얼거렸다. "가엾은 앨릭스, 도대체 무슨 짓을 당한 거야?"

그녀의 눈꺼풀이 파르르 떨렸다. 그녀의 입술은 그저 그의 이름만 중얼거릴 뿐이었다.

경찰관이 팔을 살짝 건드리는 바람에 딕은 혼란스러운 생각에서 깨어났다.

"저 방에는 아무것도 없습니다. 웬 남자가 의자에 앉아 있을 뿐입니다. 공포에 사로잡힌 것처럼 보이는데…."

"그런데 뭐죠?"

"죽어 있습니다."

가장 위험한 사냥감

리처드 코넬

리처드 코넬(Richard Connell, 1893~1949)

미국 뉴욕에서 태어나, 《뉴욕타임스》의 편집자로 일한 아버지의 영향으로 10세 무렵부터 짧은 이야기를 써서 잡지에 기고했다. 하버드 대학 시절에는 교지 편집자로 활약했으며, 제1차 세계대전에 참전하여 병영신문을 만들기도 했다. 전쟁이 끝난 후 단편소설 쪽으로 방향을 틀었고, 300편 이상을 작품을 발표했다.
수록 작품의 원제목은 'The Most Dangerous Game'(1924)이다.

"오른쪽으로 저기 어딘가에 큰 섬이 하나 있지. 그건 신비에 싸인…." 휘트니가 말했다.

"무슨 섬인데?" 레인스퍼드가 물었다.

"옛날 해도에는 '배덫섬'이라고 적혀 있어." 휘트니가 대답했다. "암시적인 이름이지 않나? 뱃사람들은 그곳을 왠지 두려워한다네. 이유는 나도 몰라. 어떤 미신이…."

"나는 안 보이는데." 레인스퍼드는 눅눅한 열대의 밤을 뚫고 그 섬을 보려고 애쓰면서 말했다. 요트를 짓누르는 따뜻하고 깊은 어둠은 손으로 만질 수 있을 것 같았다.

"자넨 눈이 좋잖나." 휘트니가 껄껄 웃으면서 말했다. "자네가 400미터 떨어진 덤불 속에서 움직이는 사슴 한 마리를 찾아내는 걸 본 적이 있지. 하지만 아무리 그런 자네라도 카리브해에서 달도 뜨지 않은 밤에 6킬로미터 밖에 있는 물체를 보진 못할 거야."

"6킬로는커녕 6미터 앞도 안 보이는걸." 레인스퍼드는 솔직히 인정했다. "우우! 이 어둠은 꼭 축축하게 젖은 벨벳 같군."

"리우데자네이루에 도착하면 밝아질 거야." 휘트니가 말했다. "며칠 안으로 도착할 수 있어. 퍼디 상회에서 보낸 엽총이 도착해 있으면 좋겠는데. 아마존강을 따라 올라가면서 멋진 사냥을 하게

가장 위험한 사냥감 83

될 걸세. 사냥은 정말 멋진 스포츠야."

"그럼. 세상에서 가장 멋진 스포츠지." 레인스퍼드가 동의했다.

"사냥꾼한테야 그렇지." 휘트니가 대꾸했다. "하지만 재규어한테는 안 그래."

"허튼소리는 그만두게, 휘트니." 레인스퍼드가 말했다. "자넨 철학자가 아니라 사냥꾼이야. 재규어의 기분이 어떻든, 그게 무슨 상관인데?"

"아마 재규어는 상관할걸." 휘트니가 말했다.

"흥! 재규어는 지적 능력을 갖고 있지 않아."

"그렇다 해도, 재규어가 적어도 한 가지는 이해한다고 생각해. 공포 말이야. 고통에 대한 공포, 죽음에 대한 공포…."

"말도 안 돼." 레인스퍼드는 껄껄 웃었다. "날씨가 너무 더워서 머리가 물러진 모양이군. 현실주의자가 되라고. 세상은 두 가지 부류로 이루어져 있지. 사냥꾼과 사냥감. 다행히 자네와 나는 사냥꾼이야. 그런데 우리가 벌써 그 섬을 지나쳤다고 생각하나?"

"너무 어두워서 모르겠어. 지나쳤으면 좋겠는데."

"왜?" 레인스퍼드가 물었다.

"그곳은 평이 나 있지. 나쁜 평이…."

"식인종이라도 살고 있나?" 레인스퍼드가 넌지시 물었다.

"그렇진 않을 거야. 아무리 식인종이라도 신이 버린 그런 곳에서는 살려고 하지 않을걸. 하지만 어쨌든 그 섬은 뱃사람들 사이에 전해 내려오는 이야기에 들어가 있다네. 오늘 이 배 승무원들의 신경이 약간 곤두서 있는 걸 눈치채지 못했나?"

"듣고 보니 그렇군. 확실히 오늘은 좀 이상했어. 닐센 선장까지도…."

"그래. 악마한테 다가가서 담뱃불 좀 빌려달라고 할 만큼 강인한 그 선장까지도 그랬지. 그 무표정한 푸른 눈에 그런 표정이 떠오르는 것은 처음 봐. 내가 선장한테 알아낼 수 있었던 건 이곳이 뱃사람들 사이에서는 악명이 높다는 것뿐이었어. 선장은 아주 엄숙한 얼굴로, '정말 아무것도 느끼지 못했소?' 하더군. 우리 주위의 공기가 실제로 오염되어 있기라도 한 것처럼 말이야. 내가 이런 말을 한다고 웃으면 안 돼. 선장의 그 말을 듣고 나는 갑자기 오싹한 냉기 같은 걸 느꼈다네. 바람은 전혀 없었어. 바다는 유리처럼 잔잔했지. 그때 우리는 그 섬에 가까이 다가가고 있었어. 내가 느낀 건 정신적인 냉기, 일종의 갑작스러운 두려움이었다네."

"순전한 상상이야." 레인스퍼드가 말했다. "선원들 가운데 미신적인 사람이 하나라도 끼어 있으면 나머지 사람들도 모두 그 두려움에 감염될 수 있어."

"어쩌면 그럴지도 모르지. 하지만 뱃사람들은 위험이 닥쳤을 때 그걸 느끼는 육감을 갖고 있어. 악은 소리나 빛처럼 파장을 지닌 물체라고 생각해. 사악한 곳은 말하자면 악의 진동을 널리 퍼뜨릴 수 있지. 어쨌든 그 지역을 벗어나고 있어서 다행이야. 난 잠이나 좀 자야겠어."

"난 안 졸려." 레인스퍼드가 말했다. "뒷갑판에서 파이프나 피워야겠군."

"그럼 저녁 잘 보내고 내일 아침 식사 때 만나세, 레인스퍼드."

"그러세. 잘 자게, 휘트니."

레인스퍼드가 거기 앉아 있을 때 어두운 밤 속에는 아무 소리도 없었다. 요트를 어둠 속으로 빠르게 몰고 가는 엔진 소리와 프로펠러가 획획 돌면서 일으키는 잔물결 소리만 들릴 뿐이었다.

레인스퍼드는 접는 의자에 기대앉아 파이프를 느긋하게 뻐끔거렸다. 밤의 감각적인 나른함이 그를 덮쳤다.
    '너무 어둡군. 눈을 뜨고 있어도 잠을 잘 수 있을 것 같아. 밤이 내 눈꺼풀이 되겠지….' 이런 생각을 하고 있을 때 갑자기 어떤 소리가 들려 그는 깜짝 놀랐다. 그 소리는 오른쪽에서 들렸다. 그런 소리에 익숙한 그의 귀가 잘못 들을 리가 없었다. 소리가 잇달아 두 번 더 들렸다. 어둠 속 어딘가에서 누군가 총을 세 번 쏘았다.
    레인스퍼드는 벌떡 일어나, 어리둥절한 채 재빨리 난간 쪽으로 다가갔다. 그는 눈을 크게 뜨고 소리가 들려온 쪽을 뚫어지게 바라보았지만, 담요를 꿰뚫어보려고 애쓰는 거나 마찬가지였다. 그는 좀 더 먼 곳을 보려고 난간 위로 올라갔다. 어둠 속에서 허둥대는 바람에 파이프가 밧줄에 부딪혀 입에서 떨어졌다. 그는 파이프를 잡으려고 손을 뻗었다. 그러나 손을 너무 멀리 뻗는 바람에 균형을 잃고 기우뚱했다. 그 순간 그의 입에서 외마디 비명이 터져 나왔다. 카리브해의 피처럼 따뜻한 바닷물이 그의 얼굴을 삼켰을 때에야 외침 소리가 끊겼다.
    그는 바둥거리며 수면 위로 떠올라 소리를 지르려고 했지만, 쏜살같이 달려가는 요트가 일으킨 물살이 그의 얼굴을 후려쳤다. 벌린 입 안으로 들어온 소금물 때문에 구역질이 나고 숨이 막혔다. 그는 멀어져가는 요트의 불빛을 향해 필사적으로 팔을 저었지만, 15미터도 헤엄치기 전에 동작을 멈추었다. 어떤 냉정함이 마음에 떠올랐던 것이다. 궁지에 몰린 것은 처음이 아니었다. 요트에 타고 있는 누군가가 그의 외침 소리를 들을 가능성은 거의 없었다. 더구나 요트는 지금 한창 달리고 있었다. 그는 옷을 벗어 던지고 온 힘을 다해 고함을 질렀다. 요트의 불빛은 희미한 반딧불이 되어 점점 사라졌다. 이윽고 밤이 그 불빛을 완전히 지워버렸다.

　레인스퍼드는 좀 전에 들은 총소리를 기억해냈다. 총소리는 오른쪽에서 들려왔다. 그는 그쪽으로 꾸준히 헤엄쳐갔다. 힘을 아끼기 위해 천천히 물살을 갈랐다. 끝없이 길게 느껴지는 시간을 그는 바다와 싸웠다. 그는 필사적으로 팔을 움직이며 그 횟수를 세기 시작했다. 앞으로 아마 백 번은 더 팔을 저을 수 있을 것이다. 그러나 그다음에는….

　레인스퍼드는 소리를 다시 들었다. 그 소리는 어둠 속에서 들려왔다. 높은 비명 소리였다. 극단적인 고통과 공포 속에서 내지르는 짐승의 울부짖음이었다.

　어떤 짐승이 그런 소리를 내는지는 알 수도 없었고, 알려고도 하지 않았다. 하지만 그 소리는 그에게 새로운 힘을 주었다. 그는 소리가 나는 쪽으로 헤엄쳐갔다. 그 소리가 다시 들렸다. 이어서 또 다른 소리, 또렷하고 단속적인 소리가 짐승의 울부짖음을 중단시켰다.

　'권총 소리야.' 레인스퍼드는 계속 헤엄을 치면서 중얼거렸다.

　10분 동안 열심히 헤엄쳤을 때 또 다른 소리가 그의 귓전에 닿았다. 그렇게 반가운 소리는 난생처음이었다. 파도가 바위투성이 해안에 부서지면서 낮게 으르렁거리는 소리였다. 해안에 거의 이르렀을 때에야 그는 바위를 보았다. 파도가 거친 밤이었다면 그는 그 바위에 부딪혀 박살이 났을 것이다. 그는 젖 먹던 힘까지 짜내어 소용돌이치는 물에서 빠져나왔다. 들쭉날쭉한 바위가 짙은 어둠 속으로 불쑥 튀어나와 있었다. 그는 두 손으로 번갈아 바위를 잡으면서 위로 기어올라갔다. 두 손이 바위에 쓸려 살갗이 벗겨졌다. 그는 숨을 헐떡거리면서 바윗등에 이르렀다. 울창한 밀림이 벼랑 끝까지 뻗어 내려와 있었다. 뒤엉킨 나무와 덤불 속에서는 어떤 위험이 도사리고 있는지 모르나, 지금은 그 위험을 걱정하지 않았다. 그가 아는 것이라고는 이제 바다로부터 안전해졌다는 것, 그리고 움직이기조차 힘들 정도로 지쳤다는 것뿐이었다. 그는 밀림 언저리에 몸을 내던지고, 평생 동안 가장 깊은 잠 속으로 곧장 뛰어들었다.

눈을 떴을 때 그는 태양의 위치를 보고 늦은 오후인 것을 알았다. 잠은 그에게 새로운 활력을 주었다. 심한 공복감이 뱃속을 후비고 있었다. 그는 다소 쾌활하게 주위를 둘러보았다.

'권총 소리가 난 곳에는 사람이 있어. 사람이 있는 곳에는 음식이 있지.' 그는 생각했다. 하지만 이렇게 험한 곳에 살고 있다면 과연 어떤 족속일지 궁금했다. 나무와 덤불이 뒤엉켜 빈틈없이 이어진 들쭉날쭉한 밀림이 바닷가를 따라 뻗어 있었다.

밀림 속으로 들어가는 것보다는 해안을 따라 걷는 편이 더 쉬웠다. 레인스퍼드는 물가를 비틀거리며 걸어갔다. 상륙한 곳에서 그리 멀지 않은 곳에 이르렀을 때 그는 걸음을 멈추었다.

상처 입은 커다란 짐승이 덤불 속에서 몸부림치며 뒹군 흔적이 남아 있었다. 밀림 속 잡초는 짓뭉개져 있고 이끼는 벗겨져 있었다. 잡초의 일부가 핏빛으로 물들어 있었다. 그리 멀지 않은 곳에 반짝거리는 작은 물체가 눈에 띄었다. 집어 들고 보니 빈 탄약통이었다.

'22구경이군.' 그는 속으로 중얼거렸다. '정말 이상한데. 여기서 몸부림친 건 상당히 큰 짐승이었을 텐데, 이렇게 가벼운 총으로 맞서다니, 그 사냥꾼의 배짱도 보통이 아니군. 그 짐승은 사냥꾼과 한바탕 싸움을 벌인 게 분명해. 내가 처음 들은 세 발의 총성은 사냥꾼이 짐승을 추적하면서 상처를 입혔을 때 난 소리일 거야. 그리고 마지막 총성은 사냥감을 추적한 끝에 여기서 숨통을 끊었을 때 난 소리였어.'

그는 땅바닥을 주의 깊게 조사하여 찾고 싶었던 것을 찾아냈다. 사냥화 자국이었다. 발자국은 벼랑을 따라 그가 가고 있던 방향으로 이어져 있었다. 그는 열심히 그 발자국을 따라갔다. 썩은 통나무나 헐거운 돌멩이에 걸려 미끄러졌지만, 그래도 서둘러 전진했다. 섬 위에 밤이 내려앉기 시작했다.

황량한 어둠이 바다와 밀림을 검게 물들이고 있을 때 레인스퍼드는 불빛을 보았다. 초승달 모양으로 굽이진 해안선을 돌아 넘자 불빛이 바로 눈앞에 있었다. 맨 처음 떠오른 생각은 마을에 도착했다는 것이었다. 불빛이 너무 많았기 때문이다. 그러나 가까이 다가가서 보니 놀랍게도 그 불빛들은 모두 하나의 커다란 건물에서 새어 나오고 있었다. 수많은 뾰족탑이 어둠 속으로 우뚝 솟아 있는 당당한 건물이었다. 그의 눈이 웅장한 성채의 희미한 윤곽을 알아보았다. 성채는 높은 벼랑 위에 서 있었고, 건물의 삼면은 깎아지른 듯한 낭떠러지에 면해 있었다. 벼랑 밑에서는 바다가 어둠 속에서 탐욕스러운 입술을 핥고 있었다.

'신기루인가?' 레인스퍼드는 생각했다. 그러나 대못이 박힌 높은 쇠문을 열었을 때 그것이 결코 신기루가 아니라는 것을 알았다. 돌계단은 현실 그대로였다. 그러나 그 주위에 있는 것들은 하나같이 비현실적인 분위기를 띠고 있었다.

그는 노커를 들어 올렸다. 노커는 지금껏 한 번도 쓰이지 않은 것처럼 뻑뻑하여 끽끽 소리를 내며 올라갔다. 그는 노커를 놓았다. 그러자 요란한 소리가 울려 퍼지는 바람에 그는 흠칫 놀랐다. 안에서 발소리가 들린 것 같았다. 그러나 문은 닫힌 채였다. 레인스퍼드는 무거운 노커를 다시 들어 올렸다가 놓았다. 그러자 문이 열렸다. 마치 용수철이라도 달린 것처럼 갑자기 벌컥 열렸다. 레인스퍼드는 안에서 홍수처럼 쏟아져 나오는 눈부신 황금빛 불빛 속에서 눈을 깜박거리며 서 있었다. 레인스퍼드의 눈이 맨 처음 알아본 것은 거인이었다. 그는 지금까지 그렇게 덩치가 큰 사람을 본 적이 없었다. 단단한 체격에 검은 수염을 허리까지 드리운 거대한 사람이었다. 그는 총신이 긴 권총을 손에 쥐고 있었는데, 그것을 레인스퍼드의 심장에다 곧장 겨누고 있었다.

얼기설기 뒤얽힌 구레나룻 속에서 두 개의 작은 눈이 레인스퍼드를 바라보았다.

"놀라지 마시오." 레인스퍼드는 미소를 지으며, 그 미소가 거인의 적개심을 없애주기를 기대했다. "나는 도둑이 아니오. 요트에서 떨어졌어요. 생어 레인스퍼드라고 하는데, 뉴욕에서 왔어요."

거인의 위협적인 눈빛에는 변함이 없었다. 거인은 마치 동상처럼 꼼짝도 하지 않은 채 완강하게 권총을 겨누고 있었다. 레인스퍼드의 말을 알아들었거나 듣는 기색조차 보이지 않았다. 그는 제복을 입고 있었는데, 회색 모피로 테두리를 두른 검은 제복이었다.

"뉴욕에서 온 생어 레인스퍼드요." 레인스퍼드는 다시 말했다. "요트에서 떨어졌어요. 배가 고픕니다."

거인의 반응은 엄지손가락 끝으로 권총의 공이치기를 들어 올린 것뿐이었다. 이어서 그는 총을 쥐지 않은 손을 이마에 대고 거수경례를 하더니, 찰카닥 소리를 내며 발뒤꿈치를 모으고 차렷 자세를 취했다. 누군가가 넓은 대리석 계단을 내려오고 있었다. 꼿꼿하고 마른 체격에 야회복을 입은 남자였다. 그는 레인스퍼드에게 다가와 손을 내밀었다.

그가 다소 높은 목소리로 입을 열었다. 외국 말투가 약간 섞여 있어서, 목소리가 더욱 엄격하고 신중하게 들렸다.

"고명하신 사냥꾼 생어 레인스퍼드 씨를 내 집에 맞게 되다니, 크나큰 기쁨이요 영광이올시다."

레인스퍼드는 반사적으로 남자의 손을 잡고 흔들었다.

"당신이 티베트에서 눈표범을 사냥한 기록을 담은 책을 읽었소." 남자가 말했다. "나는 자로프 장군이라고 하오."

레인스퍼드가 장군에게 받은 첫 번째 인상은 훤칠한 키에 아주 잘생긴 남자라는 것이고, 두 번째 인상은 장군의 얼굴에 남다른 특징이 있다는 것이었다. 머리가 하얀 걸 보면 중년은 훨씬 지난 듯했지만, 굵은 눈썹과 뾰족한 군대식 콧수염은 레인스퍼드가 방금 빠져나온 밤처럼 새까맸다. 눈도 역시 검었는데, 놀랄 만큼 생기 있게 빛났다. 그는 광대뼈가 튀어나오고, 날카로운 콧날에 네모난 검은 얼굴을 갖고 있었다. 명령을 내리는 데 익숙한 귀족의 풍모였다. 장군은 제복 차림의 거인을 돌아보면서 신호를 보냈다. 그러자 거인은 권총을 거두고 경례를 한 다음 사라졌다.

"이반은 믿을 수 없을 만큼 힘센 녀석이지요. 하지만 불행히도 귀머거리에 벙어리요. 단순한 녀석이지만, 그의 민족이 모두 그렇듯이 약간 야만적인 데가 있지요."

"러시아인입니까?"

"카자흐 사람이오." 장군이 미소를 지으면서 말했다. 붉은 입술과 뾰족한 이가 드러나 보였다. "나도 그렇소."

장군은 잠시 후에 말을 이었다.

"여기 이렇게 서서 이야기할 수는 없잖소. 이야기는 나중에 합시다. 지금 당신에게 필요한 것은 옷과 음식과 휴식인 것 같은데, 그건 곧 갖게 될 거요. 여기는 세상에서 가장 평온한 곳이지요."

이반이 다시 나타났다. 장군은 입술로 그에게 말했다. 입술은 움직였지만 아무 소리도 나오지 않았다.

"이반을 따라가세요. 당신이 도착했을 때 나는 막 저녁을 먹으려던 참이었소. 당신이 준비를 끝낼 때까지 기다리겠소. 내 옷이 당신에게 잘 맞을 거요."

레인스퍼드가 이반을 따라서 간 곳은 천장에 들보를 댄 거대한 침실이었다. 여섯 사람은 충분히 잘 수 있을 만큼 커다란 침대가 놓여 있었다. 이반이 야회복을 꺼내놓았다. 옷을 입을 때 레인스퍼드는 그 옷이 귀족 지위를 가진 사람에게만 주문을 받는 런던의 양복점에서 꼼꼼하게 지은 옷이라는 것을 알아차렸다.

이반의 안내를 받고 들어간 식당은 여러 가지 점에서 놀랄 만했다. 그곳에는 중세의 웅장한 분위기가 있었다. 벽에 댄 참나무 널판과 높은 천장, 한쪽에 20명씩 양쪽 합해서 40명은 너끈히 앉을 수 있을 만큼 커다란 식탁은 봉건시대 귀족 저택의 홀을 연상시켰다. 벽에는 많은 동물들의 박제된 머리가 걸려 있었다. 사자, 호랑이, 코끼리, 사슴, 곰… 레인스퍼드는 이제까지 그보다 완벽한 박제품을 본 적이 없었다. 커다란 식탁에는 장군 혼자 앉아 있었다.

"칵테일 좀 드세요, 레인스퍼드 씨." 장군이 제의했다. 칵테일은 아주 맛있었다. 그리고 식탁의 비품들-식탁보, 냅킨, 크리스털, 은식기, 도자기-도 최고급이라는 것을 레인스퍼드는 첫눈에 알아보았다.

그들은 '보르쉬'를 먹었다. 러시아인들이 그토록 좋아한다는, 시큼한 크림을 넣은 수프였다.

"우리는 여기서 문명의 쾌적함을 보존하려고 최선을 다하고 있지만, 사소한 잘못이 있더라도 양해하시오." 장군이 약간 변명하듯 말했다. "아시다시피 여긴 사람 사는 곳으로부터 한참 떨어져 있으니까 말이오. 샴페인이 바다를 건너오면서 상한 것 같소?"

"아닙니다. 전혀 그렇지 않습니다." 레인스퍼드는 강한 어조로 말했다. 그는 장군이 사려 깊고 친절한 집주인이며 진정한 세계주의자라는 생각이 들었다. 그러나 장군에게는 레인스퍼드를 불편하게 만드는 사소한 특징이 있었다. 접시에서 눈을 들 때마다 그는 장군이 자기를 유심히 관찰하며 값을 매기고 있는 듯한 느낌을 받았다.

"내가 당신 성함을 알고 있어서 놀랐겠군요." 장군이 말했다. "나는 영어, 프랑스어, 러시아어로 출판된 사냥에 관한 책은 전부 다 읽었소. 내가 삶에서 열중하는 것은 한 가지뿐인데, 그건 바로 사냥이오."

"박제품들이 정말 멋지군요." 레인스퍼드는 맛있게 요리된 안심 스테이크를 먹으면서 말했다. "저 아프리카물소는 지금까지 내가 본 것 중에 가장 큽니다."

"아아, 저거 말이군. 그래요, 정말 괴물 같은 놈이었소."

"장군님을 공격했나요?"

"나를 나무에 내동댕이쳤지. 그 바람에 내 두개골이 깨졌지만, 결국은 내가 녀석을 잡았소."

"아프리카물소는 정말이지 가장 위험한 사냥감이지요."

장군은 잠시 대답하지 않고, 붉은 입술에 야릇한 미소를 떠올리고 있었다. 그러다가 천천히 말했다.

"그건 잘못 생각한 거요. 아프리카물소가 위험한 짐승이기는 하지만, 가장 위험한 사냥감은 아니오." 그는 와인을 한 모금 마셨다. 그러고는 여전히 느릿느릿한 어조로 말했다. "내가 사는 이 섬에서는 그보다 훨씬 위험한 짐승을 사냥하고 있지요."

레인스퍼드는 놀라움을 나타냈다.

"이 섬에 그렇게 큰 짐승이 있습니까?"

장군은 고개를 끄덕였다.

"가장 큰 짐승이지."

"정말입니까?"

"물론 여기서 자생하는 동물은 아니오. 밖에 들여다가 섬에 놓아 기르고 있지요."

"어떤 동물입니까? 호랑이인가요?"

"천만에." 장군은 미소를 지었다. "호랑이 사냥에 흥미를 잃은 지는 벌써 오래되었소. 호랑이에 대해서는 철저히 연구했는데, 호랑이 사냥에는 어떤 스릴도 남아 있지 않아요. 진정한 위험이 전혀 없어요. 나는 위험을 찾기 위해 삽니다."

장군은 주머니에서 금제 담뱃갑을 꺼내어, 권련 하나를 손님에게 권했다. 담배에는 향이 들어 있어서, 향을 피우는 듯한 냄새가 났다.

"우리는 멋진 사냥을 하게 될 거요. 당신과 나 말이오. 당신을 만나게 돼서 기쁘기 그지없소."

"하지만 어떤 짐승을…."

"당신도 즐기게 될 거요." 장군이 말을 가로챘다. "그건 흔한 게 아니오. 그러니까 나는 새로운 감각을 창조한 셈이지. 한 잔 더 하겠소?"

"고맙습니다."

장군은 술잔 두 개를 가득 채운 다음 말했다.

"신은 사람들 가운데 일부를 시인으로 만들지요. 또 일부는 왕으로 만들고, 일부는 거지로 만들지요. 나는 사냥꾼으로 만드셨소. 언젠가 선친께서 말씀하시기를, 내 손은 방아쇠를 당기기 위해 만들어졌다고 하셨지. 아버지는 크림반도(우크라이나의 남쪽으로 흑해를 향하여 돌출한 반도-옮긴이)에 25만 에이커의 땅을 가진 부자였고, 열렬한 스포츠맨이었소. 내가 다섯 살밖에 안 됐을 때 아버지는 모스크바에 특별 주문해서 만든 작은 총을 주고는, 그 총으로 참새를 쏘게 했지요. 당신이 가장 아끼는 칠면조 몇 마리를 그 총으로 쏘아 죽였을 때도 아버지는 꾸짖지 않으셨소. 야단을 치기는커녕, 내 사격 솜씨를 칭찬하셨지요. 열 살 때는 캅카스산맥(흑해와 카스피해 사이에 동서로 뻗은 산맥-옮긴이)에서 처음으로 곰을 쏘아 죽였소. 내 인생은 그 전체가 한 번의 기나긴 사냥이었소. 그 후 귀족 자제들의 관례에 따라 군대에 들어갔는데, 한때는 카자흐 기병대를 지휘했지만 나의 진정한 관심은 언제나 사냥이었소. 나는 세계 곳곳에서 온갖 종류의 짐승을 사냥했소. 내가 죽인 동물이 얼마나 되는지는 나도 모를 정도요."

장군은 담배 연기를 토해냈다.

"혁명이 일어나 제정이 무너진 뒤에 나는 러시아를 떠났소. 황제의 장교가 계속 그 나라에 남아 있는 것은 뻔뻔스러운 짓이었으니까. 러시아 귀족들은 대부분 모든 걸 잃었지만, 나는 다행히 미국의 유가증권에 꽤 많이 투자해두었기 때문에 몬테카를로에 술집을 차리거나 파리에서 택시운전사 노릇을 할 필요는 없었소. 당연히 나는 사냥을 계속했지요. 당신에 나라의 로키산맥에서는 회색곰을, 갠지스강에서는 악어를, 동아프리카에서는 코뿔소를 잡았소. 아프리카에서는 물소의 공격을 받고 다치는 바람에 여섯 달이나 병석에 누워 있어야 했지만, 회복되자마자 재규어를 사냥하러 아마존으로 떠났소. 재규어가 놀랄 만큼 교활하다는 말을 들었거든. 하지만 실제로는 그렇지 않습디다."

카자흐인은 길게 한숨을 내쉬었다. 그러고는 말을 계속했다.

"재규어가 아무리 교활하다 해도, 기지를 가진 사냥꾼과 고성능 라이플에는 상대가 되지 못했소. 나는 쓰라린 실망감을 맛보았지. 하루는 밤중에 머리가 깨질 것처럼 아파서 텐트 속에 누워 있는데, 무서운 생각이 떠올랐소. 사냥에 싫증이 나기 시작했다는 생각이었지. 그런데 사냥은 내 인생의 전부였소. 미국의 사업가들은 인생을 바친 사업을 포기하고 나면 육체적으로나 정신적으로 허물어져서 삶이 파괴되는 경우가 많다던데…"

"예, 맞습니다." 레인스퍼드가 말했다.

장군은 미소를 지었다.

"나는 그렇게 되고 싶은 생각이 조금도 없었소. 어떻게든 해야 했지요. 그런데 나는 분석적인 정신을 갖고 있는데, 내가 추적을 즐기는 것도 아마 그 때문일 거요."

"그렇겠지요."

"그래서 나는 자문해보았소. 무엇 때문에 사냥이 나를 더 이상 사로잡지 못하는 걸까. 레인스퍼드 씨, 당신은 나보다 훨씬 젊고 사냥 경험도 많지 않겠지만, 그래도 그 이유를 짐작할 수 있을 거요."

"글쎄요, 그게 뭐였습니까?"

"간단히 말하면 이렇소. 사냥은 나에게 더 이상 '성취의 과제'가 아니었소. 너무 쉬워져버린 거요. 한 번도 놓친 적이 없었지. 완벽함보다 따분한 건 없어요."

장군은 새 담배에 불을 붙였다.

"어떤 동물도 나한테 걸리면 살아날 가망이 없었소. 이건 결코 자랑이 아니오. 수학적 확실성의 문제지. 동물이 가진 거라고는 다리와 본능뿐인데, 본능은 결코 이성의 상대가 되지 못해요. 여기에 생각이 미쳤을 때가 나한테는 비극적인 순간이었다고 말할 수 있지요."

레인스퍼드는 식탁 너머로 몸을 내밀고 장군의 말에 열심히 귀를 기울이고 있었다.

"그러자 내가 뭘 해야 하는지, 영감이 떠오른 거요."

"그게 뭔데요?"

장군은 장애물에 부닥쳤지만 성공적으로 그것을 뛰어넘은 사람처럼 조용한 미소를 지었다.

"새로운 사냥감을 개발하자는 생각이었소."

"새로운 동물을 개발한다고요? 농담이시겠죠?"

"농담이 아니오. 사냥에 대해서는 결코 농담을 하지 않아요. 내게는 새 동물이 필요했소. 그리고 그걸 찾아냈지. 그래서 나는 이 섬을 사들인 다음, 이 집을 짓고, 여기서 사냥을 하고 있는 거요. 이 섬은 내 목적에 그야말로 안성맞춤인 곳이라오. 이 섬에는 샛길이 미로처럼 얽혀 있는 밀림이 있소. 언덕도 있고, 늪지도 있고…"

"하지만 그 동물은 뭡니까?"

"그 동물을 사냥하는 것은 이 세상에서 가장 흥미진진한 사냥이오. 다른 어떤 사냥도 그것과는 비교가 되지 않아요. 나는 날마다 사냥을 하지만, 아직까지 한 번도 싫증이 난 적이 없었소. 내 사냥감은 나와 맞먹을 수 있는 꾀를 갖고 있으니까 말이오."

레인스퍼드는 얼굴에 당혹감을 드러냈다.

"나는 이상적인 사냥감을 원했소. 그렇다면 이상적인 사냥감이 갖추어야 할 특성은 무엇인가? 그 대답은 당연히 이렇소. '용감하고 교활해야 하며, 무엇보다도 이성적인 판단력을 가지고 추론할 수 있는 능력을 갖고 있어야 한다."

"용감한 동물이나 꾀 많은 동물은 있을 수 있겠지만, 추론할 수 있는 능력을 가진 동물이라니, 그런 동물이 과연 존재할까요?" 레인스퍼드가 이의를 제기했다.

"딱 하나 있지."

"설마…." 레인스퍼드가 헐떡거렸다.

"왜 안 되나요?"

"진지한 얘기라고는 믿을 수가 없는데요. 이건 소름 끼치는 농담입니다."

"왜 내가 진지하지 않다는 거지? 나는 지금 사냥에 관해 말하고 있소."

"사냥요? 맙소사, 장군님이 말하고 있는 건 살인입니다."

장군은 너그럽게 웃었다. 그러고는 놀리듯이 레인스퍼드를 바라보았다.

"당신처럼 현대적이고 교양있는 젊은이가 인간 생명의 가치에 대해 낭만적인 생각을 품고 있다니 믿을 수가 없군. 당신의 전쟁 체험은…."

"냉혹한 살인을 눈감아주도록 만들지 않았느냐는 건가요?"

레인스퍼드가 장군 대신 딱딱하게 말을 맺었다.

장군은 몸을 뒤흔들며 웃어댔다.

"당신은 정말 보기 드문 어릿광대로군! 요즘 세상에, 아무리 미국이라 해도 당신처럼 교육을 받은 젊은이가 그렇게 천진난만하고 고리타분한 사고방식을 갖고 있다니. 그런 사람을 찾는 건 리무진 속에서 코담뱃갑을 찾는 거나 마찬가지요. 당신 조상은 틀림없이 청교도일 거요. 미국인들 중에는 청교도 조상을 가진 사람이 많은 것 같던데, 그래도 나와 함께 사냥을 하러 가면 그런 생각은 깨끗이 잊어버리게 될 거요. 당신은 진정으로 새로운 스릴을 맛보게 될 테니까."

"고맙지만, 나는 사냥꾼이지 살인자가 아닙니다."

"어이쿠!" 장군은 침착하게 말했다. "그 불쾌한 말이 또 나왔군. 하지만 나는 당신의 그 망설임이 얼마나 터무니없는 근거에 바탕을 두고 있는지를 입증할 수 있을 거요."

"그럼 해보시죠."

"생명은 강한 자를 위한 것이고, 강한 자가 누려야 하며, 필요하다면 강한 자가 빼앗아야 하오. 이 세상의 약자는 강자에게 즐거움을 주기 위해 존재할 뿐이오. 나는 강한 사람이오. 내가 왜 타고난 재능을 이용하면 안 된다는 거지? 사냥을 하고 싶을 때 사냥을 하면 왜 안 된다는 거지? 내가 사냥하는 대상은 이 세상의 쓰레기 같은 존재들, 예컨대 부정기 화물선의 인도인, 흑인, 중국인, 백인, 혼혈인 선원들이오. 스무 명을 합쳐 놓아도 순종 말이나 사냥개한 마리보다 못한 것들이지."

"하지만 그들은 인간입니다." 레인스퍼드가 흥분하여 말했다.

"맞아요. 내가 그들을 이용하는 이유가 바로 그거요. 그들은 아쉬운 대로 그럭저럭 이성적인 판단을 내릴 수가 있으니까. 그래서 그들은 즐거움을 주기도 하지만, 위험한 사냥감이기도 하지."

"하지만 사냥감이 될 사람을 어디서 구해오지요?"

장군의 왼쪽 눈썹이 윙크를 하는 것처럼 살짝 내려왔다.

"이 섬은 배덫섬이라고 부른다오. 때로는 성난 바다의 신이 그들을 보내주기도 하지요. 신의 섭리가 친절을 베풀지 않을 때는 내가 그 섭리를 약간 도와주기도 하고. 이쪽 창가로 와보시겠소."

레인스퍼드는 창가로 다가가서 바다를 내다보았다.

"잘 보시오! 저기 저쪽을!" 장군이 밤의 어둠 속을 가리키며 외쳤다. 레인스퍼드의 눈에는 암흑밖에 보이지 않았다. 그때 장군이 단추를 누르자 먼바다에서 불빛이 깜박거리는 게 보였다. "저 불빛은 수로를 나타내는데, 하지만 그곳엔 아무것도 없어요. 칼날처럼 날카로운 암초들이 입을 벌린 바다의 괴물들처럼 웅크리고 있을 뿐. 그 암초들은 내가 이 호두를 깨는 것처럼 손쉽게 배 한 척을 박살낼 수 있지요."

그는 단단한 마룻바닥에 호두 한 알을 떨어뜨리고 뒤꿈치로 짓밟아 부스러뜨렸다. 그러고는 마치 질문에 대답하는 것처럼 아무렇지도 않게 말했다.

"아, 그래요. 나는 전기를 가지고 있소. 우리는 이곳을 문명화하려 애쓰고 있지요."

"문명화한다고요? 그런데 사람을 쏘아 죽인단 말입니까?"

장군의 검은 눈에 분노의 빛이 나타났지만, 그것은 1초밖에 지속되지 않았다. 장군은 유쾌한 태도로 말을 이었다.

"당신은 정말 반듯한 젊은이로군! 분명히 말하지만 나는 당신이 짐작하고 있는 그런 짓은 하지 않아요. 그건 물론 야만적이겠지. 나는 방문객들을 대접하기 위해 모든 배려를 아끼지 않소. 그들은 좋은 음식을 배불리 먹고 운동도 충분히 한다오. 그래서 몸 상태가 놀랄 만큼 좋아지지. 당신도 내일 직접 보게 될 거요."

"무슨 뜻입니까?"

"우리는 내일 훈련소를 방문할 거요." 장군이 미소를 지었다. "그건 지하실에 있는데, 지금은 열 명쯤 들어가 있지요. 불행히도 저기 암초에 부딪혀 좌초한 스페인 범선 '산루카르'호의 선원들인데, 유감스럽게도 아주 수준 낮은 놈들이오. 밀림보다는 갑판에 더 익숙한 불쌍한 녀석들이거든."

그가 한 손을 들었다. 그러자 웨이터 노릇을 하고 있던 이반이 터키산 커피를 가져왔다. 레인스퍼드는 가급적 말을 하지 않으려고 애썼다.

"이건 게임이오." 장군이 상냥하게 말을 이었다. "나는 그들 중 한 놈에게 사냥을 가자고 제안하지요. 그놈에겐 식량과 사냥용 칼을 주고, 나보다 세 시간 먼저 출발시키지. 나는 세 시간 뒤에 최소 구경에 최소 사정거리의 권총 한 자루만 들고 그 뒤를 쫓는 거요. 그자가 꼬박 사흘 동안 나를 피하면 그가 이기는 거고, 내가 그를 찾아내면…" 장군은 미소를 지었다. "그가 지는 거지."

"그 사람이 사냥감이 되기를 거부하면요?"

"나는 물론 선택권을 줍니다. 원하지 않으면 사냥감 노릇을 할 필요는 없어요. 그가 사냥을 원치 않으면 나는 그자를 이반한테 넘기지. 이반은 한때 러시아의 황제 궁정에서 채찍형 집행자로 일한 적이 있는데, 그래서 스포츠에 대해 나름의 신념을 갖고 있거든. 둘 가운데 하나를 택하라고 하면 사람들은 언제나 사냥 쪽을 선택하게 되어 있소."

"그들이 이기면요?"

장군의 얼굴에 떠오른 미소가 점점 크게 번져갔다.

"나는 지금까지 한 번도 져본 적이 없소." 그러고는 서둘러 덧붙였다. "나를 허풍선이라고 생각지는 마시오, 레인스퍼드 씨. 그들은 대부분 초보적인 문제밖에 풀지 못합니다. 이따금 난폭해서 다루기가 어려운 녀석을 만나기도 해요. 한 녀석은 하마터면 나를 이길 뻔했지요. 그래서 결국 개들을 풀어야 했다오."

"개들이요?"

"이쪽으로 오시오. 보여드릴 테니."

장군은 레인스퍼드를 창가로 데려갔다. 창문에서 새어나가는 불빛이 아래 마당에 기괴한 무늬를 만들며 어른거리고 있었다. 레인스퍼드는 거기에서 열 개 남짓한 거대한 그림자가 움직이고 있는 것을 볼 수 있었다. 그것들이 창문 쪽으로 고개를 돌릴 때마다 눈이 파랗게 빛났다.

"아주 훌륭한 개들이오." 장군이 말했다. "매일 밤 일곱 시에 풀어놓지요. 누군가가 내 집으로 들어오려고 하거나 밖으로 나가려고 하면 유감스러운 일이 일어나게 될 거요."

그는 프랑스 샹송의 한 소절을 콧노래로 불렀다.

"그러면… 내가 새로 수집한 머리를 보여드리고 싶은데, 서재로 가실까요?"

"오늘 밤에는 이만 실례하고 싶군요. 정말로 기분이 좋지 않아서요." 레인스퍼드가 말했다.

"그래요?" 장군은 걱정스럽게 물었다. "하기야 그렇게 오랫동안 헤엄을 쳤으니 그렇기도 하겠지. 편안하게 푹 자도록 하시오. 그러면 내일은 새로 태어난 듯한 기분을 느끼게 될 거요. 그럼, 사냥을 하러 가는 거지요? 사실은 좋은 사냥감으로 기대할 만한 후보자가 있는데…"

레인스퍼드는 서둘러 식당을 나가고 있었다.

"오늘 밤에 같이 가지 못하는 게 유감이군." 장군이 뒤에서 소리를 질렀다. "오늘 밤에는 공정한 스포츠를 기대하고 있소. 상대는 덩치가 크고 힘센 깜둥이인데, 겉보기에는 제법 꾀가 있어 보이더군. 그럼 안녕히 주무시오, 레인스퍼드 씨. 마음껏 휴식을 취하기 바랍니다."

침대와 실크 잠옷은 훌륭했다. 레인스퍼드는 기진맥진했지만, 수면이라는 진정제로 머리를 가라앉힐 수 없었다. 그는 눈을 크게 뜬 채 누워 있었다. 한 번은 침실 밖 복도를 살금살금 걸어가는 발소리를 들은 것 같았다. 그는 문을 열어보려고 했지만 문은 열리지 않았다. 그는 창가로 다가가서 밖을 내다보았다. 침실은 탑 속에 높이 자리 잡고 있었다. 성채의 불빛은 이제 꺼져서 어둡고 조용했지만, 창백한 조각달이 떠 있었기 때문에 그 희미한 달빛으로 안마당을 어렴풋이 볼 수 있었다. 검은 형체들이 그림자 무늬를 이루며 소리 없이 움직이고 있었다. 사냥개들은 창문에서 그가 내는 기척을 듣고, 그 초록빛 눈으로 무언가를 기대하듯 창문을 쳐다보았다. 레인스퍼드는 침대로 돌아가 드러누웠다. 그는 잠을 자려고 온갖 방법을 다 써 보았다. 동이 트기 시작했을 때에야 겨우 선잠이 들었다. 바로 그때 멀리 떨어진 밀림 속 어딘가에서 희미한 권총 소리가 들렸다.

자로프 장군은 점심때까지 나타나지 않았다. 점심 식탁에 나타난 그는 시골의 대지주가 즐겨 입는 트위드 옷을 흠잡을 데 없이 말쑥하게 차려입고 있었다. 그는 레인스퍼드의 건강 상태를 염려했다.

"실은 나도 기분이 별로 좋지 않아요." 장군이 한숨을 내쉬었다. "걱정거리가 생겼는데, 지난밤엔 내가 전부터 우려했던 일이 벌어질 조짐을 느꼈소."

레인스퍼드가 무슨 소리냐고 묻는 듯한 눈으로 쳐다보자, 장군이 말을 이었다.

"권태, 따분함…."

장군은 '크레페 수제트'(밀가루·달걀·우유를 섞어 얇게 부친 팬케이크를 오렌지 소스에 넣고 끓인 프랑스식 디저트—옮긴이)를 두 접시째 먹으면서 설명을 계속했다.

"어젯밤 사냥은 별로였소. 그놈이 그만 이성을 잃어버렸거든. 그냥 곧게 뻗은 오솔길을 따라서 가는 바람에 풀어야 할 숙제를 내줄 수가 없었소. 그게 뱃사람들의 문제점이오. 그놈들은 애당초 머리가 둔한 데다, 숲속에서는 어떻게 움직여야 하는지 전혀 모르거든. 그래서 어리석고 뻔한 짓만 골라서 한다니까. 한 잔 더 하겠소?"

"장군님, 지금 당장 이 섬을 떠나고 싶습니다." 레인스퍼드가 단호하게 말했다.

장군은 짙은 눈썹을 치켜 올렸다. 기분이 상한 듯했다.

"당신은 이제 막 왔잖소. 아직 사냥도 하지 않았고…."

"오늘 떠나고 싶습니다." 레인스퍼드가 말했다. 그는 장군의 새까만 눈이 자기를 주의 깊게 관찰하고 있는 것을 보았다.

장군의 얼굴이 갑자기 밝아졌다. 그는 먼지 낀 술병에 든 와인을 레인스퍼드의 잔에 채웠다.

"오늘 밤 우리는 사냥을 하게 될 거요. 당신과 내가 말이오."

레인스퍼드는 고개를 저었다.

"아니요, 나는 하지 않겠습니다."

장군은 어깨를 으쓱하고, 온실에서 재배한 포도를 맛있게 먹었다.

"좋으실 대로. 선택은 전적으로 당신에게 달려 있소. 하지만 감히 말하건대, 당신은 내가 생각하는 스포츠가 이반의 스포츠보다는 더 즐겁다는 걸 알게 될 거요."

그가 이반이 서 있는 방구석을 향해 고개를 끄덕이자 이반은 험상궂은 표정을 지으면서 두툼한 가슴팍 위에서 굵은 팔을 엇걸어 팔짱을 꼈다.

"설마 진심으로…" 레인스퍼드가 외쳤다.

"이봐요, 내가 사냥에 대해 말할 때는 언제나 진심이라고 말하지 않았소? 이건 정말로 계시적인 자극이오. 마침내 내 강철 같은 강인함에 어울리는 적을 위하여 건배할 수 있게 됐으니 말이오."

장군은 술잔을 들어 올렸지만, 레인스퍼드는 장군을 가만히 바라보며 앉아 있었다.

"이 게임이야말로 대단한 가치가 있다는 걸 당신도 알게 될 거요." 장군은 열띤 표정으로 말했다. "당신의 두뇌와 내 두뇌의 대결. 당신의 지혜와 내 지혜의 대결. 당신의 체력과 내 체력, 당신의 정력과 내 정력의 대결. 야외에서 벌이는 체스! 이거야말로 최고의 게임이 아니겠소?"

"만약에 내가 이기면…" 레인스퍼드가 쉰 목소리로 입을 열었다.

"사흘째 되는 날 자정까지 당신을 찾지 못하면 패배를 기꺼이 인정하리다." 자로프 장군이 말했다. "그러면 당신을 내 배에 태워서 본토까지 곱게 모셔다드리겠소."

장군은 레인스퍼드가 무슨 생각을 하고 있는지를 알아차렸다.

"물론 나를 믿어도 됩니다. 신사이자 스포츠맨으로서 약속하겠소. 물론 당신도 이 섬을 방문한 일에 대해서는 한마디도 벙끗하지 않겠다고 동의해야 하오."

"그런 조건에는 동의할 수 없습니다."

"그렇다면… 아니, 왜 지금 그 문제를 논의해야 하지? 지금부터 사흘 뒤에 한잔하면서 천천히 논의할 수 있는데 말이오. 만약에…."

장군은 와인을 한 모금 마셨다. 그러고는 레인스퍼드에게 말했다.

"이반이 사냥복과 음식, 그리고 칼 한 자루를 줄 거요. 신발은 모카신을 신는 게 좋을 거요. 그래야 발자국을 덜 남기니까. 그리고 섬의 남동쪽 구석에 있는 늪을 조심하는 게 좋을 거요. 우리는 그걸 '죽음의 늪'이라고 부르지요. 어느 멍청한 녀석이 그쪽으로 달아난 적이 있는데, 애석한 건 라자루스가 그 녀석을 쫓아갔다는 거요. 내 사냥개들 가운데 가장 뛰어난 놈이었지. 내가 가장 아끼는 녀석이었고. 그때 내 마음이 어땠을지, 상상할 수 있을 거요. 미안지만 나는 이만 실례해야겠소. 점심을 먹은 뒤에는 항상 낮잠을 자거든. 하지만 당신은 낮잠 잘 시간이 없을 거요. 당신은 지금 당장 출발하고 싶겠지. 나는 어스름이 깔릴 때까지는 추적하지 않겠소. 밤에 사냥하는 것은 낮에 사냥하는 것보다 훨씬 자극적이지. 그렇게 생각지 않소? 자, 또 만납시다, 레인스퍼드 씨."

자로프 장군은 허리를 굽혀 공손히 절하고 어슬렁거리며 식당을 나갔다. 다른 문으로 이반이 들어왔다. 그는 겨드랑이에 카키색 사냥복과 식량이 든 배낭, 사냥용 칼이 든 가죽 칼집을 끼고 있었다. 그의 오른손은 진홍빛 허리띠에 찔러넣은 권총 위에 놓여 있었다.

레인스퍼드는 두 시간 넘게 덤불을 헤치고 열심히 나아갔다.
'겁먹으면 안 돼. 냉정함을 잃어서는 안 돼….'
그의 머리가 완전히 맑아지기도 전에 성문이 뒤에서 탕 소리를 내며 닫혔다. 우선 그의 머리를 사로잡은 생각은 자로프 장군으로부터 되도록 멀리 떨어져야 한다는 것이었다. 그래서 그는 무작정 앞으로 달렸다. 극심한 공포가 그에게 박차를 가했다. 그러나 그는 곧 자신을 억제하고 멈춰 서서, 자신과 상황을 냉정히 검토했다.

그는 곧장 도망쳐봤자 아무 소용이 없다는 것을 깨달았다. 곧장 가면 바다와 마주칠 수밖에 없었다. 그는 테두리가 물로 둘러쳐진 그림 속에 있었고, 따라서 그의 작전은 그 테두리 안에서 이루어져야 했다.

'장군이 따라올 발자국을 만들어줘야겠군.'
길도 없는 황무지 속으로 들어가고 있던 레인스퍼드는 이제까지 따라가던 험한 오솔길에서 벗어났다. 그는 복잡하게 뒤얽힌 고리 모양의 발자국을 몇 개나 만들었다. 여우 사냥의 지식과 여우의 교묘한 속임수를 되살리면서 자기 발자국을 따라 걸었다. 어둠이 깔리기 시작했을 때 그는 지친 다리로 나무가 울창한 산마루 위에 서 있었다. 두 손과 얼굴은 나뭇가지에 긁혀 생채기투성이가 되었다. 체력이 남아 있다 해도 어둠을 뚫고 계속 나아가는 것은 미친 짓이라는 것을 그는 알고 있었다. 그는 당장 휴식을 취할 필요가 있었다.

'지금까지는 여우 노릇을 했지만, 이제는 우화에 나오는 고양이

노릇을 해야겠어.'

줄기가 굵고 가지가 넓게 퍼진 큰 나무가 가까이에 있었다. 그는 작은 흔적도 남기지 않도록 조심하면서 가지가 갈라진 부분으로 기어 올라가, 넓은 나뭇가지 위에 몸을 쭉 펴고 드러누워 아쉬운 대로 휴식을 취했다. 휴식은 그에게 새로운 자신감과 안도감을 가져다주었다. 자로프 장군처럼 광적인 사냥꾼도 여기까지는 쫓아오지 못할 거라고 생각했다. 밀림 속을 이리저리 누빈 그 복잡한 발자국을, 더구나 어두워진 뒤에 따라올 수 있다면, 그것은 악마뿐이다. 하지만 어쩌면 장군은 악마일지도 모른다는 생각이 들었다.

불안한 밤은 상처 입은 뱀처럼 느릿느릿 기어갔다. 죽은 세계의 정적이 밀림을 뒤덮었지만 잠은 좀처럼 찾아오지 않았다. 거무스름한 잿빛이 하늘에서 사라지기 시작한 새벽녘에 놀란 새들의 울음소리가 들렸다. 레인스퍼드는 그 방향으로 주의력을 집중했다. 무언가가 덤불을 지나 다가오고 있었다. 천천히 조심스럽게, 레인스퍼드가 온 것처럼 지그재그로 다가오고 있었다. 그는 나뭇가지 위에 납작 엎드려, 융단처럼 촘촘한 나뭇잎 사이로 그쪽을 주의 깊게 살펴보았다. 다가오고 있는 것은 사람이었다.

자로프 장군이었다. 그는 완전한 집중 상태에서 앞쪽을 향해 시선을 고정시키고 있었다. 그러다가 나무 아래에 이르자 멈춰 서더니 무릎을 꿇고 땅바닥을 조사했다. 레인스퍼드는 아래로 몸을 던져 장군을 덮치고 싶은 충동을 느꼈지만, 장군의 오른손에 작은 금속 물체가 쥐어져 있는 것을 보았다. 자동권총이었다.

사냥꾼은 어리둥절한 것처럼 여러 번 고개를 저었다. 그러다가 벌떡 일어나더니 담뱃갑에서 담배 한 개비를 꺼냈다. 향내 나는 담배 연기가 레인스퍼드의 콧구멍으로 올라왔다. 레인스퍼드는 숨을 죽였다. 장군의 눈길이 땅바닥을 떠나 나무를 조금씩 기어오르고 있었다. 레인스퍼드는 그 자리에 얼어붙었다. 온몸의 근육이 용수철처럼 팽팽히 긴장했다. 그러나 장군의 날카로운 시선은 레인스퍼드가 누워 있는 나뭇가지에 이르기 직전에 멈추었다. 장군의 갈색 얼굴에 미소가 번졌다. 그는 동그란 연기 고리를 유유히 공기 속에 내뿜었다. 그러고는 나무에 등을 돌리고 왔던 길을 되짚어 멀어져 갔다. 올 때와는 달리 조심성이 없었다. 그의 신발에 밟히는 덤불의 바스락 소리가 차츰 희미해졌다.

가슴 속에 갇혀 있던 공기가 레인스퍼드의 허파에서 뜨겁게 터져 나왔다. 그의 머리에 우선 떠오른 생각이 그를 아찔하게 했다. 그는 구역질이 나고 몸이 떨렸다. 장군은 밤중에도 숲속에서 발자국을 추적할 수 있었어. 그렇게 어려운 발자국도 추적할 수 있었어. 장군은 불가사의한 힘을 갖고 있는 게 분명해. 그 카자흐인이 사냥감을 놓칠 가능성은 거의 없어.

레인스퍼드의 머리에 떠오른 두 번째 생각은 그보다 훨씬 더 끔찍한 것이었다. 으스스한 공포 때문에 온몸이 마비되었다. 장군은 왜 웃었을까? 왜 돌아섰을까? 레인스퍼드는 자신의 추리가 옳다고는 믿고 싶지 않았지만, 진실은 이제 아침 안개를 뚫고 떠오른 태양처럼 명백했다. 장군은 나를 가지고 놀고 있는 거야! 장군은 또 하루의 스포츠를 즐기기 위해 나를 살려둔 거야! 장군은 고양이고 나는 생쥐야. 그때 레인스퍼드는 공포라는 것의 의미를 완전히 깨달았다.

'나는 겁먹지 않을 거야. 절대로 겁먹지 않아.'

그는 나무에서 미끄러져 내려가, 다시 숲속으로 들어갔다. 그의 얼굴은 굳어 있었다. 그는 정신을 억지로 가동시켰다. 숨어 있던 곳에서 300미터쯤 왔을 때, 커다란 죽은 나무 한 그루가 살아 있는 작은 나무에 위태롭게 기대어 있는 것이 보였다. 그는 거기서 걸음을 멈추었다. 레인스퍼드는 식량이 든 배낭을 내던지고, 칼집에서 칼을 꺼내어 온 힘을 다해 일하기 시작했다.

마침내 일이 끝났다. 그는 30미터 떨어진 곳에 쓰러져 있는 통나무 뒤에 몸을 던졌다. 오래 기다릴 필요도 없었다. 고양이가 다시 생쥐를 갖고 놀기 위해 다가오고 있었다.

자로프 장군은 후각이 예민한 수색견처럼 확실하게 발자국을 따라오고 있었다. 어떤 것도 그 예리한 눈을 피할 수는 없었다. 신발에 밟혀 짜부라진 풀잎, 휜 나뭇가지, 이끼에 남은 희미한 흔적조차 그의 눈은 놓치지 않았다. 카자흐인은 사냥감에 몰래 접근하는 일에 너무 열중해 있었기 때문에 레인스퍼드가 만들어놓은 함정을 미처 보지 못했다. 그의 발끝이 불쑥 튀어나온 나뭇가지에 닿았다. 그 가지는 일종의 방아쇠였다. 그 가지를 건드린 순간 장군은 위험을 알아차리고 원숭이처럼 날쌔게 뒤로 펄쩍 뛰었다. 하지만 충분히 빠르지는 못했다. 칼로 자른 살아 있는 나뭇가지에 의지하여 절묘하게 균형을 잡고 있던 죽은 나무가 쓰러지면서 장군의 어깨를 비스듬히 내리쳤다. 장군이 그렇게 민첩하지 않았다면 그는 나무 밑에 깔려 박살이 났을 것이다. 장군은 비틀거렸지만 넘어지지는 않았다. 그리고 권총을 떨어뜨리지도 않았다. 그는 다친 어깨를 문지르며 서 있었다. 레인스퍼드는 다시금 공포가 심장을 움켜잡는 것을 느꼈다. 장군의 웃음소리가 숲속에 메아리치는 것이 들렸다.

"레인스퍼드!" 장군이 소리를 질렀다. "당신이 내 목소리가 들리는 곳에 있다면, 물론 그럴 거라고 생각하지만, 축하 인사를 보내고 싶군. 말레이인들이 사람 잡을 때 쓰는 덫을 만들 줄 아는 사람은 별로 없지. 내게는 다행한 일이지만, 나도 말라카에서 사냥을 한 적이 있거든. 당신은 과연 흥미로운 존재야. 상처에 약을 바르고 붕대를 감아야겠어. 사소한 상처일 뿐이야. 하지만 난 돌아가겠어. 돌아갈 거야."

장군이 멍든 어깨를 조심스럽게 다루면서 멀어져가자 레인스퍼드는 다시 달아나기 시작했다. 이제는 필사적이고 절망적인 도주였다. 그는 몇 시간 동안 계속 달아났다. 땅거미가 지고, 이어서 어둠이 내렸다. 그래도 그는 여전히 걸음을 재촉했다. 모카신 밑에서 땅바닥이 부드러워졌다. 식물은 점점 무성하고 울창해졌다. 벌레들이 잔인하게 그를 물어뜯었다. 앞으로 걸음을 내디뎠을 때 그의 발이 늪 속에 빠졌다. 그는 발을 빼내려고 했지만 검은 진흙은 마치 거대한 거머리처럼 그의 발을 빨아들였다. 그는 젖먹던 힘까지 다 짜내어 발을 빼냈다. 그는 자기가 어디 있는지 알아차렸다. '죽음의 늪'이었다.

그는 용기를 잃지 않으려고 주먹을 움켜쥐었다. 마치 용기가 눈에 보이는 것이고, 어둠 속의 누군가가 그것을 그의 손아귀에서 잡아떼려 하고 있기라도 한 것처럼 두 손을 힘껏 움켜쥐었다. 땅바닥의 부드러움이 그에게 한 가지 아이디어를 주었다. 그는 유사^{流沙}에서 3미터쯤 뒤로 물러선 다음, 선사시대의 거대한 비버처럼 땅을 파기 시작했다.

레인스퍼드는 프랑스에서 1초라도 늦으면 꼼짝없이 목숨을 잃는 절박한 순간에 참호를 판 적이 있었다. 하지만 그때의 참호 파기는 지금에 비하면 즐거운 소일거리였다. 구덩이가 점점 깊어졌

가장 위험한 사냥감

다. 구덩이가 어깨 높이에 이르자 밖으로 기어나와 단단한 어린 나무에서 나뭇가지를 잘라내어 끝을 뾰족하게 깎았다. 그런 다음 이 막대기를 뾰족한 끝이 위로 올라오도록 구덩이 바닥에 꽂았다. 그는 손을 잽싸게 움직여 잡초와 나뭇가지를 얼기설기 엮어서 조잡한 멍석을 만든 다음, 그것으로 구덩이 입구를 덮었다. 몸은 땀에 흠뻑 젖고, 피곤해서 온몸이 쑤셨다. 그는 벼락에 맞아 새까맣게 탄 나무 그루터기 뒤에 웅크리고 앉았다.

그는 추격자가 다가오고 있는 것을 알았다. 부드러운 흙을 밟는 발소리가 들리고, 밤바람이 장군의 담배 냄새를 실어왔다. 레인스퍼드가 보기에는 장군이 이상하게도 빨리 다가오고 있는 것처럼 여겨졌다. 장군은 한 걸음씩 길을 더듬고 있지 않았다. 레인스퍼드는 그루터기 뒤에 웅크리고 있었기 때문에 장군을 볼 수도 없었고 구덩이도 보이지 않았다. 1분이 1년처럼 길게 느껴졌다. 그때 기쁨으로 크게 외치고 싶은 충동을 느꼈다. 구덩이 덮개가 아래로 떨어지면서 나뭇가지가 부러지는 소리가 들렸기 때문이다. 막대기의 뾰족한 끝이 표적을 제대로 찾은 순간 날카로운 비명이 들렸다. 레인스퍼드는 숨어 있던 곳에서 벌떡 일어났다. 그러나 다시 몸을 움츠렸다. 구덩이에서 1미터쯤 떨어진 곳에 한 남자가 손전등을 들고 서 있었다.

"아주 잘했어, 레인스퍼드." 장군의 목소리가 외쳤다. "네놈이 만든 버마 호랑이 덫은 내 사냥개 가운데 가장 뛰어난 녀석을 앗아갔어. 네놈이 또 점수를 딴 거야. 내 사냥개를 전부 다 데려오면 네놈이 어떻게 나올지 봐야겠군. 나는 이제 집으로 돌아가서 잠시 쉴 작정이야. 재미난 저녁을 보내게 해줘서 고맙네."

날이 밝자, 늪 근처에 누워 있던 레인스퍼드는 어떤 소리를 듣고 잠에서 깨어났다. 그 소리는 그가 아직도 공포에 대해서 배워야 할 것들이 있다는 사실을 일깨워주었다. 멀리서 들리는 희미한 소리였지만, 그는 그 소리를 알고 있었다. 수많은 사냥개들이 짖어대는 소리였다.

레인스퍼드는 두 가지 가운데 하나를 선택할 수 있다는 것을 알았다. 지금 있는 곳에 남아서 기다릴 수도 있었다. 그것은 자살 행위였다. 아니면 도망칠 수도 있었다. 그것은 피할 수 없는 결과를 얼마간 미룰 뿐이었다. 잠시 그는 그 자리에 서서 생각했다. 성공할 가능성은 거의 없지만 한 가지 착상이 떠올랐다. 그는 허리띠를 단단히 졸라매고 늪을 떠났다.

사냥개들이 짖는 소리가 점점 가까워졌다. 순식간에 훨씬 더 가까워졌다. 산마루에 이르자 레인스퍼드는 나무 위로 올라갔다. 400미터도 채 떨어지지 않은 물줄기에서 덤불이 움직이는 것을 볼 수 있었다. 그는 눈을 크게 떴다. 자로프 장군의 깡마른 모습이 보였다. 장군 바로 앞에 또 다른 인물이 있는 것을 레인스퍼드는 알아보았다. 거인 이반이었다. 그의 넓은 어깨가 밀림의 키자란 잡초를 헤치며 파도처럼 굽이쳤다. 눈에 보이지 않는 힘이 이반을 앞으로 밀어내고 있는 듯이 보였다. 레인스퍼드는 이반이 사냥개들을 묶은 가죽끈을 쥐고 있다는 것을 알았다.

그들은 이제 곧 그가 숨어 있는 곳에 다다를 터였다. 그의 머리가 미친 듯이 활동했다. 그는 우간다에서 배운 원주민들의 속임수에 대해 생각했다. 그는 나무에서 미끄러져 내려갔다. 그러고는 낭창낭창한 어린 나무를 붙잡고, 사냥용 칼을 칼날이 발자국을 가리키도록 나무에 졸라맸다. 그런 다음 야생 덩굴을 조금 잘라서 어린 나무를 뒤로 묶었다. 그 일이 끝나자 그는 서둘러 달아났다. 사냥개들은 신선한 냄새를 맡고 목청을 높였다. 레인스퍼드는 이제 궁지에 몰린 짐승의 기분을 알 것 같았다.

그는 숨을 죽였다. 사냥개들이 짖는 소리가 갑자기 멈췄다. 레인스퍼드의 심장도 멈추었다. 그들이 칼을 묶어놓은 곳에 도착한 게 분명했다.

그는 나무 위로 기어오르면서 뒤를 돌아보았다. 추격자들은 멈춰 서 있었다. 그러나 레인스퍼드가 나무 위로 올라갔을 때 그가 품고 있던 희망은 깨끗이 사라져버렸다. 얕은 골짜기에 자로프 장군이 아직도 두 발로 서 있는 게 보였기 때문이다. 그러나 이반은 보이지 않았다. 용수철 장치가 된 나무의 반동으로 튀어나간 칼이 완전히 실패하지는 않은 모양이었다.

레인스퍼드가 땅으로 내려오자마자 사냥개들이 다시 짖어대기 시작했다.

'침착해야 해.' 그는 쏜살같이 달리면서 헐떡거렸다. 앞쪽의 파란 나무들 사이로 파란 틈이 보였다. 사냥개들은 계속 가까워졌다. 레인스퍼드는 그 파란 틈을 향해 기를 쓰고 달려갔다. 마침내 거기에 이르렀다. 해안이었다. 작은 후미 너머로 성채의 음울한 회색 돌벽이 보였다. 10미터 아래에서 바다가 우르릉거리며 쉭쉭거렸다. 레인스퍼드는 망설였다. 그때 사냥개들이 짖는 소리가 들렸다. 그는 바다 속으로 멀리 몸을 날렸다….

카자흐인은 사냥개들과 함께 바닷가에 이르자 걸음을 멈추었다. 몇 분 동안 그는 거기에 서서 끝없이 펼쳐진 쪽빛 바다를 바라보았다. 그는 어깨를 으쓱했다. 그러고는 그 자리에 주저앉아 은잔에 따른 브랜디를 마시고, 담배에 불을 붙이고, 〈나비부인〉의 한 소절을 흥얼거렸다.

자로프 장군은 그날 저녁 식당에서 특별히 맛있는 만찬을 즐겼다. 식사와 함께 그는 샴페인 한 병을 마셨다. 두 가지 사소한 걱정거리가 그의 완벽한 즐거움을 방해했다. 하나는 이반을 대신할 사람을 구하기가 쉽지 않을 거라는 생각, 또 하나는 사냥감이 그의 추격을 따돌렸다는 사실이었다. 그 미국인은 정정당당하게 행동하지 않았어. 장군은 저녁을 끝낸 뒤 샴페인을 맛보면서 생각했다. 그는 마음을 달래기 위해 서재에서 마르쿠스 아우렐리우스의 《명상록》을 읽었다. 10시에 그는 침실로 올라갔다. 그는 방문을 잠그면서 기분 좋게 피곤하다고 중얼거렸다. 희미한 달빛이 새어 들어왔다. 그래서 그는 불을 켜기 전에 창가로 가서 안마당을 내려다보았다. 커다란 사냥개들이 보였다. 그는 개들에게 소리를 질렀다.

"다음번에는 운이 좋을 거야."

그러고는 불을 켰다. 침대 커튼 속에 숨어 있던 남자가 거기에 서 있었다.

"레인스퍼드!" 장군은 비명을 질렀다. "도대체 어떻게 여길 들어왔지?"

"헤엄을 쳤지." 레인스퍼드가 말했다. "밀림 속을 걷는 것보다 헤엄을 치는 게 훨씬 빠르더군요."

장군은 숨을 죽이고 있다가, 이윽고 미소를 지으며 말했다.

"축하하오. 당신이 이겼소."

레인스퍼드는 웃지 않았다.

"나는 아직 궁지에 몰린 짐승이오." 그는 쉰 목소리로 낮게 말했다. "각오하시오, 자로프 장군."

장군은 허리를 굽혀 최대한 공손하게 절을 했다.

"알겠소. 정말 대단하군! 우리 가운데 한 사람은 사냥개들에게 별미를 제공하게 될 거요. 그리고 또 한 사람은 이 멋진 침대에서 자게 되겠지. 조심해, 레인스퍼드."

이보다 더 좋은 침대에서 자본 적이 없다고 레인스퍼드는 생각했다.

열한 번째 배심원

빈센트 스태릿

빈센트 스태릿(Vincent Starrett, 1886~1974)

캐나다 토론토에서 태어나 3세 때 부모와 함께 미국 시카고로 이주했다. 젊은 시절에는 신문기자로 일했으며, 1920~30년대에 대중잡지에 추리소설과 환상소설을 기고하면서 이름을 얻었다.
수록 작품의 원제목은 'The Eleventh Juror'(1927)이다.

특정한 직업에 종사하고 있는 공화국 시민들 가운데 한 번이라도 배심원으로 봉사할 것을 요청받지 않은 사람은 거의 없을 것이다. 배심원 선정 체계는 누구한테나 공평하고, 또한 벼락과 같아서 언제 어디를 때릴지 알 수 없다.

그러나 한 가지 점에서는 벼락-또는 벼락이 치는 방식-과 다르다. 배심원 선정 체계는 같은 곳을 여러 번 때리는 경우가 많다는 점이다. 예를 들어 내 친구 하나는 12년 동안 열두 번이나 배심원으로 일하면서, 임대차 분쟁에서 1급 살인에 이르는 다양한 사건을 다루었다. 그는 배심원 노릇을 특별히 좋아하지는 않았지만, 국가에 의무를 다해야 한다고 생각하는 시민이었다. 그리고 또 다른 친구는 역시 열두 번이나 배심원으로 소환을 받았지만, 아직 한 번도 배심원 노릇을 하지 않았다. 그는 노련한 거짓말쟁이여서, 소환을 받을 때마다 판사가 자기를 배심원 명단에서 제외시킬 만한 구실을 둘러댄다.

물론 작은 사건보다는 큰 사건에서 배심원 의무를 면제받기가 더 쉽다. 법률가들은 큰 사건을 다룰 때 훨씬 더 까다롭다. 배심원 의무를 회피하고 싶으면, 적당한 질문이 나오기를 기다렸다가 틀린 대답을 하면 된다. 예컨대 검사가 어떤 피의자를 살인죄로 교수형에 처하고 싶어 하거든, 당신은 사형제도에 반대한다고 말하라. 그러면 당신은 어느새 코트와 모자를 집어 들고 사무실로 돌아가고 있을 것이다. 아니면 신문을 통해 그 사건의 전모를 파악하고 있어서, 그 사건에 대해 이미 확고한 선입견을 가지게 되었다고 슬쩍 암시만 해도 된다. 이와 비슷한 수법은 언제나—거의 언제나 효과가 있다.

사실 말하면 당신이 반드시 배심원 노릇을 해야 할 필요는 없다. 또 자진해서 배심원으로 봉사하고 싶어 하는 사람도 얼마든지 있다. 배심원이 된다는 것은 당분간 가정과 직장에서 해방되는 것이고, 법정에 나와서 앉아 있으면 판사만큼이나 중요한 인물이 된 듯한 기분을 맛볼 수도 있다. 마치 현자라도 된 것 같아서 저절로 으쓱해진다. 그들은 어떤 선입견도 갖고 있지 않다고 주장하지만, 실제로는 배심원 노릇을 사양한 사람들보다 훨씬 더 편견에 사로잡혀 있다. 겉으로는 현자인 체하면서 속으로는 죄수를 재판하고 싶어 하는 배심원단을 앞에 둔 죄수에게 신의 가호가 있기를! 그들이 개인적 견해를 가지지 않았다고 누가 주장하는가?

그러나 이 글은 논설이 아니다. 지금부터 하려는 이야기는 내가 난생처음 배심원으로 봉사했을 때의 이야기다. 우리는 열흘 동안 합숙하면서 토론을 벌였지만 결론을 얻지 못했다. 투표 결과는 처음부터 끝까지 교수형 11명에 무죄 석방 1명이었다. 끝까지 무죄를 주장한 배심원은 바로 나였다. 열하루째 되는 날 우리는 무죄 평결을 내렸고 피고는 석방되었다. 피고는 내 친구가 되었다. 배심원단이 의견을 바꾼 게 나 때문이었다는 사실을 알아낸 신문이 당연히 그것을 보도했고, 그가 나에게 고맙다는 인사를 하러 찾아왔기 때문이다. 재판이 끝나고 약 1년이 지난 뒤, 사건이 일어났을 때부터 내가 어렴풋이 눈치채고 있던 것을 내가 묻기도 전에 그가 먼저 이야기했다. 사실 그것은 배심원단이 사건에 대해 토론한 열흘 동안 내가 다른 배심원들에게 주장한 것의 일부였지만, 나는 그 점을 지나치게 강조하지는 않았다. 그는 자기가 정말로 그 범죄를 저질렀는지 어떤지 모르겠다고 말했다.

그 바보는 재판에서도 그렇게 말하고 싶어 했지만, 물론 재판에서는 그 이야기가 나오지 않았다. 그는 너무 정직해서 탈이었다. 그의 변호사가 그만큼 양심적이지 않은 게 그나마 다행이었다.

그의 변호사는 호레이스 디슬레스웨이트였다. 하도 발음하기가 어려운 이름이라, 검사가 그 이름을 발음할 때마다 법정이 웃음바다가 되곤 했다. 검사는 기회가 있을 때마다 일부러 변호사의 이름을 들먹였다. 검사의 이름은 리케츠였는데, 리케츠는 '구루병'과 발음이 똑같다. 따라서 디슬레스웨이트를 비웃을 처지는 아니었지만, 자기 이름도 우스꽝스럽게 들릴 수 있다는 생각은 리케츠한테는 한 번도 떠오르지 않았던 모양이다. 그 사건은 지금은 거의 잊혔지만 재판이 진행되는 동안은 대단한 관심을 모았다. 어쨌든 굉장한 사건이었다. 시카고에서는 해마다 그보다 크고 굉장한 사건이 두세 건은 일어나겠지만, 이 사건은 당시에 숱한 화제를 불러일으켰다.

나는 처음부터 그 사건에 관심을 가지고 모든 신문에 실린 기사를 전부 다 읽었다. 하지만 내가 머레이를 재판하는 법정에서 배심원으로 일할 기회를 갖게 되리라고는 꿈에도 생각지 못했다. 내 평생에 소환장을 받은 그날보다 더 놀란 적은 없었다. 하지만 나는 변호인 측이나 검찰 측에서 나를 거부하지 않는 한 그 배심원단의 일원이 되리라는 것을 당장 알아차렸다. 나는 내가 공정한 배심원이 되지 않을 이유를 한 가지도 생각해낼 수 없었고, 법정에서는 어디까지나 공정한 태도를 취할 작정이었다. 하지만 이제까지 한 번도 배심원으로 소환되지 않았는데, 이 사건처럼 나를 매혹시킨 사건에 배심원으로 선정되었다는 사실이 신기하고 놀라운 일로 여겨졌다.

물론 나는 법정의 대기실에 들어갈 때까지 내가 바야흐로 심리할 사건이 머레이 사건이라고 확신할 수는 없었다. 하지만 나는 신문기사를 계속 추적하고 있었고, 배심원단 구성에 어려움을 겪고 있다는 것을 알았기 때문에, 내가 머레이 사건의 배심원으로 소환된 게 분명하다고 생각했다. 모든 사람이 사건에 대한 기사를 읽고 개인적 견해를 형성한 것처럼 보였기 때문에, 배심원 후보자 명단 두어 개가 이미 고갈된 상태였다. 피고 측 변호인들은 사건에 대한 기사를 읽은 사람들을 두려워했다. 그것은 당연했기 때문에 나는 변호인들을 나무라지 않았다. 재판은 확실히 머레이에게 불리해 보였다. 하지만 그 사건에 대한 기사를 읽지 않은 사람이 어디 있겠는가?

그러나 배심원단은 구성되었다. 내가 들어갔을 때는 이미 10명이 배심원으로 선정되어 있었기 때문에 나는 아슬아슬하게 배심원단에 끼어든 셈이었다. 10명의 대단한 거짓말쟁이들이 대기실에 앉아서 재판이 시작되기를 마음 졸이며 기다리고 있었다. 나도 그들만큼 그 일을 원했기 때문에 역시 거짓말을 했고, 의례적인 질문을 받은 뒤 그 일을 얻었다. 나는 사건에 대한 신문기사를 거의 읽지 않았고, 그 사건에 대해 어떤 개인적 견해도 갖고 있지 않으며,

사형에 반대하지도 않는다고 답변했다. 그렇게 새빨간 거짓말을 세 가지나 잇따라 지껄인 것은 난생처음이었다. 얼마 후 또 한 사람의 그럴듯한 거짓말쟁이가 배심원단에 합류하여 정원을 채웠다. 우리 12명은 모두 예수의 12사도만큼이나 결백했다.

재판은 이튿날 시작되었다. 동료 배심원들을 둘러보았을 때, 그보다 더 우스꽝스러운 얼간이들을 11명이나 한꺼번에 본 적은 없다는 생각이 문득 떠올랐다. 그러나 그것이야말로 검찰 측이 원하는 바였고, 어쩌면 변호사인 디슬레스웨이트도 그것을 원했을지 모른다. 이 나라의 배심원 제도는 정말 위대한 제도다! 당신이 조금이라도 지성인처럼 보이면 검찰 측도 변호인 측도 당신을 원치 않는다. 하지만 아무 생각도 없는 12명의 바보를 변호사에게 주면 변호사는 기뻐한다. 재판에서 지면 그것은 자기 책임이라는 것을 변호사는 알고 있다.

어쨌든 바퀴는 돌아가기 시작했고, 오래지 않아 나는 이미 신문에서 읽어서 다 알고 있는 이야기에 귀를 기울이고 있었다. 검찰 측의 주요 증인은 워터사이드 경찰서의 순찰경관 와이트였다. 늙은 하마처럼 뚱뚱하고 선량한 그는 아일랜드인이 공직을 모조리 독점하지 않는다는 것을 입증하기 위해 경찰에 채용된 게 분명했다. 그러나 그는 솔직하고 공정하게 이야기했고, 훌륭한 경찰관답게 자기 이야기를 고수했다.

문제의 그날 밤, 아니 좀 더 정확히 말하면 이튿날 새벽 2시쯤 그는 세 발의 총알이 잇달아 발사되는 소리를 듣고, 그 소리가 난 쪽으로 서둘러 달려갔다. 램버스 가와 벨버디어 로가 만나는 모퉁이에서 그는 피고인 제임스 머레이가 손에 쥔 권총을 내려다보며 가만히 서 있는 것을 발견했다. 거기서 멀지 않은 곳에 한 사람이 누워 있었는데, 총에 맞아 죽어 있었다. 와이트가 질문하자 피고는 총격에 대해서는 아무것도 모른다고 주장했지만, 불과 몇 분 전에 발사된 권총을 손에 들고 있는 이유는 해명하지 못했다. 와이트는 그가 멍해 보였고, 분명히 술에 취해 있었다고 말했다. 그는 도망칠 생각도 하지 않고, 와이트가 체포한다고 말하자 얌전히 따라왔다.

얼마 후 스토리의 전체적인 틀이 만들어졌다. 죽은 사람은 홀아비인 하워드 블레싱으로 밝혀졌고, 목과 심장에 한 발씩 총알을 맞고 죽었다. 머레이는 경찰서로 연행되었고, 하워드 블레싱의 시체는 가까운 장의사로 옮겨졌다. 장의사를 장례식장이라고 부르는 사람은 아무도 없었던 것이 기억난다. 머레이는 유치장에 갇혀 밤새도록, 그리고 해가 중천에 뜰 때까지 통나무처럼 누워서 잠을 잤다. 그런 다음 잠에서 깨어나 부인을 계속했다. 그 후 검시 위원회가 대배심을 열어 그의 기소를 결정한 뒤 그는 살인죄로 정식 기소되었다. 와이트가 이것을 전부 다 이야기하지는 않았지만, 이것은 재판 초기에 이미 분명해졌고 모든 관계자가 그 사실을 확인했다.

물론 수수께끼는 적지 않았다. 머레이는 하워드 블레싱을 알지도 못한다고 단호하게 주장했다. 머레이는 또한 권총을 가지고 다닌 적도 없고 소유해본 적도 없다고 주장했다. 훌륭한 시민인 그의 친구들이 그의 주장을 뒷받침했다. 머레이도 훌륭한 시민이었다. 그러나 이것은 사실상 그에게 불리하게 작용했다. 그는 잘난 체했고 유복했으며 좋은 옷을 입고 있었다. 그리고 그보다 더 곤란한 것은 그가 개혁론자라는 평을 얻고 있다는 점이었다. 그런 부류의 사람이 밀수나 살인 같은 불명예스러운 혐의로 체포되면, 평범한 시민들로 이루어진 배심원단에 별로 호감을 사지 못한다.

머레이는 그 자신을 위한 마지막 증인으로 증언대에 섰지만, 그저 그런 인상만 주었을 뿐이다. 그리고 그날 밤 램버스 가와 벨버디어 로의 모퉁이에서 무슨 일이 일어났는가를 이야기할 때 그는 어떤 감동도 주지 못했다. 그의 이야기는 전혀 설득력이 없었고, 그의 변호사조차 그것을 알아차렸다. 머레이는 몇몇 '녀석들'과 함께 술을 꽤 많이 마셨다는 것을 인정했고, 그 '녀석들'은 이미 그의 말을 뒷받침했다. 그들은 머레이가 권총을 갖고 있지 않았다는 것을 알고 있지만, 설령 권총을 갖고 있었다 해도 너무 취해서 권총을 제대로 들고 있지도 못했을 거라고 증언했다. 개혁론자로 알려진 사람이 몸도 가누지 못할 만큼 술을 퍼마셨다는 이야기를 해야 하다니!

머레이는 또한 길모퉁이에서 총알이 발사되었을 때 집으로 가고 있지 않았다는 것을 인정했지만, 그것을 술 탓으로 돌렸다. 그는 문제의 그날 밤 만취해 있어서 왜 권총을 손에 들고 그 교차로에 서 있었는지 전혀 모른다고 솔직한 태도로 말했다. 누군가가 권총을 그에게 준 게 분명했다. 어쨌든 그는 블레싱을 쏘지 않았다는 것을 알고 있었다. 그것을 알 수 있을 만큼은 정신이 있었다고 그는 주장했다. 나는 그 말을 의심했다. 그는 꽤 잘생긴 남자였고, 다리가 길고 눈이 커서 다리와 눈만 달린 사람처럼 보이는 젊은 아내가 있었다. 그녀는 아마 아름다운 여자였겠지만, 법정에서 디슬레스웨이트와 나란히 앉아 있는 모습은 꼭 시체처럼 보였다.

호리호리하고 작달막한 체격에 뾰족한 코와 궁지에 몰린 생쥐 같은 눈을 가진 리케츠는 머레이를 호되게 몰아붙였지만, 피고는 꿋꿋이 견뎌내면서 자신의 주장을 고집했다. 피어슨이라는 여자가 리케츠 검사의 잇따른 강타에 약해진 뒤에도 피고는 전혀 흔들리지 않았다.

이 피어슨 부인은 피고 측의 주요 증인 가운데 한 사람이었다. 아니, 주요 증인이 되리라고 피고 측은 기대하고 있었다. 그러나 그녀는 리케츠의 공격을 막아낼 만큼 강하지 못했고, 얼마 후에는 그녀가 누구를 위한 증인인지 알 수 없게 되었다. 나이가 지긋하면서도 포동포동한 그녀는 주위에서 일어나는 일들을 눈여겨 살펴보았다가, 거기에 대해 수다를 떨고 싶어 하는 여자였다. 변호사의 직접 심문을 받을 때는 변호사의 코치를 받아야 하긴 했지만, 그래도 명쾌하게 이야기했다. 그날 밤 그녀는 램버스 가에 있는 집 창가에 앉아 남편이 돌아오기를 기다리고 있었다. 검사인 리케츠가 끼어들자, 남편은 머레이와 함께 술을 마신 '녀석들' 가운데 하나가 아니라고 그녀는 성난 목소리로 잘라 말했다. 그녀는 총성을 듣기 조금 전에 두 남자가 지나가는 것을 보았다. 그들은 격렬하게 말다툼을 하고 있었는데, 그중 한 사람은 두 팔을 휘두르고 있었다. 그녀는 그들을 유심히 보았는데, 어느 쪽도 제임스 머레이는 아니었다고 그녀는 확신했다. 그들은 둘 다 머레이보다 훨씬 덩치가 컸다. 그녀는 또한 그들 가운데 한 사람은 하워드 블레싱이었다고 확신했다. 검사의 반대 심문에서 그녀는 창밖이 어두웠다고 인정했지만, 그녀의 집에서 그리 멀지 않은 곳에 가로등이 있었기 때문에 그들을 똑똑히 볼 수 있었노라고 주장했다. 그녀는 그들의 목소리도 들었는데, 어느 목소리도 제임스 머레이의 목소리와는 비슷하지 않았다.

그러자 리케츠가 폭탄을 두어 개 터뜨렸다. 그는 머레이의 목소리라는 문제에 대해 유난히 냉소적이었지만, 그녀한테 그렇게 잔인하게 굴 필요는 전혀 없었다. 배심원석에 앉은 멍청이들조차 검사가 어떤 폭탄을 갖고 있는지를 모두 알아차렸다. 그 노부인은 귀가 좀 어두웠다. 디슬레스웨이트는 목청을 높였기 때문에―어쨌든 그의 목소리는 아주 높았다―변호사의 직접 심문을 받을 때는 괜찮았고, 게다가 그녀는 변호사가 어떤 질문을 할 것인지 미리 알고 있었다. 그러나 리케츠는 그녀의 속사정을 드러냈다. 그녀가 해야 할 말은 그리 많지 않았지만, 검사의 반대 심문이 끝났을 때는 훨씬 적어졌다. 리케츠는 일부러 목소리를 낮추었고, 그녀는 줄곧 두 손을 귀에 대고 "뭐라고요?"와 "다시 한번 말씀해주세요"를 되풀이하고 있었다. 리케츠는 우선 그녀가 총성을 듣지 못했다는 것을 인정하게 했다. 변호사는 직접 심문을 할 때 신중하게 그 질문을 피했다. 그리고 결국 그녀는 리케츠의 공격에 굴복하여, 아무것도 확신하지 못한다고 고백할 수밖에 없었다. 어쩌면 내가 잘못 생각했는지도 몰라요. 내가 들은 목소리가 머레이의 목소리가 아니라고 맹세할 수는 없어요. 내가 하워드 블레싱이라고 생각한 남자는 어쩌면 다른 사람이었는지도 몰라요….

리케츠가 무슨 말을 했는지는 상상할 수 있을 것이다. 피어슨 부인은 한 구획의 4분의 1도 채 떨어지지 않은 곳에서 난 총성도 듣지 못했습니다. 이 부인은 여기 법정에서 내가 한 질문조차 알아듣지 못했습니다. 그런데 집 창밖을 지나간 두 남자의 목소리에 대해 증언할 수 있을까요? 물론 검사는 이런 주장을 역설할 때마다 의기양양하게 우리 배심원들을 바라보았다. 노부인은 울음을 터뜨릴 지경이었다. 디슬레스웨이트가 재빨리 재심문을 시작하여 그녀를 달래려고 애썼다. 그는 그녀의 귀가 어두워진 직접적인 이유가 심한 두통을 수반한 감기 때문이고, 그 목소리를 들은 날 밤에는 지금보다 머리가 훨씬 맑았다는 진술을 끌어냈다. 그러나 판사조차 그 말에는 싱긋 웃었다.

피고 측의 또 다른 주요 증인은 한 남자가 달려가는 것을 목격한 경비원이었다. 그게 다였다. 경비원은 사건이 일어난 직후에 사건 현장에서 몇 구획 떨어진 램버스 가에서 그 남자가 달려가는 것을 보았다. 물론 이 진술은 달려가던 그 남자가 하워드 블레싱을 쏘아 죽인 다음 재빨리 달아났다는 것을 암시했다. 거기까지는 좋았다. 그러나 이 진술은 제임스 머레이가 약실 세 개가 빈 권총을 손에 든 채 현장에 서 있었던 이유를 설명해주지는 못했다.

그러나 피고 측은 검사조차도 무찌를 수 없는 비장의 카드를 한 장 갖고 있었다. 홀아비인 블레싱은 죽은 아내의 초상화를 항상 몸에 지니고 다녔는데, 이것은 그의 친구들도 알고 있었고, 몇몇 사람은 거기에 대해 증언했다. 한 사람은 블레싱이 죽은 그날 밤 그 초상화를 가지고 있는 것을 보았다고 맹세했다. 블레싱은 그 친구의 집에서 자기네 집으로 짧은 여행 – 그가 결국 끝내지 못한 여행 – 을 떠나기 직전에 그 초상화를 그에게 보여주었는데, 그 초상화가 사라진 것이다. 초상화는 피고 미레이의 몸에서도 발견되지 않았고, 살인 현장 주변에서도 발견되지 않았다. 그리고 불레싱의 시체에서도 발견되지 않았다.

피고 측에는 훌륭한 요점이었고, 온갖 일들을 암시했다. 이것은 사건에 거의 유일한 로맨스의 냄새를 제공했고, 신문들은 처음부터 거기에 매달렸다. 날마다 여자-블레싱의 아내-의 초상화가 신문에 실렸다. 그녀는 몇 년 전에 죽었지만, 배심원들은 모두 그녀가 어떻게 생겼는지 알고 있었다. 물론 디슬레스웨이트는 그 사라진 초상화를 최대한 이용했지만, 리케츠는 그게 별로 중요한 문제가 아니라는 듯이 어깨만 으쓱할 뿐이었다.

거의 모든 사람이 머레이가 유죄라고 믿었고, 아마 모든 사람이 불륜관계-머레이와 블레싱의 죽은 아내, 또는 블레싱과 머레이의 아내를 연결하는 관계-가 숨겨져 있거나 알려져 있지 않다고 생각했을 것이다. 나는 첫날 저녁에 배심원실에서 온갖 추잡한 추측이 난무하는 것을 직접 들었다.

디슬레스웨이트는 처음부터 한 가지 스토리에 집착했다. 그 사연은 배심원들에게 별로 깊은 인상을 주지 못했지만, 그가 가진 무기는 그것뿐이었다. 그는 그 무기를 가지고 최선을 다해서 많은 일을 해냈다. 그가 명백히 입증한 점들은 모두 그 이야기에 이바지했고, 배심원단을 상대로 한 최후 변론의 요점이 되었다. 시슬스트웨이트는 훌륭한 연설만이 피고의 혐의를 벗겨줄 수 있다는 것을 알았고, 때가 오자 멋진 연설을 했다. 변호사답게 말솜씨는 확실히 좋았다. 그는 키가 크고 호리호리했다. 얼굴에 천연두 자국만 없다면 보기 드문 미남이었을 것이다. 머리카락은 법정에 나온 여자들이 모두 부러워할 만큼 아름다운 고수머리였다. 그리고 법정에는 여자들이 많이 나와 있었다. 그는 배우처럼 보였고, 마땅히 배우가 되어야 했다. 그는 맡은 사건의 대부분을 승리로 이끌었다. 그가 이 사건을 맡은 이유도 그 때문이었다. 디슬레스웨이터가 변호를 맡지 않았다면 머레이가 이길 가능성은 전혀 없었을 것이다.

그거야 어쨌든, 내가 배심원으로 봉사한 건 그때가 처음이었다. 나는 전력을 다하여 귀를 기울였다. 나는 그 사건에 관심이 많았고, 그 사건에 대한 나름의 견해를 갖고 있었다. 특히 리케츠 검사와 디슬레스웨이트 변호사가 서로 공격을 주고받을 때 그들의 연극을 구경하는 것은 버라이어티 쇼를 구경하는 것만큼이나 재미있었다. 리케츠는 심술궂고 냉소적인 악마였고, 채찍처럼 날카로웠다. 디슬레스웨이트가 재판 초기에 순찰경관 와이트를 붙잡고 총성을 들은 시각이 정확히 몇 시 몇 분인지, 시체를 기준으로 볼 때 머레이가 정확히 어디에 서 있었는지, 그때 달은 어디쯤 떠 있었는지 따위를 꼬치꼬치 캐묻고 있을 때, 리케츠는 입가에 빈정거리는 웃음을 띠고 있다가 배심원석을 힐끔거리며 말했다.

"우리가 이 사건에서 달님을 증인으로 부르지 않은 건 중대한 잘못이라고, 휘슬레스화이트 씨는 그렇게 생각하고 계시는 모양입니다."

사람들은 휘슬레스화이트라는 엉뚱한 이름에 여느 때처럼 킬킬거리다가, 일제히 폭소를 터뜨렸다. 판사는 법정 질서를 잡기 위해 책상을 쾅쾅 두드리며 고함을 쳤지만, 그 자신도 블랙 유머를 구사하는 희극 배우처럼 웃고 있었다. 디슬레스웨이트는 이렇게 응수했을 뿐이다.

"피고를 위한 증인으로 달님을 부를 수만 있다면 나도 무척 기쁠 겁니다. 달님은 목격자로서 오랜 경험을 갖고 있기 때문에, 자신이 본 것을 인간인 와이트 경관의 눈보다 훨씬 정확하게 해석할 수 있었을 테니까요."

이 응수는 별로 좋지 못했던 것 같다. 이 말에는 아무도 웃지 않았기 때문이다.

그러나 나중에 디슬레스웨이트는 리케츠의 목소리와 리케츠의 주장을 유대인의 하프에 비유할 기회를 얻었고, 피고를 지지하는 사람들은 모두 환호성을 지르며 킬킬거렸다. 물론 그런 익살이 튀어나올 때마다 배심원석에 앉은 우리는 웃음을 깨물면서 연설자한테서 눈길을 돌렸다. 그런 익살은 항상 배심원을 위한 것이었다. 우리는 아무도 리케츠를 좋아하지 않았지만, 그는 머레이를 완전히 불리한 입장에 빠뜨렸다. 그는 그것을 알았고, 우리도 알고 있었다. 디슬레스웨이트가 배심원들에게 인기가 있었다는 뜻은 아니다. 그는 인기가 없었다. 그는 지나치게 입담이 좋았고, 배심원들 ― 나를 제외한 11명의 배심원들 ― 은 그의 말을 절반도 이해하지 못했다. 하지만 대체로 우리는 리케츠보다는 디슬레스웨이트를 더 좋아했던 것 같다. 그것은 아마 디슬레스웨이트가 질 게 뻔한 사건을 맡아서 훌륭하게 싸우고 있었기 때문일 것이다.

이따금 검사와 변호사는 판사가 제지할 때까지 아무것도 아닌 일로 언쟁을 벌이곤 했다. 공책에 사람 얼굴 따위를 그리고 있지 않을 때는 반쯤 졸고 있는 듯이 보이는 판사는 두 사람의 다툼에 싫증이 나면 재판 절차를 부지런히 진행하라고 두 사람에게 요구하곤 했다. 검사와 변호사의 빈정거림이 너무 신랄해지면 판사는 이따금 휴정을 선언하고 판사실로 들어갔다가, 씹는 담배를 입 안에 가득 넣고 법정으로 돌아오곤 했다. 그는 짧고 뾰족한 콧수염을 갖고 있어서, 옛날 내가 알고 지낸 수의사를 생각나게 했다.

증거가 모두 제출된 뒤, 마지막 진술이 시작되었다. 리케츠는 여느 때처럼 냉소적으로, 승부는 이미 결판난 것처럼 이야기했다. 신문들은 그를 '교수형 검사'라고 불렀고, 이 사건에서 그가 원하는 판결도 교수형이었다. 그는 머레이가 범죄를 저지른 동기로 여러 가지 추론을 늘어놓았지만, 나에게는 어떤 증거도 그 추론을 정당화하지 못하는 것처럼 여겨졌다. 그러나 그는 별로 많은 이야기를 할 필요가 없었다. 와이트 경관이 증언을 끝냈을 때 그의 주장은 이미 완비된 상태였다. 머레이는 동기가 무엇이든 현행범으로 체포되었고, 그것으로 끝이었다. 그는 한 사람의 생명을 빼앗았고, 법률은 그 대가로 그의 목숨을 요구했다. 이것은 어리석기 짝이 없는 생각이지만, 이 세상에는 지혜라는 탈을 쓰고 있는 어리석은 생각이 너무나 많다.

물론 디슬레스웨이트는 다른 말투를 썼다. 사건을 처리하는 리케츠의 방식에 대해 언급할 때는 신랄했지만, 대개는 주말 연속극에라도 나옴 직한 대사를 늘어놓았다. 그는 머레이를 상황의 희생자로 묘사하고, 그처럼 훌륭한 평판을 얻고 있는 사람이 술에 취해 곤경에 빠질 만큼 어리석었다는 점에 대해서만 그를 비난할 수 있다고 주장했다. 디슬레스웨이트가 의지할 만한 증거가 거의 없다는 점을 고려하면 그의 변론은 훌륭했다. 그는 모든 장면을 실제로 보는 것처럼 생생하게 묘사했다. 머레이는 너무 취해서 무슨 일이 일어나고 있는지도 알지 못하고, 아마 달님에게 말을 걸면서 엉뚱한 길을 헤매다가, 살인이 일어난 지 1~2분 뒤에 하워드 블레싱의 시체를 발견했을 것이다. 그가 시체 옆에 권총이 떨어져 있는 것을 보고 바보처럼 그것을 집어 들었고, 그 자리에 멍하니 서 있을 때 와이트 경관이 달려와서 그를 체포했다. 한편 진짜 살인범은 걸음아 나 살려라 도망쳐서 보기 좋게 성공했다. 야간 경비원만이 그를 목격했지만, 그도 달아나는 범인의 얼굴은 전혀 보지 못했다.

디슬레스웨이트가 재구성한 이 스토리를 뒷받침하는 것은 물론 경비원의 빈약한 증언과 피어슨 부인의 증언 가운데 법정에서 웃음거리가 되지 않은 일부분뿐이었다. 나 자신은 피어슨 부인이 들었다고 주장한 목소리를 실제로 들었을 거라고 믿었다. 그들은 말다툼을 하고 있었으니까 아마 목청이 아주 높았을 것이다.

끝으로 사라진 초상화 문제가 있다고, 디슬레스웨이트가 말을 이었다. 그 초상화는 머레이의 혐의를 완전히 벗겨준다고 그는 주장했다. 머레이가 살인자라면 그 초상화는 블레이싱이나 머레이가 갖고 있어야 한다. 머레이가 초상화를 내버리거나 숨길 시간 여유는 전혀 없었다. 디슬레스웨이트는 이런 식으로 이야기를 계속했고, 그것은 정말 훌륭한 일급 변론이었다. 그는 나무랄 데 없는 머레이의 생활과 그의 훌륭한 친구들을 지적하고, 평생 한 번도 권총을 다루어본 적이 없는 사람이 도대체 무엇 때문에 권총을 빌리거나 훔쳐서 생전 보도 듣도 못한 사람을 죽이겠느냐고 되물었다.

그 연설은 참으로 걸작이었다. 그러나 리케츠가 최후 논고에서 지적했듯이 변호사의 연설은 순전히 추측일 뿐이었다. 누가 무슨 말을 해도 한 가지 '사실'만은 흔들리지 않았다. 제임스 머레이가 길모퉁이에서 희생자를 내려다보며 총알이 발사된 권총을 손에 들고 서 있었다는 사실이었다.

머레이가 술에 취해 있었다는 사실에 대해 리케츠는 그건 변명이 되지 않는다고 말했다. 머레이가 냉정한 상태였다면 이성을 잃지 않았을 것이고 그랬다면 블레이싱도 죽지 않고 살아 있을 거라는 점은 리케츠도 인정했다. 하지만 두 사람 사이에 말다툼이 벌어지지 않았다고 주장하는 것은 불합리하며, 그들의 의견 차이가 무엇이었든 그들은 분명 원수지간이었다고 리케츠는 말했다. 술 취한 것이 살인의 이유가 된다고 우리 배심원들이 믿는다면 우리는 당연히 머레이를 무죄 방면할 테고, 그리하여 술을 퍼마시고 사람 사냥을 나가도록 다른 사람들을 부추길 거라고 그는 냉소적으로 덧붙였다. 하지만 술에 취하지 않았을 때의 평판이 어떻든, 술에 취하면 짐승이 되는 사람의 광기로부터 인간의 생명이 마땅히 보호받아야 한다고 믿는다면, 이 추악한 피고를 본보기로 처벌하는 것이 우리의 의무라고 그는 말했다. 그것은 디슬레스웨이트의 연설만큼 생생하지는 않았지만, 훨씬 더 설득력을 갖고 있었다.

나를 제외한 11명의 배심원을 고려하면, 검사의 논고와 변호사의 최후 진술이 있기 오래전에 머레이가 이길 기회는 이미 사라진 상태였다. 나는 그것을 알고 있었다. 머레이 부인의 아름다운 눈과 늘씬한 다리도 별 도움이 되지 못했다.

이어서 판사가 코안경을 고쳐 쓰고, 판사석 모서리에 배를 밀어붙이며 평결 지침을 낭독했다. 평결 지침은 우리가 양쪽에서 들은 이야기를 공정하게 요약한 것이었다. 대체로 지침은 검찰 측에 약간 유리했지만, 그것은 충분히 예상할 수 있는 일이었다. 그러나 머레이의 유죄에 대해 합리적인 의심을 품고 있다면 그의 혐의를 벗겨주는 것은 우리한테 달려 있다고 판사는 말했다. 그게 끝나자 우리는 줄지어 배심원실로 들어갔고, 사건에 대한 본격적인 심리가 시작되었다.

딘이라는 이름의 잘난 체하는 녀석이 배심장이었다. 어느 인쇄소에서 지배인으로 일하고 있는 그는 마치 시장으로 임명되기라도 한 것처럼 거들먹거렸다. 딘은 전에도 배심원으로 봉사한 적이 있었기 때문에, 지금까지 배심장을 맡은 적은 한 번도 없었지만 그 요령을 알고 있었다. 우리는 우선 우리의 현재 입장을 알아보기 위해 예비 투표를 했는데, 결과는 유죄 11명에 무죄 1명이었다.

나는 그 한 명이 누구인지 알고 있었고, 다른 사람들을 궁금하게 만들 이유가 없다고 생각했다.

"내가 그 한 명입니다. 나를 설득해보시죠."

그들은 나를 설득하려고 애썼다. 특히 딘은 내가 반대표를 던진 것을 그 자신에게 도전장을 던진 것으로 받아들이는 듯했다. 내가 다른 11명과 반대되는 의견을 갖는 것은 남을 헤아리는 마음이 없는 무분별한 짓이라고 생각하는 모양이었다. 우리의 의견이 모두 일치해서 당장 판사에게 평결 결과를 보고할 수 있다면 임무를 완수한 보이스카우트처럼 자랑스러웠을 거라고 그는 생각했다. 다른 사람들은 처음에는 재미있게 생각했고, 머레이가 결백하다고 믿는 이유를 알고 싶어 했다. 그들은 그가 무죄일 가능성에 대해서는 한 번도 생각해보지 않았다고 말했다. 그들은 머레이를 동정했지만, 그렇게 많이 동정하지도 않았다. 그런데 머레이가 결백하다니!

"이건 지극히 명백한 사건이오, 러셀." 한 사람이 말했다. "디슬레스웨이트의 변론은 확실히 훌륭했지만, 그 이야기 중에 명백한 사실은 하나도 없었소. 모두 허튼소리뿐이었지. 나한테 조금이라도 의문이 있다면 어떤 사람도 서둘러 교수대로 보내진 않을 거요. 아니, 교수대는커녕 감옥으로도 보내지 않겠소. 하지만 의문스러운 점이 전혀 없어요. 이건 의심할 여지가 없는 사건이오. 그자는 닥쳐올 운명을 감수해야 합니다. 가롯 유다가 죄인인 것처럼 그도 죄인이오."

"머레이는 누명을 쓰고 있습니다." 내가 말했다. "그는 술에 취했고, 때마침 적당한 시간에 사건 현장에 도착했고, 살인자는 그를 이용한 겁니다. 나는 그렇게 생각합니다. 디슬레스웨이트 변호사는 머레이가 지나가다가 총을 보고는 바보같이 집어 들었고, 그렇게 엉겁결에 와이트 경관한테 붙잡혔다고 생각하고 있는데, 하지만 나는 살인자가 달아나기 직전에 총을 머레이의 손에 쥐어주었다고 생각합니다. 그러니 머레이가 멍해 있었던 것도 당연하지요!"

"말도 안 돼요!" 또 한 사람이 말했다. "머레이는 기습을 받았기 때문에 멍해진 거예요. 머레이는 모든 걸 냉혹하게 계획한 다음, 그 계획을 끝까지 해낼 용기를 얻기 위해 술을 잔뜩 마신 게 분명합니다."

"머레이가 블레싱을 알고 있었다고 생각하십니까?" 내가 물었다.

그러자 그들은 당장 입을 모아 대답했다.

"그건 틀림없어요!"

"그걸 뒷받침하는 증언은 없었습니다." 나는 말했다. "리케츠 검사도 그렇게 말했어요. 어떤 증거도 없습니다."

"꼭 증거가 있어야 할 필요는 없어요." 딘이 말했다. "재판 과정 전체를 통해서 볼 때 머레이가 블레싱을 알고 있었던 건 분명합니다. 블레싱을 모른다면 무엇 때문에 블레싱을 쏘고 싶어 하겠소?"

"디슬레스웨이트가 제기한 의문도 바로 그겁니다." 나는 그에게 말했다. "머레이는 블레싱을 쏘고 싶어 하지 않았고, 따라서 쏘지 않았습니다. 그게 해답입니다. 그리고 초상화는 어떻습니까?"

"초상화는 원래 갖고 있지 않았던 게 분명하오." 딘은 블레싱이 초상화를 몸에 지니고 있지 않았다는 뜻으로 말했다. "리케츠는 거기에 대한 비밀 정보를 갖고 있었소. 블레싱이 초상화를 지니고 있었을 리가 없어요. 블레싱이 초상화를 갖고 있었다고 말한 녀석은 아마 거짓말을 했을 겁니다."

"거짓말이라고요? 아이쿠, 할머니." 내가 말했다. "그 사람은 블레싱이 총에 맞기 30분 전에 그 초상화를 보았습니다. 그 초상화가 지금 어디 있는지 알 수 있다면 우리는 이 사건에 대해 지금보다 훨씬 많은 것을 알게 될 테고, 머레이는 교수형을 당할 위험에 빠지지도 않을 겁니다."

"당신 할머니한테 바퀴 네 개가 달리면 유개 화차가 되겠군." 딘이 빈정거렸다.

"여러분은 개혁론자인 머레이가 술에 취했기 때문에 머레이한테 화를 내고 있을 뿐입니다." 내가 말했다. "그건 당연한 감정이니까 여러분을 탓하지는 않겠지만, 그건 절대로 머레이가 살인을 저질렀다고 생각할 이유는 못 됩니다."

"그건 거짓말이오." 딘이 말했다. "어쨌든 그건 훌륭한 이유가 된다는 게 내 생각이오."

이런 식의 말씨름이 열흘 동안 계속되었다. 우리는 그 사건을 갈기갈기 찢어발겼다. 모든 증거를 남김없이 검토했다. 그러나 결과는 처음과 마찬가지였다. 나를 제외한 11명은 모두 머레이에게 유죄 선고를 내리고 싶어 했고, 대부분은 그를 교수형에 처하고 싶어 했다. 토론이 길어질수록 그들은 모두 머레이에게―그리고 나에게도―점점 더 화를 냈다. 그들은 나를 독약처럼 미워했다. 그들은 아마 내가 피고 측에 매수되어 평결을 지연시키고 있다고 생각했을 것이다.

그들 가운데 한 사람-딘-이 어느 날 그 점을 거론했지만, 나는 적절한 응수로 두어 시간 동안 그의 입을 틀어막았다. 어떤 면에서는 내가 우위에 서 있었다. 나는 집에서 나를 기다리는 가족이 없었지만 다른 사람들은 모두 가족이 있었다. 그들은 모두 결혼한 남자들이었다. 며칠이 지나자 그들은 집을 떠나 있는 것에 대해 진저리를 냈다. 처음에는 배심원으로 뽑혀 집을 떠나는 것을 모두 유쾌하고 즐거운 일로 생각했었는데.

나는 우리가 얼마나 오래 집을 떠나 있든 상관하지 않았다. 머레이의 목숨을 구하는 것은 내 의무였다. 내가 머레이한테 조금이라도 관심이 있었던 것은 아니지만, 나는 머레이가 딘만큼 결백하다고 확신했다. 판사는 이따금 법정 서기를 보내어, 우리가 어떤 상태에 있는지, 평결에 도달할 가능성이 있는지 어떤지를 알아보게 했다. 나는 판사가 배심원들의 의견 불일치를 이유로 무평결 심리를 선언하고 배심원단을 해산할 거라고 여러 번 생각했지만, 판사는 그러지 않았다. 11대 1은 판사한테는 퍽 유망한 상황으로 여겨졌을 것이다. 판사는 조만간 내가 굴복하여 만장일치로 평결이 나올 거라고 생각했다.

서기는 이따금 토론에 가담하곤 했다. 그는 내가 당나귀처럼 고집불통이라고 생각했고, 내 면전에서 거침없이 그렇게 말하곤 했다. 그는 자기도 모든 증언을 듣고 머레이의 유죄를 확신하게 되었다고 말했다.

"머레이가 교수형을 당하든 말든, 당신이 무슨 상관이오?" 서기가 물었다. "그건 당신의 장례식이 아니잖소. 자, 여러분, 어서 평결을 내립시다. 그러면 우리 모두 그리운 집으로 돌아가게 될 겁니다."

어떤 때는 이렇게 말하기도 했다.

"이봐요 러셀, 당신이 뭔데 이러는 거요? 당신이 무슨 재판장이라도 되는 줄 아쇼? 여기 있는 열한 명이 모두 유죄라고 말하는데, 당신이 무슨 권리로 무죄를 주장하는 거요? 당신 머리가 다른 사람들보다 낫다고 생각하쇼?"

일은 그런 식으로 계속되었다. 그들은 나를 한 치도 움직이지 못했다. 나는 그들의 주장을 반박했고, 때로는 학교 교사처럼 그들과 함께 모든 근거를 검토했다. 그러나 나 역시 그들을 한 치도 움직이지 못했다.

얼마 후 그들은 나한테 앙갚음을 하기 시작했다. 법정 서기가 그 배후인물이었던 것 같다. 나한테는 담배가 없는데, 나를 제외한 11명은 어디서 났는지 갑자기 담배를 피우곤 했다. 우리 식사는 같은 호텔 주방에서 나오는데, 내 음식만 왠지 만족스럽지 못하다고 생각한 적도 서너 번 있다. 어느 날 밤에는 내가 침대에 들어가기 직전에 누군가가 주전자 물을 내 침대에 쏟았다. 그리고 내 옷이 내가 입으려고 하기 직전에 신비롭게도 사라져버리곤 했다. 당연히 나도 신경질이 났다. 수도회 입회식을 치르는 기분이었다. 그것은 마침내 생존경쟁으로 치달았다. 아무도 나한테 말을 걸지 않았고, 나 역시 아무한테도 말을 걸지 않았다. 나를 한 방 먹일 수 있다면 모두 기뻐 날뛰었을 것이다. 내가 생각하기에 그들 가운데 몇 명은 실제로 나에게 폭력을 쓰려고 한 적도 있었다. 이따금 딘은 투표를 요구했지만, 그것은 단지 내가 마음을 바꾸었는지 어떤지 알아보기 위해서일 뿐이었다.

열하루째 아침이 다가왔다. 투표 결과는 여전히 11대 1이었다. 법정 서기가 와서 암시를 던졌다. 그날도 우리가 평결을 내리지 못하면 배심원단이 해산될 거라고 그는 말했다. 어쩌면 그는 거짓말을 했는지도 모른다. 사실이 어떤지는 알 수 없지만, 어쨌든 그는 그렇게 말했다. 나를 제외하고는 모두 환호성을 질렀다.

어떤 식으로든 이 연금 생활도 곧 끝날 거라고 그들은 생각했다. 그래서인지 그날 아침에는 나한테 별로 화를 내지 않았다. 내가 여전히 굴복하지 않는데도 그들은 그저 웃기만 했다. 딘은 이렇게 말했다.

"이봐요 러셀, 당신은 끝까지 견뎌냈소. 당신한테는 두 손을 들었소."

"고맙습니다." 나는 말했다.

하지만 나는 전혀 즐겁지 않았다. 배심원단이 해산되면 머레이는 아마 또다시 재판을 받게 될 것이고, 새로 구성되는 배심원단에 그의 생명을 구해줄 나 같은 사람이 포함되리라고 장담할 수도 없었다. 나는 곰곰 생각했다. 아무리 생각해도 내가 해야 할 일은 한 가지뿐이었다. 그래서 저녁을 먹은 뒤에 나는 그 일을 했다.

"여러분!" 나는 입을 열었다. "이 우스꽝스러운 일을 끝내야 할 때가 왔습니다. 우리는 의견 일치를 보지 못했고 판사는 우리를 해산할 모양인데, 그건 내가 원하는 바가 아닙니다. 나는 머레이가 결백하다고 믿기 때문입니다. 나는 다른 배심원단이 그에게 유죄 선고를 내리는 걸 원치 않습니다. 나는 우리 배심원단이 그를 무죄 방면하기를 원합니다. 어젯밤에 나는 이 사건을 면밀히 검토했습니다. 그래서 그날 밤 그 길모퉁이에서 무슨 일이 일어났는지, 마치 내가 그 현장에 있었던 것처럼 분명하게 말씀드릴 수 있습니다. 어쩌면 나는 그 사건을 꿈속에서 보았는지도 모릅니다. 또는 머릿속에서 상상해냈을 뿐인지도 모르지요. 어쨌든 그 사건은 이런 식으로 일어났습니다.

약 10년 전에 스미스라는 사람이 있었다고 가정해봅시다. 조지 스미스라고 부르기로 하지요. 그 사람은 어떤 여자와 사랑에 빠졌고, 그 사랑은 진정한 사랑이었다고 가정해봅시다. 어쩌면 스미스는 그 여자가 살았던 오하이오주의 작은 도시에서 전기 기술자로 일했거나, 그와 비슷한 일을 하고 있었을지도 모릅니다. 어쨌든 나는 그가 결혼해도 될 만한 돈을 갖고 있지 않았다고 생각합니다. 그래서 스미스와 그 여자는 서로를 무척 좋아하면서도 결혼하지 못한 채, 언젠가는 모든 일이 잘 풀릴 거라는 희망을 품고 나날을 보내고 있었습니다. 스미스는 혹시나 해서 여자의 부모한테 결혼을 허락해 달라고 간청했을 테고, 여자도 그랬을 겁니다. 하지만 여자의 아버지가 가난한 남자한테는 딸을 줄 수 없다고 완강하게 반대했다고 합시다. 그 무렵 스미스가 다른 도시에서 돈을, 아주 많은 돈을 벌 기회를 얻어 떠났다고 합시다. 물론 여자는 그를 기다릴 작정이었고, 다른 남자만 없었다면 아마 기다렸을 겁니다. 그 다른 남자는 이따금 그 도시에 와서 철물을 파는 외판원이었다고 가정해봅시다. 그는 화려한 것을 좋아하는 잘생긴 젊은이였고, 실제보다 더 그럴듯해 보이도록 꾸밀 수 있을 만큼 돈이 많았다고 합시다. 그런데 그 남자도 역시 그 여자를 좋아하게 되었고, 그 이름은 하워드 블레싱이었다고 가정해봅시다."

이 말에 그들은 모두 깜짝 놀랐다. 처음에 그들은 내가 무슨 말을 하고 있는지도 알지 못했다. 그런데 이제 그들은 귀를 쫑긋 세우고 서로 얼굴을 바라보기 시작했다. 나는 말을 이었다.

"이렇게 가정해보면 나머지는 쉽게 짐작할 수 있을 겁니다. 그런 일은 인생에서 흔히 일어나지요. 여러분이 생각하는 것보다 훨씬 자주 일어납니다. 그러면 무슨 일이 일어날까요? 스미스가 떠나자마자 블레싱은 여자를 설득하기 시작합니다. 스미스에 대한 온갖 험담을 여자한테 늘어놓습니다. 그 험담 가운데 일부는 지나칠 정도지요. 여자의 아버지가 블레싱을 도와주었기 때문에 스미스는 얼마 지나지 않아 여자한테서 답장을 못 받게 됩니다. 그러던 어느 날 스미스는 여자한테서 놀라운 편지 한 통을 받습니다. 어쩌면 그것은 그가 떠난 지 1년 뒤일지도 모릅니다. 그 무렵 그는 여자한테 돌아가서 결혼할 생각을 하고 있었지요. 그런데 그녀가 블레싱과 결혼하게 되었다는 편지를 보내온 겁니다.

이런 상황에서는 결코 여자를 나무랄 수 없습니다. 블레싱은 그럴듯한 거짓말꾼이고, 거기에 없는 스미스는 자신을 방어할 수가 없으니까요. 스미스가 할 수 있는 일은 아무것도 없습니다. 그가 무엇을 어떻게 할 수 있겠습니까? 물론 스미스는 블레싱이 자기를 모함하기 위해 지어낸 험담을 전혀 모르기 때문에 여자의 변심을 이해하지 못합니다. 여자의 변심은 그의 심장을 갈기갈기 찢어놓지는 못할지도 모릅니다. 남자의 심장은 그렇게 간단히 찢어지진 않으니까요. 하지만 여자의 변심은 그를 미치게 합니다. 그는 이미 블레싱을 증오하고 있습니다. 블레싱은 개새끼입니다. 남자들은 서로에 대해 알기 때문에 스미스는 전부터 불레싱이 개새끼라는 것을 알고 있었습니다. 좋다! 스미스는 이렇게 생각하고 그 도시에 계속 머물러 있습니다. 얼마 후 그는 청첩장을 받습니다. 그것으로 끝입니다. 인생의 한 장은 끝났다. 스미스는 그렇게 생각합니다. 그리고 아마 블레싱도 그렇게 생각했을 것입니다."

나는 다른 배심원들의 마음을 사로잡았다. 내가 예상했던 대로 그들은 이 이야기에 흠뻑 매료되었다. 그들은 어렴풋이 낌새를 채기 시작했다. 그러나 딘은 내가 무사히 빠져나가는 것을 용납하지 않았다.

"대단하군." 그가 말했다. "러셀, 당신은 그 사건에 대해 소설을 쓰고 있는 게 분명해. 확실히 상상력은 대단하지만, 그게 머레이와 무슨 관계가 있단 말이오?"

"이야기를 끝까지 들어주세요. 나는 하나의 경우를 가정하고 있을 뿐인지도 모르지만, 내 이야기가 사실과 딱 들어맞는다는 것을 알게 될 겁니다. 그다음에는 무슨 일이 일어날까요? 이것저것 추측하지 않아도 그건 쉽게 알 수 있습니다. 세월이 흐르기 시작합니다. 그런데 충분한 세월이 흐르기 전에, 어느 날 스미스는 여자의 어머니한테서 편지 한 통을 받습니다. 여자의 어머니는 전부터 스미스를 좋아했는데, 이제 딸, 그러니까 블레싱 부인이 죽었다는 소식을 스미스에게 전해온 것입니다. 여자의 어머니는 구태여 에둘러 말하지 않았고, 그녀가 블레싱에 대해 할 말은 산더미처럼 많았습니다. 블레싱은 스미스가 이미 알고 있던 대로 개새끼 같은 인간이었던 겁니다. 여자의 어머니는 누구한테 하소연이라도 하지 않으면 정말로 미쳐버릴 것 같아서 스미스한테 편지를 씁니다. 편지에 실린 이야기에 따르면, 흔해 빠진 일이 일어납니다. 블레싱은 사업도 시원치 않은 데다, 다른 여자들과 놀아나기 시작합니다. 그러나 여자는 이혼하는 대신 자살하는 쪽을 택합니다. 여자란 원래 그런 족속이지만, 자살한 걸 보면 끔찍한 고통을 겪은 게 분명합니다. 여러분은 그 여자를 상상할 수 있을 겁니다. 그녀는 어쩌면 여러분이 보았던 블레싱 부인의 초상화와 닮았을지도 모릅니다.

이제 여러분은 이야기의 발단을 알았습니다. 스미스는 물론 여자의 어머니에게 답장을 써서 노부인을 격려하려고 애씁니다. 그리고 속으로 블레싱을 만나면 어떻게 할 것인지 다짐합니다. 블레싱은 칼로 찌른 것처럼 확실하게 여자를 죽음으로 몰아넣었기 때문입니다. 사람들은 그걸 살인이라고 부르지 않지만, 그건 분명 살인입니다. 그렇지 않습니까?"

절반이 고개를 끄덕였다. 나는 다른 배심원들이 모두 기혼자라는 것을 기쁘게 생각했다. 잘은 모르지만, 아마 몇 사람은 딸을 두고 있을 것이다.

"여자의 어머니는 무심코 비밀을 털어놓았습니다." 나는 말을 이었다. "그래서 스미스는 블레싱이 어떻게 자기를 제치고 여자와 결혼했는지 알게 됩니다. 이야기의 결말은 물론 그날 밤에 일어난 사건입니다. 스미스는 램버스 가와 벨버디어 로가 만나는 모퉁이에서 블레싱과 마주쳤습니다. 그날 밤 피어슨 부인은 창밖을 내다보고 있었고 감기에 걸려 있지 않았습니다. 물론 여자가 죽은 뒤 오랜 세월이 흘렀고, 스미스와 블레싱은 전에도 한 번 마주친 적이 있었지만, 그때는 블레싱이 재빨리 도망쳤습니다. 꽁지가 빠지게 달아난 겁니다. 그래서 스미스는 블레싱이 자기와 같은 도시, 우리가 지금 앉아 있는 바로 이 도시에 살고 있다는 것을 알게 되었지요. 블레싱이 그걸 제때에 알았다면 아마 배를 타고 멀리 아프리카로 도망쳤을 겁니다. 블레싱은 그런 겁쟁이였습니다."

이때쯤 11명은 모두 귀를 바싹 세우고 내 이야기에 귀를 기울이고 있었다. 내가 스미스를 알고 있고 또 스미스의 사연도 알고 있다는 사실을 알아차렸기 때문이다. 아니, 그들은 내가 알고 있는 게 틀림없다고 생각했다. 물론 나는 알고 있었다. 그래도 한 사람은 약간 빈정거리는 투로 말했다.

"그 사건에 대해 많이 알고 있는 것 같군!"

"그렇습니다!" 나는 말하고 이야기를 계속했다. "스미스가 두 번째로 블레싱을 만난 것은 그날 밤이었고, 블레싱은 준비가 되어 있었습니다. 스미스와 처음 마주친 뒤에 권총을 구해서 밤마다 지니고 다녔지만, 어떤 모험도 하지 않았습니다. 스미스는 권총을 갖고 있지 않았고요. 블레싱을 죽일 생각도 없었어요. 그저 초주검이 되도록 두들겨 패줄 작정이었지요. 그런데 그들은 우연히 마주쳤고, 블레싱은 변명을 늘어놓기 시작했습니다. 그게 두 사람이 창가를 지나갈 때 피어슨 부인이 들은 말다툼 소리였습니다. 하지만 스미스는 냉정했습니다. 그는 자기가 하려는 일을 알고 있었지요. 하지만 블레싱이 무슨 소리를 지껄이는지 보려고 그냥 내버려두었습니다. 마침내 블레싱은 여자의 초상화를 꺼내더니, 그걸 들여다보면서 울기 시작했습니다. 그걸 보고 스미스는 더 이상 참을 수 없었지요. 그는 블레싱의 손을 내리쳐서 초상화를 떨어뜨리고 주먹을 휘둘렀습니다. 그러자 블레싱은 고개를 숙여 스미스의 주먹을 피하면서 권총을 꺼냈습니다. 그러나 블레싱은 권총을 사용할 기회를 얻지 못했습니다. 스미스가 블레싱의 손목을 움켜잡고 권총도 빼앗았기 때문이지요. 스미스가 권총을 잡은 순간 총알이 허공으로 발사되었습니다. 그게 첫 번째 총성이었지요. 이어서 두 발의 총알이 더 발사되었습니다.

스미스의 행동을 변명하려고 애쓰지는 않겠습니다. 하지만 바로 그 순간 그에게 무슨 일인가가 일어났습니다. 어쩌면 그에게는 책임이 없었을지도 모릅니다. 여러분은 아마 스미스한테 책임이 있다고 생각하시겠지요. 스미스는 블레싱이 덤벼들었을 때 앙갚음을 했으니까요. 모든 일은 순식간에 끝났고, 스미스는 살인자가 되었습니다. 인생에는 그런 일도 일어나는 법이지요. 결코 의도적인 것은 아닙니다. 미리 계획해둔 바도 없는데 다만 화가 나서 이성을 잃어버리기 때문에 그런 일이 일어나고, 누군가는 당연한 보답을 받습니다. 마음속에서 무언가가 펑하고 터지는 겁니다. 그 당사자는 여러분일 수도 있고 나일 수도 있습니다. 이번에는 그게 스미스였을 뿐이지요."

그때 딘이 발언권을 얻었다. 그는 지금까지 열심히 귀를 기울이고 있다가, 이제 한 가지 질문을 던졌다.

"스미스가 누구요? 머레이요?"

"아닙니다. 스미스는 경비원이 목격했다는 사람입니다. 나는 여러분에게 머레이가 누명을 썼다고 말했는데, 그는 실제로 누명을 썼습니다. 머레이는 살인범이 이용하기에 마침 좋은 시간에 사건 현장에 나타났을 뿐입니다. 술에 취해서 비틀거리며 다가왔지요. 머레이는 걸음을 멈추고 무슨 일이 일어나고 있는지 보려고 주위를 둘러보았습니다. 스미스는 자신이 저지른 일 때문에 공포와 충격에 사로잡혔고, 재빨리 달아나야 했습니다. 그래서 권총을 머레이의 손에 억지로 쥐여주고는 길바닥에 떨어진 초상화를 집어 들고 달아났지요. 몇 분 뒤에 와이트 경관이 다가왔는데, 그때 머레이는 너무 취해서 무슨 일이 일어났는지도 모른 채, 권총을 손에 쥐고 블레싱의 시체 옆에 서 있었습니다. 이게 도대체 어떻게 된 일인가 하고 궁금해하면서 말입니다. 머레이는 제정신을 차렸을 때 결백을 주장했지만, 결백을 입증할 증거가 하나도 없었지요.

이게 그날 밤에 일어난 일입니다. 이제 우리가 해야 할 일은 한 가지뿐입니다. 그것은 바로 머레이를 무죄 방면하는 것입니다."

한동안 아무도 입을 열지 않았다. 한마디도 할 수가 없었다. 그들은 그저 멍하니 앉아서－또는 서서－나를 바라보고 있었다. 마침내 딘이 한 가지 생각－지금까지와는 다른 생각－을 해냈다. 그는 자리에서 일어나 손가락을 나에게 겨누었다.

"러셀, 아주 멋진 이야기였소. 그게 만약 사실이라면 당신은 그 스미스라는 사람을 알고 있다는 얘기인데… 그건 좋아요, 당신이 어떻게 배심원으로 선정되었는지는 모르겠지만 말이오. 하지만 그게 사실이라는 걸 입증하려면 당신 말만 가지고는 부족해요. 당신이 지금까지 한 이야기를 입증하면 우리는 당장 머레이를 석방하겠소. 물론 석방하고말고! 하지만 당신이 머레이를 빼내기 위해 거짓말을 꾸며낸 거라면…"

이것으로 결정되었다. 나는 이번에도 내가 해야 할 일을 알고 있었다.

"좋습니다. 어떤 게 증거가 되리라고 생각하십니까?"

딘은 잠시 생각하다가 마침내 입을 열었다.

"당신이 그 스미스란 사람을 보여줄 수 있다면 어느 정도 증거가 되겠지. 안 그렇소, 여러분? 하지만 스미스가 나타난다 해도, 그가 진실을 말하고 있다는 걸 입증하려면 초상화를 제시해야 할 거요. 진정한 증거는 그 초상화뿐인 것 같으니까. 안 그렇소, 여러분?"

배심원들은 모두 동의했다. 그들은 언제나 모두―나를 제외한―의 의견에 동의했고, 서로의 의견에 동의했다.

"좋습니다. 그런데 문제가 있습니다. 그럼, 스미스는 어떻게 되는가? 스미스가 머레이를 대신해야 하는가? 여러분은 스미스에 대해 진실을 알고 있습니다. 여러분은 스미스가 블레싱을 죽였다는 이유로 교수대에 매달고 싶어 하십니까? 여러분이 법정에서 스미스에 대해 이야기하면 그는 피고석에서 앉아야 하고, 그때는 그를 용납하지 않는 배심원단을 만나게 될지도 모릅니다. 내가 여러분에게 말한 것이 모두 사실이고, 여러분이 스미스를 재판하고 있다고 합시다. 스미스를 석방하시겠습니까, 아니면 유죄를 선고하시겠습니까?"

"석방하겠소." 네 사람이 당장 대답했다. 다른 사람들은 거기에 대해 생각조차 하지 않았다. 나는 그들의 얼굴에서 대답을 읽을 수 있었다. 그들은 스미스를 목매달지 않을 것이다. 그들 자신이 스미스와 같은 입장이었다 해도 그렇게 행동했을지 모른다는 것을 그들은 알고 있었다. 나는 모든 것을 운에 맡기고 모험을 했다.

"여기 그 초상화가 있습니다." 나는 재킷에서 초상화를 꺼내며 말했다. "이걸 보십시오. 나는 그날 밤 이후 줄곧 이 초상화를 주머니에 가지고 있었습니다. 그리고 나를 보십시오. 내가 바로 스미스입니다."

그들은 믿을 수밖에 없었다. 사실이었기 때문이다. 초상화가 있었고, 그들은 초상화의 얼굴을 알고 있었다. 신문마다 실렸기 때문이다. 그들은 한동안 초상화를 보고, 다음에는 나를 쳐다보고, 그 다음에는 창밖을 내다보았다. 잠시 나는 내 목에 밧줄이 감기는 것을 느꼈다. 그러나 나는 그들의 마음을 읽었다. 그들은 너무 놀라서 멍해진 상태였지만, 내 말을 믿었다. 그들은 합숙 첫날 블레싱 부인에 대해 이러쿵저러쿵 입방아를 찧은 것을 부끄러워했다. 그것은 아무래도 좋았다. 그들이 원하는 것은 누군가가 올바른 말을 해주는 것뿐이었다. 마침내 작달막한 몸집에 주름진 얼굴을 가진 사람-머레이를 목매달고 싶어서 가장 안달했던 사람들 가운데 하나-이 입을 열었다.

"두려워하지 마시오." 그는 온화하게 말했다. "아무도 당신에 대해 말하지 않을 거요. 자, 여러분, 이제 마지막 투표를 합시다. 무죄요. 그리고 그건 러셀에게도 적용됩니다!"

이제는 말할 수 있다. 그것은 먼 옛날이었다. 그리고 나는 지금 멀리 떨어져 있다.

오터몰 씨의 손

토머스 버크

토머스 버크(Thomas Burke, 1886~1945)

영국 런던에서 태어났다. 1916년에 단편집 《라임하우스 나이트》를 출간하면서 작가로서의 입지를 굳혔다. 버크는 런던의 차이나타운인 라임하우스에 살면서 노동자 계층의 밑바닥 인생을 소설과 논픽션에 담아내는 한편, 삶의 암울한 단면과 섬뜩함, 기괴함을 소재로 공포 단편들도 발표했다.
수록 작품의 원제목은 'The Hands of Mr. Ottermole'(1931)이다.

1월의 어느 날 저녁 6시. 와이브라우 씨는 런던 이스트엔드의 거미줄 같은 골목길을 지나 집으로 걸어가고 있었다. 하루 일과를 끝낸 다음, 전차를 타고 하이스트리트의 번화가에서 내렸고, 이제는 그 혼잡에서 벗어나 골목길이 장기판처럼 가로세로로 질서정연하게 뻗어 있는 맬런엔드 지역에 들어와 있었다. 하이스트리트의 어수선함과 눈부신 빛은 이 골목에는 조금도 스며들어오지 못했다. 남쪽으로 몇 걸음만 걸어가면 활기가 홍수처럼 거품을 내며 흐르는 번화가였지만, 이곳에는 지친 발을 질질 끌면서 천천히 걷는 모습과 숨죽인 맥박들뿐이었다. 지금 그가 들어와 있는 이곳은 런던의 하수구, 유럽 각지에서 몰려든 부랑자들의 마지막 피난처였다.

그는 이 거리의 분위기와 보조를 맞추려는 것처럼 고개를 푹 숙이고 천천히 걸었다. 그래서 절박한 고민거리라도 안고 있는 사람처럼 보였지만, 실제로는 그렇지 않았다. 그에게는 아무 걱정거리도 없었다. 그가 천천히 걷고 있는 것은 다만 온종일 두 발로 걸어 다니느라 지쳤기 때문이고, 고개를 숙이고 있는 것은 저녁 식사에 아내가 청어를 내놓을지 아니면 대구를 내놓을지 궁금했기 때문이었다. 그리고 그는 이런 날 밤에는 어떤 게 더 맛있을지, 거기에 대한 판단을 내리려 애쓰고 있었다.

오늘은 습기와 안개 때문에 불쾌지수가 높은 밤이었다. 안개는 그의 목과 눈 속으로 스며들어 왔고, 습기는 보도와 차도에 내려앉아 있었다. 희미한 등불이 비친 곳에서는 번들거리는 광채가 나서 보는 사람을 오싹하게 했다. 그의 생각은 그것과 대조를 이루어 훨씬 더 기분 좋게 느껴졌고, 맛있는 식사에 대한 기대감이 더욱 부풀어 올랐다. 청어든 대구든, 그건 아무래도 좋았다. 그는 시야를 가득 채운 침울한 보도에서 눈길을 들어 앞을 바라보았다. 800미터가량 떨어진 곳에 그의 집이 있었다. 가스불이 켜진 부엌과 불꽃을 내는 난로와 음식이 차려진 식탁이 눈에 보이는 것 같았다. 오븐 속에는 노릇노릇하게 구워진 빵이 있고, 옆에서는 찻주전자가 소리를 내며 끓고 있고, 매콤한 청어-어쩌면 대구나 소시지일지도 모른다-가 놓여 있을 것이다. 그 광경을 상상하자, 하루 종일 걸어다니느라 아픈 발에 기운이 솟았다. 그는 어깨를 흔들어 미세한 습기를 사방으로 흩뿌리며, 환상이 아닌 현실을 향해 서둘러 걸음을 옮겼다.

그러나 와이브라우 씨는 이날 저녁에 어떤 음식도 먹지 못할 운명이었다. 아니, 이날 저녁만이 아니라 그 후로는 어느 저녁에도 음식을 먹지 못할 운명이었다. 와이브라우 씨는 곧 죽을 운명이었기 때문이다.

그가 걷고 있는 곳에서 100미터도 떨어지지 않은 어딘가에서 또 다른 사람이 걷고 있었다. 그는 평범하게 생긴 남자였다. 와이브라우 씨는 물론 여느 다른 남자들과도 비슷했다. 다만, 인류가 밀림의 미치광이들처럼 서로 싸우지 않고 다 함께 평화롭게 살 수 있도록 해주는 유일한 자질을 갖지 못한 인물이었다. 그는 죽은 심장을 가진 인물이었다. 그 심장은 스스로를 먹어 들어가 죽음과 부패에서 생겨나는 역겨운 유기체를 낳았다. 그리고 인간의 형상을 가진 그 유기체는 일시적인 변덕인지, 아니면 어떤 확고한 신념에 따른 것인지는 모르지만, 와이브라우 씨를 바라보면서 너는 두 번 다시 청어를 맛보지 못할 거라고 속으로 중얼거렸다. 그는 와이브라우 씨에게 해코지를 당한 적도 없었고, 와이브라우 씨를 싫어한 것도 아니었다. 사실 그는 와이브라우 씨에 대해 아무것도 알지 못했다. 길거리에서 자주 마주치는 낯익은 사람이라는 것밖에는. 그러나 그는 자신의 썩어든 세포를 사로잡은 어떤 힘의 작용으로 와이브라우 씨를 점찍었다. 그 선택은 마치 우리가 식당에 들어가 다른 탁자와 조금도 다를 게 없는 탁자 하나를 고르거나, 똑같은 사과가 여섯 개 담긴 광주리에서 사과 하나를 고르거나, 자연의 여신이 이 행성의 어느 모퉁이에 태풍을 보내어 그곳에 사는 5백 명의 목숨은 빼앗고 똑같은 모퉁이에 사는 또 다른 5백 명은 무사히 살려둔 것처럼, 무계획적인 선택이었다. 그렇게 해서 그는 와이브라우 씨를 점찍었다. 우리가 만약 그의 일상적인 관찰 범위 안에 들어 있었다면, 그는 당신이나 나를 골랐을지도 모른다. 그리고 지금도 그는 크고 하얀 손을 소중히 간직한 채 푸르스름한 빛을 띤 거리를 살금살금 지나서, 와이브라우 씨의 식탁으로 점점 더 가까이, 그래서 와이브라우 씨 자신에게 점점 더 가까이 다가가고 있었다.

그는 결코 나쁜 사람은 아니었다. 사실은 상냥하고 친절한 자질을 많이 갖고 있어서, 성공적인 범죄자들이 대부분 그렇듯이 존경할 만한 사람으로 통하고 있었다. 그러나 누군가를 죽이고 싶다는 생각은 썩어가는 그의 정신 속에 이미 들어왔고, 그는 신이나 인간을 조금도 두려워하지 않았기 때문에 살인을 할 작정이었다. 그리고 살인을 끝내면 집으로 돌아가서 밥을 먹을 터였다.

이런 말을 나는 함부로 하는 것이 아니라, 사실을 있는 그대로 말하고 있을 뿐이다. 인정이 넘치는 사람에게는 이상하게 들리겠지만, 살인자들도 살인을 끝낸 뒤에는 식탁에 앉아서 밥을 먹어야 하고, 또 실제로 그렇게 한다. 그들이 그래서는 안 될 이유가 무엇인가. 오히려 그래야 할 이유가 너무나 많다. 우선 그들은 범행을 감추기 위해 심신 양면으로 애를 써야 하기 때문에 육체와 정신의 활력을 최상의 상태로 유지할 필요가 있다. 둘째, 극도의 노력은 공복감을 불러일으키고, 원하던 일을 끝냈다는 만족감은 인간의 쾌락에 대한 너그러운 감정을 가져다준다. 살인자가 아닌 사람들은 살인자란 항상 자신의 안전에 대한 두려움과 자기가 한 짓에 대한 공포에 사로잡혀 있다고 생각한다. 그러나 이런 유형의 살인자는 극히 드물다. 물론 그 자신의 안전은 당면한 관심사지만, 대부분의 살인자가 갖고 있는 두드러진 특징은 자만심이다. 그 자만심은 상대를 정복했다는 짜릿한 흥분과 더불어, 자기는 절대로 붙잡히지 않으리라는 확신을 가져다준다. 그리고 음식을 배불리 먹어 기운을 차리면, 마치 젊은 마나님이 최초의 대규모 만찬을 준비하는 데 열중하듯, 안전을 확보하는 일에 열중한다. 최초의 만찬을 앞둔 마나님처럼 약간 불안을 느끼기는 하지만, 그 이상은 아니다. 범죄학자와 형사들의 말에 따르면, 모든 살인자는 아무리 지적이고 영리해도 언제나 전술에서 사소한 실수를 저지른다고 한다. 그 사소한 실수가 꼬리를 잡히는 단서가 되는 셈이다. 그러나 이 말은 절반만 사실이다. 이 말은 붙잡힌 살인자한테만 적용되기 때문이다. 붙잡히지 않는 살인자도 많다. 따라서 그 살인자들은 결코 어떤 실수도 저지르지 않는다. 이 사람도 역시 실수를 저지르지 않았다.

공포나 후회에 관해서 말하자면, 교도소의 목사나 의사나 변호사들은 그들이 면담한 살인자들이 유죄판결을 받고 죽음의 그림자가 짙게 드리워진 뒤에도 자기가 한 짓에 대해 조금이라도 후회하는 빛을 보이거나 정신적 고통을 겪고 있는 징후를 나타낸 경우는 매우 드물다고 말한다. 대부분의 살인자들은 그렇게 많은 살인자들이 활개를 치며 다니는데 자기만 붙잡힌 것에 분통을 터뜨리거나, 죽여 마땅한 놈을 죽였는데 유죄판결을 받은 것은 억울하다고 화를 낼 뿐이다. 그들이 살인을 저지르기 전에는 아무리 정상적이고 다정한 사람이었다 해도, 살인을 저지른 뒤에는 양심을 완전히 잃어버린다. 양심을 가지고 있어 봤자 무엇에 쓰겠는가? 양심은 미신을 고상하게 부르는 별명일 뿐이고, 미신은 공포를 고상하게 부르는 별명일 뿐이다. 살인을 후회하는 사람들의 경우, 그 회개는 카인의 전설에 바탕을 두고 있는 게 분명하다. 아니면 그들은 자신의 허약한 정신을 살인자의 정신 속에 투사하여 잘못된 반응을 얻고 있을 뿐이다. 평화를 사랑하는 사람이라면 이런 정신과 접촉하기를 바랄 리가 없다. 그들은 정신 유형이 살인자와 다를 뿐 아니라, 육체의 화학작용과 구조까지도 살인자와는 다르기 때문이다. 어떤 사람은 한 명이 아니라 두 명이나 세 명을 죽일 수 있고, 실제로 죽이기도 한다. 그러고는 다시 태연하게 일상사에 열중할 수 있다. 그러나 아무리 괴로운 도발을 받아도, 남을 죽이기는커녕 상처조차 입히지 못하는 사람들도 있다. 살인자가 실제로는 느긋하게 앉아서 차를 마시고 있는데, 살인자가 후회 때문에 괴로워하고 경찰을 두려워할 거라고 상상하는 사람들은 바로 이런 부류의 족속이다.

크고 하얀 손을 가진 그 사람은 와이브라우 씨와 마찬가지로 식사할 준비가 되어 있었지만, 식사하러 가기 전에 해야 할 일이 있었다. 그 일을 해치우면, 그리고 그 일에서 어떤 실수도 저지르지 않으면, 훨씬 더 기꺼운 마음으로 식사할 준비가 끝날 테고, 손에 피를 묻히지 않은 어제와 마찬가지로 기분 좋게 식사하러 갈 것이다.

그러면 걸어가라, 와이브라우 씨여. 계속 걸어가라. 그리고 걸으면서, 당신이 퇴근하는 밤길에 늘 보던 낯익은 것들을 마지막으로 눈여겨보라. 호박 초롱이 켜진 당신의 식탁을 따라가라. 그 따뜻함과 다채로움과 다정함을 자세히 보라. 그것으로 당신의 눈을 만족시키고, 그 정다운 가정의 냄새로 당신의 코를 괴롭히라. 왜냐하면 당신은 이제 두 번 다시 그 탁자에 앉지 못할 테니까. 당신이 10분도 채 걷기 전에 당신을 따라가는 유령이 마음속으로 말할 것이고, 그러면 당신의 운명은 결정되리라. 희미한 두 그림자—당신과 유령—는 담청색 보도를 지나 초록빛 공기를 뚫고 나아가고 있다. 한 사람은 죽이기 위해, 그리고 또 한 사람은 죽음을 당하기 위해. 계속 걸어가라. 그렇다고 너무 서두르지는 마라. 그렇지 않아도 화끈거리는 당신의 두 발이 괴로울 테니까. 오히려 천천히 걸을수록 당신은 이 1월 저녁의 초록빛 공기를 더 오래 숨쉴 수 있고, 행인들의 유쾌한 대화와 떠돌이 악사의 구슬픈 아코디언 소리를 더 오래 들을 수 있을 테니까. 이런 것들은 당신에게 더없이 소중하다. 와이브라우 씨여, 지금은 모르겠지만 15분 뒤면 당신은 그것들이 얼마나 소중한 것인지를 불과 2초 만에 깨닫게 될 것이다.

자, 무늬가 불규칙한 이 포장도로를 가로질러 계속 걸어가라. 당신은 지금 집시들의 천막들로 둘러싸인 라고스 가에 있다. 잠시 뒤면 당신은 로열레인 지역으로 들어갈 것이다. 그곳에는 허름한 하숙집들이 옹기종기 모여 있고, 그 하숙집들에는 비전투원으로 종군했다 돌아온 쓸모없고 생활에 지쳐버린 사람들이 살고 있다. 로열레인 지역에서는 그들의 냄새가 난다. 그곳의 부드러운 어둠은 쓸모없는 사람들의 울부짖는 소리로 가득 차 있는 듯하다. 그러나 당신은 형체가 없는 그런 것들을 알아차릴 만큼 민감하지 않다. 당신은 저녁마다 그랬듯이 아무것도 알아차리지 못한 채 그곳을 터벅터벅 걷는다. 그곳을 지나 블린 가에 이르면, 그 거리도 무거운 발걸음으로 터벅터벅 지나간다. 외국인 거류민들이 사는 셋방들이 지하실에서 하늘까지 솟아 있다. 그들의 창문은 흑단처럼 까만 벽에 가늘고 기다란 오렌지빛 틈새를 만든다. 그 창문들 뒤에서는 런던이나 영국 방식이 아닌 낯선 방식의 생활이 펼쳐지고 있지만, 그 생활은 본질적으로 당신이 지금까지 누린 생활, 그러나 오늘 밤에는 더 이상 누리지 못할 생활과 똑같이 기분 좋은 생활이다. 머리 위 높은 곳에서 '카타의 노래'를 부르는 목소리가 내려온다. 어떤 창문에서는 종교의식을 치르고 있는 가족이 보인다. 또 다른 창문에서는 여자가 남편에게 차를 따라주고 있는 모습이 보인다. 한 사내가 구두를 손질하고 있는 모습이 보인다. 어머니가 아기를 목욕시키는 모습도 보인다. 당신은 전에도 이런 장면을 수없이 보았지만, 한 번도 주의를 기울이지 않았다. 지금도 당신은 그런 것에 주의를 기울이지 않는다. 그러나 만약 당신이 그런 것들을 다시는 보지 못하게 되리라는 걸 안다면, 아마 주의해서 살펴볼 것이다. 당신은 이제 두 번 다시 보지 못할 것이다. 당신의 수명이 다했기 때문이 아니라, 당신이 거리에서 그토록 자주 마주친 어떤 사내가 제멋대로 자연의 권한을 찬탈하여 당신을 죽이기로 작정했기 때문이다. 따라서 당신은 거기에 주목하지 않아도 상관없을 것이다. 거기에서 당신이 맡은 역할은 이제 곧 끝날 테니까. 이 세상의 괴로움으로 가득 찬 그 비참한 순간들은 당신에게는 이제 더 이상 존재하지 않을 것이다. 잠시만 공포를 겪고 나면, 다음 순간에는 암흑 속으로 가라앉을 것이다.

이 죽음의 그림자가 당신에게 더 가까이 다가간다. 이제 그는 20미터 뒤에 있다. 당신은 그의 발소리를 들을 수 있지만 고개를 돌리지는 않는다. 당신은 그 발소리에 익숙하다. 당신은 런던에, 당신이 날마다 지나다니는 편안하고 안전한 지역에 있고, 뒤에서 들리는 발소리는 당신의 길동무가 보내는 신호에 불과하다고 당신의 본능은 말한다.

하지만 당신은 그 발소리에서 무언가를 알아차리지 못하는가? 불길한 울림이 담겨 있는 무언가를? 그 무언가는 이렇게 말한다. 조심해, 조심해. 경계해, 경계해. '살인자'라는 말을 듣지 못하는가? 아니, 발소리 자체에는 아무것도 없다. 그 발소리에는 특징이 없다. 악당의 발은 정직한 사람의 발과 똑같이 조용하게 땅바닥에 떨어진다. 그러나 와이브라우 씨여, 그 발소리는 한 쌍의 손을 당신에게 가져가고 있다. 그리고 그 손에는 무언가가 있다. 당신 뒤에 있는 그 한 쌍의 손은 지금 근육을 팽팽히 긴장시킨 채 당신을 죽이기 위한 만반의 준비 태세를 갖추고 있다. 당신은 평생 동안 날마다 인간의 손을 보았다. 사람의 손―믿음과 사랑과 인사의 상징인 그 부속물이 얼마나 무서운지를 깨달은 적이 있는가? 다섯 개의 촉수를 가진 그 몸의 일부가 얼마나 역겨운 잠재력을 갖고 있는지 생각해본 적이 있는가? 아니, 그런 적은 한 번도 없다. 당신이 지금까지 본 인간의 손은 모두 호의나 우정을 가지고 당신한테 뻗어왔기 때문이다. 그러나 눈은 남을 증오할 수 있고, 입은 가시 돋친 말을 내뱉을 수 있지만, 사악함의 본질을 모아 그 축적된 사악함을 파괴적인 전류로 바꿀 수 있는 것은 인간의 어깨에 대롱대롱 매달린 그 손뿐이다. 악마는 많은 문을 통해 사람 속으로 들어올 수 있지만, 그의 의지에 따라줄 하수인은 오로지 손뿐이다.

와이브라우 씨여, 이제 조금만 있으면 당신은 인간 손의 무서움을 모두 알게 될 것이다.

이제 집에 거의 다 왔다. 당신은 당신의 동네-캐스퍼 가-로 접어들어, 장기판 한가운데를 걷고 있다. 방이 네 개인 당신의 작은 집의 정면 창문이 보인다. 거리는 어둡다. 거리에 있는 세 개의 가로등은 어둠보다 오히려 사람을 더 혼란시키는 빛의 얼룩을 만들 뿐이다. 거리는 어둡고 텅 비어 있다. 주위에는 아무도 없다. 집들의 정면 거실에는 한 점의 불빛도 없다. 가족들은 모두 부엌에서 식사를 하고 있기 때문이다. 하숙인들이 살고 있는 위층 방에서 어쩌다 희미한 불빛이 새어나올 뿐이다. 주위에는 당신과 당신을 따라오는 길동무밖에는 아무도 없다. 당신은 그 길동무에게 주의를 기울이지 않는다. 당신은 그를 자주 보았기 때문에 그가 눈에 들어오지도 않는다. 당신이 고개를 돌려 그를 보았다 해도 당신은 그저 "안녕하세요" 하는 한마디 인사만 던지고 계속 걸어갈 것이다. 그가 살인자일 수도 있다고 암시해봤자 당신은 웃지도 않을 것이다. 너무나 터무니없는 말일 테니까.

이제 당신은 당신의 집 현관에 이르렀다. 그리고 당신은 현관 열쇠를 찾았다. 이제 당신은 현관으로 들어서서, 모자와 코트를 옷걸이에 건다. 아내는 부엌에서 코빼기도 내밀지 않고, 이제 왔느냐고 소리만 지른다. 그 인사말의 메아리처럼 부엌에서 구수한 냄새가 풍겨온다. (청어 냄새다!) 당신이 거기에 응답했을 때 현관문이 날카로운 노크 소리로 흔들린다.

도망쳐라, 와이브라우 씨여. 그 문에서 얼른 달아나라. 문에 손대지 마라. 당장 현관문에서 도망쳐라. 집에서 도망쳐라. 마누라와 함께 뒤뜰로 달아나, 울타리를 넘어서 도망쳐라. 아니면 이웃 사람들을 불러라. 하지만 그 문에는 손대지 마라, 와이브라우 씨여. 안 돼! 문을 열지 마!

와이브라우 씨는 문을 열었다.

이것이 '런던 살인마의 공포'로 알려지게 된 일련의 사건의 시작이었다. 이 연쇄살인 사건을 '공포'라고 부른 까닭은 그 사건들이 단순한 살인이 아니었기 때문이다. 그 살인들에는 아무 동기도 없었고, 흑마술 같은 분위기를 풍겼다. 살인은 언제나 시체가 발견된 거리가 텅 비어 있는 시간에 일어났다. 그때 그 거리에는 살인자일 가능성이 있는 사람은 물론이고, 인간의 감각기관이 지각할 수 있는 대상은 아무것도 없었다. 텅 빈 골목길이 있다. 골목 끝에는 경찰관 한 명이 서 있다. 경찰관은 잠시 텅 빈 골목에 등을 돌린다. 1분도 채 안 되는 짧은 시간이다. 그리고 나서 다시 고개를 돌리면, 거기엔 목졸려 죽은 시체가 너부러져 있다. 경찰관은 또 다른 살인사건이 일어났다는 소식을 가지고 어두운 밤거리로 달려나간다. 경찰관이 어느 쪽을 돌아보아도 눈에 띄는 사람은 아무도 없고, 누군가를 보았다는 목격자의 제보도 없다. 또 어떤 경우에는 경찰관이 조용한 거리에서 근무를 하고 있다. 그러다가 갑자기 죽은 사람의 집으로 불려간다. 경찰관은 불과 몇 초 전에 그 피살자가 살아 있는 것을 보았는데, 눈 깜짝할 사이에 시체로 변해 있는 것이다. 이번에도 역시 어느 쪽으로 눈길을 돌려도 눈에 띄는 사람은 아무도 없다. 경찰관이 호루라기를 불어 그 지역 주변에 당장 비상선을 치고 집집마다 수색을 해도, 살인자일 가능성이 있는 사람은 아무도 발견되지 않는다.

와이브라우 씨 부부가 살해되었다는 소식을 맨 먼저 가져온 사람은 관할 경찰서의 경사였다. 그는 경찰서로 출근하기 위해 캐스퍼 가를 지나가다가 98번지의 현관문이 열려 있는 것을 보았다. 안을 들여다보니 복도의 희미한 가스등 불빛이 마룻바닥에 꼼짝도 하지 않고 누워 있는 시체 한 구를 비추고 있었다. 그는 다시 한번 시체를 살펴본 다음 힘차게 호루라기를 불었다. 호루라기 소리를 듣고 순경들이 달려오자, 그는 순경 한 명을 데리고 그 집을 수색했다. 그리고 나머지 순경들은 밖으로 내보내어, 부근의 거리를 샅샅이 수색하고 이웃집에 가서 탐문을 하도록 했다. 그러나 집 안에서도 거리에서도 살인자의 정체를 알려줄 만한 것은 전혀 발견되지 않았다. 맞은편과 옆집에 사는 이웃 사람들에게도 물어보았지만, 그들 역시 아무것도 보지 못했고 아무 소리도 듣지 못했다.

한 사람은 와이브라우 씨가 집에 돌아오는 소리를 들었다고 했다. 와이브라우 씨가 현관문에 열쇠를 꽂는 소리는 저녁마다 규칙적으로 들리는 소리였기 때문에, 그 소리에 맞추어 6시 반으로 시계를 맞춰도 될 정도였다고 그는 말했다. 하지만 경사가 호루라기를 불 때까지는 문이 열리는 소리 말고는 아무 소리도 듣지 못했다. 앞문이나 뒷문을 통해 그 집으로 들어가거나 거기서 나오는 사람은 아무도 목격되지 않았고, 피살자들의 목에는 손가락 자국만이 아니라 그 밖의 어떤 흔적도 남아 있지 않았다. 경찰관들은 없어진 물건이 있는지 확인하기 위해 조카를 불러 집 안을 둘러보게 했지만, 그는 없어진 물건을 아무것도 알아내지 못했다. 어쨌든 그의 삼촌은 훔쳐갈 만한 물건은 아무것도 갖고 있지 않았다. 집에 있던 푼돈은 고스란히 남아 있었고, 집을 뒤진 흔적도 없었으며, 다툰 흔적도 없었다. 살인 현장에는 잔인하고 부당한 살인밖에는 아무 흔적도 남아 있지 않았다.

이웃 사람들과 직장 동료들한테 와이브라우 씨는 과묵하고 가정적이고 호감이 가는 남자로 알려져 있었다. 그런 사람이 적을 만들 리가 없었다. 하지만 살해된 사람은 원래 적을 갖는 경우가 드물다. 어떤 사람을 해치고 싶어 할 만큼 증오하는 무자비한 적은 그 사람을 죽이고 싶어 하는 경우가 드물다. 증오하는 대상을 죽여버리면 더 이상 그를 괴롭힐 수가 없기 때문이다. 그래서 경찰은 도저히 있을 수 없는 상황에 맞닥뜨리게 되었다. 살인자를 알려주는 어떤 단서도, 살인 동기도 전혀 없었다. 있는 거라고는 살인이 저질러졌다는 사실뿐이었다.

이 사건의 첫 번째 보도는 런던 전체를 전율시켰고, 특히 맬런 엔드 지역은 온통 공포에 휩싸였다. 남에게 아무 해도 끼치지 않는 두 사람이 살해되었다. 이익을 얻기 위해서도 아니고 복수를 하기 위해서도 아니다. 살인자는 우발적인 충동으로 그들을 죽인 게 분명하다. 그런 살인자가 잡히지 않은 채 활개를 치고 있었다. 그는 어떤 흔적도 남기지 않았고, 공범이 없다면 아직까지 잡히지 않을 이유가 전혀 없어 보였다. 고독하고 두뇌가 명석하며 신이나 인간을 두려워하지 않는 사람은 원하기만 한다면 도시 하나를, 아니 나라까지도 지배할 수 있다. 하지만 평범한 범죄자들은 두뇌가 명석한 경우가 드물고 고독을 싫어한다. 범죄자는 반드시 공범의 도움을 필요로 하지는 않는다 해도, 최소한 자신의 범죄를 털어놓을 대상을 필요로 하게 마련이다. 그의 허영심은 자기가 한 짓의 효과를 직접 감지하는 만족감을 느끼고 싶어 한다. 이를 위해서 그는 술집이나 카페, 또는 그 밖의 공공장소에 자주 나타난다. 그런 곳에서 누군가를 만나 이야기를 나누다 보면, 그는 친구를 얻었다는 흥분에 사로잡혀 조만간 쓸데없는 말을 불쑥 내뱉게 된다. 그래서 어디에나 있는 경찰 정보원은 일하기가 쉽다.

하지만 싸구려 여인숙과 선술집을 비롯하여 모든 곳을 '이 잡듯이' 뒤지고 경계를 강화했으며, 정보를 제공하는 사람에게는 많은 현상금과 신변 보호가 보장된다는 사실이 소문을 통해 널리 알려졌는데도 와이브라우 살인사건에 관한 단서는 찾을 수 없었다. 살인자는 친구도 없고 동료도 없는 게 분명했다. 경찰은 친구가 없는 것으로 알려진 사람들을 불러다가 심문했지만 그들은 하나같이 알리바이가 분명했다. 며칠도 지나기 전에 경찰은 이러지도 저러지도 못할 궁지에 빠졌다. 대중은 사건이 경찰의 코앞에서 일어난 거나 다름없다고 끊임없이 경찰을 조롱했고, 그럴수록 경찰은 점점 더 초조해졌다. 나흘 동안 경찰관들은 바짝 긴장한 상태로 자신의 담당구역을 날마다 순찰했다. 닷새째가 되자 그들은 훨씬 더 초조해졌다.

주일학교에서 아이들을 위해 해마다 한 번씩 다과와 오락을 베푸는 철이었다. 어느 안개 낀 저녁, 런던은 손으로 더듬으며 길을 찾는 유령들의 세계로 변해 있었다. 그처럼 짙은 안개 속에서, 머리를 새로 감고 가장 좋은 나들이옷과 구두로 한껏 멋을 낸 소녀 하나가 얼굴을 빛내며, 로건 샛길에서 성미카엘 성당의 교구회관으로 떠났다. 하지만 소녀는 끝내 그곳에 도착하지 못했다. 소녀는 사실상 6시 반까지는 죽지 않았지만, 집을 나온 순간부터 이미 죽은 거나 마찬가지였다. 큰길—로건 샛길은 그 도로에서 갈라져 나온 골목이었다—을 걷고 있던 사람이 소녀가 로건 샛길에서 나오는 것을 보았다. 그리고 그 순간부터 소녀는 죽은 거나 다름없었다. 안개를 뚫고 누군가의 크고 하얀 손이 뒤에서 소녀에게 뻗쳐왔다. 그리고 15분 뒤에 그 두 개의 손은 소녀의 목을 조르고 있었다.

6시 반에 호루라기가 날카로운 비명을 질러 재난이 일어난 것을 알렸다. 호루라기 소리를 듣고 달려온 사람들은 미노 가의 어느 창고 입구에서 어린 넬리 브리노프의 시체를 발견했다. 경사는 맨 먼저 현장에 도착하여 부하들을 요소요소에 배치하고, 분노를 억누른 엄격한 목소리로 명령을 내리고, 그 거리를 담당한 순찰경관을 호되게 야단쳤다.

"매그슨, 나는 자네가 골목 끝에 서 있는 걸 보았는데, 거기서 도대체 뭘 하고 있었지? 자네는 10분이 지나서야 고개를 돌렸어."

매그슨은 골목 끝에서 수상쩍어 보이는 남자를 줄곧 감시하고 있었다고 변명했지만, 경사는 그의 말을 가로챘다.

"수상쩍은 인물 따위는 집어쳐! 자네가 찾아야 할 사람은 수상쩍은 인물이 아니라 '살인자'야. 자네는 빈둥거리며 시간을 허비했어. 그 바람에 자네가 마땅히 있어야 할 장소에서 이런 일이 일어난 거라고. 사람들이 뭐라고 할지 생각해봐."

나쁜 소식은 순식간에 퍼졌고, 그와 같은 속도로 군중이 몰려왔다. 그들은 모두 파랗게 질린 얼굴로 불안에 사로잡혀 있었다. 미지의 괴물이 또 나타났는데 이번에는 피해자가 어린애였다는 이야기를 듣고 증오와 공포를 드러낸 얼굴들이 짙은 안개 속에서 줄무늬를 만들었다. 바로 그때 구급차와 더 많은 경찰관이 달려와 군중을 재빨리 해산시켰다. 군중이 흩어지면서 떠들어댄 말을 듣고 경사의 생각은 복잡해졌다. "경찰의 코앞에서"라고 투덜대며 내뱉는 목소리가 사방에서 들려왔다. 나중에 조사해보니, 살인이 일어나기 전에 그 지역에 사는 네 사람이 몇 초의 간격을 두고 그 창고 입구를 지나간 것이 밝혀졌지만, 그들은 전혀 의심할 여지가 없는 사람들이었다. 그들은 또한 아무것도 보지 못했고 아무 소리도 듣지 못했다고 증언했다. 아무도 살아 있는 소녀와 마주치지 않았고, 죽어 있는 소녀도 보지 못했다. 또한 그 골목에서 그들 자신 말고는 아무도 보지 못했다. 이번에도 경찰은 살인의 동기를 알아내지 못했고, 단서 하나도 잡지 못했다.

이제 그 지역은 공포가 아니라 불안과 경악에 휩싸였다. 런던 대중은 결코 공포에 굴복하지 않기 때문이다. 그들이 늘 지나다니는 낯익은 거리에서 이런 일이 일어나고 있다면 어떤 일도 일어날 수 있다. 사람들은 어디서나―거리든, 시장이든, 술집이든, 상점이든―모이기만 하면 그 사건을 화제로 삼아 열띤 토론을 벌였다. 주

부들은 어스름이 깔리기만 하면 재빨리 창문과 문을 모두 닫아걸기 시작했다. 쇼핑은 어두워지기 전에 끝냈고, 겉으로는 태연한 척하면서도 불안한 마음으로 남편의 퇴근을 기다렸다. 런던 토박이들은 거의 익살스럽게 재난을 감수했지만, 그 체념 밑에는 불길한 예감이 숨어 있었다. 한 쌍의 손을 가진 한 사람의 변덕으로 말미암아 그들의 일상생활은 체계와 방향이 뿌리째 흔들렸다.

인간을 경멸하고 인간의 법률을 두려워하지 않는 사람이라면 누구나 그것을 뒤흔들어놓을 수 있기 때문이다. 사람들은 그들이 살고 있는 평화로운 세계를 떠받치고 있는 기둥이 누구나 부러뜨릴 수 있는 지푸라기에 불과하다는 사실을 깨닫기 시작했다. 법률은 사람들이 복종할 때에만 힘을 가질 수 있으며 경찰은 사람들이 두려워할 때에만 강력해질 수 있다는 것도 깨닫기 시작했다. 이 살인자는 두 손의 힘으로 공동체 전체를 뒤흔들어, 공동체가 새로운 일을 하도록 만들었다. 그 한 사람 때문에 공동체는 그 기반을 의심하게 되었고, 너무나 명백한 사실에 놀라서 숨을 헐떡였다.

공동체가 두 차례에 걸친 그의 성공에 놀라서 아직도 숨을 헐떡이고 있을 때, 그는 세 번째 성공을 거두었다. 그의 두 손이 창조한 공포를 의식하고 대중의 오싹한 전율을 맛본 적이 있는 배우처럼 거기에 굶주린 그는 자신의 존재를 새롭게 과시했다. 어린애가 살해된 지 사흘 뒤인 수요일 아침, 신문들은 영국의 아침 식탁에 훨씬 더 충격적인 범죄 기사를 배달했다.

화요일 밤 9시 32분에 순경 한 사람이 자니건 도로에서 순찰을 돌다가, 클레밍 가 꼭대기에 있는 피터슨이라는 동료 순경에게 말을 걸었다. 그는 피터슨이 그 거리를 걸어 내려가는 것을 보았다.

그때 그 거리에는 다리를 저는 구두닦이 말고는 아무도 없었다고 그는 맹세할 수 있었다. 그는 구두닦이를 자주 보아서 알고 있었는데, 구두닦이는 그를 지나쳐서 동료 순경이 걷고 있는 쪽의 반대편에 있는 집으로 들어갔다. 그 당시 순경들이 모두 그랬듯이 그는 어느 길을 걷고 있든 간에 끊임없이 뒤돌아보고 주위를 둘러보는 버릇이 생겨나 있었다. 그는 당시 거리가 텅 비어 있었다고 확신했다. 그는 9시 33분에 경사와 마주쳐 그에게 인사를 하고, 무언가를 보았느냐는 경사의 질문에 아무것도 보지 못했다고 보고하고, 경사를 지나쳐서 계속 걸어갔다. 그의 순찰 구역은 클레밍 가에서 조금 떨어진 곳에서 끝났다. 그곳에 이르자 그는 돌아서서 9시 34분에 거리 꼭대기로 다시 돌아왔다. 그가 꼭대기에 도착하자마자 경사의 쉰 목소리가 들렸다.

"그레고리! 거기 있나? 빨리 오게. 또 사건이야. 세상에, 이건 피터슨이잖아. 피터슨이 목졸려 죽었어. 빨리 사람들을 불러!"

이것이 '살인마 공포'의 세 번째 사건이었다. 이 연쇄살인 사건은 네 번째와 다섯 번째로 이어진다. 다섯 번째 사건은 알려지지도 않았고 알 수도 없는 사건으로 묻혀버렸다. 다시 말해서 당국과 대중에게는 알려지지 않았다. 살인자의 정체는 알려졌지만, 그것을 아는 사람은 두 명뿐이었다. 한 사람은 살인자 자신이었고, 또 한 사람은 젊은 기자였다.

《데일리 토치》지의 기자로 이 연쇄살인 사건을 취재하고 있던 젊은이는 특종을 바라고 골목을 어슬렁거리는 다른 열성적인 기자들보다 결코 똑똑하진 않았다. 하지만 끈기가 있었고, 다른 동료 기자들보다 사건에 조금 더 가까이 다가갔으며, 끊임없는 관찰로 마침내 살인자의 정체를 알아냈다. 무덤에서 죽은 자의 영혼을 불러내듯, 살인자가 범행을 저지르기 위해 서 있던 돌을 조각하여 살인자의 형상을 이끌어낸 것이다.

처음 며칠이 지난 뒤 기자들은 특종을 얻으려는 노력을 포기했다. 특종거리가 전혀 없었기 때문이다. 그들은 경찰서에서 정기적으로 만났고 아무리 사소한 정보도 모두 나누어 가졌다. 경찰관들은 그들에게 친절했지만, 그 이상은 아니었다. 경사는 각 살인 사건의 세부적인 사실에 대해 기자들과 토론을 벌이고, 살인자의 수법에 대해 가정할 수 있는 여러 가지 설명을 제시하고, 그와 비슷한 과거의 사건들을 회고하고, 살인 동기 문제에 대해서는 동기가 전혀 없는 닐 크림 사건과 부당한 동기에 따른 존 윌리엄스 사건을 상기시켰으며, 경찰 수사로 곧 더 이상의 살인을 막게 될 거라고 암시했지만, 그 수사에 관해서는 한마디도 하려 들지 않았다. 경사의 상관인 경위 역시 살인이라는 일반적인 주제에 관해서는 장황하게 지껄였지만, 기자들이 이 당면 문제에서 어떤 수사가 진행되고 있는가에 대한 질문으로 화제를 옮길 때마다 그 화제에서 슬쩍 빠져나가곤 했다. 경찰관들은 알고 있는 것을 기자들에게 가르쳐주지 않았다. 이 연쇄살인 사건은 그들을 무겁게 짓눌렀고, 그들 자신의 노력으로 범인을 잡아야만 비로소 그들은 직무상의 평판과 대중의 신뢰를 회복할 수 있었다. 물론 런던 경찰청도 수사에 가담했고, 관할 경찰서가 갖고 있는 자료를 모두 갖고 있었다. 그러나 독자적으로 사건을 해결하여 면목을 세우는 게 관할 경찰서의 희망이었다. 다른 사건에서는 언론의 협조가 유용할 수 있지만, 이

번 사건에서는 그들이 세운 가설과 계획이 너무 일찍 발표되면 오히려 사건 해결이 어려워질 수 있었다.

그래서 경사는 장황하게 이야기했고, 흥미 있는 이론을 잇달아 제안했지만, 그 이론들은 모두 기자들 자신이 이미 생각한 것들뿐이었다.

《데일리 토치》지의 젊은 기자는 범죄 철학에 관한 오늘 아침의 강의를 포기하고, 거리를 돌아다니며 살인이 사람들의 일상생활에 미친 영향에 관해 재치있는 기사를 쓰는 일에 몰두했다. 이 우울한 작업은 그 지역의 분위기 때문에 더욱 우울해졌다. 쓰레기가 흩어진 지저분한 도로, 지붕이 찌그러진 집들, 더러운 창문―이 모든 것이 비참한 불행을 간직하고 있었지만, 동정심은 전혀 불러일으키지 않는다. 그것은 좌절한 시인의 불행이었다. 그것은 임시변통으로 그럭저럭 살고 있는 거류민들이 자초한 불행이었다. 그들이 이런 식으로 살고 있는 것은 일정한 거처가 없기 때문이고, 그들이 가정을 꾸미려고 애쓰지도 않으며, 그렇다고 유랑생활을 다시 계속할 생각도 없기 때문이다.

기자가 건진 기삿거리는 별로 없었다. 그가 본 것은 분개한 얼굴들뿐이었고, 그가 들은 것은 살인자의 정체와 신출귀몰한 수법에 대한 제멋대로의 억측뿐이었다. 경찰관까지 희생되었기 때문에 경찰에 대한 비난은 사라졌지만, 정체불명의 살인자는 이제 전설적인 인물이 되었다. 사람들은 '혹시 저놈이 살인자 아닐까?' 하고 생각하는 것처럼 다른 사람을 눈여겨 살펴보았다. 그들은 더 이상 '마담 투소 박물관'에 있는 '공포의 방'의 살인자와 같은 분위기를 띤 사람을 찾고 있지 않았다. 그들이 찾고 있는 것은 이런 독특한 살인을 저지른 남자였다. 아니, 어쩌면 그 살인자는 심술 사나운 여자일지도 모른다.

그들은 주로 외국인들에게 의혹의 눈길을 보냈다. 영국인이 그런 잔인성을 가질 리는 없고, 그렇게 교묘하게 살인을 저지를 수 있을 리도 없다는 게 그들의 생각이었다. 그래서 그들은 루마니아의 집시와 터키의 양탄자 상인들을 의심했다. 분명히 의심스러운 점도 발견되었다. 그러나 그 동방 출신들-그들은 온갖 속임수를 알고 있었고, 진정한 종교를 갖고 있지 않았다-을 경계선 안에 묶어 둘 방법은 전혀 없었다. 그 지역에서 귀향한 선원들의 이야기에 따르면, 동방에는 둔갑을 부려 제 모습을 감출 수 있는 마술사가 있다는 것이다. 이집트와 아라비아에는 은밀하고 수상쩍은 목적에 쓰이는 약이 있다는 소문도 나돌았다. 어쩌면 루마니아의 집시나 터키의 양탄자 상인들도 그런 둔갑을 부릴 수 있을지 모른다. 그걸 누가 알겠는가. 그들은 너무나 약아빠졌고 교활하다. 게다가 그들은 소리 없이 미끄러지듯 움직인다. 어떤 영국인도 그들처럼 공기 속에 녹아들 듯 사라지지는 못할 것이다. 살인자는 자기만의 독특한 속임수를 알고 있는 그런 부류의 사람일 게 확실하다. 사람들은 살인자가 마술사라고 확신했기 때문에, 그를 찾으려고 애써봤자 아무 소용도 없다고 생각했다. 살인자는 그들을 지배할 수 있고 아무도 자신에게 손대지 못하게 할 수 있는 악마였다. 미신은 이성의 연약한 껍질을 너무나 쉽게 깨뜨리고 사람들 속으로 깊숙이 들어와 그들을 사로잡았다. 살인자는 원하는 일이면 무엇이든 할 수 있다. 살인자는 결코 발각되지 않을 것이다. 사람들은 이런 두 가지 결론을 내렸고, 분개하면서도 체념한 태도로 거리를 돌아

다녔다.

    사람들은 마치 '그 악마'가 그들의 말을 엿듣고 찾아올지도 모른다고 생각하는 것처럼 연신 좌우를 살피며 목소리를 죽여 기자에게 자기 생각을 이야기했다. 그리고 그 지역 주민들은 모두 살인자를 생각하고 언제든지 덤벼들 태세를 갖추고 있었지만, 그 악마는 그들에게 너무나 강한 영향을 미치고 있었기 때문에, 길거리에서 어떤 사람—가령 평범한 얼굴에 평범한 체격을 가진 하찮은 사람—이 "내가 바로 그 괴물이다!"라고 외친다 해도, 과연 사람들의 억압된 분노가 한꺼번에 폭발하여 그를 때려눕히고 분노의 홍수 속에 그를 침몰시켰을까? 아니면 평범한 그 얼굴과 모습 속에서 무언가 초자연적인 것을 발견하고, 평범한 그의 부츠 속에서 무언가 초자연적인 것을 발견하고, 그의 모자에서도 무언가 초자연적인 것을 발견하고, 그가 그들의 어떤 무기로도 위협하거나 꿰뚫을 수 없는 존재임을 나타내는 어떤 표지를 발견하지는 않았을까? 그래서 그들은 마치 파우스트가 칼 두 자루로 십자가를 만들었을 때 악마가 놀라서 뒷걸음쳤듯이, 잠시 그 악마한테서 물러나 악마가 도망칠 시간 여유를 주지는 않았을까? 그것은 나도 모른다. 하지만 사람들은 살인자가 무적의 존재라고 굳게 믿고 있었기 때문에, 만약 그런 기회가 생긴다면 적어도 사람들이 머뭇거렸을 가능성은 크다. 하지만 기회는 아무한테도 찾아오지 않았다. 살인에 대한 욕망을 충족시킨 이 평범한 사람은 지금까지 그랬듯이 오늘도 여전히 사람들 속에 섞여 살고 있다. 사람들은 그를 보고 관찰하지만, 그때나 지금이나 그가 살인자일 줄은 상상도 못하기 때문에, 사람들은 그때나 지금이나 마치 전봇대를 바라보듯 그를 바라본다.

오터볼 씨의 손

그가 무적이라는 사람들의 믿음은 옳은 것으로 밝혀졌다. 피터슨 순경이 살해된 지 닷새 후에, 런던의 모든 수사력이 그의 정체를 알아내어 붙잡기 위해 온갖 경험과 영감을 총동원하고 있을 때, 그는 네 번째 살인과 다섯 번째 살인을 저질렀기 때문이다.

그날 저녁 9시에, 밤마다 신문이 나올 때까지 그 근처를 어슬렁거리던 젊은 기자는 리처즈 레인을 따라 천천히 걷고 있었다. 리처즈 레인은 좁은 길인데, 일부는 상점가이고 일부는 주택가로 되어 있었다. 젊은 기자는 그때 주택가에 있었다. 주택가 한쪽에는 노동자들이 사는 작은 집들이 늘어서 있고, 그 맞은편에는 철도 화물 조차장의 높은 담장이 뻗어 있었다. 그 담장은 도로 전체에 그림자를 드리웠고, 이제 아무도 없는 상점들의 그림자와 시체 같은 윤곽 때문에 그 좁은 길은 생사의 갈림길에서 얼어붙은 채 살아 있는 모습을 띠고 있었다.

다른 곳에서는 은은한 황금빛 후광을 내는 가로등조차 이곳에서는 보석처럼 딱딱해 보였다. 기자는 얼어붙은 영원성이 보내는 이 메시지를 느끼고, 자신이 이 모든 일에 지쳤나 보다고 혼자 중얼거렸다. 바로 그때 얼어붙은 영원성이 단번에 깨졌다. 기자가 걸음을 한 번 내디딘 다음, 그 발소리가 사라져 다시 정적이 찾아오기도 전에 높은 비명이 어둠을 뒤흔들었다. 그리고 그 비명을 뚫고 사람 목소리가 들려왔다.

"사람 살려! 사람 살려! 살인자가 있다!"

기자가 어떻게 해야 할 것인지를 미처 생각하기도 전에, 리처즈 레인 일대는 아연 활기를 띠었다. 눈에 보이지 않는 그 거리 주민들은 마치 그 외침을 기다리고 있었던 것 같았다. 집집마다 문이 활짝 열리고, 그 문과 골목길에서 물음표처럼 허리를 구부린 유령 같은 사람들이 쏟아져 나왔다. 잠시 그들은 가로등처럼 뻣뻣하게 서 있었다. 바로 그때 경찰관의 호루라기 소리가 그들에게 방향을 알려주었다. 그림자들이 떼를 지어 거리를 올라갔다.

기자는 그들을 따라갔고, 다른 사람들은 기자를 따라갔다. 큰길과 그 길을 둘러싼 주변 도로에서 사람들이 몰려나왔다. 어떤 사람은 저녁을 먹다가 뛰쳐나왔고, 또 어떤 사람은 슬리퍼에 셔츠를 걸친 편한 차림으로 쉬고 있다가 휴식을 방해받았고, 어떤 사람은 허약한 다리로 비틀거리며 걸었고, 또 어떤 사람은 부지깽이나 그들의 직업을 알려주는 도구로 무장한 채 뛰어갔다. 수많은 머리 위 여기저기에서 눈에 잘 띄는 경찰관들의 헬멧이 움직였다. 그들은 한 무리를 이루어, 문간에 경사와 순경 두 명이 서 있는 작은 집으로 몰려갔다. 뒤따라오는 사람들의 목소리가 "들어가! 놈을 찾아! 뒤로 돌아가! 담장을 넘어!" 하고 재촉하면, 앞에 있는 사람들은 "물러서! 뒤로 물러서!" 하고 큰 소리로 외쳤다.

미지의 위험에 사로잡혀 있던 군중의 분노가 이제 폭발했다. 살인자는 바로 여기, 살인 현장에 있었다. 이번만은 달아날 수 없을 터였다. 모든 사람의 마음은 그 작은 집으로 쏠렸다. 사람들은 그 집의 문과 창문과 지붕을 향해 모든 에너지를 쏟아냈다. 사람들의 머릿속에는 오로지 미지의 한 사내와 그를 말살하려는 생각뿐이었다. 그래서 아무도 다른 사람을 보지 않았다. 아무도 인파로 가득 찬 그 좁은 도로와 밀치락거리는 수많은 그림자들을 보지 않았다. 사람들은 한 번도 희생자 근처에서 오래 꾸물거린 적이 없는 괴물을 그들 자신 속에서 찾기를 잊어버렸다. 사람들은 그들이 복수의 십자군이 되어 몰려온 덕분에 괴물에게 완벽한 은신처를 마련해주고 있다는 것도 사실상 잊어버렸다. 그들은 오직 그 집만 바라보았고, 집의 앞뒤에서 목재를 잡아 뜯고 유리창을 깨뜨리는 소리와 경찰관들이 명령을 내리거나 몰려드는 사람들을 쫓아내려고 고함치는 소리만 들었다. 그런데도 사람들은 계속 앞으로 밀고 나아갔다.

그러나 그들은 살인자를 찾아내지 못했다. 그들이 발견한 것은 살인이 일어났다는 소식과 구급차뿐이었다. 그들이 격렬한 분노를 터뜨릴 대상은 일을 방해하는 군중과 맞서 싸우는 경찰관들뿐이었다.

기자는 그 집의 현관문까지 간신히 밀고 들어가, 거기에 배치된 순경한테 사건을 취재했다. 그 집에는 연금으로 생활하는 퇴역 선원과 그의 아내, 그리고 그들의 딸 하나가 살고 있었다. 그들은 저녁을 먹고 있었는데, 처음에는 어떤 유독 가스가 세 사람을 한꺼번에 덮친 것처럼 보였다. 딸은 손에 버터 바른 빵 한 조각을 쥔 채 벽난로 앞 카펫 위에 누워 있었다. 아버지는 접시에 라이스 푸딩이 가득 담긴 숟가락을 남겨놓은 채 의자에서 옆으로 굴러떨어져 있었다. 어머니는 탁자 밑에 반쯤 가려진 채 누워 있었는데, 무릎 주위에는 깨진 컵 조각이 널려 있고 코코아가 얼룩무늬를 이루고 있었다. 그러나 3초도 지나기 전에 그들이 유독 가스로 죽었을지도 모른다는 생각은 배제되었다. 그들의 목을 힐끗 보자마자 이 사건 역시 살인마의 짓이라는 걸 알 수 있었기 때문이다. 경찰관은 문간에 서서 방을 둘러보고, 대중을 사로잡고 있는 운명론적 체념에 잠시 공감했다. 그들은 무력했다.

이것은 살인마의 네 번째 방문이었고, 지금까지 그에게 희생된 사람은 통틀어 일곱 명이었다. 당신도 알다시피 그 살인자는 그 후 한 번 더―그것도 그날 밤에 당장―살인을 하도록 되어 있었다. 그런 다음에는 미지의 살인마로서 역사 속으로 사라졌고, 과거의 품위 있는 생활로 돌아갔다. 그는 자신이 한 짓을 거의 기억하지 않았고, 설령 기억한다 해도 그 기억 때문에 괴로워하는 일은 전혀 없었다. 왜 그는 살인을 그만두었을까? 그것은 말할 수 없다. 그는 왜 살인을 시작했을까? 그것 역시 말할 수 없다. 다만 사실이 그러했을 뿐이다. 그가 설령 당시의 낮과 밤을 생각한다 해도, 우리가 어린 시절에 저지른 어리석은 잘못이나 비열하지만 사소한 죄를 생각하는 것과 같은 기분으로 그때를 회상하리라고 나는 짐작한다. 어린 시절에 지은 죄는 사실 죄가 아니다. 그 시절의 우리는 자의식을 갖고 있지 않았기 때문이다. 우리는 아직 깨달음에 도달하지 못했다. 우리는 한때 어리석은 동물이나 다름없었다. 과거의 우리를 돌이켜보고 그를 용서하자. 그는 분별력이 없었기 때문이다. 그 살인자는 분명 그랬으리라고 나는 생각한다.

그런 사람은 얼마든지 있다. 영국의 언어학자인 유진 애럼은 대니얼 클라크를 죽인 뒤에도 자신의 범죄로 괴로워하지 않고 자존심도 흔들리지 않은 채 14년 동안이나 조용하고 만족스럽게 살았다. 크리펜 박사는 아내를 독살하여 마루 밑에 묻은 다음, 아내가 묻혀 있는 그 집에서 애인과 함께 즐겁게 살았다. 어린 남동생을 죽인 혐의로 기소되었다가 무죄로 풀려난 콘스탄스 켄트는 범행을 자백하기 전에 5년 동안이나 평화롭게 살았다. 조지 스미스와 윌리엄 파머는 많은 사람을 독살하거나 물에 빠뜨려 죽였지만, 공포에 사로잡히거나 후회 때문에 괴로워하지 않고 동료들 사이에서 친절하고 상냥한 사람이라는 평판을 받으며 유쾌하게 살았다. 연쇄 살인범 찰스 피스는 2년여의 도피 행각 끝에 붙잡힐 당시, 골동품에 관심을 가진 훌륭한 시민으로 완전히 자리를 잡고 있었다. 이들의 범죄 사실은 한동안 시간이 흐른 뒤에 우연히 발각되었지만, 우리가 짐작하는 것보다 훨씬 많은 살인자들이 오늘도 품위 있는 생활을 하고 있으며, 영원히 들키지 않고 의심조차 받지 않은 채 품위 있게 죽을 것이다. 이 살인자도 아마 그렇게 될 것이다.

그러나 그는 위기를 간신히 모면했다. 그가 살인을 그만둔 이유는 아마 그 아슬아슬한 경험 때문이었을 것이다. 살인자가 처벌을 모면한 것은 오로지 젊은 기자의 판단 착오 때문이었다.

경찰관에게 사건을 취재하는 데에는 좀 시간이 걸렸다. 기자는 사건 취재를 모두 끝내자마자 15분 동안 전화통을 붙잡고 기사를 신문사에 보냈다. 15분이 지나 사건의 충격이 가라앉자 기자는 육체적인 피로와 정신적인 혼란을 느꼈다. 그러나 아직은 마음대로 집에 돌아갈 수가 없었다. 신문은 앞으로 한 시간이 지나야 나올 것이다. 그래서 그는 술을 한잔하고 샌드위치나 먹으려고 술집으로 들어갔다.

그가 마음속에서 사건에 대한 생각을 몰아내고, 술집을 둘러보며 회중시계의 시계 줄을 고르는 술집 주인의 뛰어난 안목과 오만한 태도에 감탄하고, 잘 운영되는 술집의 주인은 신문기자보다 훨씬 안락한 생활을 하고 있다고 생각하고 있을 때, 섬광 같은 불빛이 어디선가 그의 마음을 비추었다. 그는 그때 살인마를 생각하고 있지 않았다. 그의 마음은 오로지 샌드위치에만 쏠려 있었다.

술집에서 파는 샌드위치치고는 특이했다. 빵을 얇게 잘라서 버터를 발랐고, 햄은 두 달 묵은 게 아니라 신선한 것이었다. 햄이라면 모름지기 그래야 했다. 그의 생각은 이 간단한 음식을 창조한 샌드위치 백작한테로 옮아갔고, 다시 조지 4세와 수많은 후손들을 거쳐, 사과가 어떻게 애플 덤플링(사과를 밀가루 반죽으로 싸서 구운 경단의 일종-옮긴이) 속에 들어갔는지를 알고 싶어 한 그 조지의 전설로 옮아갔다. 조지는 햄이 어떻게 햄샌드위치 속에 들어갔는지에 대해서도 알고 싶어 했을까. 그리고 누군가가 빵 속에 햄을 집어넣지 않았다면 햄은 그 속에 들어갈 수 없었을 거라는 생각이 문득 조지의 머리에 떠오를 때까지 시간이 얼마나 걸렸을까. 그는 샌드위치를 하나 더 주문하려고 일어섰다. 바로 그 순간 그의 머리 한구석에서 활동하고 있던 작은 부분이 사건을 해결했다. 샌드위치 속에 햄이 들어 있다면, 누군가가 햄을 그 속에 집어넣은 게 분명하다. 일곱 명이 살해되었다면, 누군가가 그들을 죽이기 위해 살인 현장에 있었을 게 분명하다. 사람의 주머니 속에 들어갈 수 있는 비행기나 자동차는 존재하지 않는다. 그 누군가는 현장에서 두 발로 도망치거나 아니면 그 자리에 가만히 서서 위기를 모면한 게 분명하다. 그렇다면…

기자는 자신의 추론이 옳을 경우, 그리고 편집장이 그 대담한 추론을 게재하는 데 필요한 배짱을 갖고 있을 경우, 신문 1면 톱을 장식할 기사를 마음속에 떠올리고 있었다. 그때 "손님 여러분, 문 닫을 시간입니다. 모두 나가주세요!" 하는 외침 소리가 그에게 시간을 일깨워주었다. 그는 일어나서 안개 낀 세상 속으로 나갔다. 길가의 웅덩이들과 강물처럼 흐르는 차량 불빛이 자욱한 안개를 깨뜨리고 있었다. 그는 납득할 수 있는 추론을 찾아냈다고 확신했지만, 그 추론이 사실로 입증된다 해도 신문사의 방침이 그것을 신문에 싣도록 허락해줄지는 의심스러웠다. 그 추론에는 한 가지 커다란 결점이 있었다. 그 추론은 사실이지만, 도무지 믿기 어려운 사실이었다. 그 추론은 독자들이 지금까지 믿었던 모든 것의 토대를 근본적으로 뒤흔들었다. 그리고 신문 편집자들은 독자들이 그것을 믿도록 부추겼다. 독자들은 터키의 양탄자 상인들이 자신을 눈에 보이지 않는 존재로 만들 수 있는 특수한 능력을 갖고 있다는 소문은 믿을지 모르지만, 이 추론은 절대로 믿으려 들지 않을 것이다.

그 기사는 끝내 작성되지 않았기 때문에 독자들도 그것을 믿으라는 요구는 받지 않았다. 지금쯤은 신문이 이미 발행되었을 무렵이었고, 그는 간식으로 영양을 보충한 데다 자신의 추론에 기분이 들떴기 때문에, 그 추론이 사실인지 아닌지를 테스트하는 데 30분쯤 시간을 소비해도 괜찮겠다고 생각했다. 그래서 기자는 그가 염두에 두고 있는 인물-하얀 머리에 크고 하얀 손을 가진 남자, 다른 상황에서라면 아무도 두 번씩 쳐다보지 않을 평범한 인물-을 찾아다니기 시작했다. 그는 그 인물에게 자기가 생각한 바를 아무 예고도 없이 불쑥 들이대고 싶었다. 그리고 그는 공포와 전율의 전설에 나오는 갑옷 입은 사람의 손이 닿는 곳까지 가까이 접근할 계획이었다. 위험이 닥쳤을 때 당장 외부의 도움을 받을 가망도 없는데, 그 지역 전체를 공포 속으로 몰아넣고 있는 무서운 살인마의 처분에 자신을 내맡기는 것은 굉장히 용감한 행위처럼 보일지도 모른다. 그러나 사실은 그렇지 않았다. 기자는 위험에 대해서는 전혀 생각지 않았다. 고용주에 대한 의무나 신문사에 대한 충성에 대해서도 생각지 않았다. 그는 다만 사건을 끝까지 추적하고자 하는 본능에 따라 행동했을 뿐이다.

그는 천천히 술집에서 나오자, 길을 가로질러 펑걸 가로 들어가서 디버 시장 쪽으로 걸어갔다. 그곳에 가면 그 인물을 찾을 수 있으리라고 생각했다. 그러나 그의 여행은 예상보다 빨리 끝났다. 로터스 가 모퉁이에서 그는 그 인물―아니, 그 인물처럼 보이는 사내―을 보았다. 이 거리는 불빛이 희미해서 그 사람을 잘 볼 수가 없었다. 하지만 하얀 두 손만은 뚜렷이 볼 수 있었다. 기자는 살금살금 스무 걸음을 걸어서 그 인물에게 몰래 접근했다. 그런 다음에는 노골적으로 성큼성큼 다가갔다. 굴다리가 길을 가로지르는 지점에서 기자는 그 사내가 바로 그가 찾고 있던 인물이라는 것을 알았다. 그는 당시 그 지역 주민들이 누군가를 만날 때마다 습관적으로 내뱉던 질문을 던지며 그에게 다가갔다.

"어때요? 살인자를 조금이라도 보셨습니까?"

사내는 걸음을 멈추고 그를 날카롭게 바라보았다. 그러고는 말을 건 사람이 살인자가 아니라 기자라는 것을 알고, 이렇게 대답했다.

"예? 아니요. 살인자뿐 아니라 아무도 보지 못했소. 빌어먹을! 도대체 그놈의 코빼기라도 한 번 볼 수 있을지 의문이오."

"그거야 모르지요. 나는 아까 살인자에 대해 생각하고 있었는데, 한 가지 생각이 떠올랐지 뭡니까."

"그래요?"

"그 생각은 갑자기 떠올랐어요. 15분쯤 전에요. 그 생각이 떠오르자 우리 모두 장님이었다는 생각이 들더군요. 진상은 바로 우리들 코앞에서 우리를 빤히 바라보고 있었는데 말입니다."

사내는 다시 돌아서서 기자를 바라보았다. 그 표정과 동작에는 사건에 대해 아주 많이 알고 있는 것처럼 보이는 기자에 대한 의혹이 담겨 있었다.

"오호, 그래요? 당신이 그렇게 확신한다면, 우리한테도 그 진상을 알려주는 게 어떻겠소?"

"그럴 작정입니다."

그들은 어깨를 나란히 하고 걸어갔다. 로터스 가가 디버 시장과 만나는 좁은 도로 끝에 거의 다 이르렀을 때, 기자는 문득 생각난 듯이 사내를 돌아보았다. 그러고는 사내의 팔에 손가락 하나를 얹었다.

"내게는 이제 모든 게 너무나 명백해 보입니다. 하지만 내가 알 수 없는 게 아직도 딱 하나 있습니다. 사소한 거지만 그 의문도 깨끗이 풀어버리고 싶군요. 살인 동기 말입니다. 자, 사나이 대 사나이로서 솔직히 말씀해주시죠, 오터몰 경사님. 왜 그 무고한 사람들을 죽였습니까?"

경사는 걸음을 멈추었다. 기자도 멈춰 섰다. 하늘은 런던 시내에서 반사된 빛을 받아, 경사의 얼굴을 간신히 알아볼 수 있을 정도의 빛을 그에게 보내주고 있었다. 경사는 활짝 웃는 얼굴을 천천히 그에게 돌렸다. 그 미소가 너무나 세련되고 매력적이어서, 그것을 본 순간 기자의 눈은 공포로 얼어붙었다. 미소는 몇 초 동안 경사의 얼굴에 머물렀다. 이윽고 경사가 말했다.

"글쎄요. 솔직히 말하면 나도 모르겠소, 기자 양반. 정말로 모르겠어요. 사실은 나 자신도 그것 때문에 괴로워했다오. 하지만 당신에게 한 가지 생각이 떠올랐듯이 나한테도 한 가지 생각이 떠올랐소. 우리가 우리의 정신작용을 통제할 수 없다는 건 누구나 다 알고 있소. 안 그래요? 생각은 우리가 요구하지 않아도 우리 머릿속에 멋대로 들어오게 마련이오. 하지만 사람은 누구나 자기 육체는 통제할 수 있다고 여기지요. 왜 그럴까? 우리는 정신을 아무도 모르는 곳에서, 우리가 태어나기 수백년 전에 죽은 사람들한테 받았소. 그렇다면 육체도 똑같은 방식으로 받을 수 있지 않겠소? 우리의 얼굴, 우리의 다리, 우리의 머리-이것들은 완전히 우리 것이 아니오. 우리는 그것들을 만들지 않아요. 그것들은 어디선가 우리한테 왔소. 그렇다면 생각은 우리 마음속에 멋대로 들어오듯이 우리 육체 속에도 멋대로 들어올 수 있지 않겠소? 어떻소? 생각은 두뇌만이 아니라 신경과 근육 속에도 깃들 수 있지 않겠소? 우리 육체의 기관들은 실제로는 우리가 아닐 수도 있지 않겠소? 그리고 생각은 느닷없이 그 기관들 속에 들어올 수도 있지 않겠소? 마치 생각이 느닷없이…" 그는 하얀 장갑을 낀 커다란 손과 털북숭이 팔목을 드러내며 두 팔을 홱 뻗었다. 두 손이 기자의 목을 향해 너무나 재빨리 뻗어왔기 때문에 기자의 눈은 미처 그 손을 보지 못했다. "내 손 안으로 들어오듯이!"

땅속에서 발견된 보물

F. 테니슨 제시

F. 테니슨 제시(Fryniwyd Tnnyson Jesse, 1888~1958)

영국의 범죄학자·저널리스트·작가. 목사의 딸로 태어났다. 재판 사례를 통해 살인 동기를 유형별로 분류한 책을 썼으며, 제1차 세계대전 당시 독일군의 벨기에 침공을 르포로 쓰기도 했다.
수록 작품의 원제목은 'Treasure Trove'(1933)이다.

그해는 여름이 늦게까지 머물러 있었다. 브랜던은 10월 말이 되어서야 비로소 여름이 떠나간 것을 깨달았다. 여름이 떠나고 나자 폭풍이 찾아와 늪지대를 휩쓸고, 크고 작은 호수에 잔물결을 일으키고, 뒤틀린 나뭇가지에서 잎들을 잡아떼었다. 폭풍이 지나가자 공기에서는 따뜻함이 사라졌다. 늪지대에는 창백한 겨울 햇살만이 깨끗하고 차갑게 누워 있었다. 농장 주변에서 자라는 느릅나무에는 아직도 마른 잎 몇 개가 대롱대롱 매달려 있었고, 벌거벗은 나뭇가지 사이로 검게 보이는 둥지 주위에서 까악까악 울어대는 당까마귀 소리가 들렸다.

브랜던은 잠시 저물어가는 해에 어울리는 고전적인 우울함을 느꼈다. 그 기분은 해마다 모든 사람에게 가을이 다가오고 있음을 일깨워주었다. 그러나 다음 순간, 지금까지 걸어온 길을 돌아보려고 고개를 돌리자 누런 갈대숲 사이로 새파랗게 반짝이는 차가운 물이 보였다. 겨울 노래를 연습하고 있는 지빠귀의 맑은 목소리가 들려왔다. 아름다움은 아직도 이 늪지대에 살아 있었다. 그의 심장은 유쾌하게 고동쳤다.

그는 질척거리는 마당을 가로질러 농가 문간에서 친구 마일스를 만났다. 착한 마일스는 비가 오나 눈이 오나, 여름이나 겨울이나, 허튼소리는 한 마디도 입 밖에 내지 않았다. 그러나 늘 야외에서 생활한 덕에 혈색이 좋은 마일스의 얼굴은 여느 때의 쾌활한 표정을 약간 잃어버린 것처럼 보였다. 그것은 사라져가는 여름의 메시지와는 관계가 없는 게 분명했다.

"톰과 잭을 보지 못했나?" 마일스가 물었다. "오늘 저쪽 밭을 갈기로 했는데, 아무리 찾아도 보이질 않는군. 여느 때는 믿을 만한 일꾼인데…."

"톰과 잭? 아니, 못 봤는걸. 그거야 상관없지 않은가? 어디선가 써레질을 하고 있거나 나무에 거름을 주고 있거나 씨를 뿌리고 있거나, 그 밖에 자네가 열중하고 있는 수많은 일거리 가운데 하나를 하고 있겠지."

그래도 마일스의 얼굴에 떠오른 기묘한 표정은 사라지지 않았다.

"톰과 잭이 요즘 이상해졌어. 며칠 전에 저기 있는 큰 제방 옆의 황무지를 개간하다가 보물을 발견한 모양인데, 그 뒤로는 아주 이상해졌단 말이야. 오늘 아침만 해도 그래. 서로를 잔뜩 의심하는 눈으로 힐끔힐끔 쳐다보는 거야. 그 두 사람이 함께 밭으로 나가는 게 영 꺼림칙했다네. 뭔가 기묘한 게 있어. 난 그게 마음에 안 들어."

브랜던은 미소를 짓고 파이프에 담배를 채우기 시작했다.

"말도 안 돼. 자네 일꾼들한테 무슨 일이 생길 리가 없잖나? 돈 몇 푼 때문에 머리가 이상해지는 건 누구한테나 있을 수 있는 일이지. 하지만 곧 괜찮아질 거야. 두고 보게나."

그러나 브랜던 자신도 속으로는 역시 좀 이상하다고 생각하고 있었다. 톰과 잭이 어떤 사이인지는 모르는 사람이 없었다. 그들은 마을에서도 소문난 친구였다. 우정에 관해서 말하자면 다몬과 핀티아스(참주제를 반대하다 사형을 선고받은 핀티아스가 신변을 정리하기 위해 집에 가 있는 동안 친구 다몬이 대신 감옥에 들어가 있었는데, 핀티아스가 약속을 지켜 돌아오자 두 사람의 우정에 감복한 참주는 둘 다 방면했다고 한다 – 옮긴이)도 그들을 따라가지 못할 정도였다. 그들은 어린 시절 같은 학교를 다녔고, 겨울에는 같은 축구팀에서 뛰었으며, 여름에는 같은 크리켓팀에서 뛰었고, 함께 스케이트를 탔고, 함께 오리 사냥을 다녔고, 함께 낚시를 했고, 전쟁 때는 같은 부대에 복무했고, 결혼까지도 쌍둥이 자매와 했으며, 사람들이 아는 한 두 사람 사이에는 가볍게 빈정대는 말조차 오간 적이 없었다. 그들은 정직하고 예의 바르고 분별 있는 사람들이었고, 머리는 좀 둔하지만 그래도 제법 영리하고 사고방식도 건전했다. 한 살 아래인 톰은 체격이 호리호리하고 활동적인 반면, 잭은 친구에 비해 덩치가 크고 황소처럼 튼튼했다. 톰은 성격이 좀 급하지만 뒤끝이 없었고, 잭은 덩치 큰 사람들이 흔히 그렇듯이 차분한 성격을 갖고 있었다. 지저분한 옛날 동전 몇 개가 그런 두 사람 사이를 갈라놓을 수 있다는 것은 슬프고 기이한 일처럼 여겨졌다.

"그 동전은 별로 가치가 없을 거라고 말해주는 게 어때?" 브랜던이 마일스에게 제안했다.

"그야 벌써 말했지." 마일스가 말했다. "하지만 톰과 잭이 어떤지는 자네도 알잖나. 그들은 땅에서 파낸 건 뭐든지 엄청난 가치가 있고, 박물관에서 큰돈을 주고 사들일 거라고 생각한다네. 거기까지는 나도 이해할 수 있어. 내가 이해할 수 없는 건 두 사람이 그걸 놓고 싸우기 시작했다는 거야. 그게 가치가 많든 적든, 나는 두 사람이 아주 기쁜 마음으로 사이좋게 나누어 가질 줄 알았지. 게다가 작업 시간이 끝나지도 않았는데 어디로 가버린다는 건 보통 일이 아니야. 나는 두 사람이 정해진 시간까지, 아니 대개는 근무 시간이 지날 때까지 연장을 내려놓는 걸 한 번도 본 적이 없다네. 톰과 잭은 정말로 구시대적인 사람들이라서 하던 일을 마저 끝내지 않고 내버려두는 건 딱 질색으로 여기거든."

그가 이 말을 끝내자마자 하녀 하나가 겁에 질린 목소리로 그를 부르면서 달려왔다.

"빨리 오세요, 주인님. 톰과 잭이 헛간에서 싸우고 있어요. 서로 죽이려고 해요."

마일스는 홱 돌아서더니 집 안을 가로질러 앞뜰로 나갔다. 브랜던은 앞뜰을 가로지르는 마일스의 뒤를 바싹 따라갔다.

저 너머의 비탈진 들판에 커다란 헛간이 서 있었다. 새까만 역청을 칠하고 빨간색 골함석 지붕을 씌운 목조 건물이었다. 그 옆에는 짚가리가 늦은 오후의 햇살을 받아 황금빛으로 빛나고 있었다. 두 사람은 비탈을 뛰어 올라갔다. 밟아 다져진 잔디에 발이 달라붙고 미끈거려서 달리기가 힘들었다. 브랜던은 그보다 나이가 많은 친구를 앞질러 헛간 안으로 뛰어들어갔다.

처음에는 헛간 안이 온통 캄캄했다. 그 어둠은 문을 통해 들어오는 햇살 속에서 수증기처럼 소용돌이치며 피어오르는 먼지로 가득 차 있었다. 가축 냄새와 밟아 다져진 흙 냄새, 그리고 향긋한 건초 냄새가 희미한 어둠을 가득 채웠다. 서까래와 나무 기둥들이 어둠 속에서 두드러지게 눈에 띄었다. 이윽고 시야가 점점 또렷해졌다. 그러자 흐느끼는 소리와 몸뚱이에 퍽퍽 내리꽂히는 주먹 소리가 들렸다. 사내 둘이 흙바닥에서 이리저리 뒹굴며 싸우고 있었다. 마일스와 브랜던이 뛰어들어갔을 때 덩치 큰 사내는 상대의 옆머리에다 소나기 주먹을 퍼붓고 있었고, 키 작은 사내는 바닥에 쓰러진 채 꼼짝도 하지 않았다.

"이봐!" 마일스는 잭의 팔을 붙잡고 늘어지며 외쳤다. "자네 미쳤군. 어쩌면 죽을지도 몰라."

잭은 일그러진 얼굴을 주인에게 돌렸다.

"죽는다 해도 전 상관하지 않습니다. 더러운 개새끼! 이 자식은 도둑놈이에요. 아시겠어요? 도둑놈이라고요!"

"톰이 도둑이라고? 말도 안 돼. 톰더러 도둑놈이라고 하는 사람이 있으면 자네부터가 그 사람을 그냥 두지 않았을 텐데."

"전 같으면 그랬겠죠. 하지만 지금은 아니에요. 이 자식은 우리가 개간지에서 파낸 돈을 몽땅 훔쳤다고요. 그걸 어딘가에 숨겨놓고는, 어디다 숨겼는지 말하질 않아요. 이 자식은 거짓말만 늘어놓고 자기는 돈을 가져가지 않았다는 거예요."

브랜던은 기절해 쓰러진 톰 옆에 무릎을 꿇었다. 톰의 얼굴에서는 피가 줄줄 흘러내리고 있었다. 이윽고 브랜던이 말했다.

"자네는 하마터면 살인할 뻔했어. 설령 자네 말이 사실이라 해도 자네는 자신을 부끄럽게 여겨야 해. 하지만 나는 자네 말이 사실이라고는 생각지 않아. 톰은 절대로 그런 짓을 할 사람이 아니야. 맙소사, 마일스. 잭의 주먹을 좀 보게. 잭, 주먹을 펴봐."

브랜던은 일어나서 잭에게 다가갔다. 잭은 움켜쥔 주먹을 여전히 앞으로 들어 올린 채 시무룩한 얼굴로 그를 노려보며 서 있었다. 주인과 브랜던이 그의 손가락을 벌려도 잭은 전혀 저항하지 않았다. 마일스와 브랜던은 그가 두 손에 하나씩 움켜쥐고 있던 돌멩이를 발견했다. 돌멩이 끝에서는 톰의 피가 뚝뚝 떨어지고 있었다. 브랜던은 잭의 번들거리는 눈을 보고 아무 말도 하지 않았다. 여느 때와는 딴판으로 변해버린 사람에게 무슨 말을 해봤자 아무 소용도 없을 거라고 그는 생각했다. 그 대신 그는 마일스에게 말했다.

"톰을 여기서 데리고 나가야겠어. 나는 이곳을 한 바퀴 둘러볼 테니 자네와 잭이 톰을 들어 올리게."

잭은 놀랄 만큼 순순히 허리를 굽혀, 그가 그토록 심하게 때린 톰의 머리를 조심스럽게 들어 올렸다. 잭과 마일스는 문으로 비쳐 드는 햇살을 뚫고 정신을 잃은 톰을 밖으로 운반했다.

브랜던은 가까이에 뒤집혀 있는 양동이 위에 앉았다. 피를 보자 구역질이 났기 때문이다. 그는 피를 보면 메스꺼워지는 특이체질을 갖고 있었다. 아무리 애를 써도 극복할 수가 없었기 때문에 이제는 더 이상 그 특이체질을 부끄러워하지도 않았다. 헛간의 어두운 공기는 그곳에서 폭발한 감정으로 말미암아 아직도 흐트러져 있는 것처럼 여겨졌다. 이 갑작스러운 증오에는 기이한 요소가 담겨 있었다. 난투극을 벌인 두 사람의 발에 짓밟힌 곳을 비스듬히 비추는 햇살까지도 그 이상한 요소에 진저리를 내는 것 같았다.

브랜던은 평소에는 별로 과민한 사람이 아니었지만, 이따금 극도로 예민해지는 순간이 있었다. 묘하게 그를 사로잡아 뒤흔드는 이런 순간은 평생 동안 그를 괴롭혀왔다. 그 순간이 오면 그는 천부적인 뛰어난 능력을 타고났기 때문이 아니라 외부에서 오는 어떤 강제적인 힘 덕분에, 대부분의 사람들보다 그리고 여느 때의 그 자신보다 훨씬 더 많은 것을 알아차리게 되는 것 같았다.

머리가 투명하게 맑아지는 이런 기묘한 순간이 찾아오기 전에는 대개 외부의 사물들이 설명할 수 없는 불가사의한 양상을 띠곤 했다. 예를 들면 낯익은 나무나 책꽂이가 '비스듬히 기울어졌다'고 묘사할 수밖에 없는 모습으로 변한다. 마치 눈에 보이는 세계의 각도가 갑자기 새로운 방향으로 벗어나기 시작하여 미지의 차원을 가리키는 것 같기도 하고, 나무나 책꽂이가 느닷없이 나무다움이나 가구다움을 잃어버리고 틈새에 비스듬히 박힌 쐐기처럼 공간 속으로 불쑥 튀어나온 것 같기도 했다. 그러나 그 순간에는 이것이 너무나 자연스러워 보인다. 나중에야 그는 아직도 감각 작용이 혼란에 빠진 상태에서 그때를 돌이켜보고 나무나 책꽂이의 기울기가 아까와는 다르다는 것을 깨닫곤 했다. 그리고 이 새로운 공간을 가로지르면 똑같이 새로운 각도-그러나 그 순간에는 올바른 각도-로 기울어진 한 줄기 햇빛이 비치고, 그 빛살 속에서 그는 그때까지 불완전하게밖에 알지 못했던 것의 새롭고 완전한 모습을 보았다. 아니, 본다기보다는 오히려 직감적으로 알아차리곤 했다. 전에는 불가사의하게 여겨졌던 행동을 한 친구의 동기도 알아차리게 되고, 그가 강의하고 있는 역사의 수수께끼도 풀리고, 때로는 그가 아는 한 자신과는 아무 관계도 없는 문제에 새로운 조명이 비추어지기도 한다.

  헛간에 앉아 있는 지금도 그는 하마터면 이런 기분 속으로 빠져들 뻔했다. 발이나 손이 저리다가 풀리면서 따끔거리는 느낌은 어린애들에게는 익숙한 감각이다. 마치 그것처럼 현기증 나는 감각이 살금살금 그에게 다가오고 있었다. 그러나 그는 재빨리 그것을 떨쳐버리고, 이런 기분을 느낀 것은 신경이 혼란에 빠진 데다 열린 문간으로 흘러드는 햇빛의 각도 때문이라고 자신을 타일렀다.

그는 일어섰다. 바로 그때 헛간 벽 앞에 떨어져 있는 낡아빠진 펠트 모자가 눈에 띄었다. 그는 모자를 집으려고 벽 쪽으로 다가갔다. 연회색의 독특한 색깔과 테에 꽂혀 있는 어치새 깃털을 보고 그는 그것이 톰의 모자라는 것을 알아차렸다. 그는 허리를 굽혀 모자를 집어 들었다. 그런데 놀랍게도 모자가 너무 무거워서 떨어뜨릴 뻔했다. 그는 모자 속에 덧댄 안감을 손가락으로 쓸어보았다. 얇은 헝겊에 싸여 있는 동전의 울퉁불퉁한 감촉이 손가락에 느껴졌다. 그러니까 톰은 거짓말을 한 거였군. 톰은 동전을 훔쳤어…. 브랜던은 잭의 주먹 속에 숨겨져 있던 돌멩이를 보았을 때와 똑같은 낭패감을 느꼈다.

그는 모자를 집어 들어 두 손으로 받쳐 들고 느릿느릿 헛간을 나왔다. 그러고는 앞뜰을 가로질러 마일스가 사무실로 쓰고 있는 현관문 밖의 작은 방으로 들어갔다.

브랜던은 문을 닫고 책상 앞에 앉아서, 서류와 장부들을 옆으로 치우고 빈자리를 만들었다. 그런 다음 모자를 뒤집어놓고, 모자 안쪽에 똬리를 틀고 있는 동전 꾸러미를 꺼냈다. 그는 더러운 비단 보자기를 풀고 책상 위에 동전을 쏟아놓았다. 톰과 잭 사이에 일어난 불화의 근원은 이 더럽고 볼품없는 동전 한 줌에 불과했다. 브랜던은 진기한 듯이 그 동전들을 바라보았다. 동전은 너무 오래되고 낡아서, 로마 황제의 초상을 간신히 알아볼 수 있을 정도였다. 그게 정말로 로마 황제인지 어떤지는 모르지만, 로마인의 초상인 것만은 분명했다. 이 동전 때문에 살인까지도 마다하지 않을 만큼 강렬한 질투심이 생겨났다는 게 믿을 수 없었다. 그는 두 손으로 동전을 문질렀다.

바로 그때 야릇한 감각이 홍수처럼 밀려와 그를 손가락 끝과 발가락 끝까지 통째로 집어삼켰다. 집에 불이 난다 해도 꼼짝할 수 없을 것 같은 기분을 느꼈다. 몸속에 가득 찬 따끔거리는 감각에도 불구하고 오슬오슬 떨릴 만큼 추웠다. 어떻게 알았는지는 그 자신도 모르지만, 그는 손에 쥐고 있는 물건이 너무나 사악해서 그의 육체가 거기에 격렬한 혐오감을 느끼고 있다는 것을 알았다. 이 물건은 너무 사악해서, 사람이 그것을 발견하고 또 발견할 때마다 그 결과로 악을 가져온다는 것도 알았다. 그는 이 검붉은 안개의 한복판에서 무서울 만큼 분명히 알 수 있었다. 이 물건은 밭에서 쟁기날로 파헤쳐졌거나, 바다에서 닻에 걸려 나왔거나, 바닷가에 오랜 세월 버려져 있었을 것이고, 그것을 발견한 사람들은 누구든지 이전과는 다른 모습, 황폐하고 쇠락한 모습으로 변했을 것이다. 이 물건들을 밖으로 가져가, 앞으로 영영 발견될 수 없는 장소에다 내버려야 한다는 깨달음이 끈질기게 그의 머리를 때렸다. 동전에 무거운 추를 매달아 바다에 던지거나, 폐광의 수직갱에 고여 있는 물속에 던져야 한다.

그는 이 일을 되도록 빨리 끝내고 싶었기 때문에, 그를 사로잡은 공포와 맹렬하게 맞서 싸웠다. 그는 엄청난 의지력을 발휘하여 현재로 되돌아왔다. 저녁 햇살은 아직도 그 작은 방으로 비쳐들고 있었다. 그는 부들부들 떨고 있었지만, 따끔거리는 감각은 그의 온몸에서 서서히 사라지고 있었다. 그는 동전 꾸러미에서 두 손을 떼었다. 동전이 책상 위로 떨어졌다. 그는 땀에 젖은 이마를 손바닥으로 문지르고, 이제 조금만 있으면 그가 마땅히 해야 할 일을 할 수 있게 될 거라고 자신을 타일렀다. 그는 곧 일어섰다. 그가 잠시 흔들린 것은 부인할 수 없지만, 이제는 다시 확고한 자아를 되찾았다.

바로 그때 어떤 섬뜩한 생각이 갑자기 그를 사로잡았다. 그는 손을 뻗어 동전을 헤아리기 시작했다. 너무 서두르느라 잘못 세었을지도 모른다고 기대하면서 세 번이나 거듭해서 헤아려보았지만, 그 낡아빠진 은화의 개수는 변함없이 서른 개였다. 브랜던은 벌떡 일어나 책상에서 뒷걸음쳤다. 두 손이 부들부들 떨리고 있었다. 그는 자기도 모르게 중얼거리고 있었다.

"은화 30냥… 은화… 30냥."(유다가 예수를 배신하고 받은 돈이 은화 30냥이다-옮긴이)

의혹

도로시 L. 세이어스

도로시 L. 세이어스(Dorothy L. Sayers, 1893~1957)

영국 옥스퍼드에서 목사의 딸로 태어났다. 옥스퍼드 대학을 졸업한 뒤 광고회사에서 카피라이터로 일하면서 1923년에 《누구의 시체인가?》를 발표했다. 피터 윔지 경이 탐정으로 등장하는 첫 작품으로, 이 시리즈는 15년 동안 12권의 장편으로 이어졌으며, 세이어스는 애거사 크리스티와 견줄 만한 명성을 얻게 된다.
수록 작품의 원제목은 'Suspicion'(1933)이다.

객차 안의 공기가 담배 연기로 탁해지자 마머리 씨는 아침 식사가 자기한테 맞지 않았다는 것을 차츰 깨닫기 시작했다.

아침 식사 자체에는 잘못된 것이 있을 리가 없었다. 《모닝 스타》지의 건강란에서 권장하고 있듯이 비타민이 듬뿍 들어 있는 통밀빵, 먹음직스럽게 바삭바삭 튀긴 베이컨, 신선한 달걀, 그리고 가정부가 비법으로 끓인 커피. 서턴 부인은 정말이지 우연히 발견한 보물로, 그의 형편으로는 참으로 고맙게 여겨야 할 사람이었다. 왜냐하면 아내 에셀은 여름에 신경쇠약에 걸린 뒤로, 어지러울 만큼 자주 바뀌는 풋내기 가정부들과 씨름할 만한 상태가 아니었기 때문이다. 가정부들은 와서 며칠도 배겨내지 못하고 그만두기 일쑤였다. 요즘 들어 아내는 걸핏하면 기분이 상하곤 했다. 마머리 씨는 점점 심해지는 속쓰림을 무시하려고 애쓰면서 병에 걸린 게 아니기만을 간절히 바랐다. 그가 병에 걸리면 사무실에서도 문제가 생기겠지만, 그건 차치하고라도 에셀이 몹시 걱정할 것이다. 아내한테 잠시라도 걱정을 주기보다는 차라리 이 재미없고 하찮은 인생을 끝내고 마는 편이 나았다.

그는 소화제—요즘에는 언제나 소화제를 몇 알씩 몸에 지니고 다녔다—한 알을 입 안에 집어넣고 신문을 펼쳤다. 그다지 중요한

의혹 199

뉴스는 없는 것 같았다. 정부에서 쓰는 타자기에 대해 하원에서 질의가 있었다는 것, 왕세자가 미소를 지으며 전국 신발 전시회의 개막 테이프를 끊었다는 것, 자유당이 더욱 분열했다는 것, 경찰 당국은 링컨 부부를 독살한 혐의를 받고 있는 여자를 아직도 찾고 있다는 것, 두 여직공이 공장 화재에 휘말렸다는 것, 어느 여배우가 네 번째로 이혼 판결을 받아냈다는 것….

마머리 씨는 패러건 역에서 내려 전차로 갈아탔다. 막연했던 속쓰림은 더욱 뚜렷해져 금방이라도 구역질이 날 것만 같았다. 다행히도 그는 최악의 사태가 벌어지기 전에 사무실에 도착할 수 있었다. 창백해진 얼굴로, 그러나 가까스로 자신을 억제하며 책상 앞에 앉자 동업자인 브룩스 씨가 그의 방으로 들어왔다.

"굿 모닝, 마머리." 브룩스 씨가 큰 소리로 말하고는 언제나처럼 한마디 덧붙였다. "춥지?"

"그래." 마머리 씨가 대답했다. "사실은 속이 쓰려서…."

"그거 참 안됐군." 브룩스 씨가 말했다. "그런데 구근은 다 심었나?"

"아직 다 심진 못했네." 마머리 씨는 솔직하게 말했다. "사실은 기분이 좋지 않아서 말이야."

"안됐군." 동업자가 말을 가로챘다. "정말 안됐어. 구근은 일찍 심어야 해. 우리 집은 지난주에 벌써 끝났다네. 봄이 되면 우리 집은 그야말로 한 폭의 그림이 될 걸세. 도시 속에 있는 정원치고는 그렇다는 얘기지. 자네는 시골에 살고 있으니 정말 행운이야. 헐보다는 훨씬 낫겠지? 저 위의 가로수길에서는 그래도 신선한 공기를 마실 수 있지만 말일세. 그런데 부인은 좀 어떠신가?"

"좋아졌어."

"다행이군. 정말 다행이야. 여느 때처럼 이번 겨울에도 자네 부인이 나와주면 좋겠는데. 연극 클럽은 자네 부인이 없으면 아무 것도 못해. 작년에 자네 부인이 〈로맨스〉에서 보여준 멋진 연기는 아마 평생 잊지 못할 걸세. 자네 부인하고 그 젊은 웰베크 둘이서 만장의 박수갈채를 받았지. 그런데 웰베크가 어제도 자네 부인의 안부를 묻더군."

"고맙네. 에셀은 머잖아 사회 활동을 다시 시작할 수 있을 거야. 하지만 의사 말이 절대로 과로하면 안 된다는군. 마음 쓰지 않는 것, 그게 가장 중요하다는 거야. 여기저기 바쁘게 뛰어다니거나 너무 많은 일을 떠맡지 말고 마음을 항상 느긋하게 가져야 한다는 거지."

"맞아. 옳은 얘기야. 걱정하는 게 가장 나빠. 나는 벌써 오래전에 걱정하는 걸 그만두었지. 나를 좀 보게! 다시 쉰 살로 돌아가진 못하겠지만, 그래도 얼마나 원기왕성한가 말이야. 그런데 자넨 오늘 좀 이상하군."

"소화가 잘 안 돼." 마머리 씨가 말했다. "대단치는 않아. 간장이 좀 나빠진 탓이겠지."

"바로 그거야." 브룩스 씨가 기회를 놓치지 않고 말했다. "인생이란 살 만한 가치가 있느냐 없느냐? 그건 간장에 달려 있지. 하하하! 그건 그렇고, 이젠 일을 시작해야지. 페러비의 그 임대차 계약서는 어디 있지?"

그날 아침에는 시시껄렁한 이야기를 즐길 기분이 아니었으므로 마머리 씨는 오히려 이 제안을 기꺼이 받아들였다. 그 후 30분 동안은 부동산업자로서의 의무를 수행하며 평온하게 지낼 수 있었다. 그러나 브룩스 씨가 또 금방 이야기를 꺼냈다.

"그런데 여보게… 자네 부인께서 혹시 괜찮은 가정부를 모르실까?"

"글쎄, 아마 모를 거야." 마머리 씨가 대답했다. "요즘은 좋은 가정부를 구하기가 쉽지 않아. 사실 우리도 얼마 전에야 겨우 마음에 드는 가정부를 구했거든. 그런데 왜 그러나? 설마 자네 집 가정부가 그만두려는 건 아니겠지?"

"천만에!" 브룩스 씨는 껄껄 웃었다. "지진이라도 일어나지 않는 한 가정부를 내보낼 리가 없지. 우리 집이 아니라, 필립슨이 가정부를 구하고 있다네. 그 집 가정부가 이번에 결혼하는 모양이야. 처녀 가정부를 둔 경우 가장 골치 아픈 게 그 점이지. 나는 필립슨한테 이렇게 말했다네. '가정부를 구할 때는 조심해야 해. 어느 정도는 아는 사람을 고르게. 그렇지 않으면 독살범 여자… 이름이 뭐더라? 아아, 그렇지, 앤드루스 같은 여자를 데려오게 될지도 모르니까. 아직은 자네 장례식에 조화를 보내고 싶지 않아' 하고 말일세. 필립슨은 껄껄 웃었지만 이건 결코 웃을 일이 아니야. 그래서 나는 필립슨한테 웃을 일이 아니라고 말해주었다네. 도대체 무엇 때문에 세금을 내고 있는지 도무지 알 수가 없군. 벌써 한 달 가까이 지났는데도 범인을 붙잡지 못하고 있으니 말이지. 경찰은 그저 그 여자가 아직도 이 근처를 어슬렁거리며 가정부 일자리를 구하고 있을지도 모른다고 말할 뿐이야! 그 독살범이 가정부 일자리를 얻으려 한다는 거야! 어찌된 일인지 원!"

"그럼 자네는 그 여자가 자살했다고는 생각지 않는다는 건가?"

마머리 씨가 넌지시 물었다.

"자살이라니, 당치도 않은 소리!" 브룩스 씨는 거칠게 대꾸했다. "자네도 그렇게 생각하고 있지는 않을걸. 강에서 발견된 그 코트는 속임수일 뿐이야. 그런 족속은 자살 따위는 하지 않아. 절대로."

"그런 족속이라니?"

"그 비소광들 말일세. 자기 몸을 지키는 데에는 이만저만 조심스럽지 않거든. 족제비처럼 교활한 게 바로 그런 자들이라네. 그 여자가 또 누군가를 죽이려고 손을 내밀기 전에 잡히기를 바랄 뿐이야. 필립슨한테도 말했듯이…."

"그럼 자네는 앤드루스 부인이 한 짓이라고 생각하나?"

"물론이지. 그건 자네 얼굴에 붙어 있는 코처럼 명백한 일이야. 그 여자는 늙은 아버지를 보살폈는데, 그 아버지가 별안간 죽었지. 딸에게 돈을 얼마간 남기고. 아버지가 죽은 뒤에 그 여자는 어느 노신사의 집에 가정부로 들어갔는데, 그 노신사도 갑자기 죽었어. 그리고 이번에는 부부 사건이 일어난 걸세. 남편은 비소 중독으로 죽고 여자는 중태에 빠졌지. 그리고 가정부는 달아났네. 그런데도 자네는 그 여자가 한 짓이냐고 묻는 건가?

그 여자의 아버지와 노신사의 시체를 파내서 살펴보면 둘 다 비소를 듬뿍 먹고 죽었다는 사실을 알게 될 걸세. 내기를 걸어도 좋아. 그런 족속은 한번 시작하면 그만두지 못하는 법이라네. 아니, 자꾸만 더 유혹에 빠진다고 말할 수도 있지."

"글쎄, 그럴 것도 같군." 마머리 씨는 이렇게 중얼거리고는, 다시 신문을 집어 들고 행방이 묘연해진 여자의 사진을 물끄러미 바라보다가 말을 이었다. "겉보기에는 벌레 한 마리 죽이지 못할 것처럼 보이는데…. 얌전하고 어머니처럼 푸근해 보이는 여자야."

"입매가 야비하게 생겼어." 브룩스 씨가 단언했다. 사람의 성격은 입에 드러난다는 게 그의 지론이었다. "나 같으면 그런 여자는 눈곱만큼도 믿지 않을 걸세."

시간이 지남에 따라 마머리 씨의 속쓰림은 서서히 가라앉았다. 그래도 점심 식사에는 신경을 써서 생선과 커스터드 푸딩을 선택했고, 식사를 마친 뒤에는 허둥지둥 여기저기 뛰어다니지 않도록 특히 조심했다. 다행히도 생선과 푸딩은 소화가 잘되었고, 더욱이 지난 보름 동안 거의 습관이 된 그 지겨운 통증도 찾아오지 않았다. 일과가 끝날 무렵이 되자 그는 평소보다 훨씬 기분이 좋아져 있었다. 질병과 의사의 진료비 청구서에 대한 불안은 이제 더 이상 그를 괴롭히지 않았다. 그는 아내에게 갖다 주려고 국화를 한 다발 샀다. 열차에서 내려 '몬 아브리' 공원의 샛길을 걸어갈 때 그의 가슴은 즐거운 기대로 한껏 부풀어 올랐다.

그러나 거실에 아내의 모습이 보이지 않았기 때문에 그는 좀 실망했다. 그는 국화 꽃다발을 움켜쥔 채 복도를 종종걸음으로 달려가 부엌문을 활짝 열었다. 부엌에는 가정부밖에 없었다. 가정부는 등을 돌린 채 식탁 앞에 앉아 있다가, 그가 다가가자 마치 죄지은 사람처럼 벌떡 일어났다.

"어머나, 깜짝이야!" 그녀가 말했다. "깜짝 놀랐어요. 현관문 열리는 소리를 못 들었거든요."

"마님은 어디 계시지? 또 상태가 심해진 건 아니겠지?"

"가엾게도 마님은 두통이 났답니다. 그래서 제가 네 시 반에 마님을 침대에 눕히고 맛있는 차를 한 잔 갖다 드렸지요. 지금은 곤히 주무시고 계실 거예요."

"아니, 저런!" 마머리 씨가 말했다.

"아마 식당을 청소하신 탓일 거예요. 저는 마님께 말씀드렸지요. 과로하시면 안 된다고. 하지만 마님이 어떤 분인지는 나리께서 더 잘 아시잖아요. 항상 바쁘게 움직이시고, 아무 일도 하지 않고 가만히 있으면 좀이 쑤셔서 참질 못하세요."

"알고 있소." 마머리 씨가 말했다. "당신 잘못이 아니오. 아주머니는 우리 두 사람을 정말로 잘 보살펴주고 있어요. 이층에 올라가서 집사람이 어떤지 좀 들여다봐야겠군. 자고 있으면 깨우지 않도록 해야지. 그런데 저녁 식사는 뭐요?"

"스테이크 앤드 키드니 파이(저민 살코기와 콩팥을 넣어 만든 파이-옮긴이)를 만들었어요." 서턴 부인은 만약에 그게 마음에 들지 않는다면 호박이나 마차로 당장 바꿀 수도 있다는 투로 말했다.

"파이라고? 저어, 나는…." 마머리 씨가 머뭇거렸다.

"맛도 좋고, 소화도 잘 될 거예요." 가정부는 마머리 씨가 볼 수 있도록 오븐의 문을 재빨리 열면서 항의하듯 말했다. "게다가 이건 버터를 써서 만들었답니다. 돼지기름은 소화가 잘 안 된다고 말씀하셨기 때문에요."

"고맙군. 고마워요. 정말 맛있겠군. 사실은 요즘 내가 좀 이상해졌다오. 전에는 안 그랬는데, 요즘 들어 갑자기 돼지기름이 체질에 맞지 않는 것 같아."

"돼지기름은 사람에 따라 몸에 안 맞는 경우도 있지요. 그건 사실이에요." 가정부는 고개를 끄덕여 보였다. "게다가 날씨가 이 모양이니 나리께서 간장이 나빠지셨다 해도 놀라운 일이 아니죠. 이런 날씨에는 누구나 몸에 이상이 생기고도 남을 거예요."

서턴 부인은 식탁으로 급히 가서, 읽고 있던 주간지를 치웠다.

"마님께서는 저녁 식사를 이층에서 드시고 싶어 하시겠죠?"

마머리 씨는 가서 보고 오겠다고 대답하고는 발꿈치를 들고 이층으로 살금살금 올라갔다. 아내는 이불을 덮고 기분 좋게 누워 있었다. 커다란 더블 침대에 누워 있는 아내는 더욱 작고 연약해 보였다. 그가 들어서자 그녀는 몸을 약간 움직이며 미소를 지었다.

"어떻소, 여보?" 마머리 씨가 말했다.

"오셨어요? 깜빡 잠이 들었나 봐요. 피곤하고 머리가 좀 아팠어요. 그래서 서턴 부인한테 이층으로 쫓겨왔지 뭐예요."

"너무 과로한 모양이군."

남편은 아내의 손을 감싸 쥐고 침대 끝에 걸터앉았다.

"당신 말을 들었어야 하는 건데. 어머나, 정말 예쁜 꽃이군요. 나한테 주시는 건가요?"

"그럼, 모두 당신 거야." 마머리 씨는 다정하게 말했다. "이렇게 예쁜 꽃을 선물했으니 나도 뭔가 답례를 받을 자격이 있지 않을까?"

마머리 부인은 미소를 지으며 몇 번이고 고맙다는 말을 했다.

"이만하면 충분하겠죠? 자아, 이젠 내려가세요. 그만 나도 일어나야겠어요."

"그냥 누워 있는 게 낫지 않을까? 서턴 부인한테 저녁 식사를 이리로 가져오라고 할게."

에셀은 싫다고 했지만 남편은 고집스럽게 그 말을 물리쳤다. 만약에 자신을 돌보지 않는다면 연극 동호인 모임에 나가는 걸 허락

하지 않겠다. 회원들 모두가 당신이 참석해주기를 간절히 바라고 있다. 웰베크는 당신의 안부를 물으며, 당신 없이는 아무것도 할 수 없다고 하더라… 등등의 이야기를 들려주었다.

"정말로 그랬나요?" 에셀은 활기를 띠며 물었다. "나를 그토록 필요로 하다니, 정말 친절한 분들이에요. 그럼 누워 있기로 할게요. 그런데 당신은 오늘 어떻게 지냈어요?"

"그저 그랬어."

"속쓰림은 좀 어때요?"

"그냥 가벼운 복통일 뿐이야. 하지만 지금은 깨끗이 사라졌어. 조금도 걱정할 거 없어."

마머리 씨는 다음 날과 그다음 날에도 그 불쾌한 증상을 더 이상 느끼지 못했다. 그는 신문 건강란에 실린 권고에 따라 오렌지 주스를 마시기 시작했고, 그 결과에 만족했다. 그러나 목요일 한밤중에 심한 통증이 그를 덮쳤다. 에셀은 깜짝 놀라서 굳이 의사를 불러왔다. 의사는 그의 맥박을 짚어보고 혀를 들여다보더니, 그다지 대수롭지 않게 생각하는 것 같았다. 저녁 식사로 무얼 먹었느냐고 의사가 물었다. 그날 저녁에는 돼지족발을 먹은 다음, 우유 푸딩을 디저트로 먹었다. 그리고 잠자리에 들기 전에, 새로운 섭생법에 따라 오렌지 주스를 큰 잔으로 하나 마셨다.

"바로 그게 문제로군요." 그리피스 박사가 말했다. "오렌지 주스는 좋은 음식이고 돼지족발도 그렇지만, 함께 먹으면 좋지 않지요. 돼지고기와 오렌지 주스를 함께 먹는 건 특히 간장에 나쁩니다. 왜 그런지는 모르지만, 나쁘다는 것만은 틀림없습니다. 처방전을 보내드릴 테니까, 하루나 이틀은 유동식만 드시고 돼지고기는 절대로 삼가도록 하세요. 그리고 아주머니, 남편에 대해서는 걱정하지 않으셔도 됩니다. 송어처럼 팔팔하니까요. 정작 돌봐야 할 사람은 바로 아주머니 자신이에요. 눈 밑의 다크서클은 보고 싶지 않군요. 물론 오늘 밤에 잠을 설친 탓이겠지요. 강장제는 꼬박꼬박 복용하고 계십니까? 좋습니다. 남편 걱정은 마세요. 곧 일어나서 다시 활동할 수 있을 테니까요."

이 예언은 실현되었지만, 당장 실현된 것은 아니었다. 마머리 씨는 가정부가 온갖 솜씨를 발휘하여 정성껏 만들고 아내가 침대까지 가져다주는 빵과 우유와 쇠고기 수프만 먹었는데도 금요일까지 계속 속이 좋지 않았다. 토요일 오후가 되어도 비틀거리며 간신히 아래층으로 내려갈 수 있을 뿐이었다. 몸에 '이상'이 생긴 게 분명했다. 그러나 그는 브룩스 씨가 서명해달라고 사무실에서 보내온 서류를 훑어볼 수 있었고, 가계부를 정리할 수도 있었다. 에셀은 숫자에 밝지 못했기 때문에 마머리 씨는 언제나 아내와 함께 계산서를 재검토하곤 했다. 정육점과 빵집, 우유가게와 석탄가게의 청구서를 처리한 다음, 마머리 씨는 고개를 들고 묻는 듯한 눈으로 아내를 쳐다보았다.

"지출할 게 더 있소?"

"서턴 부인의 월급요. 오늘로 딱 한 달이 지났어요."

"그렇군. 그런데 당신은 서턴 부인한테 만족하고 있는 거지?"

"그럼요. 당신은 어때요? 서턴 부인은 요리도 잘하고, 게다가 친절하고 어머니처럼 푸근한 사람이에요. 서턴 부인이 찾아왔을 때 그 자리에서 당장 고용하다니, 내 머리도 제법이라고 생각지 않으세요?"

"정말 그래." 마머리 씨가 말했다.

"그 한심하고 인정머리 없는 제인이 아무 예고도 없이 나가버린 직후에 그런 여자가 나타나다니, 그건 하느님의 은총이에요. 나는 정말 어떻게 해야 좋을지 몰라서 아주 난처했었다고요. 물론 추천장도 없는 여자를 고용하는 건 위험한 일이지만, 줄곧 홀어머니를 모시고 있었으니만큼 추천장을 얻기는 어려웠을 거예요."

"그렇겠지. 어려웠을 거요."

물론 그때는 당장에 가정부를 구해야 했기 때문에 이러쿵저러쿵 까탈을 부리고 싶지도 않았지만, 그 문제로 불안을 느낀 건 사실이었다. 그리고 이 시도는 보기 좋게 성공했기 때문에 이제 와서 새삼스럽게 추천장 문제로 왈가왈부할 수는 없는 노릇이었다.

그는 서턴 부인이 속해 있는 교구의 목사한테 편지를 보내어 신원을 조회해보는 게 어떠냐고 슬쩍 제안한 적이 있었지만, 에셀의 말마따나 그 목사가 서턴 부인의 요리 솜씨에 대해 뭔가 말해줄 리도 없을 것이고, 가장 중요한 것은 결국 요리 솜씨였던 것이다.

마머리 씨는 한 달치 봉급을 세어서 내주었다.

"그런데 여보, 당신이 서턴 부인한테 한마디만 일러둘 수 없을까. 내가 아래층으로 내려가기 전에 조간신문을 꼭 읽어야겠다면, 읽고 난 뒤에 반듯하게 접어두면 좋겠다고…."

"당신은 정말 까다롭군요. 그런 걸 갖고 까탈을 부리다니."

마머리 씨는 한숨을 내쉬었다. 조간신문은 마치 숫처녀처럼 신선하고 단정한 상태로 전달되는 게 중요하다는 것을 아내한테 잘 설명할 수가 없었기 때문이다. 여자들이란 그런 문제에는 도무지 관심이 없는 것이다.

일요일에 마머리 씨는 몸이 훨씬 좋아진 것을 느꼈다. 사실상 예전의 건강한 상태로 돌아간 기분이었다. 그는 침대 속에서 아침을 들면서 《월드 뉴스》를 읽었고, 특히 살인사건 기사를 주의 깊게 읽었다. 마머리 씨는 살인사건에서 많은 즐거움을 얻었다. 살인은 교외의 일상생활과는 너무나 동떨어진 사건이었기 때문에 대리 모험의 유쾌하고 짜릿한 흥분을 가져다주었다.

그는 브룩스의 말이 옳았다는 것을 알았다. 앤드루스 부인의 아버지와 첫 번째 고용주의 시체를 '파내어' 조사한 결과, 정말로 '비소를 듬뿍 먹고' 죽은 것이 판명되었기 때문이다.

그는 점심을 먹으러 아래층으로 내려갔다. 점심 식사는 로스트비프에 구운 감자와 맛있고 소화가 잘되는 요크셔 푸딩을 곁들인 것이었고, 디저트로는 사과 파이가 나왔다. 사흘 동안 환자로서 유동식을 먹은 뒤라, 기름기가 많은 살코기를 파삭파삭한 느낌이 나도록 살짝 구운 음식을 맛보는 것은 커다란 기쁨이었다.

그는 도가 지나치지 않도록 조심하면서, 그러나 입맛을 만끽하면서 즐겁게 먹었다. 한편 아내는 그다지 식욕이 없는 것 같았다. 하기야 아내는 본디 고기를 즐겨 먹는 편이 아니었다. 입맛이 까다로웠고, 게다가 살찌는 것을 두려워했다(이것은 정말 쓸데없는 걱정이었다).

화창한 오후였다. 3시에 마머리 씨는 로스트비프가 위 속에 제대로 '자리를 잡았다'고 확신했다. 바로 그때, 요전날 심다 남은 구근을 마저 심어버리는 게 좋겠다는 생각이 문득 떠올랐다. 그는 정원을 손질할 때 입는 낡은 작업복을 걸치고, 구근을 놓아둔 헛간으로 어슬렁어슬렁 걸어갔다. 헛간에서 튤립 구근이 가득 든 자루와 꽃삽을 집어 들었을 때에야 그는 좋은 바지를 입고 있다는 것을 깨닫고, 무릎을 땅에 짚고 앉을 때 쓰기 위해 깔개를 가져가는 게 좋겠다는 판단을 내렸다. 마지막으로 깔개를 쓴 게 언제였더라? 얼른 기억이 나지는 않았지만, 아마 화분을 놓아둔 선반 아래의 한구석에 처박아두었을 거라고 생각했다. 그는 허리를 굽히고 화분들 사이의 어두운 곳을 손으로 더듬었다. 과연 깔개는 거기에 있었다. 그런데 무슨 깡통 같은 것이 손에 스쳤다. 그는 조심스럽게 그 통을 꺼냈다. 그것은 물론 쓰다 남은 제초제였다.

마머리 씨는 분홍색 라벨을 힐끔 바라보았다. 거기에는 '비소계 제초제-독극물'이라는 글씨가 눈에 잘 띄도록 인쇄되어 있었다. 그는 그 제초제가 앤드루스 부인의 마지막 희생자 부부가 먹은 것으로 추정되는 약물과 같은 상표인 것을 알고 가벼운 흥분을 느꼈다. 그에게는 그것이 오히려 즐거웠다. 중요한 사건과 멀리 떨어져 있지만, 이런 우연의 일치를 통하여 그 사건과 아주 가까이 있는 듯한 기분을 느낄 수 있었기 때문이다. 그러나 바로 그 순간 그는 제초제 마개가 느슨하게 끼워져 있는 것을 알아차리고 놀라움과 약간의 곤혹스러움을 느꼈다.

"아니, 이게 도대체 어떻게 된 거야? 내가 이걸 이런 식으로 내버려두다니." 그는 투덜거렸다. "내가 이 모양이라면, 행운이 모두 달아나버린다 해도 놀랄 일이 아니지."

그는 마개를 열고 깡통 속을 들여다보았다. 절반쯤 차 있는 것 같았다. 그는 다시 마개를 단단히 닫고, 만약을 위해 꽃삽 손잡이로 마개를 쾅쾅 박아넣었다. 그 일이 끝나자 수돗가로 가서 정성껏 손을 씻었다. 위험한 일은 되도록 조심하는 게 좋다고 생각했기 때문이다.

튤립을 다 심고 나서 집 안으로 들어가자 거실에 손님이 찾아와 있는 것을 보고 그는 약간 당황했다. 웰베크 부인과 그 아들을 만나는 것은 항상 즐거운 일이었지만, 미리 연락을 해주었더라면 좋았을 텐데 하고 생각했다. 그랬다면 손톱 밑에 끼인 흙을 좀 더 깨끗이 씻어낼 수 있었을 텐데. 웰베크 부인이 그것을 알아차린 것 같지는 않았다. 그녀는 수다스러운 여자였고, 자기가 지껄이는 이야기 말고는 어떤 것에도 별로 관심을 기울이지 않았다.

더구나 그녀는 링컨 부부 독살사건에 대해 떠들어댔다. 마머리 씨는 몹시 곤혹스러웠다. 형편이 좋은 때라도 차를 마시면서 나누기에는 전혀 어울리지 않는 화제였다. 그런데 그가 겪은 '몸의 이상'은 아직도 그의 기억 속에 너무나 생생히 남아 있어서, 의학적 증상에 대한 이야기만 들어도 불쾌해졌다. 게다가 이런 화제는 에셀한테 들려줄 것이 못되었다. 어쨌든 그 독살범은 아직도 이 부근에 숨어 있다고 하지 않는가. 신경이 무딘 여자라도 불안해질 것이다. 에셀을 힐끔 바라보니 그녀는 창백한 얼굴로 부들부들 떨고 있었다. 웰베크 부인의 수다를 어떻게든 막지 않으면 아내가 히스테리 발작을 일으키는 그 끔찍한 장면이 또다시 되풀이될 우려가 있었다.

그는 느닷없이 대화에 끼어들었다.

"웰베크 부인, 그 꺾꽂이용 개나리 말인데요, 오신 김에 가져가시죠. 지금이 꺾꽂이하기에 마침 좋을 때니까요. 나하고 같이 정원으로 내려가시면 좋은 걸로 잘라드리겠습니다."

그는 아내와 젊은 웰베크 사이에 한시름 놓았다는 눈길이 재빨리 오가는 것을 보았다. 그 청년은 사정을 이해하고 어머니의 무신경에 짜증이 나 있었던 게 분명했다. 이야기를 갑자기 제지당한 웰베크 부인은 당황하여 잠시 헐떡거리다가, 새로운 방향으로 기꺼이 화제를 바꾸었다. 그녀는 집주인과 함께 정원으로 내려가, 마머리 씨가 좋은 가지를 골라 잘라내는 동안 원예에 대해 쾌활하게 재잘거렸다. 그녀는 대문에서 현관에 이르는 자갈길이 깨끗하다고 마머리 씨를 칭찬했다.

"아무래도 전 잡초를 없앨 수가 없어요."

그래서 마머리 씨는 제초제의 이름을 들면서, 효과가 아주 뛰어나다고 칭찬했다.

"그 제초제요?" 웰베크 부인은 깜짝 놀란 듯이 그를 쏘아보더니, 몸을 부르르 떨었다. "억만금을 준대도 난 그 제초제를 우리 집에 놔두지 않을 거예요."

그녀는 단호하게 말했다. 마머리 씨는 빙긋 웃었다.

"아니, 괜찮습니다. 우리는 그걸 안채에서 멀리 떨어진 곳에다 놓아둔답니다. 설령 조심성 없는 사람이 있다 해도…."

그는 갑자기 말을 끊었다. 헐거워져 있던 마개가 문득 기억에 되살아났던 것이다. 그의 마음속 깊은 곳에서 어떤 막연한 생각들이 하나둘 모이고 있는 듯했다. 그는 마음속에서 일어나고 있는 일을 그대로 내버려둔 채 부엌으로 들어가서 자른 개나리 가지를 쌀 신문지를 가져왔다.

두 사람이 집으로 다가가고 있는 것이 거실 쪽에서도 분명 보였을 것이다. 그들이 들어갔을 때 웰베크 청년은 벌써 일어나 에셀의 손을 잡고 작별인사를 하고 있었다. 그는 어머니가 들어오자마자 재치 있게 어머니를 다시 집 밖으로 데리고 나갔다. 그리고 마머리 씨는 서랍에서 꺼낸 신문지를 치우려고 다시 부엌으로 돌아갔다. 사실은 신문지를 치우면서 그것을 좀 더 면밀히 살펴보기 위해서였다. 그 신문지에 대해 문득 마음에 걸리는 게 떠올랐는데, 그 점을 확인해보고 싶었던 것이다. 그는 주의 깊게 신문지를 한 장씩 넘겼다. 아니나 다를까, 그의 생각이 옳았다. 앤드루스 부인의 사진과 링컨 부부 독살사건에 관한 기사가 모조리 조심스럽게 오려내져 있었다.

마머리 씨는 부엌 난롯가에 주저앉았다. 따뜻한 불을 쬐어야 할 것 같은 기분이었다. 묘하게 차가운 덩어리 같은 것이 명치에 박혀 있는 느낌이었다.

그는 신문에서 본 앤드루스 부인의 모습을 생각해내려고 애썼지만, 그의 시각적 기억력은 별로 신통치 못했다. 어쨌든 '어머니처럼 푸근해 보이는' 얼굴이라고 브룩스에게 말했던 게 기억났다. 이어서 그는 앤드루스 부인이 행방불명된 날부터 얼마나 날짜가 지났는지를 헤아려보았다. 한 달이 가깝다고 브룩스는 말했다. 그런데 그게 벌써 일주일 전이었다. 그렇다면 지금은 한 달이 지났다는 얘기가 된다. 한 달… 그는 바로 어제 가정부에게 한 달 치 봉급을 주었다.

아내에 대한 생각이 그의 머리를 망치처럼 쾅쾅 두드렸다. 무슨 수를 써서라도, 이 끔찍한 의혹에는 혼자 대처해야 한다. 에셀에게는 절대로 충격이나 불안을 주어서는 안 된다. 그리고 그 의혹의 근거에 대해서도 확신을 가져야 한다. 가까스로 구한 가정부를 근거도 없는 공포심 때문에 해고하는 것은 서턴 부인뿐 아니라 에셀에게도 터무니없이 잔인한 처사가 될 것이다.

그리고 가정부를 해고한다면, 엉뚱한 트집을 잡아 독단적으로 해고해야 할 것이다. 에셀에게 속사정을 털어놓을 수는 없을 테니까. 하지만 어떤 식으로 하든 소동이 벌어질 것은 뻔한 노릇이다. 에셀은 이해하려 하지 않을 테고, 그는 감히 아내에게 사실을 털어놓을 수 없을 테니까.

하지만 만약 이 무서운 의혹에 무언가 근거가 있다면… 그런 여자를 한순간이라도 집에 두는 것은 위험한 일이다. 어떻게 에셀을 그런 끔찍한 위험에 빠뜨릴 수 있단 말인가? 그는 앤드루스 부인에게 희생된 링컨 부부를 생각했다. 남편은 죽었고, 아내는 기적적으로 목숨을 건졌다. 어떤 충격이나 위험도 그런 불행보다는 낫지 않을까?

마머리 씨는 갑자기 극심한 고독과 피로를 느꼈다. 며칠 앓은 탓에 기력이 떨어져 있었다. 그 속쓰림… 그게 언제부터 시작되었지? 처음 통증을 느낀 것은 3주 전이었다. 틀림없다. 하지만 그는 언제나 위장이 좋지 않았다. 담즙과다증. 지난번처럼 그렇게 심하진 않았지만, 그건 틀림없이 담즙과다 때문이었다.

그는 몸을 일으켜 느릿느릿 거실로 들어갔다. 아내는 커다란 소파 구석에 축 늘어져 있었다.

"피곤해?"

"네, 조금요."

"그 여자 수다에 지친 모양이군. 그 여자는 말이 너무 많아서 탈이야."

"그래요." 그녀는 쿠션에 파묻힌 머리를 지친 듯 천천히 돌렸다. "그 끔찍한 사건 얘기만 늘어놓으니… 그런 얘기는 정말 듣고 싶지 않아요."

"그렇고말고. 하지만 가까운 곳에서 그런 사건이 일어나면 사람들은 수다를 떨게 마련이지. 그 여자가 잡히면 마음이 놓일 텐데. 아무도 그런 여자가 자기 주위에 얼씬거리고 있다고는 생각하고 싶지 않을…."

"그런 가증스러운 여자는 생각하고 싶지도 않아요. 소름 끼치는 여자일 게 분명해요."

"끔찍한 여자지. 언젠가 브룩스가 말하기를…."

"브룩스 씨가 뭐라고 말했는지는 듣고 싶지 않아요. 그 사건 이야기는 한마디도 듣고 싶지 않다고요. 난 조용히 있고 싶어요. 조용히 있고 싶단 말이에요!"

그는 아내의 히스테리 발작이 시작될 기미를 알아차렸다.

"그래, 걱정하지 마. 그런 무서운 이야기는 한마디도 하지 않을 테니까."

그렇다. 그런 무서운 이야기를 하는 건 에셀한테 조금도 도움이 안 된다.

에셀은 일찍 잠자리에 들었다. 일요일에는 가정부가 외출했다. 돌아올 때까지 마머리 씨가 일어나서 기다리기로 되어 있었다. 에셀은 병에서 갓 회복된 남편이 늦게까지 일어나 있는 것을 걱정했지만, 그는 이제 기운이 펄펄 난다고 아내를 안심시켰다. 몸은 실제로 그랬다. 약해지고 혼란에 빠져 있는 것은 그의 몸이 아니라 마음이었다. 가정부가 돌아오면 오려낸 신문지에 대해 지나가는 말처럼 슬쩍 물어보기로 마음먹었다. 서턴 부인이 뭐라고 하는지 알아보기 위해서였다.

거실에 앉아서 가정부를 기다리는 동안 그는 여느 때처럼 위스키 소다를 마셨다. 10시 15분 전에 대문이 열리는 귀에 익은 소리가 들렸다. 이어서 자갈을 밟는 발소리―저벅저벅… 발소리는 뒷문으로 이어졌다. 이윽고 빗장 열리는 소리, 문 닫는 소리, 철거덕 빗장 거는 소리. 그러고는 잠시 정적이 흘렀다. 서턴 부인은 지금쯤 모자를 벗고 있을 것이다. 그 순간이 다가오고 있었다.

복도에서 발소리가 들렸다. 문이 열린다. 말쑥한 검은 드레스 차림의 가정부가 문지방에 서 있었다. 마머리 씨는 그녀를 마주 볼 마음이 내키지 않았다. 잠시 후 그는 고개를 들었다. 통통한 얼굴, 두꺼운 뿔테 안경 때문에 잘 보이지 않는 눈. 입매에 좀 매정한 데가 있나? 아니면 그건 앞니가 거의 다 빠져버렸기 때문에 그렇게 보이는 것뿐일까?

"오늘 밤에 뭐 필요한 거 없으세요? 있으면 제가 이층으로 올라가기 전에 말씀하세요."

"아니, 됐어요."

"몸은 어떠세요? 기분이 좀 나아지셨으면 좋겠군요."

서턴 부인이 그의 건강에 그토록 관심을 보이는 것이 그에게는 불쾌하게 여겨졌지만, 눈은 두꺼운 안경에 가려 어떤 표정을 띠고 있는지 알아볼 수가 없었다.

"훨씬 나아졌어요. 고맙소."

"마님은 좀 어떠세요? 마님께 따끈한 우유라도 한 잔 갖다 드릴까요?"

"아니, 괜찮소. 괜찮아요."

마머리 씨는 서둘러 말했다. 서턴 부인은 실망한 표정을 지은 것 같았다.

"그럼, 안녕히 주무세요."

"잘 자시오. 아 참! 그런데 아주머니…."

"예, 나리?"

"아, 아무것도 아니오."

이튿날 아침, 마머리 씨는 성급하게 신문을 펼쳐 들었다. 주말 동안에 범인이 잡혔다면 얼마나 좋을까. 그러나 그가 찾는 기사는 없었다. 신탁회사 회장이 머리에 총을 쏘아 자살했다. 손실액이 수백만 파운드에 달한다는 이야기와 피해를 입은 주주들에 대한 이야기가 온통 신문 지면을 도배하고 있었다. 집에서 구독하는 신문은 물론 사무실로 출근하는 길에 가판대에서 산 신문에도 링컨 부부 독살사건은 뒷전으로 밀려나 있었다. 경찰이 아직도 범인을 붙잡지 못한 채 쩔쩔매고 있다는 기사였다.

그 후 며칠 동안은 마머리 씨의 일생에서 가장 초조한 날들이었다. 그는 아침 일찍 아래층으로 내려가 부엌을 서성이는 버릇이 생겼다. 에셀은 그러는 남편에게 짜증을 부렸지만, 정작 서턴 부인은 아무 말도 하지 않았다. 그녀는 너그럽게 그를 지켜보았고, 거기에서 어떤 즐거움까지 느끼는 것 같다고 마머리 씨는 생각했다. 어쨌든 그건 어리석은 짓이었다. 날마다 아침 9시 반부터 저녁 6시까지 집을 비워야 하는데, 아침 식사만 감독해봤자 무슨 소용이 있겠는가?

사무실에서는 아내한테 너무 자주 전화를 건다고 브룩스 씨가 놀려댔다. 마머리 씨는 그가 놀려대든 말든 아랑곳하지 않았다. 아내의 목소리를 듣고 그녀가 무사한 걸 알아야 마음이 놓였다.

며칠 동안은 아무 일도 일어나지 않았다. 목요일이 되자 그는 자기가 어리석었다고 생각하기 시작했다. 그날 밤 그는 늦게야 집에 돌아갔다. 브룩스 씨가 설득하는 바람에 결혼을 앞둔 친구를 위한 조촐한 파티에 함께 참석했기 때문이다. 그러나 그는 밤새워 놀기를 사양하고 밤 11시에 친구들과 헤어졌다. 그가 돌아왔을 때 아내와 가정부는 이미 잠자리에 들어 있었지만, 탁자 위에 가정부가 써둔 쪽지가 놓여 있었다. 데우기만 하면 먹을 수 있도록 부엌에 코코아를 준비해두었다는 내용이었다. 그래서 그는 작은 냄비 속에 들어 있는 코코아를 데웠다. 코코아는 딱 한 잔 분량이었다.

그는 부엌 난롯가에 서서 코코아를 홀짝거리며 생각에 잠겼다. 처음 한 모금을 마신 뒤 그는 잔을 내려놓았다. 이건 근거 없는 망상일까? 아니면 코코아 맛이 정말로 이상한 걸까? 그는 다시 한 모금을 입에 머금고 혀 위에서 굴려보았다. 약간 톡 쏘는 맛이 나는 것 같았다. 불쾌한 금속성 맛이었다. 그는 갑자기 두려움을 느끼고 싱크대로 달려가서 입에 든 코코아를 뱉어냈다.

그 후에도 그는 잠시 꼼짝도 하지 않고 서 있었다. 그러다가 기묘할 만큼 천천히, 마치 어떤 보이지 않는 힘에 이끌리기라도 한 것처럼 식기실 선반에서 빈 약병을 가져다가 수돗물로 헹군 다음, 찻잔에 든 코코아를 그 약병에 조심스럽게 따랐다. 그는 약병을 코트 주머니에 집어넣고, 발소리를 죽여 뒷문으로 걸어갔다. 소리를 내지 않고 빗장을 벗기기는 어려웠지만, 마침내 해냈다. 그는 여전히 발꿈치를 든 채 정원을 살금살금 가로질러, 화분을 놓아두는 헛간으로 갔다. 헛간에 이르자 몸을 웅크리고 성냥을 켰다. 그는 제초제 깡통을 어디에 두었는지 정확히 알고 있었다. 제초제 깡통은 뒤쪽 선반 아래의 화분들 뒤에 놓여 있었다. 그는 조심스럽게 깡통을 들어 올렸다. 성냥이 다 타서 손가락이 뜨거웠지만, 다른 성냥을 켜기도 전에 그는 알고 싶은 것을 촉감으로 알 수 있었다. 아니나 다를까, 제초제 뚜껑은 또다시 헐거워져 있었다.

마머리 씨는 공포에 사로잡혔다. 그는 양복과 코트를 입고, 한 손에는 깡통을 들고 또 한 손에는 성냥갑을 든 채, 흙냄새가 물씬 풍기는 헛간 안에 우두커니 서 있었다. 밖으로 달려나가서 아무나 붙잡고 그 이야기를 털어놓고 싶은 마음이 굴뚝같았다.

그러나 그는 깡통을 원래 있던 자리에 돌려놓고 집으로 돌아갔다. 다시 정원을 가로지를 때 가정부의 침실 창문에서 한 줄기 빛이 새어 나오는 것을 알아차렸다. 그는 너무나 겁이 나서 몸이 오그라드는 것 같았다. 그렇게 겁을 먹은 것은 난생처음이었다. 저 여자는 나를 지켜보고 있었을까? 에셀의 방 창문은 어두웠다. 아내가 치명적인 독약을 먹었다면, 사방에 환히 불이 켜지고, 사람들이 바쁘게 움직이고, 의사한테 전화를 걸어야겠지. 내가 공격을 받았을 때처럼. 공격을 받아? 그래, 맞아. 그거야말로 딱 들어맞는 표현이라고 그는 생각했다.

그는 여전히 기묘할 만큼 침착하고 정확하게 부엌으로 들어가, 냄비와 찻잔을 씻고, 다시 코코아를 만들어 냄비 속에 담아두었다. 그러고는 조용히 침실로 올라갔다. 그가 문지방을 넘어서자 아내의 목소리가 그를 맞이했다.

"많이 늦었군요. 말썽꾸러기 같으니! 재미있었어요?"

"나쁘진 않았어. 당신은 어때? 괜찮아?"

"아주 좋아요. 서턴 부인이 따뜻한 음료를 준비해두지 않았나요? 나한테는 그러겠다고 했는데."

"응. 하지만 목이 마르지 않아서 안 마셨어."

아내가 소리 내어 웃었다.

"어머나! 그렇게 대단한 파티였나요?"

마머리 씨는 굳이 부인하려고 하지 않았다. 그는 옷을 벗고 침대로 들어가, 마치 죽음과 지옥이 아내를 빼앗아가지 못하게 하려는 것처럼 아내를 힘껏 끌어안았다. 내일 아침에 당장 행동을 개시해야지. 너무 늦지 않은 게 다행이야. 그는 하느님에게 감사했다.

약종상인 딤소프 씨는 마머리 씨와 아주 절친한 사이였다. 두 사람은 스프링뱅크에 있는 농약가게에서 자주 만나 진딧물과 뿌리혹병에 대해 의견을 나누곤 했다. 마머리 씨는 딤소프 씨에게 모든 걸 솔직하게 털어놓고 코코아가 든 약병을 건네주었다. 딤소프 씨는 그가 침착하고 분별 있게 행동한 것을 칭찬했다.

"오늘 저녁까지는 검사 결과를 준비해두겠네." 딤소프 씨가 말했다. "자네 생각이 옳다면, 해결해야 할 문제가 생기겠지."

마머리 씨는 고맙다고 말하고 사무실로 돌아왔다. 그러나 온종일 일에는 관심을 쏟지 않고 멍한 상태였다. 그것은 별로 중요하지 않았다. 브룩스 씨는 새벽에야 난장판으로 끝난 파티에 끝까지 남아 있었기 때문에, 마머리 씨를 주의 깊게 관찰할 수 있는 상태가 아니었기 때문이다. 오후 4시 반에 마머리 씨는 책상 서랍을 닫고,

들러야 할 데가 있어서 먼저 퇴근하겠다고 말했다.

딤소프 씨는 그를 기다리고 있었다.

"틀림없네." 딤소프 씨가 말했다. "테스트를 해봤는데, 아주 듬뿍 들어 있더군. 자네가 그 맛을 알아차린 것도 당연해. 그 약병에는 순수한 비소가 4그레인 내지 5그레인은 들어 있을 걸세. 자, 여기 현미경이 있으니 자네가 직접 보게."

마머리 씨는 불길한 자줏빛 얼룩이 있는 작은 유리관을 뚫어지게 바라보았다.

"여기서 경찰에 전화할 텐가?" 약종상이 물었다.

"아니." 마머리 씨가 대답했다. "아니야. 우선 집에 가고 싶네. 집에서 무슨 일이 일어나고 있는지 누가 알겠나. 그리고 빨리 가지 않으면 기차를 놓칠지 몰라."

"좋아. 그건 나한테 맡기게. 자네 대신 내가 경찰에 전화해주지."

열차는 굼벵이처럼 기어가는 것 같았다. 에셀-음독-죽는다-죽었다-에셀-음독-죽는다-죽었다. 그의 귀에는 기차 바퀴가 그렇게 되풀이 말하는 것처럼 들렸다. 역에 도착하자 그는 뛰다시피 역사를 빠져나가 길을 재촉했다. 자동차 한 대가 그의 집 문앞에 서 있었다. 그는 거리 끝에서 그것을 보고 미친 듯이 달리기 시작했다. 벌써 일이 저질러졌구나. 의사가 온 거야. 바보 같으니라고. 이렇게 되도록 내버려두다니. 내가 에셀을 죽인 거나 마찬가지야.

집에서 100여 미터쯤 떨어진 곳까지 왔을 때 그는 현관문이 열리는 것을 보았다. 웬 남자가 나오고 에셀이 그 뒤를 따라 나왔다. 손님은 차에 올라타고 가버렸다. 에셀은 다시 안으로 들어갔다. 에

셸은 무사하구나… 무사해!

그는 간신히 침착성을 되찾고, 모자와 코트를 옷걸이에 건 다음, 비교적 차분하게 거실로 들어갔다. 아내는 난롯가에서 안락의자로 돌아가 앉으려다가, 놀란 얼굴로 그를 맞이했다. 탁자 위에 차 도구가 놓여 있었다.

"오늘은 일찍 오셨네요?"

"응. 일이 좀 한산했어. 그런데 누가 차를 마시러 왔었소?"

"웰베크 청년이 왔었어요. 연극 일로 의논할 게 좀 있어서요."
그녀는 짤막하게 말했지만, 그 말투에는 열기가 담겨 있었다.

갑작스러운 현기증이 마머리 씨를 사로잡았다. 손님이 에셸을 보호해주었던 것일까? 그의 기분이 얼굴에 드러난 게 분명했다. 에셸이 놀란 눈으로 그를 뚫어지게 바라보았기 때문이다.

"왜 그래요, 여보? 왜 그런 이상한 표정을 짓는 거죠?"

"여보, 당신한테 말하고 싶은 게 있어." 그는 의자에 앉아 아내의 손을 잡았다. "좀 불쾌한 일인데…"

"오오, 마님!" 가정부가 문간에 서 있었다. "어머나, 죄송합니다, 나리. 집에 계신 줄 몰랐어요. 차를 드시겠어요? 아니면 찻그릇을 치워도 될까요? 그리고 마님, 생선가게에서 일하는 젊은이 말이에요. 그가 방금 그림즈비에서 돌아왔는데, 글쎄 그 끔찍한 여자가 붙잡혔다지 뭐예요. 그 앤드루스 부인인가 하는 여자 말이에요. 정말 잘됐잖아요? 그 여자가 그렇게 활개 치며 돌아다니고 있다는 걸 생각하면 얼마나 걱정스러웠는지 몰라요. 하지만 경찰이 그 여자를 잡았대요. 그 여자는 두 노부인이 사는 집에 가정부로 들어갔는데, 붙잡고 보니 그 끔찍한 독약을 몸에 지니고 있더래요. 그 여자를 찾아낸 젊은 여자는 현상금을 받을 거예요. 저도 줄곧 눈을 크게 뜨고 그 여자를 찾았지만, 그 여자는 그동안 내내 그림즈비에 있었으니 제 눈에 뜨일 리가 없죠."

마머리 씨는 의자 팔걸이를 움켜잡았다. 그렇다면 모든 게 터무니없는 오해였군. 그는 큰 소리로 외치고 싶었다. 잔뜩 흥분해 있는 이 상냥한 여자에게 사과하고 싶었다. 모두 오해였다고.

하지만 코코아가 있었어. 약종상 딤소프 씨. 독극물 테스트. 비소 5그레인. 그렇다면 누가?

그는 아내를 힐끔 돌아보았다. 그리고 아내의 눈 속에서 지금까지 한 번도 본 적이 없는 무언가를 보았다.

은가면

휴 S. 월폴

휴 S. 월폴(Hugh Seymour Walpole, 1884~1941)

뉴질랜드에서 목사의 아들로 태어났다. 영국으로 건너와 케임브리지 대학에서 공부했으며, 대학 시절부터 소설을 쓰기 시작했다. 대단한 독서광이자 문필가로서 다양한 장르의 소설에 능통했으며, 당대 런던 문단의 중심적 존재로서 존경을 받았다.
수록 작품의 원제목은 'The Silver Mask'(1933)이다.

소냐 헤리스는 웨스턴 씨의 집에서 만찬을 끝내고 집으로 돌아오다가, 바로 옆에서 누군가의 목소리를 들었다.

"죄송하지만, 잠깐만…."

웨스턴 씨의 아파트는 그녀의 집에서 세 구역밖에 떨어져 있지 않았기 때문에 그녀는 걸어서 돌아오고 있었다. 이제 몇 걸음만 더 가면 집이었지만, 늦은 시간이라 주위에는 아무도 없었고, 킹스로드 거리의 소음은 건물에 막혀 희미하게 들렸다.

"나는 좀 바빠서…." 그녀가 말했다. 날씨는 추웠고, 찬바람에 두 뺨이 얼어붙는 것 같았다.

"잠깐이면 됩니다." 그가 계속 말했다.

그녀가 돌아보니 아주 잘생긴 젊은 남자였다. 낭만적인 소설에는 빠짐없이 등장하는, 키가 크고 가무잡잡하고 창백하고 늘씬하고 기품이 있는, 그야말로 모든 걸 갖춘 젊고 잘생긴 남자였다. 하지만 낡아빠진 푸른색 양복 차림에, 추워서 부들부들 떨고 있었다. 그런 옷차림을 하고 있으니 추운 것도 당연했다.

"나는 좀 바빠서…." 그녀는 같은 말을 되풀이하고 걸음을 떼어 놓기 시작했다.

"압니다." 사내가 재빨리 그녀의 말을 가로막았다. "모두 다 그렇게 말하죠. 그건 너무나 당연합니다. 입장이 바뀌었다면 저도 아마 그렇게 말할 겁니다. 하지만 저는 이렇게 할 수밖에 없습니다. 빈손으로 아내와 갓난아기한테 돌아갈 수는 없으니까요. 우리는 땔감도 없고 먹을 것도 없고, 밤이슬을 막아주는 지붕밖에는 아무것도 없답니다. 그건 모두 제 잘못이지요. 저는 여사님의 동정을 바라진 않지만, 여사님의 안락함을 비난할 수밖에 없습니다."

그는 몸을 떨었다. 너무 심하게 떨고 있어서 금방이라도 쓰러질 것만 같았다. 무심결에 그녀는 그를 붙잡으려고 손을 뻗었다. 그녀의 손이 그의 팔에 닿았다. 얇은 소매 밑에서 그의 팔이 떨리는 것을 느낄 수 있었다.

"괜찮습니다." 그가 중얼거렸다. "하도 배가 고파서… 아무리 떨지 않으려고 해도 안 되는군요."

그녀는 최고급 요리를 배불리 먹은 참이었다. 아마 엉뚱한 짓을 저지를 만큼 술도 마셨을 것이다. 어쨌든 그녀는 자기가 무슨 짓을 하고 있는지도 깨닫기 전에, 푸른색으로 칠한 현관문 안으로 그를 안내하고 있었다. 얼마나 분별없는 짓인가! 그런 바보짓을 할 만큼 젊은 나이도 아니었다. 심장 박동이 조금 불규칙한 것을 제외하면 건강하고 말처럼 튼튼했지만, 적어도 쉰 살은 되었기 때문이다. 그녀는 또한 지성적이어서, 자칫하면 날카롭고 신경질적이고 비정상적인 인물이 될 소지가 다분했지만, 전혀 그렇지 않았다.

그녀는 총명했지만, 남에게 충동적으로 친절을 베푸는 성격 때문에 많은 손해를 보았다. 그 성격은 평생 동안 고쳐지지 않았다. 그녀가 저지른 잘못은 아주 적었지만, 그 잘못은 모두 그녀의 가슴이 머리를 이긴 결과였다. 그녀 자신도 그것을 알고 있었다. 누구 못지않게 잘 알고 있었다. 그리고 친구들은 항상 그 점을 일깨워주었다. 쉰 번째 생일을 맞았을 때 그녀는 속으로 말했다. '드디어 나도 더 이상 어리석은 짓을 하지 않을 만큼 나이를 먹었군.' 그런데 이제 그녀는 낯선 젊은이를 한밤중에 자기 집으로 끌어들이고 있었다. 그리고 그 남자는 가장 질이 나쁜 범죄자일 가능성이 다분했다.

곧이어 그 남자는 그녀의 장밋빛 소파에 앉아 샌드위치를 먹고, 위스키 소다를 마시고 있었다. 그는 그녀가 소유하고 있는 물건들이 너무 아름다운 것에 넋을 잃은 것 같았다. '이 사람이 연기를 하고 있다면, 대단히 뛰어난 배우인 게 분명해.' 그녀는 속으로 생각했다. 그러나 그는 안목과 지식을 갖고 있었다. 그는 모리스 위트릴로(1883~1955, 프랑스 화가-옮긴이)의 그림이 초기 작품인 것을 알아보았고, 그 거장의 작품 가운데 중요한 것은 초기 작품뿐이라는 것도 알고 있었다. 그는 또한 창문 밑에서 이야기를 나누고 있는 두 노인의 그림이 월터 시커트(1860~1942, 영국의 인상파 화가-옮긴이)의 베네치아 시절의 작품이라는 것도 알았고, 프랭크 돕슨(1886~1963, 영국의 조각가-옮긴이)의 두상과 카를 밀레스(1875~1955, 스웨덴의 조각가-옮긴이)의 멋진 초록빛 청동 사슴도 알아보았다.

"댁은 예술가인가 보군요. 그림을 그리나요?" 그녀가 물었다.

"천만에요. 저는 악당입니다. 도둑놈이죠. 아주 나쁜 놈이에요." 그는 격렬하게 대답했다. 그러고는 소파에서 벌떡 일어나면서 덧붙였다. "그만 가봐야겠습니다."

그는 분명히 기운을 차린 것 같았다. 이 사람이 불과 30분 전에 그녀의 팔에 기대어 몸을 지탱해야 했던 바로 그 젊은이라고는 거의 믿을 수 없을 정도였다. 그리고 그는 신사였다. 그 점에 있어서는 의심할 여지가 없었다. 그리고 그는 놀랄 만큼 아름다운 19세기의 기질을 갖고 있었다. 그는 젊은 라몬 노바로(1899~1968, 멕시코의 영화배우--옮긴이)나 젊은 로널드 콜먼(1891~1958, 영국의 영화배우--옮긴이)이 아니라, 한 세기 전에 살았던 젊은 바이런이며 젊은 셸리였다

그래도 그가 떠난다니 다행이었다. 그녀는 그가 돈을 요구하거나 협박하며 소동을 부리지 않기를 원했다. 그것은 그녀 자신을 위해서라기보다 오히려 그를 위해서였다. 어쨌든 눈처럼 하얗게 센 머리와 단호한 턱 그리고 단단한 몸을 가진 그녀는 누구한테 호락호락 협박당할 사람처럼 보이지는 않았다. 그도 그녀를 협박할 생각은 추호도 없는 게 분명했다. 그는 문 쪽으로 걸어갔다.

"오오!" 그가 깜짝 놀란 듯 숨을 죽이며 중얼거렸다. 그는 그녀의 소유물 가운데 가장 아름다운 물건 앞에 서 있었다. 유쾌하고 즐겁게 웃고 있는 어릿광대의 얼굴을 조각한 은가면이었다. 옛날부터 어릿광대는 슬픈 미소를 짓는 것으로 되어 있지만, 그런 영원한 슬픔은 그림자도 보이지 않았다. 그것은 오늘날 살아 있는 가면 제작자들 가운데 가장 위대한 소라트의 작품 중에서도 가장 성공한 작품의 하나였다.

"네, 정말 아름답죠?" 그녀가 말했다. "그건 소라트의 초기 작품인데, 나는 소라트의 최고 걸작이라고 생각해요."

"은은 이 가면에 딱 어울리는 재료로군요."

"나도 그렇게 생각해요." 그녀도 동의했다. 그녀는 그의 문제에

대해, 그의 가엾은 아내와 자식에 대해, 그리고 그의 과거에 대해 아무것도 묻지 않았다는 것을 깨달았다. 그게 아마 더 나을 것이다.

"여사님은 제 생명을 구해주셨습니다." 그가 현관 홀에서 말했다.

그녀는 손에 1파운드짜리 지폐 한 장을 쥐고 있었다.

"글쎄요." 그녀는 쾌활하게 대답했다. "처음 만난 남자를 이런 한밤중에 집 안에 들여놓는 위험을 무릅쓰다니, 나도 참 바보였어요. 아니, 친구들은 그렇게 말할 거예요. 하지만 나 같은 늙은이한테… 도대체 위험이나 있겠어요?"

"여사님의 목을 조를 수도 있었을 겁니다." 그가 진지하게 말했다.

"그럴 수도 있었겠죠. 하지만 그건 당신에게 끔찍한 결과를 가져다주었을 거예요."

"오오, 아닙니다. 요즘에는 그렇지 않아요. 경찰은 아무도 잡지 못합니다."

"어쨌든 안녕히 가세요. 그리고 이걸 받으세요. 이 돈이면 적어도 땔감은 살 수 있을 거예요."

"고맙습니다." 그는 돈을 받고 무심하게 말했다. 그러고는 문간에서 덧붙였다. "저 가면 말인데요, 지금까지 저렇게 아름다운 물건은 본 적이 없습니다."

문이 닫히자 그녀는 거실로 돌아오면서 한숨을 내쉬었다.

'정말 잘생긴 젊은이야.'

바로 그때 백옥으로 만든 아름다운 담배 케이스가 사라진 것을 알아차렸다. 그것은 소파 옆 작은 탁자 위에 놓여 있었다. 아까 샌드위치를 만들려고 부엌으로 들어가기 직전에 그걸 보았다. 그렇다면 그가 훔쳐간 게 분명했다. 구석구석 찾아보았지만 담배 케이스는 보이지 않았다. 그가 훔쳐간 건 의심할 여지가 없었다.

'정말 잘난 젊은이로군.' 그녀는 침실로 올라가면서 생각했다.

소냐 헤리스는 그 시대의 여자답게, 겉으로는 냉소적이고 공격적이지만 속으로는 애정과 이해를 갈망하고 있었다. 비록 머리가 하얗게 센 쉰 살의 중년 여인이지만, 겉으로는 젊고 활기차 보였다. 그녀는 잠을 거의 자지 않거나 음식을 거의 먹지 않고도 견딜 수 있었고, 친구들과 어울리면 모임이 끝날 때까지 춤을 추거나 칵테일을 마시거나 브리지를 할 수 있었다. 그러나 속으로는 칵테일도 브리지도 전혀 좋아하지 않았다. 그녀는 무엇보다도 모성적이었고, 정신적으로나 육체적으로나 심장이 약했다. 심장병 때문에 약을 먹고 누워서 쉬어야 할 때면 그녀는 아무도 만나려 하지 않았다. 그런 생활방식을 가진 그 시대의 여자들이 대개 그렇듯이, 그녀도 더 나은 대의명분에 어울리는 용기를 가지고 있었다.

그녀는 이런저런 이유를 따질 필요가 없이 여장부였다.

하지만 다른 무엇보다도 그녀는 모성적이었다. 그녀가 상대를 충분히 사랑했다면 지금까지 적어도 두 번은 결혼했을 것이다. 그러나 그녀가 정말로 사랑한 남자는 그녀를 사랑하지 않았다(그게 벌써 25년 전이었다). 그래서 그녀는 결혼생활을 경멸하는 척했다. 그녀에게 아이가 있었다면 그녀의 모성본능은 충족되었을 것이다. 그러나 그런 행운을 얻지 못했기 때문에 그녀는 (겉으로는 냉소적이고 무관심한 태도로) 다른 사람들한테 어머니 같은 애정을 쏟았다. 그들은 그녀를 이용했고, 때로는 그녀를 비웃었으며, 결코 그녀를 깊이 사랑하지 않았다. 그녀는 '유쾌하고 좋은 여자'로 알려졌고, 친구들의 진정한 생활 속으로 들어가지 못한 채 항상 그 '바로 바깥에 머물러 있었다. 헤리스 가문의 친척인 로키지 집안과 카드 집안, 뉴마트 집안은 식탁에 빈자리가 하나 남을 때, 그들 대신 런던에서 물건을 사다줄 사람이 필요할 때, 일이 잘못되거나 남에게 모욕을 당하고 하소연할 상대가 필요할 때에만 그녀를 이용했다. 그녀는 무척 외로운 여자였다.

보름 뒤에 그녀는 그 젊은 도둑을 두 번째로 만났다. 어느 날 저녁 그녀가 식사를 하기 위해 옷을 갈아입고 있을 때 그가 그녀의 집으로 찾아왔기 때문이다.

"문간에 웬 젊은 남자가 와 있는데요." 하녀인 로즈가 말했다.

"젊은 남자? 누군데?" 그러나 그녀는 그게 누군지 알고 있었다.

"모르겠어요. 이름을 말하지 않아요."

그녀가 아래층으로 내려가 보니 그가 담배 케이스를 들고 현관홀에 서 있었다. 이번에는 제대로 된 옷을 입고 있었지만, 여전히 배고프고 초췌하고 절망적이고 믿을 수 없을 만큼 멋져 보였다. 그녀는 보름 전에 그를 데려갔던 그 방으로 안내했다. 그는 담배 케이스를 내밀었다.

"이걸 전당포에 맡기고 돈을 빌렸습니다." 그는 은가면에 눈을 고정시킨 채 말했다.

"그렇게 수치스러운 짓을 하다니!" 그녀가 말했다. "다음엔 또 무얼 훔칠 작정이죠?"

"제 아내가 지난주에 돈을 좀 벌었습니다. 그 돈이면 당분간은 그럭저럭 지낼 수 있을 겁니다."

"당신은 아무 일도 하지 않나요?"

"저는 그림을 그립니다. 하지만 아무도 제 그림을 거들떠보지 않아요. 하기야 제 그림은 별로 현대적이 아니니까요."

"당신이 그린 그림을 좀 보고 싶군요." 그녀는 이렇게 말한 뒤에야 마음이 또 약해진 것을 깨달았다. 그가 그녀를 사로잡은 것은 잘생긴 용모 때문이 아니라, 어머니를 미워하면서도 항상 어머니에게 돌아와 도움을 청하는 못된 아이처럼 무력하면서도 반항적인 분위기를 갖고 있었기 때문이다.

"몇 장 가져왔습니다." 그가 말하고는, 현관 홀에서 그림 몇 장을 들고 와서 그녀에게 보여주었다. 모두 서투르기 짝이 없는 그림이었다. 풍경화는 천박했고, 인물화는 감상적이었다.

"형편없는 그림이군요."

"압니다. 하지만 제 미적 안목이 뛰어나다는 건 여사님도 알고 계실 겁니다. 저는 가장 뛰어난 예술품만 그 진가를 인정하지요. 예를 들면 여사님의 담배 케이스나 저기 있는 저 가면이나 위트릴로의 그림 같은 것 말입니다. 그런데 저는 이런 싸구려 그림밖에는 그릴 수가 없어요. 정말 분통 터지는 일이지요."

그는 그녀를 보고 미소를 지으며 물었다.

"하나 사지 않으시겠습니까?"

"미안하지만 어떤 그림도 사고 싶지 않아요." 그녀가 대답했다. "만약 그걸 산다면, 아무도 볼 수 없는 곳에다 감춰두어야 할 거예요."

그녀는 10분 뒤에 손님이 찾아오리라는 것을 생각해냈다.

"하나만 사주세요."

"아뇨, 사지 않겠어요."

"제발요." 그는 가까이 다가와서, 칭얼대는 아이처럼 그녀의 친절한 얼굴을 들여다보았다.

"글쎄… 값은 얼마죠?"

"이건 20파운드예요. 이 그림은 25파운드고…."

"어처구니가 없군요. 이 그림들은 절대로 그만한 가치가 없어요."

"언젠가는 가치를 갖게 될지도 모르지요. 현대 회화는 나중에 어떻게 될지 모르는 법이니까요."

"그래도 이 그림들만은 나중에 어떻게 될지 뻔해요."

"제발 하나만 사주세요. 소떼를 그린 이 그림은 그렇게 나쁘지 않은데요."

그녀는 책상 앞에 앉아서 수표를 떼었다.

"난 정말 바보예요. 자, 이걸 받아요. 그리고 분명히 알아두세요. 나는 이제 두 번 다시 당신을 보고 싶지 않아요. 절대로! 찾아와도 집 안에 들이지 않겠어요. 거리에서 나한테 말을 걸어도 소용없어요. 당신이 귀찮게 굴면 경찰에 신고할 거예요."

그는 만족스러운 얼굴로 조용히 수표를 받아들고, 손을 뻗어 그녀의 손을 가볍게 눌렀다.

"햇빛이 잘 드는 곳에 걸어두면 그렇게 나쁘진 않을 겁니다."

"새 구두부터 사야겠군요. 그 구두는 정말 끔찍해요."

"이젠 구두를 살 수 있을 겁니다." 그는 말하고 밖으로 나갔다.

그날 저녁 내내 그녀는 친구들의 날카롭고 신랄한 말에 귀를 기울이면서도 그 젊은이를 생각하고 있었다. 그녀는 그의 이름조차 알지 못했다. 그녀가 그에 대해 아는 것이라고는 그가 자기 입으로 털어놓은 것-자기는 악당이고, 불쌍한 젊은 아내와 굶주린 자식을 거느리고 있다는 것-뿐이었다. 그녀의 머릿속에서 형성된

이 세 사람의 모습이 자꾸만 눈앞에 떠올라 그녀를 괴롭혔다. 담배 케이스를 돌려준 걸 보면 어떤 의미에서는 정직한 사람이야. 하지만 그 사람은 그걸 돌려주지 않으면 두 번 다시 나를 만나지 못하리라는 걸 알았을 테지. 그 사람은 내가 어리숙한 봉이라는 걸 당장 알아차렸고, 이젠 내가 그 형편없는 그림까지 사줬으니…. 하지만 그가 철두철미 나쁜 사람일 리는 없어. 아름다운 것을 그렇게 좋아하는 사람이 아무짝에도 쓸모없는 사람일 리가 없어. 그 사람은 방에 들어오자마자 곧장 은가면 쪽으로 걸어가서, 마치 영혼으로 바라보듯 저걸 뚫어지게 바라보았지. 저녁 식탁에 앉아 냉소적인 말을 지껄이면서도, 은가면이 걸려 있는 벽면을 바라보는 그녀의 눈빛은 부드럽기 그지없었다. 유쾌하게 빛나는 가면에는 그 젊은이의 모습이 담겨 있는 것처럼 여겨졌다. 하지만 어디에? 어릿광대의 뺨은 통통하고, 입은 넓적하고, 입술은 두꺼워. 하지만, 하지만….

그 후 며칠 동안 그녀는 런던 시내를 돌아다닐 때마다 저도 모르게 지나가는 사람들을 유심히 살피곤 했다. 어쩌면 그 젊은이를 만날 수 있을지도 모른다고 생각했기 때문이다. 그녀는 곧 한 가지 사실을 깨달았다. 그 젊은이는 그녀가 지금까지 만난 어느 누구보다도 잘생긴 남자라는 사실이었다. 그러나 그가 그녀의 뇌리에 달라붙어 떠나지 않는 것은 그가 잘생겼기 때문이 아니었다. 그것은 그가 그녀한테 친절한 대접을 받고 싶어 했고 그녀는 누군가한테 친절을 베풀고 싶었기 때문이다. 그 마음은 너무나도 간절했다.

그녀는 은가면이 점점 변하고 있다는 근거 없는 생각에 사로잡혔다. 통통했던 뺨이 여위고, 공허한 눈에는 무언가 새로운 빛이 들어왔다. 은가면이 아름다운 물건인 것은 분명했다.

그 무렵, 지난번처럼 예기치 않게 그가 다시 불쑥 나타났다. 어느 날 밤 그녀가 극장에서 돌아와 마지막 담배를 피우면서 침실로 올라갈 준비를 하고 있는데 문을 두드리는 소리가 들렸다. 다른 사람들은 물론 초인종을 울린다. 그녀가 어느 한가한 날 골동품점에서 사온 올빼미 모양의 구식 노커는 아무도 사용하려고 하지 않았다. 그 노크 소리를 듣고 그녀는 그 사람이 찾아온 게 분명하다고 확신했다. 하녀 로즈는 이미 잠자리에 들었기 때문에 그녀가 직접 현관으로 가서 문을 열었다. 아니나 다를까, 그가 서 있었다. 게다가 젊은 여자와 아기까지 데리고 있었다.

그들은 모두 거실로 들어와 난롯가에 어색하게 멈춰 섰다. 그녀가 처음으로 심한 공포를 느낀 것은 그들이 난롯가에 모여 있는 것을 본 바로 그 순간이었다. 그녀는 자기가 얼마나 약한 존재인가를 갑자기 깨달았다. 그들을 본 순간 그녀는 물로 변해버린 느낌이었다. 독립심이 강하고 심장이 약간 불규칙한 쉰 살의 소냐 헤리스가 물로 변해버린 것이다! 그녀는 마치 누군가가 그녀의 귀에다 경고의 말을 속삭여준 것처럼 겁에 질렸다.

젊은 여자는 눈길을 끄는 인상적인 미인이었다. 붉은 머리에 얼굴은 하얗고, 우아한 기품까지 갖추고 있었다. 숄에 싸인 아기는 깊이 잠들어 있었다. 소냐 헤리스는 그들에게 마실 것을 내주고, 그녀가 먹으려고 준비해둔 샌드위치를 나누어주었다. 젊은 남자는 매력적인 미소를 지으며 그녀를 바라보았다.

"이번엔 뭘 구걸하러 온 게 아닙니다. 다만 여사님께 제 아내를 보여드리고, 아내한테 여사님이 갖고 계신 아름다운 물건들을 보여주고 싶었을 뿐입니다."

"되도록 빨리 가주세요." 그녀는 날카롭게 말했다. "시간이 늦었어요. 나는 잠자리에 들려던 참이었어요. 게다가 나는 당신한테 다시는 여기 오지 말라고 말했을 텐데요."

"아내가 하도 졸라대서요." 그는 젊은 여자를 턱으로 가리켰다. "에이다가 여사님을 몹시 만나고 싶어 했거든요."

여자는 한마디도 하지 않고 부루퉁한 얼굴로 앞만 바라보고 있을 뿐이었다.

"좋아요. 하지만 빨리 가주세요. 그런데 당신은 지금까지 이름도 밝히지 않았어요."

"헨리 애버트라고 합니다. 이쪽은 에이다, 아기 이름도 역시 헨리지요."

"좋아요. 그동안 어떻게 지냈죠?"

"잘 지냈습니다. 아주 호강스럽게 지냈지요." 그러나 그는 곧 입을 다물어버렸고, 여자는 한마디도 하지 않았다.

참을 수 없는 침묵이 흐른 뒤, 소냐 헤리스는 이제 그만 가보라고 말했다. 그러나 그들은 꼼짝도 하지 않았다. 30분 뒤에 그녀는 가달라고 강력하게 요구했다. 그제야 그들은 자리에서 일어났다. 그러나 헨리 애버트는 문간에 멈춰 서더니, 책상 쪽으로 고개를 갸웃하며 말했다.

"여사님 편지는 누가 대필해주죠?"

"아무도 없어요. 편지는 내가 직접 써요."

"편지를 대필해줄 사람이 있어야 합니다. 그러면 수고를 많이 덜 수 있지요. 제가 해드리겠습니다."

"고맙지만 필요 없어요. 그럼 잘 가요."

"아니, 제가 해드리겠습니다. 저한텐 수고비를 주실 필요도 없습니다. 남아도는 시간을 활용하는 것뿐이니까요."

"허튼소리는 그만하고… 잘 가요."

그들이 나가자마자 코앞에서 문을 쾅 닫아버렸다. 침대에 누웠지만 잠을 이룰 수가 없었다. 그녀는 침대에 누워서 생각했다. 그들에 대한 어머니 같은 애정(난롯가에 앉아 있던 젊은 여자와 아기는 너무나 무력해 보였다)이 그녀의 몸을 따뜻하게 해준 반면, 오싹한 두려움은 그녀의 혈관을 차갑게 식혀주었기 때문에, 그녀는 이 상반된 감정 사이에서 갈팡질팡했다. 두 번 다시 그들을 보지 않았으면 좋겠어. 하지만 당장 내일이라도 슬론 가를 걸어갈 때면, 우연히 그를 만나지나 않을까 하고 지나는 사람들을 살펴보지 않을까?

사흘 뒤 아침에 그가 찾아왔다. 비가 내리고 있었기 때문에 그녀는 계산서를 처리하면서 오전 시간을 보내기로 작정한 터였다. 그녀가 탁자 앞에 앉아 있을 때 로즈가 그를 데리고 들어왔다.

"편지를 대필해드리려고 왔습니다."

"필요 없어요." 그녀는 날카롭게 말했다. "자, 헨리 애버트 씨, 그만 가보세요. 당신한테는 신물이…"

"아니, 그렇지 않을 겁니다." 그는 그녀의 책상 앞에 가서 앉았다.

영원히 부끄러워할 일이지만, 불과 30분 뒤에 그녀는 소파 구석에 앉아서 그에게 편지를 구술하고 있었다. 스스로 인정하고 싶지는 않았지만, 그녀는 그가 거기에 앉아 있는 모습을 보는 게 즐거웠다. 그는 그녀의 말벗이 되어주었고, 지금은 어느 정도까지 몰락했는지 모르지만, 분명 신사였다. 그날 아침에 그의 처신은 아주 훌륭했다. 게다가 글씨도 잘 썼고, 무슨 말을 해야 하는지를 정확히 알고 있는 것 같았다.

일주일 뒤에 그녀는 에이미 웨스턴에게 웃으면서 말했다.

"믿을 수 있겠어? 내가 비서를 고용하게 되다니 말이야. 아주 잘생긴 젊은이야. 하지만 나를 그렇게 경멸하는 눈으로 쳐다볼 필요는 없어. 나한테는 잘생긴 젊은이가 아무 의미도 없다는 걸 잘 알잖아. 그리고 그 사람은 해도 해도 끝이 없는 지루하고 귀찮은 일을 덜어주고 있어."

3주 동안 그는 아주 훌륭하게 행동했다. 정각에 와서 그녀가 시키는 대로 일을 하고, 무례한 짓은 전혀 하지 않았다. 넷째 주 어느 날, 12시 45분경에 그의 아내가 왔다. 이번에는 놀랄 만큼 젊어 보였다. 열여섯 살 정도밖에 되어 보이지 않았다. 그녀는 수수한 회색 면드레스를 입고 있었다. 짧게 자른 붉은 머리는 창백한 얼굴과 대조를 이루어 놀랄 만큼 자극적이었다.

젊은이는 소냐 헤리스가 혼자 점심을 먹을 예정이라는 것을 이미 알고 있었다. 식탁에 간단한 일인용 식기가 차려져 있는 것을 보았기 때문이다. 그들에게 점심을 함께하자고 권하지 않기는 어려웠다. 그러고 싶지는 않았지만 소냐 헤리스는 그들을 점심에 초대했다.

식사는 즐겁지 않았다. 두 사람은 식사를 함께하기에는 지루하기 짝이 없는 상대였다. 아내가 옆에 있으면 젊은이는 거의 말을 하지 않았고, 여자는 처음부터 끝까지 벙어리처럼 입을 다물고 있었기 때문이다. 두 사람은 또한 불길한 분위기를 갖고 있었다.

점심을 끝내자마자 소냐 헤리스는 그들을 쫓아냈다. 그들은 순순히 떠났다. 그러나 그날 오후 쇼핑을 하면서 걷고 있다가 그녀는 그들한테서 영원히 벗어나야 한다고 결심했다. 그가 곁에 있는 것이 기분 좋은 일이었던 것은 사실이다. 그의 미소, 버릇없고 익살스러운 말투, 자기는 세상을 이용해먹는 못된 부랑자지만 그녀에게만은 절대로 해를 끼치지 않겠다는 암시―이 모든 것이 그녀의 마음을 사로잡았지만, 정말로 그녀를 불안하게 만든 것은 지난 몇 주 동안 그가 한 번도 돈을 요구하지 않았다는 사실이다. 아니, 그는 돈만이 아니라 사실상 아무것도 요구하지 않았다. 그는 계산서를 차곡차곡 모아두었다가 어느 날 아침 느닷없이 한꺼번에 요구하여 그녀를 깜짝 놀라게 할 속셈인 게 분명했다. 잠시 그녀는 밝은 햇살 속에서 오가는 차들의 소음과 주위에서 바스락거리는 나뭇잎 소리를 들으며 자신의 놀라운 모습을 바라보았다. 그녀는 놀랄 만큼 허약하게 행동하고 있었다. 통통하고 땅딸막하고 다부진 그녀의 몸, 기분 좋은 장밋빛 얼굴, 건강한 백발―이 모든 것은 어디론가 사라지고, 그 자리에는 겁먹은 눈으로 무릎을 후들후들 떨면서 공원 난간에 기대어 간신히 몸을 지탱하고 있는 소심하고 작달막한 노파가 있을 뿐이었다. 두려워할 게 뭐가 있어? 나쁜 짓은 아무것도 하지 않았어. 언제든지 경찰을 부르면 돼. 난 절대로 겁쟁이가 아니야. 그러나 그녀는 월폴 가에 있는 안락한 집을 떠나 어딘가에 숨고 싶은 충동을 느끼며 집으로 돌아왔다. 아무도 찾을 수 없는 곳에 숨고 싶었다.

그날 저녁에 그들이 다시 나타났다. 남편과 아내 그리고 아기까지 함께 왔다. 소냐 헤리스는 책을 읽으며 편안한 저녁을 보내기 위해, 그리고 '일찍 잠자리에 들기' 위해 막 자리를 잡은 참이었다.

바로 그때 문 두드리는 소리가 들렸다.

이번만은 그녀도 그들을 단호하게 대했다. 그들이 들어오자 그녀는 자리에서 일어나 그들에게 말했다.

"여기 5파운드가 있어요. 이게 마지막이에요. 당신들 가운데 누구라도 두 번 다시 이 문으로 들어오면 당장 경찰을 부르겠어요. 자, 그만 가보세요."

젊은 여자가 놀라서 헐떡이는 소리를 내더니, 정신을 잃고 그녀의 발치에 쓰러졌다. 그 기절은 연극이 아니라 진짜였다. 소냐 헤리스는 하녀를 불렀다. 그리고 여자를 소생시키기 위해 모든 조치를 취했다.

"밥을 제대로 먹지 못해서 그렇습니다." 헨리 애버트가 말했다. 결국 에이다는 (좀처럼 깨어나지 않았기 때문에) 예비 침실로 옮겨졌고, 소냐 헤리스는 의사를 불렀다. 의사는 그녀를 진찰한 뒤 휴식과 영양 공급이 필요하다고 말했다. 이때가 아마 이 사건에서 가장 중요한 고비였을 것이다. 소냐 헤리스가 단호한 태도를 취하여, 여자가 기절했든 말든 상관하지 않고 애버트 가족을 길거리로 쫓아냈다면, 그녀는 지금쯤 건강하고 쾌활한 노부인으로서 친구들과 함께 브리지를 즐길 수 있을 것이다. 그러나 그녀의 타고난 모성적 기질은 그녀가 억누르기에는 너무 강했다. 가엾은 에이다는 눈을 감고 기진맥진하여 누워 있었다. 그녀의 두 뺨은 베개만큼이나 창백했다. 아기(그렇게 조용한 아기는 본 적이 없었다)는 침대 옆의 아기용 침대에 누워 있었다. 헨리 애버트는 아래층에서 그녀가 불러주는 편지를 받아썼다. 소냐 헤리스는 은가면을 힐끔 쳐다보았다. 어릿광대의 얼굴에 떠오른 야릇한 웃음이 그녀의 눈을 찔렀다. 은

가면은 이제 교활한 웃음―그녀를 조롱하는 비웃음―을 그녀에게 던지고 있는 듯이 보였다.

사흘 뒤, 에이다가 기절했다는 소식을 듣고 그녀의 숙부와 숙모라는 애드워즈 부부가 찾아왔다. 에드워즈 씨는 덩치가 크고 불그레한 얼굴에 다정한 태도를 가진 중년 남자였다. 밝은 색깔의 조끼를 입은 그는 꼭 선술집 주인처럼 보였다. 코끝이 뾰족하고 낮은 목소리를 가진 에드워즈 부인은 꼬챙이처럼 비쩍 말랐고, 납작하지만 다정다감한 가슴에 커다란 구식 브로치를 달고 있었다. 그들은 소파에 나란히 앉아서, 사랑하는 조카딸 에이다를 문병하러 왔다고 말했다. 에드워즈 부인은 울었고, 에드워즈 씨는 친구처럼 허물없이 굴었다. 불행히도 마침 그때 웨스턴 부인과 또 한 친구가 소냐 헤리스를 찾아왔다. 그들은 오래 머물지 않았다. 에드워즈 부부를 보고 그들은 놀라움을 감추지 못했고, 헨리 애버트의 허물없는 행동에는 깜짝 놀랐다. 소냐 헤리스는 친구들이 최악의 결론에 도달한 것을 알 수 있었다.

일주일이 지났는데도 에이다는 여전히 이층 침실에 누워 있었다. 그녀를 움직이는 건 불가능해 보였다. 에드워즈 부부는 끊임없이 찾아왔다. 한 번은 하퍼 부부와 그들의 딸 애그니스를 데려왔다. 그들은 장황하게 변명을 늘어놓았다. 요컨대 "우리는 에이다한테 무척 관심이 많기 때문에, 앓아누운 에이다를 한 번 들여다보지 않을 수 없다"는 점을 이해해달라는 것이었다. 그들은 예비 침실로 우르르 몰려 들어가, 눈을 감고 누워 있는 창백한 에이다를 바라보았다.

이어서 두 가지 일이 한꺼번에 일어났다. 하녀 로즈가 일을 그만두겠다고 선언했고, 웨스턴 부인이 와서 소냐 헤리스와 솔직한 이야기를 나누었다. 그녀의 첫마디는 불길한 것이었다.

"사람들이 뭐라고 쑤군대는지, 너도 알아야 한다고 생각해."

소냐 헤리스가 거리에서 주워온 젊은 불한당, 아들이라고 해도 될 만큼 젊은 악당과 함께 살고 있다는 소문이 쫙 퍼졌다는 것이다.

"그들을 모두 당장 내보내야 해." 웨스턴 부인이 말했다. "그러지 않으면 런던에 사는 친구들은 모두 너한테 등을 돌릴 거야."

혼자 남게 되자 소냐 헤리스는 오랫동안 한 번도 하지 않은 일을 했다. 울음을 터뜨린 것이다. 내가 어떻게 된 거지? 그녀는 의지력과 결단력을 잃어버렸을 뿐만 아니라, 건강 상태도 몹시 안 좋았다. 다시 심장이 나빠졌고, 잠을 이룰 수가 없었다. 집 안도 온통 뒤죽박죽이었다. 모든 것이 먼지투성이였다. 로즈 같은 하녀를 어떻게 또 구할 수 있겠는가? 그녀는 끔찍한 악몽 속에서 살고 있었다. 잘생긴 그 젊은이는 그녀에게 어떤 권위를 갖고 있는 것 같았다. 그러나 그는 한 번도 그녀를 위협하지 않았다. 그가 한 짓은 미소를 짓는 것뿐이었다. 그녀가 조금이나마 그를 사랑한 것도 아니었다. 이런 일은 끝장을 내야 해. 안 그러면 나는 파멸하고 말 거야.

이틀 뒤, 차를 마시는 시간에 기다리던 기회가 왔다. 에드워즈 부부가 에이다를 문병하러 왔다. 에이다는 마침내 아래층으로 내려왔지만, 무척 쇠약해져 있었고 얼굴도 창백했다. 헨리 애버트도 그 자리에 있었고 아기도 있었다. 소냐 헤리스는 몸이 몹시 불편했지만 있는 힘을 다 내어 그들에게 말했다. 특히 코가 뾰족한 에드워즈 부인을 똑바로 바라보며 말했다.

"몰인정하게 굴고 싶진 않지만, 나 자신의 생활도 생각해야 한다는 사실을 이해해주기 바라요. 나는 아주 바쁜 사람이에요. 그리고 이건 모두 나한테 억지로 강요된 일이에요. 나는 잔인한 사람으로 보이고 싶지 않습니다. 당신들한테 조금이라도 도움이 될 수 있어서 기쁘지만, 애버트 부인도 이제는 집으로 돌아갈 수 있을 만큼 좋아진 것 같으니까 오늘 밤에는 모두 돌아가주시기 바랍니다."

에드워즈 부인은 소파에서 그녀를 쳐다보며 말했다.

"당신이 친절을 베푼 것은 확실합니다. 에이다도 인정할 거예요. 하지만 지금 에이다는 죽을지도 몰라요. 조금이라도 움직이면 에이다는 또 당신 발밑에 쓰러질 거예요."

"우리는 갈 곳이 없는걸요." 헨리 애버트가 말했다.

"하지만 에드워즈 부인이…." 소냐 헤리스는 분노가 끓어오르는 것을 느끼며 입을 열었다.

"우리 집에는 방이 두 개밖에 없는걸요." 에드워즈 부인이 조용히 말했다. "정말 죄송하지만, 지금은 남편이 밤새도록 기침을 해서…."

"하지만 이건 말도 안 돼요!" 소냐 헤리스는 소리를 질렀다. "이젠 진절머리가 나요. 나는 그동안 충분하고도 남을 만큼 베풀었고…."

"그럼 제 봉급은 어떻게 되는 거죠?" 헨리가 말했다. "그렇게 오랫동안 일한 대가 말입니다."

"봉급? 아니, 물론…." 소냐 헤리스는 말을 시작했지만, 곧 말문이 막혀버렸다. 그녀는 몇 가지를 깨달았다. 로즈가 그날 오후에 떠났기 때문에 그녀는 이제 이 집에 혼자라는 사실, 그리고 애버트 부부만이 아니라 에드워즈 부부도 이 집을 나가지 않을 작정이

은가면

라는 것을 깨달았다. 그녀는 자기 '물건들'-시커트의 그림, 위트릴로의 그림, 소파-이 불안으로 가득 차 있는 것을 깨달았다.

그녀는 입을 다문 채 꼼작도 하지 않는 그들이 죽도록 무서웠다. 그녀는 책상 쪽으로 다가갔다. 그 순간 심장이 뒤틀렸다. 누군가가 빨래를 짜듯 심장을 쥐어짜는 것 같았다. 끔찍한 통증이 그녀의 몸을 꿰뚫었다.

"제발…" 그녀는 헐떡거리며 말했다. "서랍 속에… 작은 초록색 병… 빨리! 제발, 제발!"

그녀가 마지막으로 기억하는 것은 그녀의 몸 위로 허리를 굽힌 헨리 애버트의 조용하고 잘생긴 얼굴이었다.

일주일 뒤에 웨스턴 부인이 찾아왔다. 에이다가 문을 열어주었다.

"소냐가 어떻게 지내는지 궁금해서 찾아왔어요. 요즘 통 만나지 못했거든요. 여러 번 전화를 걸었지만 아무도 받지 않더군요."

"여사님은 몹시 편찮으세요."

"정말 안됐군요. 만날 수 없을까요?"

"의사 선생님이 그러셨어요. 여사님은 당분간 아무도 만나지 않는 게 좋겠다고. 주소를 좀 알려주시겠어요? 건강을 회복하시는 대로 부인께 알려드리겠습니다."

에이다 애버트의 조용하고 정중한 말투가 웨스턴 부인을 안심시켰다. 웨스턴 부인은 떠났다. 그리고 이 일을 사방에 알렸다.

"소냐가 몹시 아프대. 그 사람들이 소냐를 돌봐주고 있는 모양이야. 소냐가 좀 나아지면 당장 가서 만나보자."

런던 생활은 바쁘게 돌아간다. 소냐 헤리스 가문의 친척들은 편지로 소냐의 안부를 물었다. 그리고 그녀가 나아지는 대로 알려드릴 테니 염려 말라고 안심시키는 정중한 답장을 받았다.

소냐 헤리스는 침대에 누워 있었지만, 자기 침실의 침대는 아니었다. 그녀는 얼마 전까지 하녀 로즈가 쓰던 작은 다락방에 누워 있었다. 처음에 그녀는 야릇한 무감각 상태에 빠져 있었다. 그녀는 아팠다. 그래서 자다 깨고 다시 잠드는 일을 되풀이했다. 대개는 에이다가, 때로는 에드워즈 부인이, 그리고 때로는 그녀가 모르는 어떤 여자가 그녀를 돌봐주었다. 그들은 모두 더할 나위 없이 친절했다. 그녀한테 의사가 필요했을까? 아니, 물론 의사는 필요 없다고 그들은 장담했다. 필요한 게 있으면 뭐든지 갖다 드릴 테니 말만 하라고 그들은 말했다.

이어서 그녀에게 다시 생기가 돌아오기 시작했다. 내가 왜 이 방에 있지? 내 친구들은 어디 있지? 그들이 나에게 갖다 주는 이 끔찍한 음식은 도대체 뭐지? 그 여자들은 도대체 여기서 뭘 하고 있는 거지?

소냐와 에이다 사이에 한바탕 소동이 벌어졌다. 그녀는 침대에서 나가려고 했다. 그런데 에이다가 그녀를 제지했다. 그녀의 몸에서는 기력이 모조리 빠져나간 것 같았기 때문에 그녀를 제지하는 건 어렵지 않았다. 그녀는 항변했고, 쇠약한 몸으로 미친 듯이 날뛰었고, 그러다가 울음을 터뜨렸다. 너무나도 비통한 울음이었다. 이튿날 혼자 있는 틈을 타서 그녀는 침대에서 빠져나왔다. 그런데 문이 잠겨 있었다. 그녀는 문을 쾅쾅 두드렸다. 그녀가 문을 두드리는 소리 말고는 아무 소리도 들리지 않았다.

그녀의 심장이 다시 질식할 것처럼 쿵쿵거리기 시작했다. 그녀는 다시 침대로 들어갔다. 그녀는 맥없이 울면서 침대에 누워 있었

은가면

다. 에이다가 빵과 수프와 물을 가져왔을 때 그녀는 문을 잠그지 말라고 요구한 다음, 일어나서 목욕을 하고 아래층의 자기 침실로 내려가겠다고 말했다.

"아직 충분히 낫지 않았어요." 에이다가 조용히 말했다.

"난 이제 다 나았어. 내가 나가면 너희들을 몽땅 감옥에 처넣을 거야."

"흥분하지 마세요. 심장에 좋지 않아요."

에드워즈 부인과 에이다가 그녀의 몸을 씻겨주었다. 그녀는 먹을 것도 충분히 먹지 못했다. 그래서 늘 배가 고팠다.

여름이 왔다. 웨스턴 부인은 에트르타(프랑스 노르망디 해안에 있는 휴양도시-옮긴이)로 피서를 떠났다. 다른 사람들도 모두 도시를 빠져나갔다.

하루는 헨리 애버트가 그녀를 찾아왔다.

"좀처럼 건강이 좋아지지 않아서 걱정입니다." 그는 미소를 지으며 말했다. "저희는 여사님을 위해 최선을 다하고 있답니다. 여사님이 그렇게 아팠을 때 저희가 곁에 있었던 게 얼마나 다행인지 몰라요. 그건 그렇고, 이 서류에 서명하시는 게 좋을 겁니다. 여사님 건강이 좋아질 때까지 누군가가 여사님의 일을 돌봐야 하니까요. 일주일이나 2주일만 지나면 아래층으로 내려오실 수 있을 겁니다."

소냐 헤리스는 겁먹은 눈을 크게 뜨고 그를 쳐다보면서 서류에 서명했다.

가을비가 거리를 세차게 때리기 시작했다. 거실에서는 축음기가 돌아가고 있었다. 에이다와 젊은 잭슨 씨, 매기 트렌트, 뚱뚱한 해리 베넷이 춤을 추고 있었다. 가구는 모두 벽 쪽으로 치워져 있었다. 에드워즈 씨는 맥주를 마셨고, 에드워즈 부인은 난로 앞에서 발가락을 불에 쬐고 있었다.

헨리 애버트가 거실로 들어왔다. 위트릴로의 그림을 팔아치우고 오는 길이었다. 사람들은 모두 환호성을 지르며 그를 맞이했다. 그는 벽에서 은가면을 떼어 들고 위층으로 올라갔다. 집 꼭대기까지 올라가자 다락방으로 들어가 등갓도 씌우지 않은 알전구를 켰다.

"누구세요… 무슨 일로…." 침대에서 공포에 질린 목소리가 새어 나왔다.

"걱정하지 마세요." 그가 달래듯이 말했다. "이제 곧 에이다가 차를 가져올 거예요."

그는 망치와 못을 가져와서, 소냐 헤리스가 볼 수 있는 맞은편 벽의 얼룩덜룩한 벽지 위에 못을 박고 은가면을 걸었다.

"여사님은 이걸 좋아하시잖아요. 이걸 보고 싶어 할 거라고 생각했지요."

그녀는 아무 대답도 하지 않았다. 그저 눈을 크게 뜨고 은가면을 응시할 뿐이었다.

"무언가 바라볼 게 필요해질 겁니다." 그가 말을 이었다. "여사님은 건강이 안 좋으세요. 아무래도 다시는 이 방을 떠날 수 없을 것 같습니다. 그러니까 여사님한테는 이게 좋을 거예요. 무언가 바라볼 게 있는 게…."

그는 밖으로 나가서 조용히 문을 닫았다.

두 개의 양념병

로드 던세이니

로드 던세이니(Lord Dunsany, 1878~1957)

본명은 에드워드 존 모튼 드랙스 플랜캣. 영국 런던에서 태어나 이튼 스쿨에서 배웠고, 1899년에 작위를 이어받았다. 보어전쟁과 제1차 세계대전에도 참전했고, 왕실 근위대장을 지내기도 했다. 단편과 수필, 희곡 등 80권에 달하는 많은 저서를 남겼으며, 특히 시적인 언어로 꿈과 환상의 세계를 그려내는 데 탁월한 재능을 보였다.
수록 작품의 원제목은 'Two Bottles of Relish'(1936)이다.

내 이름은 스미더스. 나는 평범한 소시민이고, 조그만 장사를 하고 있다. 장사라고 해봤자 '넘너모'-고기에 뿌리는 양념-를 팔러 돌아다니는 외판원 처지지만, '넘너모'는 세계적으로 유명한 양념이라고 말할 수 있다. 몸에 해로운 산성 물질은 조금도 들어 있지 않고 심장에도 영향을 주지 않는 정말 좋은 양념이다. 따라서 팔기가 아주 쉽다. 그렇지 않다면 나는 오래전에 이 직업을 때려치웠을 것이다. 하지만 언젠가는 팔기가 더 어려운 상품을 다루어보고 싶다. 팔기 어려운 물품일수록 그만큼 수지가 맞기 때문이다. 지금은 그럭저럭 살아가고 있지만 남는 건 별로 없다. 그래도 나는 비싼 아파트에서 살고 있다. 어쨌거나 그 사건은 이런 식으로 일어났고, 내가 지금 털어놓고 있는 이야기의 발단도 바로 그것이다. 나 같은 평범한 소시민의 입에서 이런 이야기를 듣게 되리라고는 아무도 기대하지 않을 것이다. 그러나 나 말고는 이 이야기를 할 사람이 없다. 그 일에 대해서 조금이라도 알고 있는 사람들 가운데 나 말고는 모두가 입을 다물고 있기 때문이다.

비록 외판업이지만 일자리를 처음 얻었을 때 나는 런던에서 방을 구하고 있었다. 나는 런던에서, 그것도 중심가에서 살아야 했다. 그래서 나는 우중충해 보이는 건물들이 서 있는 구역을 찾아가, 관리인을 만나서 방이 있느냐고 물었다. 내가 원하는 방은 벽장이 딸린 단칸방이었다. 관리인은 그때 어떤 사내에게 방들을 보여주고 있었다. 그 사내는 신사였다. 아니, 사실은 그 이상이었다. 관리인은 차림부터가 꾀죄죄해 보이는 나를 거들떠보지도 않았다. 그래서 나는 잠시 그를 졸졸 따라다니며 갖가지 종류의 방들을 구경하고, 관리인이 내 형편에 맞는 방을 보여줄 때까지 이제나저제나 기다렸다. 우리는 아주 멋진 아파트에 들어갔다. 그곳에는 거실과 침실, 화장실, 그리고 홀이라고 부르는 작은 공간이 있었다. 이것이 내가 린리 씨를 알게 된 경위였다. 바로 앞에서 한 신사가 관리인의 안내를 받으며 아파트를 구경하고 있었다고 했는데, 그 신사가 바로 린리 씨였다.

"좀 비싸군요." 린리 씨가 말했다.

그러자 관리인은 돌아서서 창가로 가더니 이를 쑤셨다. 그렇게 간단한 동작만으로도 얼마나 많은 것을 표현할 수 있는가를 알면 정말 재미있다. 관리인의 몸짓은 대충 이런 뜻이었다. 나는 이런 아파트를 수백 개나 관리하고 있다. 수많은 사람들이 그 방들을 보러 찾아온다. 누가 그 방을 차지하든, 그 방들이 모두 계속 비어 있든 말든 나는 상관하지 않는다. 관리인의 몸짓은 너무나 분명해서, 그 뜻을 잘못 해석할 수는 없었다. 그러나 그는 한마디 말도 없이 창밖을 내다보며 이를 쑤시고 있을 뿐이었다. 그래서 나는 용기를 내어 린리 씨에게 말을 걸었다.

"제가 집세의 절반을 낼 테니 우리 둘이서 이 집을 함께 쓰면 어떨까요? 저는 조금도 방해가 되지 않을 겁니다. 온종일 밖에 나가 있으니까요. 그리고 무엇이든 하라는 대로 하겠습니다. 저는 정말이지 고양이만큼도 방해가 되지 않을 겁니다."

내가 이렇게 불쑥 나선 데 대해 여러분은 놀랄지도 모른다. 그리고 린리 씨가 내 제의를 받아들인 데에는 훨씬 더 놀랄 것이다. 적어도 여러분이 나를 알고 있다면, 린리 씨가 외판이나 하는 나 같은 사람과 함께 살기로 결정한 것에 놀라움을 금치 못할 것이다. 하지만 나는 린리 씨가 창가에 서 있는 관리인보다 나를 더 좋아하게 되었다는 것을 당장에 알 수 있었다.

"하지만 침실이 하나밖에 없는걸요." 그가 말했다.

"저기 있는 작은 방에 잠자리를 마련할 수 있을 겁니다."

"그건 홀인데요." 창가에 서 있던 관리인이 고개를 돌리면서 말했다. 여전히 이쑤시개로 이를 쑤시면서.

"원하신다면 언제든지 침대를 벽장에 감추어두겠습니다."

내가 말을 잇자 린리 씨는 잠시 생각하는 표정을 지었고, 관리인은 런던 시내를 내려다보았다. 아까도 말했지만 결국 린리 씨는 내 제의를 받아들였다.

"친구신가요?" 관리인이 린리 씨에게 물었다.

"그렇소." 린리 씨가 대답했다. 린리 씨는 정말 친절한 사람이었다.

내가 왜 그랬는지 설명하겠다. 그 집세의 절반을 부담할 여유가 있었기 때문에? 물론 그렇지는 않다. 하지만 나는 린리 씨가 방금 옥스퍼드에서 왔는데 몇 달 동안 런던에 머물고 싶다고 관리인에게 말하는 것을 들었다. 린리 씨는 런던에 잠시 머물면서 상황을 검토하고 직업을 선택할 때까지 얼마 동안, 또는 그럴 여유가 있는 동안은 아무 일도 하지 않고 편안하게 지내고 싶을 뿐이라는 사실이 밝혀졌다. 나는 속으로 중얼거렸다. 장사, 특히 내가 하고 있는 그런 종류의 장사에서 옥스퍼드식 예의범절은 어떤 가치를 갖고 있을까? 그건 내가 지금 갖고 있는 모든 것보다 더 가치가 있을 거야. 내가 린리 씨라는 사람한테 옥스퍼드식 예절을 4분의 1만이라도 배울 수 있다면 매상을 두 배로 늘릴 수 있을 테고, 그러면 나는 곧 훨씬 더 팔기 어려운 물품의 판매를 위탁받을 테고, 그러면 아마 수입이 세 곱절은 늘어날 거야. 옥스퍼드식 예절은 그만한 가치가 있어. 그리고 내가 조심하기만 하면, 배운 것의 4분의 1만 가지고도 두 배나 많은 효과를 거둘 수 있어. 그러니까 내 말은, 밀턴을 읽었다는 것을 보여주기 위해 《실낙원》을 전부 인용할 필요는 없다는 뜻이다. 한 행의 절반만 인용할 줄 알면 그것으로 충분하다.

자, 그러면 이제 그 사건에 대해서 말해야겠다. 여러분은 나처럼 평범한 사람이 당신을 공포에 떨도록 만들 수 있으리라고는 생각지 않을 것이다.

나는 아파트에 자리를 잡자마자 옥스퍼드식 예절에 대해서는 까맣게 잊어버렸다. 그것은 린리 씨라는 인물 자체에 대한 순수한 경이로움 때문이었다. 린리 씨는 곡예사나 새의 날개처럼 유연한 정신을 갖고 있었다. 그 정신은 교육을 필요로 하지 않았다.

린리 씨가 교육받은 사람인지 아닌지는 아무도 알아차리지 못했다. 그에게서는 아무도 생각조차 해보지 못한 기발한 착상이 끊임없이 튀어나왔다. 그뿐만 아니라, 어떤 생각이 주위에 있으면 린리 씨는 당장에 그 생각을 포착하곤 했다. 내가 말을 꺼내기도 전에 린리 씨가 내 생각을 알아차린 적이 한두 번이 아니었다. 그것은 독심술이 아니라 직관이었다.

장사를 끝내고 돌아온 저녁때면 나는 체스 공부에 매달렸다.

집에서는 '넘너모' 생각을 떨쳐버리고 싶었기 때문이다. 그러나 나는 어떤 체스 문제도 풀 수가 없었다. 그러면 린리 씨가 다가와서 내가 끙끙대고 있는 문제를 힐끔 들여다보고는 이렇게 말하곤 했다. "우선 저 말을 움직여보게." 그러면 나는 이렇게 말한다. "하지만 어디로요?" 그러면 그가 말한다. "저 세 칸 가운데 하나로." 그러면 나는 말한다. "하지만 그렇게 하면 집중공격을 받을 텐데요." 게다가 그 말은 항상 '퀸'이다. 그러면 그가 말한다. "그래. 하지만 그 말은 거기에 있으면 아무 쓸모가 없어. 자네는 그 말을 빼앗길 각오를 해야 돼."

그의 말이 옳았다. 그는 다른 사람이 생각하고 있는 것을 철저히 추적하고 있었다. 그것이 그가 하는 일이었다.

어느 날 운게라는 작은 마을에서 그 끔찍하고 무시무시한 살인사건이 일어났다. 여러분도 기억하고 있는지 모르겠지만, 스티거라는 사내가 노스다운스(잉글랜드 남동부에 동서로 뻗어 있는 야트막한 초원지대-옮긴이)에 있는 방갈로에서 살기 위해 여자 하나를 데려왔고, 우리가 스티거에 대해 들은 것은 그때가 처음이었다.

여자는 200파운드를 갖고 있었는데, 스티거가 그 돈을 몽땅 차지했고 여자는 흔적도 없이 사라져버렸다. 그리고 런던 경찰청은 그녀를 발견하지 못했다.

나는 스티거가 '넘너모' 두 병을 샀다는 기사를 우연히 읽었다. 아더소프 경찰서는 스티거가 여자를 어떻게 처리했는지만 빼고는 그에 대해서는 모든 것을 알아냈기 때문이다. 그리고 그 기사는 당연히 내 관심을 끌었다. 그렇지 않았다면 그 사건에 대해서 생각조차 해보지 않았을 테고, 린리 씨한테 말하지도 않았을 것이다. 나는 '넘너모'를 이 사람 저 사람한테 권하면서 하루하루를 보냈기 때문에, '넘너모'는 항상 내 마음에 걸려 있었다. 그 때문에 스티거가 '넘너모' 두 병을 샀다는 것도 잊어버릴 수가 없었다. 그래서 어느 날 나는 린리 씨에게 말했다.

"저는 선생님이 체스 문제를 알아차리는 비결이 뭔지, 항상 불가사의하게 생각하고 있답니다. 그리고 이런저런 일을 생각해보면, 선생님이 그 아더소프의 수수께끼에 대해 무관심한 게 이상하군요. 그것도 체스만큼이나 흥미로운 문제인데…."

"살인사건 열 개보다 한 번의 체스 게임에 들어 있는 수수께끼가 더 많다네." 린리 씨가 대답했다.

"그 사건은 런던 경찰청까지도 완전히 어리둥절하게 만들었는걸요."

"그래?"

"경찰은 두 손을 든 모양입니다."

"그래서는 안 되는데…." 린리 씨가 말했다. 그러고는 당장 이렇게 물었다. "어떤 사건이지?"

우리는 같은 식탁에 앉아 저녁을 먹고 있었다. 나는 신문에서 읽은 사실을 그대로 전해주었다. 실종된 여자는 아담한 몸집에 아름다운 금발을 갖고 있었다. 이름은 낸시 엘스이고, 200파운드를 갖고 있었다. 두 사람은 닷새 동안 방갈로에서 살았다. 그 후 스티거는 다시 두 주 동안 그곳에 머물렀지만, 여자가 살아 있는 모습은 아무도 두 번 다시 보지 못했다. 스티거는 여자가 남아메리카로 갔다고 말했지만, 나중에는 남아메리카란 말은 입밖에 낸 적도 없고 남아프리카라고 말했다고 주장했다. 여자의 돈은 여자가 예금했던 은행에 한 푼도 남아 있지 않았다. 그리고 스티거가 바로 그 무렵에 적어도 150파운드를 손에 넣은 것이 판명되었다. 이어서 스티거가 채식주의자라는 사실이 밝혀졌다. 그는 채소가게에서만 식료품을 샀기 때문이다. 그리고 이런 유별난 버릇 때문에 운게 마을의 순경이 그를 의심하게 되었다. 그 순경은 채식주의자를 한 번도 본 적이 없었기 때문이다. 순경은 그 후 스티거를 감시했고, 그것은 썩 잘한 일이었다. 경찰청이 스티거에 대해 물었을 때 순경이 대답하지 못한 것은 하나도 없었다. 물론 한 가지 문제만은 순경도 대답하지 못했지만, 그는 10킬로미터쯤 떨어진 아더소프 경찰에 이야기했고, 아더소프 경찰도 운게 마을에 와서 수사에 착수했다. 그들은 여자가 사라진 뒤 스티거가 방갈로와 깔끔하게 가꾸어진 정원 밖으로 한 번도 나오지 않았다고 장담할 수 있었다. 스티거를 감시할수록 경찰은 점점 더 그를 의심하게 되었다. 한 사람을 줄곧 지켜보고 있으면 당연히 그렇게 되는 법이다. 경찰은 스티거의 일거수일투족을 감시하고 있었지만, 그가 만약 채식주의자가 아니었다면 경찰은 애당초 그를 의심하지도 않았을 테고, 린리 씨도 충분한 증거를 얻지 못했을 것이다.

그렇다고 해서 경찰이 스티거에게 불리한 사실을 많이 발견했다는 뜻은 아니다. 그에게 불리한 점은 출처를 알 수 없는 150파운드의 돈이 굴러들어왔다는 것뿐이지만, 그것도 아더소프 경찰이 아니라 런던 경찰청이 알아낸 사실이었다. 운게 마을의 순경이 알아낸 사실은 낙엽송에 관한 것이었고, 그 사실은 경찰청을 온통 어리둥절하게 만들었다. 린리 씨도 마지막 순간까지 갈피를 잡지 못했고, 나도 마찬가지였다. 정원에는 낙엽송 열 그루가 있었는데, 스티거는 방갈로를 빌리기 전에 집주인과 모종의 협약을 맺었다. 이 협약에 따라 스티거는 낙엽송들을 마음대로 처분할 수 있게 되었다. 그런데 몸집이 작은 낸시 엘스가 모습을 감추었을 무렵부터 스티거는 그 낙엽송들을 모조리 베어버렸다. 그는 일주일 동안 하루에 세 번씩 낙엽송이 심어진 곳으로 갔고, 낙엽송을 모두 베어낸 다음에는 두 자 길이의 장작으로 잘라서 가지런히 쌓아놓았다. 대단한 일솜씨였다. 그런데 무엇 때문일까? 도끼에 대한 변명거리를 만들기 위해서라고 주장하는 사람도 있었다. 그러나 도끼에 대한 구실치고는 너무 어마어마했다. 그는 두 주 동안 날마다 힘든 노동을 했던 것이다. 그리고 그는 도끼가 없어도 낸시 엘스처럼 자그마한 여자쯤은 얼마든지 죽일 수 있었을 테고, 토막낼 수도 있었을 것이다. 또 다른 가설은 스티거가 시체를 처리하기 위해 장작을 필요로 했다는 것이었다. 그러나 그는 한 번도 장작을 사용하지 않았다. 장작은 모두 가지런히 쌓인 채 그곳에 놓여 있었다. 이것은 모든 사람을 완전히 어리둥절하게 만들었다.

 이것이 내가 린리 씨에게 들려준 내용이었다. 아 참, 스티거는 정육점에서 쓰는 커다란 칼을 한 자루 샀다. 우스운 일이지만, 사람들은 모두 그런 칼을 산다. 하지만 이것은 결코 우스운 일이 아니다. 한 여자를 토막내야 한다면 시체를 잘라야 하고, 칼이 없이는 시체를 자를 수 없다. 그러나 몇 가지 부정적인 사실도 있었다. 스티거는 여자를 불태우지 않았다. 이따금 작은 화덕에 불을 피웠을 뿐이고, 요리할 때에만 그 화덕을 사용했다. 경찰은 매우 민첩하게 그것을 알아냈다. 운게 마을의 순경도 그랬고, 아더소프에서 와서 그를 도와주고 있는 경찰들도 마찬가지였다.

　방갈로 주위에는 작은 숲이 있었다. 그 지방에서는 그것을 덤불이라고 불렀다. 경찰은 알맞은 나무에 올라가서 아무한테도 들키지 않고 거의 모든 방향에서 날아오는 연기를 냄새 맡을 수 있었다. 그들은 이따금 그렇게 해봤지만, 살이 타는 냄새는 전혀 없었고, 음식을 요리하는 평범한 냄새밖에 나지 않았다. 아더소프 경찰들은 무척 기민했지만, 물론 그것은 스티거를 교수형에 처하는 데에는 아무 도움도 되지 않았다. 그리고 나중에 런던 경찰청 형사들이 내려와서 또 다른 사실을 알아냈다. 이것도 수사에는 부정적인 사실이지만, 그동안 내내 상황을 제한하고 있던 사실이었다. 그것은 바로 방갈로와 정원에 뿌려둔 횟가루가 전혀 흐트러지지 않았다는 것이었다. 스티거는 낸시가 사라진 뒤 한 번도 방갈로 밖으로 나오지 않았다. 그리고 스티거는 칼 외에 쇠붙이를 깎는 커다란 줄도 갖고 있었다. 그러나 이 줄로 뼈를 갈아버린 흔적은 전혀 발견되지 않았다. 또 칼에는 핏자국이 남아 있지 않았다. 하기야 칼로 시체를 잘랐다면 피를 씻어버렸을 테지만, 나는 이 모든 것을 런리 씨에게 이야기했다.

　이야기를 더 진행하기 전에 여러분에게 미리 경고해두겠는데, 나는 평범한 사람이고, 여러분은 아마 나한테 끔찍한 이야기를 기대하지는 않을 것이다. 그러나 스티거는 살인자였다는 것, 아니 스티거가 아니라도 누군가가 낸시를 죽인 것만은 분명하다는 사실은 미리 말해두어야겠다. 예쁘고 상냥한 그 여자는 살해당했고, 살인자는 설마 그런 짓까지 하랴 싶은 짓도 서슴지 않았다. 그런 짓을 하는 마음을 가진 사람, 그리고 교수형 밧줄의 그림자에 질질 끌려가는 사람은 무슨 짓을 할지 아무도 모른다. 살인 이야기는 때로는 숙녀가 난롯가에 혼자 앉아서 읽기에 좋은 것처럼 보인다. 그러나 살인은 결코 유쾌한 일이 아니고, 살인자가 증거를 감추려고 필사적으로 애쓸 때는 전보다 훨씬 불쾌한 일들이 벌어진다. 이런 점을 염두에 두기 바란다. 경고했으니까, 이제 이야기를 진행하겠다.

그래서 나는 린리 씨에게 말했다.

"이 문제를 어떻게 생각하세요?"

"하수구는?" 린리 씨가 물었다.

"아뇨. 그 짐작은 틀렸습니다. 그건 런던 경찰청 사람들이 철저히 조사했어요. 아더소프 경찰에서도 미리 조사했고요. 그들은 좁은 하수구를 들여다보았지요. 하수구는 정원 너머에 있는 오물통으로 연결되어 있는데, 아무것도 하수구로 내려오지 않았답니다. 내려와서는 안 될 것은 아무것도 내려오지 않았다는 뜻입니다."

린리 씨는 그 후에도 한두 가지 문제점을 지적했지만, 그것은 모두 경찰청이 린리 씨보다 먼저 생각하고 조사해본 것들이었다. 이런 표현을 용서해준다면, 그것이야말로 내 이야기의 결점이다. 여러분은 돋보기를 들고 현장으로 달려가는 탐정을 원할 것이다. 만사 제쳐놓고 현장으로 달려가서 발자국을 살펴보고, 단서를 모으고, 경찰이 미처 보지 못한 칼을 찾아내는 탐정 말이다.

그러나 린리 씨는 현장은커녕 그 근처에도 가지 않았고, 나는 본 적이 없지만 아마 돋보기도 갖고 있지 않을 것이다. 그리고 그는 언제나 경찰보다 한 걸음 뒤졌다.

사실 런던 경찰청은 생각보다 훨씬 많은 단서를 갖고 있었다. 그들은 스티거가 그 가엾은 여자를 죽였다는 것을 보여주는 온갖 단서를 갖고 있었다. 스티거가 아직 시체를 처분하지 않았다는 것을 보여주는 온갖 단서도 갖고 있었다. 그러나 시체는 그곳에 없었다. 시체는 남아메리카에도 없었고, 하물며 남아프리카에는 더더욱 있을 것 같지 않았다. 그리고 그동안 내내 정원 한 모퉁이에 거대한 무더기로 쌓여 있는 낙엽송 장작은 모든 사람을 정면으로 노려보는 단서였지만, 아무 쓸모가 없는 단서이기도 했다.

그 밖에도 많은 단서가 있었지만, 그 어느 것도 우리한테 필요하지 않을 것 같았고, 린리 씨는 현장 근처에도 가지 않았다. 문제는 단서를 어떻게 다루느냐 하는 것이었다. 나는 갈피를 잡지 못했다. 경찰도 마찬가지였다. 린리 씨의 추리도 진척을 보이고 있는 것 같지 않았다. 그동안 내내 그 수수께끼는 나를 단단히 사로잡고 있었다. 내가 우연히 어떤 사소한 일을 기억해내지 않았다면, 그리고 내가 린리 씨에게 우연히 한마디 하지 않았다면, 그 수수께끼는 사람들이 이해하지 못한 다른 모든 수수께끼와 마찬가지로 역사의 어둠 속으로 사라져버렸을 것이다.

사실 린리 씨는 처음에는 그 사건에 별로 관심을 기울이지 않았다. 그러나 나는 린리 씨야말로 그 수수께끼를 풀 수 있는 사람이라고 확신했기 때문에 계속해서 린리 씨에게 그 생각을 불어넣었다.

"선생님이라면 얼마든지 체스 문제를 풀 수 있어요."

"체스 문제는 살인사건보다 열 배나 더 어렵지."

"그런데 왜 이 문제를 모른 체하는 겁니까?"

"그렇다면 나 대신 가서 무대를 보고 오게."

이것이 린리 씨의 말투였다. 우리는 두 주 동안 함께 살았기 때문에, 이제는 나도 그의 독특한 말투를 알고 있었다. 그의 말은 그러니까 나더러 운게 마을에 있는 그 방갈로에 다녀오라는 뜻이었다. 여러분은 반문할지도 모르겠다. 린리 씨가 직접 가면 될 텐데, 왜 그러지 않느냐고. 하지만 이건 린리 씨를 몰라서 하는 소리다. 시골에 가서 이리저리 돌아다니고 있었다면 그는 아무 생각도 하지 못했겠지만, 아파트의 난롯가에 앉아 있으면 그가 답파할 수 있는 영역에는 한계가 없었다. 여러분이 내 말뜻을 이해할지는 모르겠지만, 이것은 명백한 사실이다. 그래서 나는 이튿날 열차를 타고 운게 역에서 내렸다. 노스다운스가 눈앞에 음악처럼 솟아 있었다.

"저 위지요?" 나는 짐꾼에게 물었다.

"맞습니다." 짐꾼이 대답했다. "저 위의 좁은 길가에 있답니다. 늙은 주목에 이르면 오른쪽으로 구부러지세요. 아주 큰 나무니까 못 보고 지나칠 염려는 없습니다. 그런 다음…."

짐꾼은 내가 길을 잃지 않도록 그곳으로 가는 길을 자세히 가르쳐주었다. 나는 그가 가르쳐준 표지물을 모두 찾아냈다. 짐꾼은 무척 친절했고 큰 도움이 되었다. 그때는 운게의 전성기였다. 마침내 운게의 시절이 온 것이다. 이제 운게를 모르는 사람은 아무도 없었다. 우체국이 있는 읍 이름을 적지 않아도 운게라고만 쓰면 언제든 그곳에서 편지를 받아볼 수 있을 것이다. 그리고 운게가 증명해야 하는 것은 바로 이것이었다. 여러분이 지금 운게를 찾으려고 한다면… 쇠뿔도 단김에 빼라는 말이 있지 않은가.

언덕은 햇빛 속으로 노래처럼 솟아 있었다. 여러분은 봄에 대해서, 흐드러지게 핀 산사나무 꽃에 대해서, 오후에 삼라만상에 내리 덮이는 오묘한 색깔에 대해서, 그리고 그 아름다운 새들에 대해서는 듣고 싶지 않을 것이다. 그러나 나는 생각했다. '여자를 데리고 오기에는 정말 멋진 곳이로군.' 나는 누차 말했듯이 평범한 사람에 불과하지만, 스티거가 이곳에서 여자를 죽였다고 생각했을 때, 그리고 아름다운 새들이 지저귀고 있는 그 언덕 위에서 그 여자를 생각했을 때, 나는 혼자 중얼거렸다. '스티거가 여자를 죽였다면, 그 스티거를 교수대로 보낸 사람이 결국 나라는 사실이 밝혀지면 기묘하지 않을까?' 그래서 나는 곧 방갈로로 다가가 울타리 너머로 정원을 들여다보며 동정을 살피기 시작했다. 그러나 별로 대단한 것은 찾아내지 못했다. 경찰이 미처 발견하지 못한 것은 아무것도 찾아내지 못했지만, 나를 정면으로 노려보고 있는 낙엽송 장작더미는 무척이나 기이해 보였다.

나는 울타리에 기댄 채 산사나무 꽃의 향기를 들이마시고, 울타리 너머로 낙엽송 장작더미를 바라보고, 정원 반대편에 있는 작고 산뜻한 방갈로를 바라보면서 많은 것을 생각했다. 나는 가장 좋은 생각에 도달할 때까지 수많은 가설을 검토했다. 생각하는 일은 옥스퍼드에서 교육받은 린리 씨한테 맡기고, 나는 그저 그가 부탁한 대로 이곳에서 보고 들은 사실만 그에게 전달하면 된다. 그것이 오히려 내가 뛰어난 생각을 하려고 애쓰는 것보다 나름대로 훨씬 도움이 될 것이다.

깜박 잊고 말하지 않았는데, 나는 그날 아침에 런던 경찰청에 갔었다. 사실 할 말은 별로 많지 않았다. 경찰청 사람들은 나더러 무얼 원하느냐고 물었다. 준비된 대답이 별로 없었기 때문에 나는 그들한테 많은 것을 알아내진 못했다.

그러나 운게에서는 달랐다. 만나는 사람마다 모두 친절하게 대해주었다. 아까도 말했듯이 그때는 운게의 전성기였다. 운게 주재 순경은 아무것도 만지지 않는다는 조건으로 나를 안으로 들여보내주었고, 나는 집 안에서 정원을 바라볼 수 있었다. 나는 열 그루의 낙엽송을 베어낸 그루터기를 보았고, 한 가지 사실을 알아차렸다. 나중에 그 이야기를 하자 린리 씨는 내 관찰력이 보통이 아니라고 말했다. 내가 알아낸 사실이 쓸모가 있었던 건 아니지만, 어쨌든 나는 최선을 다하고 있었다. 그루터기들이 모두 도끼로 잘린 것을 알아차렸고, 그래서 나는 나무를 벤 사람이 도끼질에 서툴다는 결론을 내렸다. 순경도 그런 것 같다고 말했다. 이어서 나는 스티거가 도끼를 사용했을 때 도끼날이 무뎠을 거라고 말했다. 순경은 내 말을 곰곰 생각하는 눈치였지만, 이번에는 내 말이 맞다고 말하지 않았다.

낸시가 사라진 뒤 스티거가 나무를 자르러 좁은 정원에 나갈 때 말고는 한 번도 밖에 나가지 않았다고 내가 말했던가? 아마 말했을 것이다. 그건 사실이었다. 경찰들은 밤낮으로 교대하며 스티거를 감시했고, 운게 주재 순경이 직접 나에게 말해주었다. 그것은 상황을 크게 제한했다. 나는 평범한 경찰관 대신 린리 씨가 그 모든 사실을 발견했어야 하고, 린리 씨도 충분히 발견할 수 있었을 거라고 생각했다. 내 마음에 들지 않는 것은 오직 그것뿐이었다. 이 이야기가 그런 식으로 되면 무척 낭만적이었을 것이다. 그리고 스티거가 채식주의자이고 채소가게에서만 식료품을 산다는 소문이 돌지 않았다면 경찰은 아무것도 발견하지 못했을 것이다. 정육점 주인이 홧김에 그런 소문을 퍼뜨렸을 것 같지는 않았다. 그처럼 사소한 일들이 한 사람의 발목을 잡아 넘어뜨릴 수 있다는 것은 정말 기묘한 일이다. 항상 정직하게 사는 것이 최선이라는 게 내 좌우명이다. 하지만 이야기가 좀 빗나간 것 같다. 나로서는 영원히 빗나가고 싶다. 그런 사건이 있었다는 사실조차도 까맣게 잊어버리고 싶다. 그러나 아무리 애를 써도 잊을 수가 없다.

어쨌든 나는 온갖 종류의 정보를 모았다. 이런 이야기에서는 그것을 정보가 아니라 단서라고 부르겠지만, 어떤 단서도 쓸모가 없어 보였다. 예를 들면 나는 스티거가 마을에서 산 모든 물건을 알아냈다. 심지어는 스티거가 어떤 종류의 소금을 샀는지도 말할 수 있다. 그가 구입한 소금은 인산염이 들어 있지 않은 아주 순수한 소금인데, 인산염은 소금을 하얗게 만들기 위해 이따금 넣는 첨가물이다. 그리고 그는 생선장수한테 얼음을 샀고, 앞에서도 말했듯이 채소장수한테서는 채소를 듬뿍 샀다. 채소가게 이름은 머진 상회였다. 그리고 나는 이 모든 일에 대해서 순경과 잠시 이야기를 나누었다. 순경의 이름은 슬러거라고 했다. 왜 여자가 실종되자마자 방갈로에 와서 수색하지 않았는지, 나는 그 이유가 궁금했다.

"그렇게 할 수는 없지요." 슬러거가 말했다. "게다가 우리가 당장 의심을 품은 건 아니었습니다. 여자에 대해서 말입니다. 우리는 그저 스티거가 채식주의자이기 때문에 그 사람한테 무언가 문제가 있다고 생각했을 뿐이지요. 스티거는 여자가 마지막으로 목격된 뒤에도 꼬박 두 주 동안 이곳에 머물렀습니다. 스티거가 떠난 뒤에 우리는 재빨리 이곳에 들어와봤지요. 하지만 아무도 여자에 대해서는 묻지 않았습니다. 영장도 발부되지 않았고요."

"그래서 여기 들어왔을 때 무얼 발견하셨습니까?" 내가 다시 물었다.

"커다란 줄을 발견했을 뿐입니다. 그리고 칼과 도끼를 발견했지요. 그건 스티거가 여자를 토막내기 위해 산 게 분명합니다."

"하지만 그 사람은 나무를 자르려고 샀다고 하지 않았나요?"

"예, 그렇긴 합니다." 슬러거는 마지못해 동의했다.

"그런데 무엇하러 나무를 잘랐을까요?"

"물론 내 상관들은 거기에 대해 몇 가지 가설을 갖고 있습니다. 함부로 발표할 수는 없는 가설이지만."

그들이 골치를 썩이고 있었던 것은 그 장작더미였다.

"하지만 스티거가 여자를 토막내긴 했나요?"

"글쎄요. 스티거는 여자가 남아메리카에 갔을 거라고 했어요."

그 밖에 또 무슨 말을 했는지, 지금은 잘 기억나지 않지만, 슬러거의 말로는 스티거가 쟁반과 접시를 말끔히 정돈해놓고 떠났다는 것이다.

나는 해가 진 직후에 열차를 타고 런던으로 돌아가, 이 모든 정보를 린리 씨에게 전했다. 그 음산한 방갈로 위에 그토록 차분히 내리덮이던 늦봄의 저녁에 대해 여러분에게 말하고 싶다. 저녁은 마치 그 방갈로를 축복이라도 하는 것처럼 찬란하고 아름답게 방갈로를 둘러쌌다. 그러나 여러분은 살인사건에 대해 듣고 싶을 것이다. 나는 린리 씨에게 내가 보고 들은 것들을 모두 털어놓았지만, 대부분은 언급할 가치도 없어 보였다. 문제는 내가 무언가를 빠뜨리고 넘어가면 린리 씨가 당장에 알아차리고 나를 다시 뒤로 끌어당기곤 했다는 것이다.

"무엇이 중요한지는 아무도 모르네." 린리 씨가 말했다. "하녀가 쓸어내버린 압정 하나가 한 사람을 교수대로 보낼 수도 있지."

그건 다 좋다. 그러나 아무리 이튼과 해로(영국의 명문 학교-옮긴이)에서 배웠다 해도 사람은 매사에 일관성을 가져야 한다. 어떤 게 중요한지는 아무도 모른다면서, 왜 린리 씨는 내가 '넘너모' 이야기를 꺼낼 때마다 그런 것은 사소한 문제니까 중요한 것만 이야기하라고 말했을까. 결국 '넘너모' 양념은 이 모든 이야기의 발단이 아닌가. 내가 아니었다면, 그리고 스티거가 '넘너모' 두 병을 산 것에 내가 주목하지 않았다면, 린리 씨는 그 살인사건 이야기를 듣지도 못했을 것이기 때문이다. 그날 하루만 해도 나는 운게에서 '넘너모'를 거의 50병이나 팔았기 때문에 '넘너모' 이야기가 이따금 나오는 것은 당연했다. 살인사건은 확실히 사람들의 마음을 자극한다. 그리고 스티거가 '넘너모'를 두 병 샀다는 사실은 나에게 기회를 주었다. 그 기회를 이용하지 못하는 사람은 바보뿐이다. 하지만 물론 그런 것은 린리 씨한테는 아무것도 아니었다.

사람의 생각을 눈으로 볼 수는 없고, 남의 마음을 들여다볼 수도 없다. 따라서 세상에서 가장 흥미로운 일에 대해서는 아무도 결코 명확하게 말할 수 없다. 그러나 그날 저녁, 식사를 하기 전과 식사 도중, 그리고 식사가 끝난 뒤에 난롯가에 앉아 담배를 피우면서 내가 운게에서 알아낸 사실들을 이야기하는 동안, 린리 씨의 생각은 결코 뛰어넘을 수 없는 장벽에 부딪혀 있는 듯했다. 그리고 그 장벽은 스티거가 시체를 처리한 방법과 수단을 알아내기가 어렵다는 것이 아니라, 스티거가 두 주 동안 날마다 그 많은 나무를 베어낸 이유, 그리고 나무를 베어도 좋다는 허락을 받기 위해 집주인에게 25파운드나 지불한 이유-이 정보를 얻은 것은 바로 그날 운게에서였다-를 찾을 수 없다는 점이었다. 바로 이 문제 때문에 린리 씨는 혼란을 겪고 있었다.

스티거가 시체를 감춘 방법을 나는 아무리 생각해도 알 수가 없었다. 내 생각에는 경찰이 모든 방법을 봉쇄하고 있었다. 여러분은 스티거가 시체를 땅에 파묻었을 거라고 말할지도 모른다. 그러나 경찰은 정원에 뿌려둔 횟가루가 전혀 흐트러져 있지 않았다고 말했다. 시체를 밖으로 옮겼을 거라고 말할지도 모르지만, 경찰은 스티거가 한 번도 방갈로를 떠나지 않았다고 말했다. 시체를 태웠을 거라고 말할지도 모르지만, 경찰은 연기가 낮게 깔릴 때도 시체를 태우는 냄새를 맡지 못했고 연기가 낮게 깔리지 않을 때는 나무에 올라가 냄새를 맡아보았지만 이상한 냄새는 전혀 나지 않았다고 말했다.

나는 린리 씨를 무척 좋아하게 되었고, 구태여 교육을 받지 않아도 그런 사람의 마음속에는 무언가 굉장한 것이 있다는 것을 알 수 있다. 나는 린리 씨가 수수께끼를 풀 수 있으리라고 굳게 믿었다. 경찰이 그런 식으로 린리 씨를 앞지르고 있는 것을 알았을 때, 그리고 그가 경찰을 앞지를 수 있는 방법이 전혀 보이지 않았을 때, 나는 정말 유감스럽기 짝이 없었다.

그 집에 찾아온 사람은 없었느냐고 린리 씨는 한두 번 물었다. 누군가가 그 집에서 무언가를 가지고 나가지는 않았는가? 하지만 이런 식으로 문제를 설명할 수는 없었다. 그 후 나는 아무 쓸모도 없는 몇 가지 의견을 말했고, 다시 '넘너모'에 대해 이야기하기 시작했지만, 린리 씨는 약간 날카롭게 내 말을 가로막았다.

"하지만 자네라면 어떻게 하겠나? 자네가 스티거 같은 입장이라면?"

"제가 그 가엾은 낸시 엘스를 죽였다면 어떻게 하겠느냐는 겁니까?"

"그렇다네."

"그런 짓은 상상도 할 수 없습니다."

그러자 그는 내가 불리한 말이라도 한 것처럼 한숨을 쉬었다.

"저는 절대로 탐정이 되진 못할 거예요." 내가 말했다. 린리 씨는 그저 고개만 저었다.

그 후 린리 씨는 깊은 생각에 잠긴 채 오랫동안 난롯불만 뚫어지게 바라보고 있었다. 한 시간쯤 지났을 때, 이윽고 그는 다시 고개를 저었다. 그 후 우리는 잠자리에 들었다.

그다음 날을 나는 평생 잊지 못할 것이다. 나는 여느 때처럼 저녁때까지 '넘너모'를 팔러 다녔다. 그리고 9시쯤 린리 씨와 함께 저녁 식탁에 앉았다. 아파트에서는 요리를 할 수 없기 때문에 음식은 당연히 차가웠다. 린리 씨는 샐러드부터 먹기 시작했다. 그 광경이 지금도 눈앞에 생생하게 떠오른다. 나는 아직도 운게 마을에서 '넘너모'를 50병이나 판 일로 머리가 가득 차 있었다. 거기서 '넘너모'를 팔지 못하면 바보라는 것은 나도 안다. 하지만 그래도 역시 내 실적은 놀라운 것이었다. 상황이야 어쨌든, 그렇게 작은 마을에서 '넘너모'를 50병 – 정확히 말하면 48병 – 이나 팔았던 것이다. 그래서 나는 저녁을 먹다가 또 그 이야기를 꺼냈다. 그러나 '넘너모'가 린리 씨한테는 아무것도 아니라는 것을 깨닫고 얼른 입을 다물었다.

린리 씨는 정말 친절했다. 린리 씨가 어떻게 했는지 아는가? 그는 내가 갑자기 말을 멈춘 이유를 알아차린 게 분명했다. 그는 한 손을 내밀면서 이렇게 말했다.

"샐러드에 치고 싶은데, 자네의 '넘너모'를 좀 주겠나?"

나는 너무나 감동해서 하마터면 '넘너모'를 그에게 줄 뻔했다. 하지만 샐러드에는 '넘너모'를 치지 않는다. '넘너모'는 고기와 세이버리(식전·식후의 짭짤한 맛이 나는 요리-옮긴이)에만 쳐서 먹는 양념이기 때문이다. 그것은 병에도 적혀 있다.

그래서 나는 린리 씨에게 이렇게 말했다.

"'넘너모'는 고기와 세이버리에만 치는 양념인데요."

그러나 나는 세이버리가 뭔지 모른다. 먹어본 적도 없다.

사람의 얼굴이 그렇게 변하는 것은 난생처음 보았다.

린리 씨는 꼬박 1분 동안 꼼짝도 하지 않았다. 그 표정 말고는 그의 심리상태를 알려주는 것은 전혀 없었다. 여러분이 그 얼굴을 보았다면 유령을 본 사람 같다고 말했을 것이다. 하지만 실제로는 전혀 그렇지 않았다. 린리 씨가 어떻게 보였는지 말하겠다. 린리 씨는 아무도 일찍이 본 적이 없는 것을 본 사람, 그가 생각하기에 도저히 이 세상에 존재할 수 없는 것을 본 사람 같았다.

이윽고 그는 완전히 달라진 목소리로 입을 열었다. 그의 목소리는 아까보다 더 낮고 부드럽고 조용해진 것 같았다.

"채소에는 어울리지 않나?"

"전혀 어울리지 않습니다."

그러자 그는 목구멍에서 흐느끼는 듯한 소리를 냈다. 그가 그런 감정을 느낄 수 있으리라고는 미처 생각지 못했다. 물론 나는 린리 씨가 무엇 때문에 그러는지 전혀 알지 못했다. 린리 씨처럼 훌륭한 교육을 받은 사람은 학교에서 이미 그런 종류의 감정을 모두 극복했으리라는 게 내 평소의 생각이었다. 린리 씨의 눈에는 비록 눈물이 보이지 않았지만, 그는 끔찍한 기분을 느끼고 있는 게 분명했다.

이윽고 그가 띄엄띄엄 말하기 시작했다.

"실수로 채소에 '넘너모'를 칠 수도 있겠지?"

"한 번은 몰라도 두 번 다시 그러지는 않을 겁니다." 내가 말했다. 내가 또 무슨 말을 할 수 있겠는가?

그러자 린리 씨는 내가 세상의 종말에 대해 말하기라도 한 것처럼 내 말을 여러 번 되뇌었다. 그런데 말에 점점 더 힘을 주었기 때문에, 마지막에는 그 말이 무언가 무시무시한 의미를 지닌 것처럼 끈적거리고 차갑게 느껴졌다. 그는 말하면서 계속 고개를 젓고 있었다.

그러다가 완전히 입을 다물었다.

"왜 그러세요?" 내가 물었다.

"스미더스." 린리 씨가 나를 불렀다.

"예." 내가 대답했다.

"스미더스." 린리 씨가 나를 다시 불렀다.

"뭔데요?"

"이보게 스미더스, 당장 운게에 있는 채소가게에 전화해서 알아보게."

"무엇을요?"

"스티거가 그 '넘너모' 두 병을 같은 날에 샀는지, 아니면 며칠 간격을 두고 샀는지. 설마 그런 짓을 했을라구."

나는 또 다른 말이 나오나 보려고 기다렸지만, 린리 씨는 아무 말도 하지 않았다. 그래서 나는 밖으로 뛰어나가, 린리 씨가 시킨 대로 전화를 걸었다. 밤 9시가 지났기 때문에 전화하는 데 약간 시간이 걸렸다. 그것도 경찰이 도와준 덕분이었다. 채소가게 주인은 스티거가 엿새쯤 간격을 두고 '넘너모'를 한 병씩 샀다고 말했다. 그래서 나는 집으로 돌아와 린리 씨에게 그 말을 전했다.

내가 들어갔을 때 린리 씨는 기대에 찬 얼굴로 나를 쳐다보았지만, 내가 알아온 것을 보고하자 표정이 달라졌다. 나는 린리 씨의 눈을 보고, 내 대답이 그에게는 좋지 않은 대답이라는 것을 알았다. 사람이 병에 걸리지 않고는 그런 식으로 슬퍼할 수는 없는 법이다. 그가 잠자코 있었기 때문에 내가 말했다.

"선생님은 브랜디를 마시고 일찍 잠자리에 드는 게 좋겠어요."

"아니야. 경찰청 사람을 만나야 해. 경찰청에 전화를 걸어서 당장 이리로 오라고 전해주게."

"이렇게 밤늦은 시간에 경찰청 형사를 이곳으로 부를 수는 없을 텐데요."

내가 말하자 린리 씨는 눈을 빛냈다. 그의 정신은 말짱했다.

"그럼, 이렇게 말하게. 낸시 엘스는 절대로 찾을 수 없을 거라고. 한 사람을 이리로 보내면 내가 그 이유를 말해주겠노라고." 그러고는 덧붙였다. "무언가 다른 혐의로 스티거를 붙잡을 수 있을 때까지 계속 스티거를 감시해야 한다고 전해주게."

연락을 받은 경찰청에서는 울턴 경감이 찾아왔다. 울턴 경감이 직접 온 것이다.

경감을 기다리는 동안 나는 린리 씨와 이야기를 나누려고 애썼다. 솔직히 말해서 호기심도 섞여 있었다. 그러나 나는 린리 씨가 그런 생각에 잠겨 있게 내버려두고 싶지 않았다. 나는 난롯가에서 깊은 생각에 잠겨 있는 린리 씨에게 대체 무슨 일이냐고 되풀이해서 물었다. 그러나 린리 씨는 대답하려 하지 않았다. "살인은 끔찍한 거야." 그는 이 말만 되풀이했다. "그리고 살인자가 증거를 감추려고 애쓰면 사태는 더욱 나빠질 뿐이지. 그리고 듣고 싶지 않은 이야기도 있는 법이라네."

그건 사실이었다. 그 이야기를 듣지 않았다면 얼마나 좋았을까. 사실 나는 그 이야기를 듣지 않았다. 그러나 린리 씨가 울턴 경감에게 말한 마지막 몇 마디 말로 진상을 짐작할 수 있었다. 내가 엿들은 것은 그 마지막 몇 마디뿐이었다. 그리고 여러분도 진상을 짐작하지 않으려면 여기서 읽는 걸 멈춰야 할 것이다. 아무리 살인 이야기를 읽고 싶어 한다 해도, 여기서 멈추는 게 좋을 것이다. 여러분이 원하는 것은 역겹고 가증스러운 살인에 대한 이야기가 아니라, 약간 낭만적으로 왜곡한 살인 이야기일 것이기 때문이다. 그래도 읽고 싶다면 하는 수 없다. 여러분 마음대로 할 수밖에.

울턴 경감이 들어왔고, 린리 씨는 말없이 경감과 악수를 나누었다. 그러고는 침실로 경감을 안내했다. 그들은 린리 씨의 침실로 들어가 낮은 목소리로 이야기를 나누었다. 나는 한마디도 듣지 못했다.

린리 씨와 함께 그 방으로 들어갔을 때 경감은 상당히 원기왕성해 보이는 사람이었다.

이윽고 두 사람은 침실에서 나와 말없이 거실을 지나갔다. 그들은 함께 홀로 들어갔고, 거기서 나는 두 사람이 주고받는 몇 마디 말을 들었다. 먼저 침묵을 깨뜨린 것은 경감이었다.

"그런데, 나무를 자른 건 무엇 때문이었을까요?" 경감이 물었다.

"시장이 반찬이라고… 식욕을 돋우기 위해서였을 뿐입니다."

몸값

펄 S. 벅

펄 S. 벅(Pearl Sydenstricker Buck, 1892~1973)

미국 웨스트버지니아에서 태어났다. 생후 3개월 만에 선교사인 양친에게 안겨 중국으로 건너가 그곳에서 자랐다. 나중에는 미국으로 귀국했지만, 중국에서 체험한 민중 생활에 대한 이해와 애정으로 소설을 쓰기 시작하여 이름을 날렸다. 대표작 《대지》는 그녀에게 노벨문학상을 안겨주었다.
수록 작품의 원제목은 'Ransom'(1938)이다.

베토벤 교향곡이 갑자기 중단되었다. 맑은 금속성 목소리가 제3악장의 선율을 가로질러 터져 나왔다.

"긴급 뉴스를 전해드리겠습니다. 헤들리 레인 씨의 유괴된 아들 지미 레인 군의 시체가 오늘 오후 집 근처의 허드슨 강둑에서 발견되었습니다. 이것으로 수색 작업은 끝나고…"

"여보, 제발 꺼줘요!" 앨린이 소리를 질렀다.

켄트 크로더스는 잠시 망설이다가 라디오를 껐다.

정적 속에서 아랫입술을 깨물며 앉아 있던 앨린이 다시 외쳤다.

"애 엄마가 너무 불쌍해요! 아이가 유괴된 뒤 줄곧 희망을 버리지 않았는데."

"차라리 확실한 걸 아는 게 더 나을지 몰라. 그게 최악의 사태라 해도…" 켄트가 조용히 말했다.

어쩌면 지금이 아내와 진지하게 대화를 나누어, 이 유괴사건이 그녀에게 일종의 강박증이 되어가고 있다고 경고하기에는 좋은 기회인지도 모른다. 아이들은 그들처럼 유복한 가정에서 자란다 해도 어차피 미국에서 성장할 수밖에 없었다. 문제는 그들이 어중간한 부자라는 점이었다. 그들은 아이들을 위해 경호원을 고용할 만큼 부자는 아니지만, 켄트의 부친이 제지공장을 경영하고 있기 때문에 적어도 이웃에 알려질 만큼은 부자였다.

지금 필요한 일은 그들이 억만장자에 속하지 않는다는 사실, 따라서 유괴범들이 노릴 만한 대상이 아니라는 사실을 당연하게 생각하고 유괴사건을 잊어버리는 것이었다. 브루스를 위해서는 그렇게 해야만 했다. 브루스는 이번 가을에 학교에 들어갈 예정이었다. 브루스는 다른 수백만 명의 미국 아이들처럼 거리를 걸어 다녀야 할 것이다. 켄트는 세 구역밖에 떨어지지 않은 학교까지 아들을 차에 태워 데려가고 데려오게 할 생각은 추호도 없었다. 마당일을 맡고 있는 고용인 피터 영감한테도 그런 일을 시킬 생각은 없었다. 그건 브루스한테 오히려 해로울 것이다. 결국 그들은 민주주의 사회에서 살고 있고, 브루스도 대중과 함께 자라야 한다는 게 켄트의 생각이었다.

"가서 아이들이 이불을 제대로 덮고 자는지 보고 올게요." 앨린이 말했다. "베시는 틈만 있으면 이불을 걷어차거든요."

켄트는 아내가 그저 아이들이 그곳에 있는지 확인하고 싶을 뿐이라는 것을 알고 있었지만, 그녀와 함께 일어나 파이프에 불을 붙이면서 어떻게 말을 꺼내는 게 좋을까를 생각했다. 그들은 손을 잡고 함께 계단을 올라갔다. 그녀가 아이방 문을 조용히 열었다. 켄트까지도 그녀의 두려움에 영향을 받고 있다는 것은 우스꽝스러운 일이었다. 밤에 아이방 문을 열 때마다, 베개 위에 작은 머리가 하나씩 놓여 있는 두 개의 침대를 볼 때까지 그의 심장은 잠시 얼어붙곤 했다.

물론 아이들은 거기 있었다. 켄트는 브루스의 침대 옆에 서서 아들을 내려다보았다. 잘생긴 악동 녀석. 브루스는 너무 깊이 잠들어서 엄마가 그 위에 허리를 굽혀도 꼼짝하지 않았다. 브루스의 검은 머리카락은 마구 헝클어져 있었고, 빨간 입술은 뾰로통하게 튀어나와 있었다. 살결은 가무잡잡했지만, 앨린처럼 파란 눈동자를 갖고 있었다.

그들은 아무 말도 하지 않았다. 앨린은 브루스가 이불 밖으로 내던진 팔을 부드럽게 이불로 덮어주었다. 그들은 손에 손을 잡고 아이를 내려다보며 잠시 서 있었다. 이윽고 앨린이 켄트를 쳐다보면서 빙긋 웃었다. 그는 아내에게 입을 맞추었다. 그러고는 아내의 어깨를 감싸 안고 베시의 침대로 다가갔다.

그는 베시에 대해 남모르는 강박관념을 품고 있었다. 브루스에 대해서는 다른 아이들처럼 모험을 해야 한다고 단호하게 말할 수 있었다. 사내아이는 용감하게 행동하는 법을 배워야 하기 때문이다. 하지만 이 아기는… 이 작고 연약한 딸은… 베시는 앨린처럼 금빛이 도는 다갈색 머리카락을 갖고 있었지만, 눈은 신기하게도 그를 쏙 빼닮아서 검은색이었다. 그래서 그 눈을 들여다볼 때마다 마치 자기 자신을 들여다보는 듯한 기분이 들었다.

베시는 그 작은 코로 약간 고르지 않은 숨을 내쉬고 있었다.

"베시 감기는 좀 어때?" 켄트가 속삭였다.

"더 나빠진 것 같진 않아요." 앨린도 속삭였다. "가슴에 습포를 대주었어요."

이 아기한테 무슨 일이 일어나기만 하면 그는 항상 화를 냈다. 그는 베시의 돌보미인 몰리를 별로 믿지 않았다. 몰리는 착한 여자였지만 너무 태평스러웠다.

아기가 몸을 꼼지락거리다가 눈을 떴다. 베시는 눈을 깜박이다가 미소를 지으며 두 팔을 아빠 쪽으로 들어 올렸다.

"안아주지 마세요." 앨린이 충고했다. "버릇이 되면 매번 안아달라고 할 거예요."

그래서 켄트는 베시를 안아주지 않았다. 그 대신 베시의 팔을 하나씩 장난스럽게 아래로 내려 이불을 덮어주었다.

"잘 자라, 아가야."

베시는 졸린 듯이 미소를 지으며 누워 있었다. 베시는 정말 착한 아기였다.

"이리 나오세요. 불을 꺼야겠어요." 앨린이 속삭였다.

그들은 발꿈치를 들고 살금살금 밖으로 나와서 거실로 돌아갔다.

켄트는 의자에 앉아 파이프를 피웠다. 그의 마음은 앨린에게 하고 싶은 말로 가득 차 있었다. 아이들에게 아무 일도 일어날 리가 없다고 믿는 것은 그들의 생활에 매우 중요했다.

"유괴는 벼락이나 마찬가지야." 그가 불쑥 말을 꺼냈다. "누군가는 당하지만, 그 확률은 백만 분의 일밖에 안 돼. 나머지 아이들은 모두 안전하다는 걸 기억해야 해."

앨린은 난로 앞 소파에 앉아 있었지만, 그가 이렇게 말하자 그를 돌아보았다.

"당신은 어떻게 할 건지, 솔직하게 말해보세요. 어느 날 밤 우리가 이층에 갔을 때, 만약…"

"쓸데없는 소린 그만둬!" 켄트가 아내의 말을 중단시켰다. "내가 당신한테 말하려고 했던 게 바로 그거야. 그런 일이 일어날 가능성은 거의 없어. 이건 다 그 빌어먹을 신문 때문이라고! 이 나라의 어느 구석에서 무슨 일이 일어나면, 아무리 작은 마을에서도 그 소식을 듣게 된다니까."

"제인 엘리엇이 그러는데, 유괴사건이 실제로는 신문에 난 건수의 세 배쯤 된대요."

"제인은 신문기자야. 그 여자의 연극적인 기질에 넘어가면 안 돼."

"그래도 제인은 유괴사건을 많이 다루었어요." 앨린이 대답했다. "와이어스 사건도 제인이 말해준걸요."

앨린의 목소리는 남모르는 불안으로 떨리고 있었다. 지금이야말로 그녀와 대화를 나누어야 할 때였다. 켄트는 그녀의 손을 잡고 다정하게 어루만지면서 이야기했다. 그는 아내가 모든 것을 얼마나 심각하게 느끼고 있는지, 그리고 브루스가 태어나기 전에도 그 두려움이 그녀의 머리에 달라붙어 얼마나 그녀를 괴롭혔는지 기억하고 있었다. 어느 날 밤 어둠 속에서 앨린이 오늘과 똑같은 질문을 했을 때까지 그는 아이가 유괴될 가능성에 대해서는 생각조차 해본 적이 없었다. "우린 어떻게 하죠? 만약…." 그때까지도 켄트는 그녀가 무슨 말을 할 작정인지 알지 못했다.

"만약 어쨌다는 거지?" 그는 물었다.

"만약 우리 아기가 유괴된다면…."

그는 그때 느낀 대로 대답했고, 지금도 그 생각이 옳다고 믿었다.

"그런 일은 절대로 일어나지 않을 텐데 무슨 걱정이야?" 그때는 이렇게 말했다. 그런데도 브루스가 태어난 뒤로는 모든 유괴사건을 주의 깊게 지켜보게 되었다. 이제 그는 아내의 손바닥에 입을 맞추었다.

"난 당신이 두려워하는 걸 참을 수가 없어. 그건 쓸데없는 두려움이야. 항상 아이가 유괴당할지도 모른다는 두려움 속에서 살 수는 없어." 그는 잠시 후에 다시 말을 이었다. "우리는 이 문제에 대해 이성적인 입장을 가져야 해."

"내가 원하는 것도 바로 그거예요. 나도 두려움에서 벗어날 수 있다면 좋겠어요. 그 방법을 알기만 한다면…"

"대다수 사람들은 아이가 유괴당할 가능성을 생각지 않고 아이를 기르고 있어."

"엄마들은 대부분 그럴 가능성을 생각해요." 앨린이 말했다. "내가 아는 여자들은 거의 다 한두 번은 그런 이야기를 했어요. 그래서 대부분의 엄마들이 항상 유괴에 대해 생각하고 있다는 걸 알게 됐죠."

"앞으로는 다른 여자들과 그런 이야기를 하지 않는 게 좋겠어."

"하지만 우리는 만약의 경우 어떻게 할 것인지를 끊임없이 생각하고 있어요."

"바로 그거야!" 켄트가 소리를 질렀다. "우리가 만약의 경우 어떻게 할 것인지를 지금 미리 정해두는 게 낫겠다고 생각하는 건 바로 그 때문이야. 그런 일이 일어날 가능성은 거의 없다는 것을 항상 명심하고…"

"그래도 그런 일이 일어나면요?" 앨린이 물었다.

그는 거의 장난스럽게 대답했다.

"그건 비행기가 우리 집에 추락하는 것만큼이나 가능성이 희박한 일이야. 그렇다는 인정할 거야?"

그녀는 고개를 끄덕였다.

"나는 항상 생각했는데, 만약 아이들 가운데 하나가 유괴되면 나는 당장 모든 일을 경찰에 맡길 거야."

"어떤 경찰요?" 앨린이 당장 물었다. "그 수다스러운 마이크 오브라이언요? 그 사람은 가장 먼저 기자들한테 나불거릴 텐데요? 제인이 그랬어요. 유괴사건이 신문에 실리면 더 위험해진다고."

"그럼 연방경찰에 알리지 뭐. FBI 말이야."

"그 사람들한테 어떻게 연락하죠?"

그는 모른다고 고백할 수밖에 없었다.

"어떻게든 방법을 알아낼게." 그는 약속했다. "어쨌든 우리가 지금 결정해두어야 할 건 우리의 행동 방침이야. 만약의 경우 어떻게 행동할 것인가를 알고 있으면, 미리 겁먹고 불안한 기분은 우리 마음에서 몰아낼 수 있지. 몸값은 절대로 주지 않을 거야. 그것만은 확실해. 우리가 유괴범한테 몸값을 주게 되면 유괴사건은 계속 일어날 테니까. 누군가는 유괴범과 맞설 만큼 강해야 해. 그러면 다른 사람들도 자기가 어떻게 해야 하는지를 알게 되겠지."

그러나 그녀는 납득한 것 같지 않았다. 그녀가 입을 열었을 때 목소리는 낮고 두려움으로 가득 차 있었다.

"문제는 우리가 몸값을 주지 않기로 결정한다 해도 그 입장을 끝까지 고수할 수는 없으리라는 거예요. 정말이에요. 만약 브루스가 납치되었다고, 더구나 브루스는 감기에 걸렸고, 추운 겨울인데 잠옷 바람으로 침대에서 자고 있다가 그대로 납치되었고 가정해보세요. 그랬다면 우리는 무슨 짓이든 다 할 거예요. 그건 당신도 알고 있잖아요!" 앨린은 격렬하게 말을 쏟아냈다. "다른 아이들은 어떻게 되든 걱정하지 않을 거예요. 오로지 우리 브루스만 생각할 거예요. 다른 아이들은 염두에도 없을 거예요. 어떤 대가를 치르고라도 브루스를 되찾을 방법만 생각할 거예요."

"그만해, 여보." 켄트가 말했다. "당신이 이렇게 나오면 우리는 얘기할 수가 없어."

"아니에요, 여보. 난 얘기하고 싶어요. 우리가 어떻게 해야 하는지, 알고 싶어요. 두려움을 떨쳐버릴 수만 있다면!" 그녀는 속삭이듯 말했다.

"내 옆으로 와요." 켄트가 말했다. 그는 아내를 자기 옆 소파로 끌어당겼다. "무엇보다도 우선, 내가 당신 못지않게 우리 애들을 사랑한다는 건 당신도 알고 있겠지?" 그녀가 고개를 끄덕이자 그는 말을 이었다. "그러면 내가 아이들한테 가장 좋다고 생각되는 일이라면 뭐든지 다 하리라는 것도 알고 있겠지?"

"당신은 최선이라고 판단한 일을 할 거예요. 문제는 뭐가 최선인가를 누가 알 수 있느냐는 거죠."

"우리가 몸값을 주고받는 한 유괴범은 없어지지 않으리라는 걸 나는 알고 있어." 그는 엄숙하게 말했다. "그리고 누군가가 시작하기 전에는 어떤 일도 이루어지지 않는다는 것도 알고 있어. 그게 민주주의의 원칙이야. 민주주의 사회에서는, 정부가 어떤 입장을 취하기 전에 국민이 먼저 나서서 행동을 시작해야 해."

"유괴범들이 경찰에 알리지 말라고 하면 어떡하죠?" 그녀가 물었다.

그녀의 질문이 너무 구체적이어서 그는 당황했다. 그런 일이 실제로 일어날 수 있는 것도 아닌데!

"그건 부모가 악당들한테 굴복하기를 원하느냐, 아니면 원칙을 고수하기를 원하느냐에 달려 있지." 그는 대꾸했다.

"하지만 그게 만약 우리 아이라면요?" 그녀는 고집스럽게 물었다. "솔직하게 대답해주세요. 원칙만 들먹이지 말고요."

"나는 솔직하게 대답하려고 애쓰고 있어." 그는 천천히 말했다. "나는 아마 원칙에 충실하고, 어떻게든 방법을 생각해낼 거야."

그는 회의적인 아내의 눈을 주저하면서 들여다보았다.

"정확히 무슨 일이 일어났는지 기억해봐!" 그는 바보 같은 돌보미한테 고함을 지르고 있었다. "베시를 어디다 두었지?"

앨린은 오히려 켄트보다 조용했지만, 30분 전에 전화로 들은 앨린의 목소리는 비명 같았다.

"여보! 베시가 안 보여요!"

그는 제지공장에서 이사회에 참석하고 있었지만, 당장 자리에서 일어나면서 날카롭게 말했다.

"죄송하지만, 집에 좀 가봐야겠습니다."

"심각한 일은 아니겠지, 켄트?" 아버지가 하얀 눈썹을 치켜 올렸다.

"그렇진 않을 겁니다." 켄트가 대답했다. 그래도 앨린이 비명처럼 울부짖은 말을 그대로 옮기지 않을 만한 분별은 갖고 있었다. "심각한 일이면 곧바로 알려드리겠습니다."

그는 차에 뛰어들어 미친 사람처럼 집으로 차를 몰았다. 그러고는 자갈을 사방으로 흩날리며 대문 앞에 차를 세웠다. 앨린과 돌보미 몰리가 문간에 서 있었다. 몰리는 흐느껴 울고 있었다.

"우리는 문간에 있었어요. 브루스가 학교에서 돌아오는 걸 보려고요. 우린 날마다 그래요. 그리고 저는 베시를 땅바닥에 내려놓

왔답니다. 베시는 이제 너무 무거워서 안고 있기가 힘들거든요. 저는 베시의 손을 닦아주려고 깨끗한 손수건을 가지러 안으로 들어갔어요. 오늘 아침에 내린 비로 문간에 웅덩이가 생겼는데, 베시가 그 웅덩이에서 물장난을 했거든요. 그런데 손수건을 가지고 나와 봤더니 베시가 없었어요. 나무들 주위를 뛰어다니면서 찾아보았지만 안 보이길래, 소리를 질러서 마님을 불렀어요."

"여보, 나는 사방을 이 잡듯이 뒤져봤어요." 앨린이 속삭이듯 말했다.

"대문은?" 켄트는 헐떡이듯이 말했다.

"대문은 닫혀 있었어요. 빗장도 질러져 있었고요." 몰리가 울부짖었다. "저는 집 안으로 들어가기 전에 그것도 확인하지 않을 만큼 어리석진 않아요."

"베시를 얼마나 오래 혼자 두었지?" 켄트는 몰리에게 소리를 질렀다.

"모르겠어요. 1분도 지나지 않은 것 같았는데."

그는 마당으로 달려가면서 목청껏 소리쳤다.

"베시! 베시! 아빠 왔어! 아빠한테 와!" 그는 커다란 라일락 덤불 아래로 몸을 숙였다. "차고는 찾아봤어?" 그가 앨린에게 물었다.

"피터가 두 번이나 샅샅이 뒤져봤어요." 앨린이 대답했다.

"내가 직접 찾아볼 테니 당신은 집 안을 찾아봐. 어쩌면 베시가 혼자 안으로 들어갔을지도 몰라."

그는 차고로 뛰어들어갔다. 피터가 작은 차 밑에서 기어 나왔다.

"베시는 여기 없습니다요." 피터가 속삭였다. "제가 샅샅이 찾아봤습죠."

하지만 켄트는 다시 살펴보았다. 피터는 개처럼 그를 졸졸 따라다녔다. 켄트의 마음 한구석에 '7117'이라는 전화번호가 떠올랐다. 그는 작년에 앨린과 유괴사건에 대해 이야기를 나눈 뒤 그 전화번호를 알아냈다. 그러나 아직은 거기에 전화할 생각이 없었다. 베시는 틀림없이 어딘가에 있을 것이다.

대문이 삐걱거렸다. 그는 밖으로 뛰쳐나갔다. 그러나 들어온 것은 브루스였다.

"무슨 일이에요, 아빠?" 브루스가 물었다.

켄트는 침을 꿀꺽 삼켰다. 브루스한테 겁을 주어봤자 아무 소용도 없었다.

"집으로 오다가 혹시 베시를 못 봤니?"

"아뇨. 마이크 말고는 아무도 못 봤어요. 마이크는 내가 광장을 건너는 걸 도와줬어요. 광장에 자동차가 있었거든요."

"아니, 저게 뭐지?" 피터가 무언가를 가리키고 있었다. 그것은 돌멩이로 눌러놓은 하얀 쪽지였다. 켄트는 그게 무엇인지 이 세상 누구보다도 잘 알 수 있었다. 신문에서 수십 번이나 본 협박장이었다. 그는 허리를 굽혀 쪽지를 집어 들었다. 손으로 아무렇게나 휘갈겨 쓴 글씨가 보였다.

'우린 줄곧 이 기회를 기다려와따.' 맞춤법과 필체가 엉망인 걸 보면 일부러 필적을 숨기려고 애쓴 게 분명했다. '몸깝은 5만 딸라. 너한테 그런 돈이 없따 해도 부친이 가져쓸 거다. 돈을 어따 놔둘 건지는 낭중에 알려주게따. 경찰에 알리믄 아이는 죽는다.'

"아빠, 무슨…." 브루스가 입을 열었다.

"브루스를 안으로 데려가요." 켄트가 피터에게 지시했다.

몸값

앨린은 어디 있지? 그는 아내에게 장담했었다. 이런 일은 절대 일어나지 않을 거라고. 전화번호가… 하지만….

"앨린!" 그가 큰 소리로 외쳤다.

앨린이 다락방에서 뛰어 내려오는 소리가 들렸다.

"앨린!" 그는 헐떡거렸다.

앨린이 공포에 질려 하얘진 얼굴로 다가왔다. 그녀는 무력해 보였다. 그들은 둘 다 너무나 무력했다! 누군가의 도움을 받아야 했다. 이럴 때 어떻게 해야 할 것인지 알아야 했다. 하지만 그는 악당과 유괴범들이 어떤 자들인지 알기 때문에, 이런 경우 어떻게 해야 할 것인지 이미 오래전에 정해놓지 않았던가? 사람들은 몸값도 주고 아이도 잃었다. 그는 신뢰할 수 있는 충고를 받아야 했다.

"7117번에 전화하겠어!" 켄트는 앨린에게 불쑥 말했다.

"안 돼요, 여보. 기다려요!" 앨린이 울부짖었다.

"전화해야 해." 켄트는 고집을 부렸다. 앨린이 미처 움직이기도 전에 그는 전화기로 달려가서 수화기를 들었다.

"7117번을 대주세요!" 그는 큰 소리로 외쳤다.

앨린의 얼굴이 창백해졌다. 그는 구겨진 협박장을 쥔 손을 내밀었다. 앨린은 그것을 읽고 나서 수화기를 낚아챘다.

"안 돼요. 기다려요. 아직은 모르잖아요. 그 사람들이 뭐라고 하는지, 기다려봐요!"

그러나 수화기 저편에서는 벌써 침착한 목소리가 들려오고 있었다.

"7117번입니다."

켄트는 쉰 목소리로 외쳤다.

"유괴사건을 신고하려고 합니다. 우리 갓난 딸애가 유괴당했어요. 나는 뉴욕 그린베일 이스트우드 가 134번지에 사는 켄트 크로더스라고 합니다."

목소리는 아무 것도 하지 말고 내일까지 침착하게 기다렸다가, 50마일 떨어진 어느 마을의 여관에 딸린 바에서 수수한 회색 양복 차림의 남자를 만나라고 말했다. 켄트는 그 목소리의 지시에 열심히 귀를 기울였다.

그동안 앨린은 옆에서 작은 소리로 말하고 있었다.

"놈들이 베시를 죽일 거예요. 베시를 죽일 거라고요, 여보."

이윽고 수화기를 내려놓자 그는 화를 내며 앨린에게 소리를 질렀다.

"아무도 모를 거야. 워싱턴에 있는 그 사람들은 아무한테도 말하지 않을 거야. 게다가 나는 도움을 받아야 해. 정말이야!

앨린은 겁먹은 눈으로 그를 바라보며 서 있었다.

"놈들이 베시를 죽일 거예요." 그녀는 똑같은 말만 되풀이했다.

그는 울고 싶었지만 남자 체면에 울 수도 없었다. 그러나 앨린도 울고 있지 않았다. 그들은 갑자기 서로를 끌어안고, 함께 소리 없는 울음을 터뜨렸다.

그는 기다리는 일에는 익숙지 않았지만, 기다려야 했다. 게다가 그는 앨린이 기다릴 수 있도록 도와주어야 했다. 남자는 여자보다 더 강한 존재라는 게 세상의 통념이었다.

처음에는 따라야 할 지침을 받은 게 그나마 위안이 되었다. 우선 집에 있는 모든 사람에게 지시를 내려야 했다. 그것은 쉬웠다.

집에 있는 사람이라고 해봤자 식모인 세라와 하녀인 로즈, 그리고 몰리와 피터뿐이었다. 물론 이들은 몰리를 제외하고는 이 사건에 전혀 책임이 없었다. 어쩌면 몰리는 단순한 바보가 아닐지도 모른다. 켄트는 그들 모두에게 이 일에 대해 아무 말도 해서는 안 된다는 함구령을 내려야 했다.

"사람들을 모두 식당에 모이라고 해." 켄트는 앨린에게 말하고 식당으로 들어갔다.

그는 문간에서 브루스의 겁먹은 얼굴을 보았다.

"아빠! 무슨 일이에요? 베시는 어디 있어요?"

"베시를 찾을 수가 없구나." 켄트는 침착한 목소리를 내려고 애쓰면서 말했다. "물론 이제 곧 찾게 될 거다. 하지만 당분간은 베시가 집에 없다는 걸 아무도 알아서는 안 돼."

"내가 마당에 나가볼까요?" 브루스가 물었다. "어쩌면 내가 베시를 찾을 수 있을지도 몰라요."

"안 돼." 켄트는 날카롭게 말했다. "너는 이층의 네 방으로 올라가는 게 좋겠다. 나도 곧 올라가마."

고용인들이 모두 식당으로 들어오고, 앨린도 그들을 뒤따라 들어왔다.

"내가 브루스와 함께 가겠어요." 앨린이 말했다

그녀는 놀랄 만큼 차분하고 냉정했지만, 그는 아내의 입술이 떨리는 것을 보고, 그녀가 그와 단둘이 남게 되면 기다렸다는 듯이 울음을 터뜨리리라는 것을 알 수 있었다. 그는 아내가 브루스의 손을 잡고 시야에서 사라질 때까지 서 있었다. 그러고는 기다리고 있는 네 사람 쪽으로 돌아섰다. 몰리는 아직도 울고 있었다.

그들의 표정을 보면 협박장에 대해 이미 알고 있는 게 분명했다.

"무슨 일이 일어났는지는 다 알고 있는 것 같군요." 그가 말했다.

그 낯익은 얼굴들이 그토록 사악해 보이는 게 너무나 이상했다. 피터와 세라는 어머니 집에서 일하던 고용인이었다. 그들과는 오랫동안 아는 사이였다. 그리고 로즈는 세라의 조카딸이었다. 그러나 그들은 모두 그에게 앙심을 가진 것처럼 보였다. 아니, 그는 그렇게 상상했다. 그는 쉰 목소리로 말을 이었다.

"나는 읍내에 있는 누구한테도 이 일이 알려지지 않기를 바랍니다. 아무한테도, 단 한마디도 해서는 안 돼요. 베시의 목숨이 거기에 달려 있다는 걸 명심하세요."

그는 말을 끊고 입을 다물었다. 얼마 전만 해도 자신이 아녀자처럼 쉽게 울 수 있으리라고는 상상도 할 수 없었지만, 그는 그처럼 쉽게 울 수 있었다. 그는 헛기침으로 울음을 삼키고 나서 말을 계속했다.

"베시의 목숨은 우리가 앞으로 몇 시간 동안 어떻게 행동하느냐에 달려 있어요."

몰리의 흐느낌이 울부짖음으로 바뀌었다. 그는 자리에서 일어나면서 말했다.

"그게 다예요. 이제는 잠자코 기다려야 합니다."

전화벨이 울렸다. 그는 전화기로 달려갔다. 다음 연락이 어떤 식으로 올지는 알 도리가 없었다. 그러나 전화에서는 아버지의 위압적인 목소리가 들려왔다.

"집에 무슨 일이 있는 거냐, 켄트?"

그는 아버지가 사건을 알아봤자 아무 도움도 되지 않으리라는

몸값 293

것을 알았다. 아버지는 어떤 일도 가슴에 담아두지 못하는 사람이었다.

"별일 없습니다, 아버지. 앨린이 좀 아파서요. 그것뿐이에요."
"의사는 불렀냐?" 아버지가 고함을 질렀다.
"필요하면 부를 겁니다." 그는 이렇게 대답하고 퉁명스럽게 수화기를 내려놓았다. 더 이상 그런 문답을 계속할 수가 없었다.

그는 브루스를 생각해내고, 아들을 찾으러 갔다. 브루스는 아이방에서 저녁을 먹고 있었고 엄마가 함께 있었다. 그녀는 몰리에게 아래층에 그냥 있으라고 말했다. 켄트도 마찬가지였지만, 앨린은 몰리를 보는 것을 참을 수 없는 모양이었다.

그러나 아이방에 있는 것도 역시 참을 수 없는 일이었다. 지금은 베시가 목욕을 마치고 산뜻한 모습으로 욕실에서 나올 시간이었다.

"나는… 아래층 서재에 있을게." 그는 서둘러 앨린에게 말했다. 그녀는 고개를 끄덕였다.

서재의 고요는 고문이었다. 기다리는 것 말고는 할 일이 아무것도 없었다.

이 시간에 아이한테 무슨 일이 일어나고 있는지, 누가 알겠는가? 한 시간 전에 그 사람은 내일까지 기다리라고 말했다. 하지만 오늘 밤은 어떻게 될까? 아이는 어떤 곳에서 자고 있을까?

켄트는 벌떡 일어났다. 무슨 일이든 해야만 했다. 마당을 둘러보자. 또 다른 편지가 있을지도 모른다.

그는 초가을의 황혼 속으로 나갔다. 어리석게 고함을 지르고 욕설을 퍼붓지 않도록 자신을 억제해야 했다. 아무 일도 할 수 없다는 것은 고통이었다. 이윽고 그는 자제심을 되찾았다. 중요한 건 이성적인 계획을 계속 추진하는 것이었다. 그는 무언가를 찾을 수 있는지 보려고 밖으로 나왔을 뿐이었다.

그는 마당을 샅샅이 찾아보았다. 그러나 어떤 종류의 메시지도 눈에 띄지 않았다.

바로 그때, 점점 깊어지는 어둠 속에서 대문으로 달려오는 한 남자가 보였다.

"나리!" 피터의 목소리였다. "크로더스 나리… 놈들이 왜 하필이면 우리 마누라를 괴롭히는지 모르겠네요. 제가 저녁을 먹으러 집에 갔더니만 마누라가 이걸 나한테 주더군입쇼. 마누라는 글을 읽지 못해서 여기 뭐가 적혀 있는지 모릅니다요. 저는 이걸 받자마자 여기까지 줄곧 뛰어왔습죠."

켄트는 피터의 떨리는 손에서 종이를 낚아채어 집으로 달려갔다. 불이 켜진 현관 홀에서 쪽지를 읽었다.

아무 표시 없는 지폐를 모두 현찰로 준비해라. 안 그러면 네 아들도 데려가겠다. 우리를 속이려 하지 마라. 그랬다가는 무사히 넘어가지 못할 것이다. 돈을 상자에 넣어서 물방앗간 시냇가 죽은 참나무 옆에 갖다놔라. 거기가 어딘지 알고 있겠지. 시간은 내일 밤 12시.

거기가 어딘지는 알고 있었다. 어릴 때 이따금 그곳 시내에서 낚시를 했다. 심한 천둥 번개와 함께 비가 쏟아지던 어느 여름날, 벼락이 그 참나무를 내리쳤다. 그때 그는 참나무에서 100미터도 떨어지지 않은 물방앗간 문간에 서 있었다. 그가 그곳을 알고 있다는 것을 놈들이 어떻게 알았을까?

그는 피터를 돌아보았다.

"이걸 누가 가져왔지요?"

"모르겠습니다요. 저도 마누라한테 물어봤지만, 백인이라는 것 말고는 아무것도 알아내지 못했습죠. 그 사람은 이걸 마누라한테 내던지면서, 당신 남편한테 주라고 했답니다요. 그래서 마누라는 저한테 주었고, 저는 이렇게 달려온 것입죠."

켄트는 피터를 응시하면서, 피터의 그 검은 머릿속을 꿰뚫어보려고 애썼다. 피터는 누군가에게 이용당하고 있는 게 아닐까? 어쩌면 매수당해서 이 일에 한몫 낀 게 아닐까? 피터는 무언가를 알고 있지 않을까?

"영감이 베시에 대해 뭔가를 알면서도 말하지 않는다면 내 손으로 직접 영감을 죽이고 말겠어."

"전 아무것도 모릅니다요, 나리. 저를 아시잖습니까요. 저는 나리가 앨린 마님과 결혼하신 이후 줄곧 이 댁의 정원을 가꾸었습니다요. 게다가 제가 무얼 바라고 그런 나쁜 짓을 하겠습니까요? 저는 제가 원하는 걸 전부 다 갖고 있습니다요. 집도 있고, 봉급도 받고 있습죠. 저는 더 이상 아무것도 원하지 않습니다요."

물론 그 말은 모두 사실이었다. 문제는 이런 일이 생기면 모든 사람을 의심하게 된다는 점이었다.

"플로시한테도 꼭 말하세요. 아무한테도 말하지 말라고." 그는 피터에게 명령했다.

"벌써 그렇게 했습니다요. 그 백인에 대해서 한마디라도 지껄이면 갈기갈기 찢어 죽이겠다고 말했습죠."

"그럼 가봐요. 그리고 내 말을 잊지 마요."

"예, 나리." 피터가 대답했다.

"당연히 몸값을 내야 해요." 앨린은 고집을 부리고 있었다.

그들은 침실에서 좁은 복도로 통하는 출입문을 열어둔 채 이야기하고 있었다. 그 문 너머에 있는 아이방 문도 열려 있었다. 그들은 상야등의 희미한 불빛으로 베개 위에 놓여 있는 브루스의 검은 머리를 볼 수 있는 곳에 앉아 있었다. 물론 잠을 자는 것은 불가능했다. 세라가 닭튀김을 이층으로 가져왔고, 그들은 여기서 그것을 먹었다. 저녁을 먹은 귀 켄트는 앨린을 억지로 목욕탕에 밀어 넣어 목욕을 하고 가운으로 갈아입게 한 다음 긴 의자에 눕혔다. 그는 옷을 벗지 않았다. 누군가가 전화를 걸어올지 모르기 때문이다.

"그 사람이 내일 뭐라고 할지, 두고 봐야 해." 켄트가 대답했다.

 내일 만날 사람에게 얼마나 절대적인 희망을 걸고 있는지를 생각하자 그는 덜컥 겁이 났다. 그 사람의 이름조차 알지 못했다. 그 사람에 대해 아는 거라고는 수수한 회색 양복을 입고 주머니에 파란 손수건을 꽂고 나타나리라는 것뿐이었다. 그 사람이 혼자서 베시의 목숨을 구해내야 한다. 아니, 그건 사실이 아니었다. 그 한 사람 뒤에는 수백 명의 유능한 수사관이 언제든지 도와줄 준비를 갖추고 있었다.

"돈을 줘야 할 거예요." 앨린이 신경질적으로 말했다. "지금 이 마당에 돈이 도대체 뭐예요?"

"여보!" 켄트가 소리를 질렀다. "설마 내가 돈이 아까워서 몸값을 주지 않으려 한다고 생각하는 건 아니겠지?"

"은행에 2만 달러 정도는 있잖아요?" 앨린이 서둘러 말했다. "나머지는 아버님이 내주실 거예요. 아버님한테는 주식을 드리면 돼요. 우리한테 돈이 없는 것도 아니잖아요."

"여보, 당신은 미련하게 굴고 있어. 중요한 건 어떻게…"

그러나 그녀는 격렬하게 그에게 덤벼들었다.

"중요한 건 베시를 구하는 거예요. 그것뿐이에요. 다른 건 아무것도 필요 없어요. 아무것도. 아버님이 갖고 계신 재산이 몽땅 없어진다 해도 난 상관하지 않겠어요."

"앨린, 조용히 해!" 켄트가 소리를 질렀다. "아버지가 돈을 내주기를 아까워할 거라는 뜻이야?"

"당신은 아버님을 두려워하고 있어요. 하지만 난 그렇지 않아요. 당신이 아버님한테 가지 않는다면 내가 가서 말씀드리겠어요."

그들은 제정신이 아닌 것처럼 말다툼을 하고 있었다. 그들은 둘 다 정상적인 이성을 잃어버리고 있었다. 갑자기 앨린이 흐느껴 울기 시작했다.

"나는 당신이 그날 밤에 한 말을 잊을 수가 없어요." 그녀가 울부짖었다. "원칙을 고수한다는 그 말 말이에요. 여보, 베시는 지금 낯선 사람들, 무서운 사람들과 함께 있어요. 그 작은 심장이 터지도록 울고 있을 거예요. 어쩌면 그 사람들은 베시를 조용하게 하려고 베시를 해칠지도 몰라요. 오오, 여보!"

켄트는 아내를 끌어안았다. 지금은 말다툼이나 하면서 틀어져 있을 때가 아니었다. 켄트는 아내의 심정을 생각해야 했다.

"난 무슨 짓이든 다 하겠어. 아침이 되면 우선 아버지한테 연락해서 돈을 준비해 달라고 부탁할게."

"그 사람들이 그걸 어떻게 알죠?"

"신문에 광고를 낼 수도 있어. 다른 사람은 아무도 이해할 수 없는 말로 우리가 몸값을 준비하고 있다는 뜻을 나타낼 수 있을 거야."

"해봐요, 여보!"

그는 주머니에서 연필과 봉투를 꺼내어 광고 문구를 썼다.

"이건 어때? 5만 동의함 12시 죽은 참나무 옆."

"밑져야 본전이죠. 어찌 되든 우리가 손해볼 건 없어요. 그리고 그 사람들이 이걸 보면 우리가 무슨 일이든 하리라는 걸 이해할 거예요."

"지금 당장 신문사에 가서 이 광고를 부탁하겠어. 현금을 내면 이름을 밝히지 않아도 될 거야."

"그래요, 어서요!" 앨린이 그를 재촉했다. "여기 그냥 이대로 앉아 있는 것보다는 나아요."

그는 어둠을 뚫고 3킬로미터쯤 떨어진 읍내까지 차를 몰고 가서, 금방이라도 무너질 듯한 신문사 건물 앞에 차를 세웠다. 눈이 빨갛게 충혈된 야근 직원이 그의 광고 문구를 받아들고 읽었다.

"별난 광고군요. 이따금 이런 광고를 받지요. 요금은 10달러 되겠습니다. 성함이…"

켄트는 대답하지 않고 책상 위에 10달러짜리 지폐를 올려놓았다.

짙은 어둠을 가르며 그는 조용히 차를 몰았다. 폭풍우는 아직 다가오지 않았고, 대기는 이상할 만큼 조용했다. 그는 깊이 잠들어 있는 정적을 뚫고 베시의 울음소리가 들려오기를 기대하면서 엔진 소리를 최대한 줄였다.

두 사람은 거의 잠을 이루지 못했지만, 이튿날 아침 서로를 바라보았을 때 조금이라도 잠을 잤다는 사실에 놀랐다. 그러나 어젯밤에 그는 앨린을 억지로 침대에 눕히고, 자신도 그 옆에 나란히 놓여 있는 침대에 옷을 입은 채 드러누웠다. 그들을 깨운 것은 브루스였다. 브루스는 부모의 침대 사이에 머뭇거리며 서 있었다. 그들은 브루스의 목소리를 들었다.

"엄마, 베시가 아직도 안 돌아왔어요."

베시라는 이름을 듣고 그들은 번쩍 눈을 떴다. 그리고 서로를 바라보았다.

"어떻게 잠을 잘 수 있었지?" 앨린이 작은 소리로 말했다.

"어쩌면 장기전이 될지도 몰라." 켄트는 침착하려고 애쓰면서 말했다. 그러고는 심한 피로를 느끼며 침대에서 일어났다.

"오늘은 베시가 집에 올까요?" 브루스가 물었다.

"그럴 거다."

오늘은 토요일이어서 브루스는 학교에 갈 필요가 없었다.

"오늘 밤에 내가 베시를 데려올 거야." 잠시 후에 켄트가 말했다. 그러자 당장 기분이 좀 나아졌다. 희망을 버려서는 안 된다. 한꺼번에 많은 희망을 버리면 안 된다. 할 일이 많았다. 아버지를 만나야 하고, 돈을 준비해야 한다. 하지만 속으로는 아직도 몸값을 주지 않는 게 좋다는 판단을 버리지 않고 있었다. 회색 양복의 사내가 몸값을 주는 데 반대하면, 앨린에게는 아무 말도 하지 않고 몸값을 주지 않을 작정이었다. '책임은 내가 질 거야.' 그는 다짐했다.

"너는 엄마랑 같이 오늘 밤 베시가 쓸 물건을 준비해야 할 거야." 켄트는 쾌활하게 말했다.

그는 목욕을 하고 새 양복을 입을 작정이었다. 오늘은 빈틈없이 머리를 써야 한다. 잠시라도 멍해 있으면 안 된다. 모든 사람의 말에 귀를 기울여야 하고, 마지막에는 자신의 판단력을 동원해야 한다. 긴급한 상황에 놓였을 때, 모두 넋을 잃고 있으면 안 된다. 한 사람은 행동을 해야 한다.

그는 거울에 비친 모습을 바라보았다. 내가 실수를 저지르면 그걸 앨린에게 감출 수 있을까? 우리가 베시를 끝내 돌려받지 못한다면? 베시가 그냥 사라져버린다면? 또는 어딘가에서 베시의 작은 시체가 발견된다면?

이런 구역질과 아찔한 기분은 다른 부모들도 모두 느낀 감정이었다. 그가 몸값을 주지 않아서 그런 일이 일어난다면, 앨린에게 말하지 않을 수 있을까? 아니면 그게 자기 잘못이라고 앨린한테 말할 수 있을까? 둘 다 불가능한 일이었다.

'한 가지씩 일을 처리해야 할 거야.' 그는 마음을 다잡았다.

중요한 것은 희망을 잃지 않도록 애쓰는 것이었다. 그는 옷을 입고 침실로 돌아갔다. 브루스는 부모 침실에서 옷을 갈아입으러 와 있었다. 그러나 앨린은 아직도 침대에 누운 채였다. 그녀는 창백하고 기진맥진한 모습으로 베개에 몸을 기대고 있었다.

그는 허리를 굽혀 아내에게 입을 맞추었다.

"식사를 올려보낼게. 나는 우선 아버지를 만나겠어. 어디서든 연락이 오면 거기로 연락해. 그다음엔 은행에 갈 거야."

앨린은 고개를 끄덕이고 눈을 들어 그를 쳐다보다가 눈을 감았다. 그는 고통으로 일그러진 아내의 얼굴을 내려다보며 서 있었다.

그 얼굴의 모든 신경은 완고한 침묵 밑에서 가늘게 떨리고 있었다.

"무너지면 안 돼. 위기는 아직 닥쳐오지도 않았어."

"알아요." 앨린이 속삭였다. 그러고는 몸을 일으키고 소리를 질렀다. "여기 누워 있을 수가 없어요! 바늘방석에 누워서 고문당하고 있는 기분이에요. 나도 아래층으로 내려가겠어요. 브루스와 함께 있겠어요."

그녀는 욕실로 뛰어들어갔다. 당장 샤워를 세차게 트는 소리가 들렸다. 그러나 그는 아무도 기다릴 수 없었다.

"엄마랑 함께 내려오너라." 그는 브루스에게 말하고 혼자 아래로 내려갔다.

"오늘 3만 달러만 빌려주시면, 주식을 팔아서 당장 갚아드리겠습니다." 그가 아버지에게 말했다.

"언제 갚든, 그건 상관없다. 다만 나는… 물론 내가 상관할 바는 아니지만, 현찰로 3만 달러라니! 도대체 무슨 짓을 벌이고 있는 건지 묻고 싶지만, 묻지 않겠다."

아침에 식탁에서 신문을 집어 들었을 때, 켄트는 이 사건이 신문에 실리는 것을 막을 수 있다면 아버지와 어머니한테도 끝까지 비밀로 하겠다고 결심했다. 그는 광고란을 펼쳤다. 악당들에게 보내는 그의 메시지가 실려 있었다. 그것이 베시에게 도움이 되리라고 생각지 않았다면 도저히 참을 수 없는 일이었다. 하지만 가만히 침묵을 지키고 있을 수는 없었다.

그는 토스트를 가져온 로즈에게 날카롭게 말했다.

"마님이 내려오기 전에 지금 당장 여기로 모이라고 사람들한테 말해요."

그들은 무언가에 짓눌린 듯 어깨가 축 처진 모습으로 들어와, 겁먹은 눈으로 그를 쳐다보았다.

"오오, 나리!" 몰리가 신경질적으로 울부짖었다.

"제발 그만해!" 그는 몰리를 힐끔 바라보면서 소리를 질렀다. 회색 양복 차림의 사내는 아마 몰리를 만나야 할 것이다. 그러나 어젯밤에 그는 피터를 의심했다. 그런데 오늘 아침에 피터는 충직한 늙은 개처럼 보였고, 나쁜 짓은 도저히 할 수 없을 것처럼 보였다.

"지금까지 내 지시를 잘 따라준 데 대해 고맙다는 말을 하고 싶었을 뿐이오." 그는 지친 목소리로 말했다. "우리 문제가 신문에 실리는 것을 막을 수 있다면 아마 베시를 돌려받을 수 있을 거요. 적어도 한 가닥 희망을 걸 수는 있어요. 그게 우리의 유일한 희망이오. 결과를 알게 될 때까지 비밀을 지켜주면 감사의 표시로 여러분에게 각각 100달러씩 주겠소."

"고맙습니다, 나리." 세라와 로즈가 말했다. 몰리는 그저 흐느껴 울기만 했고, 피터는 낮은 소리로 중얼거렸다. "100달러는 필요 없습니다요, 나리. 제가 원하는 건 아기가 무사히 돌아오는 것뿐입니다요."

"내가 원하는 것도 오직 그것뿐이오." 그가 말했다. 이토록 격렬하고 불안정한 감정에 뒤흔들리다니, 얼마나 이상한가!

이제 그는 마음을 꿰뚫어보는 것처럼 날카로운 아버지의 시선 밑에서 감정을 억제했다.

"물론 제 말이 터무니없게 들린다는 건 저도 압니다." 그는 순순히 인정했다. "그래도 며칠 동안만 저를 믿어주십시오."

몸값 303

"설마 투기를 하려는 건 아니겠지. 지금은 투기를 할 때가 아니야. 주식시장이 미친 듯이 돌아가고 있어."

이건 가장 무모한 투기-자식의 목숨을 건 투기라고 켄트는 생각했다.

"물론 평범한 투기는 아닙니다. 아마 은행을 통해서 어떻게든 돈을 융통할 수 있을 겁니다. 걱정하지 마세요. 집을 저당 잡히겠습니다."

"말도 안 되는 소리!" 아버지가 대꾸했다. 그러고는 수표책을 꺼내어 금액을 쓰기 시작했다. "내 아들이 집을 저당 잡혔다는 소문이 퍼지게 할 수는 없어."

"고맙습니다." 켄트는 짤막하게 말했다. 이제 은행에 가야 한다!

시간은 어김없이 흘러갔다. 시간이 얼마나 빨리 지나는지, 놀랄 정도였다. 정신을 차려보니 어느새 정오였다. 한 시간 안에 여관으로 떠나야 한다. 그는 집으로 돌아갔다. 햇빛이 내리쬐는 현관 포치에 앨린이 앉아 있는 게 보였다. 아내는 손에 책 한 권을 들고 있었고, 브루스는 마당에서 장난감 트럭을 타고 놀고 있었다. 사람들은 이곳에서 비극이 일어나고 있는 줄은 꿈에도 모를 것이다.

"구했어요?" 앨린이 물었다.

켄트는 가슴주머니를 만졌다.

"모두 준비됐어."

그들은 점심을 먹는 동안 내내 침묵을 지키면서, 브루스의 재잘거림에 귀를 기울였다. 앨린은 아무것도 입에 대지 않았고 켄트도 거의 먹지 못했지만, 아내가 식탁에 앉아 겉으로는 평소와 똑같은 모습을 유지하고 있는 것에 고마움을 느꼈다.

브루스가 한참 떠들고 있을 때, 켄트는 식탁 너머로 아내에게 말했다.

"이젠 가봐야겠어."

앨린은 가냘픈 미소를 지었다.

"그러세요." 그녀는 짤막하게 대답하고 이렇게 덧붙였다. "나도 갈 수 있다면 좋겠어요. 기다리는 것보다는…"

"나도 알아." 그는 이렇게 대답하고 아내에게 입을 맞추었다.

어제는 그에게도 기다림이 견딜 수 없는 일처럼 느껴졌다. 하지만 이제 기다리고 있던 시간이 다가오자 그는 불확실한 희망에 매달렸다.

그는 혼자 여관으로 차를 몰고 갔다. 잘 포장된 도로, 농작물이 심어진 들판, 안락한 농가들은 여느 때의 풍경과 조금도 다를 바 없었다. 어제만 해도 그는 오로지 돈 때문에 어린애를 집에서, 부모 곁에서 데려갈 만큼 흉악한 자들이 이 모든 평화와 풍요 밑에 숨어 있을 리가 없다고 말했을 것이다.

돈이 아닌 다른 이유는 있을 수 없다고, 그는 서쪽으로 꾸준히 차를 몰면서 생각했다. 그에게 원한을 품을 만한 사람은 아무도 없었다. 적어도 그가 아는 사람들 중에는 없었다. 물론 현실에 불만을 품고, 성공한 것처럼 보이는 사람이면 누구나 미워하는 자들은 항상 있게 마련이다. 그리고 물론 아버지에게 원한을 품고 있는 사람이 있을 가능성도 있었다. 아버지는 게으른 노동자들에게는 무자비했기 때문이다.

"바보로 태어난 사람을 바보라는 이유로 나무랄 수는 없지만,

게으른 놈은 그가 아무리 바보라도 얼마든지 나무랄 수 있다." 이것이 아버지의 지론이었다. 이번 사건의 범인은 그런 사람들 가운데 하나일지도 모른다. 그 사람이 비뚤어진 마음을 가진 사람만 아니라면 좋으련만.

그는 여관 안마당으로 들어가 차를 세웠다. 가슴 속에서 심장이 두근거리고 있었지만, 문간에 서 있는 여자에게 아무렇지도 않게 말을 걸었다.

"여기 바가 있습니까?"

"오른쪽에요." 토요일 오후라서 여관은 바빴다. 여자는 옆을 지나가는 그를 쳐다보지도 않았다.

술집 안으로 들어서자마자 그 사내가 눈에 띄었다. 별로 남의 눈길을 끌지 않는 작달막한 사내가 카운터 끝에 서 있었다. 회색 양복에 파란 줄무늬 셔츠를 입고, 새파란 넥타이를 매고, 주머니에는 파란 손수건을 꽂고 있었다. 켄트는 천천히 그 옆으로 다가갔다.

"위스키 소다를 주세요." 그가 바텐더에게 주문했다.

술집은 탁자에 앉아 술을 마시며 시끄럽게 떠들어대는 사람들로 가득 차 있었다. 켄트는 회색 양복 차림의 사내를 돌아보며 미소를 지었다.

"시골에서 이런 술집을 발견하는 건 좀 드문 일이지요?"

"예, 정말 그렇습니다." 작달막한 사내도 동의했다. 그의 목소리는 부드럽고 경쾌했다. 그의 앞에는 무언가 맑은 액체가 담긴 유리잔이 놓여 있었다. 그는 그 잔을 비우고 나서 바텐더에게 말했다. "같은 걸로 한 잔 더." 그러고는 켄트에게 설명했다. "'런던 세탁부의 대접'이라는 술이지요."

이렇게 작달막하고 여윈 얼굴을 가진 사내가 유능한 연방 수사관이라고는 상상하기 어려웠다.

"그만 갈까요?" 켄트가 불쑥 물었다.

"나를 태워주신다면…" 사내가 대답했다.

켄트의 가슴이 덜컹 내려앉았다. 그렇다면 이 사람은 나를 알고 있구나. 켄트는 고개를 끄덕였다. 그들은 술값을 치르고 밖으로 나와서 자동차 쪽으로 걸어갔다.

"시골길로 들어가서 곧장 북쪽으로 달리시오." 사내가 갑자기 날카롭게 말했다. 꿈꾸듯 부드러운 태도는 씻은 듯이 사라졌다. 그는 켄트 옆에 앉아서 팔짱을 꼈다. "그동안 일어난 일을 정확하게 말해주세요, 크로더스 씨."

켄트는 달리면서 그에게 이야기했다.

상대의 냉정한 태도가 켄트에게는 고맙게 느껴졌다. 모든 것과 모든 사람을 불신하는 태도도 고마웠다. 사내는 죽을 힘을 다해 사냥감을 쫓는 비쩍 마른 사냥개 같았다. 상대가 냉정했기 때문에 켄트도 이야기할 수 있었다.

"나는 댁의 이름도 모르는데요." 켄트가 말했다.

"그건 중요하지 않습니다." 사내가 말했다. "나는 이 사건을 담당하도록 파견된 사람입니다."

"아까도 말했듯이 우리한테는 적이 없습니다. 적어도 내가 아는 적은 한 사람도 없어요."

"사람은 알게 모르게 적을 갖게 마련이지요." 사내가 중얼거렸다.

"갱단이 그런 짓을 저질렀을 가능성은 거의 없는 것 같습니다만…"

"갱단은 어린애를 유괴하지 않습니다." 사내가 말했다. "물론 어른은 납치하지요. 하지만 어린애를 데리고 장난치지는 않습니다. 우선, 너무 위험하니까요. 어린애를 유괴하는 건 가장 위험한 범죄거든요. 영리한 놈들은 그걸 알고 있지요. 유괴는 항상 못난 놈들이 저지릅니다. 어쩌면 친구 두어 명과 짜고 할지도 모르지요."

"그게 왜 위험합니까?"

"결국은 붙잡히니까요." 사내는 어깨를 으쓱하며 말했다. "반드시 붙잡힙니다."

이 기묘하게 날카로운 사내에게는 사람을 안심시키는 무언가가 있었다. 그래서 켄트는 저도 모르게 불쑥 말했다.

"내 아내는 몸값을 주고 싶어 합니다. 당신은 몸값을 주는 게 잘못이라고 생각하시겠지요?"

"그건 올바른 결정입니다. 몸값은 주어야 합니다. 우리는 마술사가 아닙니다, 크로더스 씨. 우리는 어떻게든 유괴범과 접촉해야 합니다. 내가 아는 유괴사건 가운데 해결되지 않은 사건은 딱 두 건뿐인데, 그건 둘 다 부모가 몸값을 지불하지 않은 경우였습니다. 그래서 아무 단서도 얻을 수가 없었지요."

"아이들은 죽었나요?"

"한 아이는 죽었고, 또 한 아이는 끝내 돌아오지 않았지요."

그렇다면 차라리 죽음 속에 위안이 있을지도 모른다고 켄트는 생각했다. 베시가 살았는지 죽었는지도 모르는 것보다는 차라리 베시의 시체를 영원히 품에 끌어안고 있는 편이 나았다.

"어떻게 해야 하는지 말씀해주시면, 그대로 하겠습니다."

사내는 담배에 불을 붙였다.

"우리한테 알리지 않은 것처럼 행동하세요. 몸값을 주세요. 물론 지폐 번호는 모두 적어놔야 합니다. 놈들이 협박장에서 뭐라고 말했든 상관하지 말고요. 놈들이 어떻게 알겠습니까? 하지만 몸값을 주세요. 그리고 놈들이 하라는 대로 하세요. 여기로 전화하면 나와 연락할 수 있습니다." 그는 코트 주머니에서 종이 한 장을 꺼내어 켄트의 주머니 속에 집어넣었다. "하지만 우리가 당신 전화를 도청하게 된다는 건 미리 말씀드려야겠군요."

"뭐든지 좋으실 대로 하십시오."

"나한테 필요한 건 그것뿐입니다." 사내가 말했다. "우리가 받은 명령은 뭐든지 부모가 원하는 대로 하라는 겁니다. 당신은 분별 있는 분 같군요. 내가 전에 알았던 어떤 남자는 경찰이 가까이 오지 못하게 하려고 엽총을 들고 다녔답니다. 자기가 직접 일을 처리하겠다면서…."

"그 사람은 아이를 돌려받았나요?"

"아뇨. 몸값도 냈지요. 몸값을 내는 건 좋습니다. 그게 우리가 놈들을 잡는 수단이지요. 하지만 그 사람은 자기 원칙대로 하겠다고 고집을 부리면서 동네방네 떠들고 다녔어요. 우리는 기회를 잡지 못했지요."

켄트는 한 가지를 더 생각해냈다.

"나는 아무것도 아끼고 싶지 않습니다. 돈도 수고도 아끼지 않겠습니다. 물론 어떤 대가라도 기꺼이 치르겠습니다."

"좋습니다." 사내가 말했다. "이제 이야기는 끝난 것 같군요. 여관 근처에서 내려주세요. 나는 바에 들어가서 한 잔 더 마시겠습니다."

사내는 다시 꿈꾸는 듯한 태도로 돌아갔다. 켄트는 말없이 읍

내로 돌아왔다.

"됐습니다." 사내가 말했다. "안녕히 가십시오. 행운을 빌겠습니다."

사내는 차에서 뛰어내려 술집 안으로 사라졌다.

그리고 켄트는 초저녁의 어스름을 뚫고 집으로 돌아오면서, 아내에게 해줄 이야기가 너무 적다고 생각했다. 사실은 그 회색 양복 차림의 사내가 마음에 들었고 믿음직했다는 것 말고는 할 이야기가 없었다. 아니, 그것만은 아니었다. 회색 양복의 사내는 그 인물 자체보다 훨씬 더 큰 무언가를 상징하고 있었다.

그는 이런 범죄에 맞서 조직된 정부의 힘을 상징하고 있었다. 그것은 위안이었다. 그 사람 뒤에는 국가의 경찰력이 버티고 있었다. 그 경찰력은 모두 켄트 크로더스라는 한 국민이 아이를 찾을 수 있도록 도와줄 터였다.

집에 도착해 보니 앨린이 현관 홀에서 그를 기다리고 있었다.

"그 사람은 정말 아무 말도 하지 않았어." 켄트는 아내에게 입을 맞추면서 말했다. "몸값을 줘야 한다는 당신 말이 옳다고 말했을 뿐이야. 우리는 몸값을 지불해야 해. 그래도 그 사람은 비범했어. 베시가 아직 살아 있다면 우리는 베시를 되찾을 수 있을 거야. 어쩐지 그런 기분이 들어. 그 사람은 그렇게 남을 안심시키는 힘을 가진 사람이야."

앨린은 허물어지지 않았지만, 그는 아내가 그의 품에 안긴 채 바들바들 떨고 있는 것을 느꼈다. 그는 사무적으로 말을 이었다.

"지폐 번호를 적어놔야 해, 여보."

이층 침실에서 문을 잠그고 지폐 번호를 적으면서 그는 이렇게 하는 게 옳다고 계속 주장했다.

12시 15분 전에 그는 갈림길로 이어지는 울퉁불퉁한 길을 덜컹거리며 달리고 있었다. 그는 어릴 적부터 그 길을 걸어 다녔기 때문에 눈을 감고도 다닐 수 있을 만큼 그 길을 환히 알고 있었다. 그러나 휴일에 그 길을 걸었던 어린 소년은 불안에 사로잡힌 채 허둥대는 오늘 밤의 그 자신과는 아무 관계도 없었다.

그는 죽은 참나무 밑에 차를 세우고, 돈을 가득 채워 넣은 골판지 상자를 들고 차에서 내렸다. 어둠 속에서는 아무 소리도 들리지 않았지만, 그리 멀지 않은 곳에 베시를 데려간 놈들이 있다는 것을 알았다.

어젯밤에 느꼈던 확신이 또 느닷없이 그를 사로잡았다. 그는 베시의 울음소리가 들릴 거라는 확신을 품고 귀를 기울였다. 지금 이 순간 베시는 낡은 물방앗간 안에 있을지도 모른다. 그러나 아무 소리도 들리지 않았다. 그는 허리를 굽혀 돈이 든 상자를 나무 밑동에 내려놓았다.

바로 그 순간 그는 땅에서 30센티미터 위를 가로지른 끈에 걸려 비틀거렸다. 아니, 이게 뭐지? 그는 손으로 끈을 더듬으며 따라가보았다. 끈은 나무를 둘러싸고 있었다. 어디서나 흔히 볼 수 있는 노끈이었다. 나무를 한 바퀴 돈 노끈은 돌멩이 아래로 들어갔고, 돌멩이 밑에 종이쪽지가 숨겨져 있었다. 그는 쪽지를 집어 든 다음, 라이터를 켜고 서투른 활자체의 글씨를 읽었다.

모든 게 우리가 지시한 대로 된 것이 확인되면 내일 밤 12시에 당신 고용인의 집에 아이를 데려다 놓을 테니 거기 가서 아이를 데려가라. 만약에 우리를 속이면 아이를 죽여서 돌려보내겠다.

그는 라이터를 껐다. 베시를 죽여서 돌려보낸다고? 그것은 모두 그가 어떻게 하느냐에 달려 있었다. 그리고 이제 어떻게 하든 그것은 그 혼자 해야 할 것이다. 그는 모든 조치를 결정할 때까지 앨린에게 돌아가지 않기로 결심했다.

그는 꾸준히 차를 몰았다. 회색 양복의 사내한테 전화하지 않으면 베시는 피터의 집으로 살아서 돌아올지 모른다. 그 사내한테 전화를 해도 놈들이 그 사실을 알아내지 못하면 어쨌든 베시는 살아서 돌아올지 모른다. 하지만 그 사내가 실수를 저지르고, 그래서 놈들이 속았다는 걸 알게 되면 베시는 죽게 될 것이다.

앨린이 뭐라고 할지는 뻔하다. "베시만 집으로 데려올 수 있다면, 다른 건 어찌 되든 상관없어요! 사람은 우선 자기 자신을 생각해야 해요." 물론 앨린의 말이 옳다. 그 사람한테 전화하면 안 돼. 어쨌든 나는 유괴범들한테 기회를 줄 거야. 베시가 안전하게 살아서 돌아오면, 그게 무엇이든 다 정당화해줄 거야. 하지만 만약 죽어서 돌아온다면….

그때 그는 그 작달막한 사내의 확고한 태도와 남을 안심시키는 분위기를 기억해냈다. 그 사람만은 무엇을 어떻게 해야 하는지를 알고 있는 것 같았다. 그리고 모든 걸 직접 처리하려고 한 부모들은 결국 어떻게 됐지? 그 부모들의 아이들도 끝내 돌아오지 않았잖아. 아니야, 나는 내가 해야 할 일이 뭔지 알고 있어. 그대로 하는 게 좋아.

그는 집으로 터벅터벅 들어갔다. 앨린은 이층 침대에 눈을 감고 누워 있었다.

"여보." 그가 부드럽게 부르자 앨린은 당장에 눈을 뜨고 일어나 앉았다. 그는 쪽지를 앨린에게 건네주고 침대 끝에 걸터앉았다. 그녀는 눈을 들어 비참한 얼굴로 그를 바라보았다.

"24시간이 더 남았군요!" 그녀가 속삭였다. "그때까지는 도저히 참을 수 없어요."

"아니, 참을 수 있어." 켄트는 엄격하게 말했다. "참아야 해!" 지금 앨린이 무너지면 안 된다고 생각했다. 내가 채찍질을 해야 한다면, 그렇게 해서라도 앨린이 무너지는 걸 막아야 해.

"우리는 기다려야 해. 그것 말고 우리가 할 수 있는 일이 또 뭐가 있겠어? 마이크 오브라이언한테 얘기할까? 신문에 실리게 해서 모든 걸 망쳐버릴까?"

"아녜요." 그녀는 고개를 저으면서 말했다.

그는 일어섰다. 아내를 끌어안고 싶었지만 감히 그럴 용기가 나지 않았다. 이 일이 모두 끝나면, 자기가 그녀를 어떻게 생각하는지—그녀가 얼마나 훌륭했는지, 얼마나 용감하고 의연했는지—를 말해줄 작정이지만, 지금은 그럴 수가 없었다. 그들은 둘 다 무너지기 직전의 상태였기 때문에, 그 낭떠러지 끝에 가까이 가지 않는 편이 나았다.

"일어나요." 켄트가 말했다. "뭘 좀 먹읍시다. 난 온종일 아무것도 안 먹었어."

일어나서 바쁘게 움직이는 게 아내한테도 좋을 것이다. 앨린도 역시 온종일 아무것도 먹지 않았다.

"좋아요." 앨린이 대답했다. "찬물로 세수 좀 하고 내려갈게요."
"기다릴게." 그가 대답했다.

그는 이 시간을 이용해서 회색 양복 차림의 사내한테 연락하기로 마음먹었다. 무슨 일이 있어도 그 사람한테 연락해야 해. 악당들은 지금 내 돈을 갖고 있을 테고, 나는 그 사람한테 운명을 걸겠어. 그는 사내가 주머니 속에 넣어준 전화번호를 돌렸다. 신호가 가자마자 그 사내의 느릿느릿한 목소리가 들려왔다.

"여보세요?" 사내가 말했다.

"켄트 크로더스입니다. 초대장을 받았습니다."

"그래요?" 목소리가 갑자기 민첩해졌다.

"내일 열두 시예요!"

"그래요? 장소는요? 물론 밤 열두 시겠죠? 놈들은 항상 한밤중에 일을 하니까."

"우리 정원사네 집입니다."

"좋습니다, 크로더스 씨. 계속해서 우리한테 알리지 않은 것처럼 행동하세요."

수화기에서 찰각 소리가 났다.

켄트는 귀를 기울였지만 더 이상 아무 소리도 나지 않았다. 모든 게 똑같아 보였지만 사실은 아무것도 똑같지 않았다. 어딘가에서 누군가가 이 전화선을 새치기했다. 그의 집으로 걸려오거나 그의 집에서 거는 전화 내용은 누군가가 한마디도 빼놓지 않고 모두 듣고 있었다. 그것은 불길했지만, 한편으로는 마음이 든든했다. 죄를 지은 사람이라면 불길하게 느껴질 것이다.

앨린이 계단을 내려오는 발소리가 들렸다. 그는 앨린을 맞으러

나갔다.

"나는 어떤 예감을 느끼고 있어." 그가 미소를 지으면서 말했다.

"뭔데요?" 그녀도 미소를 지으면서 물었다.

그는 아내를 식당으로 끌고 가면서 말했다.

"우리가 이길 거라는 예감이야."

그는 속으로 덧붙였다. '베시가, 내 생명의 그 작은 심장이 아직 살아 있다면 말이야.' 이어서 그는 눈앞에 또렷이 떠오르는 베시의 얼굴을 단호하게 기억에서 밀어냈다.

"뭘 좀 먹어야겠어. 그리고 당신도 먹어야 해. 내일은 놈들을 무찔러야 하니까."

그러나 내일은 하마터면 그들을 좌절시킬 뻔했다. 시간은 꿈쩍도 하지 않고 정지해 있었다. 시간을 흐르게 할 방법은 전혀 없었다. 그들은 집에서 잡다한 일을 하며 시간을 채웠다. 다행히 그날은 일요일이었다. 켄트의 어머니가 감기에 걸린 것은 더욱 다행이었다. 켄트의 부모는 일요일마다 그들을 찾아오곤 했는데, 어머니가 감기에 걸리는 바람에 아버지도 올 수 없게 됐다고 전화로 알려왔다.

세 식구는 함께 시간을 보냈다. 오후 서너 시에 이미 켄트는 모든 일을 깨끗이 마무리했다. 1년 동안 할 잡다한 일을 하루 만에 해치웠다. 그런데도 시간이 남았다.

그들은 브루스와 게임을 했다. 그리고 마침내 브루스가 잠자리에 들 시간이 왔다. 그들은 브루스를 침대로 데려갔다. 그런 다음 책을 한 권씩 들고, 다시 아이방과 가까운 이층 침실에 자리를 잡았다.

언젠가 이런 시간이 모두 끝나면 그는 다시 많은 일들을 생각해야 할 것이다. 그러나 지금은 아무 생각도 할 수가 없었다. 자정에 이런 생활이 끝날 때까지는 모든 것을 뒤로 미루어야 했다. 그 시간 이후의 일에는 도저히 생각이 미치지 않았다.

밤 11시에 그가 일어났다.

"이제 가야겠어." 그는 말하고 허리를 굽혀 아내에게 입을 맞추었다. 아내가 그에게 매달렸다. 그러나 몸이 닿자마자 그들은 다시 몸을 뗴었다. 아직은 무너질 때가 아니라는 것을 그들은 똑같이 알아차렸다.

그는 되도록 소리를 내지 않고 차를 몰았다. 그리고 여섯 구역 떨어진 도로 끝에서 차를 내렸다. 이어서 그는 금방이라도 쓰러질 것 같은 방갈로 몇 채를 지나고, 아무것도 없는 텅 빈 구획 두 개를 지나, 피터의 집으로 걸어갔다. 집은 캄캄했다. 한 줄기 빛도 새어 나오지 않았다. 그는 삐걱거리는 대문을 열고, 현관으로 다가가서 조심스럽게 문을 두드렸다. 피터의 우물거리는 소리가 들렸다.

"누구요?"

"나요. 켄트 크로더스." 그는 낮은 목소리로 말했다. 문이 열렸다. "나를 좀 들여보내줘요, 피터. 놈들이 여기로 베시를 데려올 거요."

"우리 집으로요? 불을 켜겠습니다요."

"아니요, 피터, 불은 켜지 말아요. 그냥 여기 어두운 곳에 앉아 있을 테니까. 하지만 문은 잠그지 말아요. 알았지요? 내가 문가에 앉아 있겠어요. 의자는 어디 있죠? 아, 저기 있군." 그는 심하게 몸을 떨고 있어서, 피터가 밀어준 의자에 비틀거리며 주저앉았다.

"마실 걸 좀 드릴깝쇼? 옥수수 술이 좀 있는데."

"고마워요, 피터."

발을 질질 끌며 멀어져가는 피터의 발소리가 들렸다. 그리고 잠시 뒤에 피터가 양철 컵을 그의 손에 밀어 넣었다. 그는 냄새가 나는 술을 목구멍으로 넘겼다. 불을 삼킨 것처럼 속이 화끈거렸지만 마음은 좀 차분해졌다.

"제가 할 수 있는 일이 없을까요, 크로더스 나리?" 피터의 속삭이는 소리가 어둠 속에서 희미하게 들려왔다.

"없어요. 그냥 기다리세요."

"그럼 여기서 기다리겠습니다. 마누라는 자고 있습죠. 이따가 침대로 돌아가면 혼 좀 내주겠습니다."

"좋아요. 하지만 말을 하면 안 돼요." 켄트도 속삭이는 소리로 말했다.

"예, 나리."

이렇게 앉아서 기다리는 것은 오늘의 기나긴 고통 중에서도 가장 지독한 고통이었다. 밖에서 나는 소리를 들으려고 귀를 곤두세우고 아무것도 모른 채 가슴을 조이며 꼼짝도 않고 앉아 있는 것은….

회색 양복 차림의 사내에게 무슨 일이 일어난다면? 그들이 실수를 저질러서, 베시를 여기로 데려오는 범인에게 겁을 주어 쫓아버린다면? 새벽이 올 때까지 여기 앉아서 계속 기다려야 한다면? 그리고 집에서는 앨린이 가슴을 조이며 기다리고 있었다.

기나긴 하루는 이것에 비하면 아무것도 아니었다. 그는 지나온 인생을 모두 돌이켜보고, 지금 그와 앨린이 놓여 있는 이 잔인한 상황의 공포를 곰곰 생각하며 앉아 있었다. 자유로운 나라라고?

아이가 살해되지나 않을까 두려워서 감히 입을 열 수 없다는 이유로 범죄에 대해 입을 다물고 있으면, 아무도 자유롭지 않았다. 베시가 죽는다면, 놈들이 아이를 돌려주지 않는다면, 그는 회색 양복의 사내한테 전화했다는 사실을 절대로 앨린한테 말하지 않을 작정이었다. 그래도 그는 전화한 것을 기쁘게 생각했다. 결국 존경할 만한 시민이 의지할 곳은… 하지만 만약 베시가 죽는다면… 이런 고통에 시달리느니 차라리 자살해버렸더라면 좋았을 거라는 생각마저 들었다.

그는 두 손을 깍지 끼고 앉아 있었다. 손을 너무 힘껏 끼어서 두 손이 점점 얼얼해지는 것을 느낄 정도였지만, 손을 움직일 수가 없었다. 누군가가 큰 소리로 노래를 부르며 거리를 내려오고 있었다.

"주정뱅이예요." 피터가 속삭였다.

켄트는 대답하지 않았다. 거리가 다시 조용해졌다.

이윽고―그에게는 자정이 지난 뒤 몇 시간이나 흐른 것처럼 느껴졌다―어둠 속에서 자동차 한 대가 대문으로 다가와 멈춰 서는 소리가 들렸다. 대문이 삐걱거리며 열렸다가 다시 닫혔다. 그리고 차는 멀어져갔다.

"계단 아래로 나를 안내해줘요." 켄트가 피터에게 말했다.

지금까지 그렇게 캄캄한 밤은 본 적이 없었다. 그러나 밖으로 나오자 하늘에 별들이 빛나고 있었다. 피터가 그를 이끌고 대문으로 걸어갔다. 대문 옆에서 피터가 허리를 굽혔다.

"여기 있습니다요." 피터가 말했다.

켄트는 현기증이 나서 비틀거리며, 다시 품에 안긴 베시를 느꼈다. 베시는 축 늘어져 있어서 몹시 무거웠다.

"몸이 따뜻해." 켄트가 중얼거렸다. "그게 중요해."

그는 베시를 집 안으로 데려갔다. 피터가 촛불을 켜서 들어 올렸다. 베시였다. 어린 딸 베시였다. 베시의 하얀 옷은 더러워지고, 그 위에 남자용 스웨터를 뒤집어쓰고 있었다. 베시는 천천히 숨을 쉬고 있었다.

"무슨 약을 먹은 것 같은뎁쇼." 피터가 중얼거렸다.

"집으로 데려가야겠어요." 켄트는 미친 듯이 속삭였다. "나를 자동차까지 좀 부축해줘요, 피터."

"예, 나리." 피터는 촛불을 불어서 껐다.

그들은 말없이 거리를 따라 내려갔다. 피터가 한 손으로 켄트의 팔을 잡아서 부축했다. 베시를 집으로 데려가면….

"제가 운전할깝쇼?" 피터가 묻고 있었다.

"아무래도 그러는 게 나을 것 같군요." 그가 대답했다.

그는 베시를 안고 차에 올라탔다. 베시는 무서울 만큼 축 늘어져 있었다. 고맙게도 그는 베시의 숨소리를 들을 수 있었다. 이제 조금만 있으면 베시를 엄마 품에 안겨줄 수 있을 것이다.

"꾸물거리지 말고 빨리 가요, 피터."

"예, 나리." 피터가 대답했다.

앨린은 대문에서 기다리고 있었다. 그녀는 대문을 열고 한마디 말도 없이 아이를 향해 팔을 내밀었다. 그는 문을 닫았다. 그 순간 심한 현기증과 함께 토할 것 같은 기분을 느꼈다.

"당신한테 말할 작정이었어." 그는 헐떡거렸다. "하지만 말해야 할지 어떨지 몰랐어." 그는 비틀거리다가 마룻바닥에 털썩 쓰러졌다.

앨린은 놀랄 만한 여자였다. 그녀는 바위처럼 단단하고 훌륭했다. 이튿날 그가 눈을 떠보니 지난 며칠 동안 그 끔찍한 고통을 견딘 가냘픈 여자가 침대 옆에서 미소를 짓고 있었다. 그녀는 그저 안색이 조금 창백할 뿐이었다.

"의사가 그러는데, 당신은 일하러 나가면 안 된대요." 그녀가 말했다.

"의사?" 그가 물었다.

"어젯밤에 당신과 베시 때문에 의사를 불렀어요. 의사는 아무한테도 말하지 않을 거예요."

"내가 좀 이상했어." 그가 멍하니 말했다. "베시는 어디 있지? 어때?"

"베시는 괜찮을 거예요." 앨린이 말했다.

"아니… 베시는 어떠냐고?"

"이리 와서 보세요."

그는 일어났다. 다리가 휘청거렸다. 간밤에 다리가 그렇게 맥없이 무너진 걸 생각하니 우스웠다. 아직도 몸에는 기력이 하나도 없었다.

그들은 아이방으로 들어갔다. 베시의 침대에 사랑하는 딸 베시가 누워 있었다. 베시는 이제 좀 더 자연스럽게 잠들어 있었고, 안색이 좀 나쁜 것 말고는 얼굴에 어떤 흔적도 남아 있지 않았다.

"베시는 이 일을 기억하지도 못할 거예요." 앨린이 말했다. "브루스가 아니라서 다행이에요."

그는 대답하지 않았다. 생각할 수가 없었다. 지금은 아무 생각도 하면 안 되었다.

"침대로 돌아가요, 여보." 앨린이 말했다. "아침 식사를 가지고 올라올게요. 브루스는 아래층에서 아침을 먹고 있어요."

그는 자신의 허약함에 부끄러운 표정을 지으며 다시 침대로 올라갔다.

"커피를 조금 마시면 괜찮아질 거야. 그러면 일어날 수 있을 거야."

침대는 놀랄 만큼 기분 좋게 느껴졌다. 그는 고마운 마음으로 침대에 드러누웠다. 그러나 살아 있는 한 그는 밤마다 그 기억 때문에 식은땀을 흘리며 잠에서 깨어날 것이다. 침대 옆에서 전화벨이 울렸다. 그가 수화기를 들고 말했다.

"여보세요?"

"안녕하십니까, 크로더스 씨." 어떤 목소리가 대답했다. 회색 양복의 목소리였다. "아기는 어떤가요? 다치지 않았습니까?"

"아니요!" 켄트가 외쳤다. "베시는 괜찮습니다."

"잘됐군요. 우리가 어젯밤에 범인을 잡았다는 걸 알려드리고 싶었을 뿐입니다."

"그래요?" 켄트는 벌떡 일어났다. "아니! 그건… 그건 정말 놀랍군요."

"그 주변에 비상선을 쳐놨지요. 거기에 걸려든 겁니다. 돈도 돌려받게 될 겁니다."

"그건… 중요한 문제가 아닙니다. 그런데 누구였습니까?"

"해리 브라운이라는 녀석입니다. 슈퍼에서 일하는 젊은 녀석이죠."

"들어본 적도 없는 이름인데요."

"그 녀석도 당신이 자기를 모를 거라고 하더군요. 하지만 그 녀석 아버지는 당신 아버지와 같은 학교에 다녔고, 당신 이야기를 많이 들었답니다. 녀석의 아버지는 가난뱅이인 모양인데, 그래서 당신 아버지를 질투했겠지요. 아마 그럴 겁니다. 그 녀석은 당신이 자기한테 빚을 졌다고 생각했다네요. 물론 미친 소리지요. 어쨌든 이건 쉬운 사건이었어요. 녀석은 영리하지 못했고, 게다가 잔뜩 겁을 먹었더군요. 당신도 분별 있게 행동했고요. 대부분은 허둥대며 소동을 피우다가 기회를 망쳐버리지요. 안녕히 계세요, 크로더스 씨. 정말 기쁩니다."

전화가 끊겼다. 그것뿐이었다. 모든 게 믿을 수 없는 일처럼, 도저히 있을 수 없는 일처럼 느껴졌다. 켄트는 낯익은 방을 둘러보았다. 그 일이 정말로 일어났을까? 그 일은 일어났고, 이제 모두 끝났다. 이 미친 나라에서 일어난 수많은 유괴사건, 사건이 모두 끝나고 범인이 붙잡힐 때까지는 철저히 비밀에 부쳐지는 수많은 유괴사건 가운데 하나였다.

아래층으로 내려가면 고용인들에게 각각 100달러씩 줄 작정이었다. 몰리는 결국 유괴사건과는 아무 관계도 없었다. 수수께끼는 아침 안개처럼 사라졌다.

앨린이 쟁반을 들고 문간에 서 있었다. 학교에 갈 준비를 마친 브루스가 엄마 뒤를 따라왔다. 앨린이 너무나 아무렇지도 않게 말을 걸었기 때문에 켄트는 아내의 목소리가 떨리는 것도 거의 알아차리지 못했다.

"당신은 뭐라고 하실 거예요? 피터 영감이 오늘 브루스와 함께 학교까지 걸어간다면요? 우린 어떻게 해야 하죠?"

그 순간 그는 회색 양복 차림의 사내, 끝내 이름도 알지 못한 그 불굴의 사내, 나라를 위해 법률을 지키려고 애쓰는 수많은 사람들 가운데 하나가 했던 말이 생각났다. 그 작달막한 사내는 그날 차 안에서 이렇게 말했다.

"우리 국민성은 참 이상합니다. 법은 지키라고 만든 것인데, 법을 만들어놓으면 오히려 지키지 않으려 든단 말입니다. 몸값 지불을 금지하는 법률을 만들면, 마약 금지법을 지키지 않는 것처럼 그 법률도 지키려 들지 않을 거예요. 그래서 유괴범들이 여전히 날뛰고 있지요. 그건 민주주의를 위해 치러야 하는 대가입니다."

그렇다. 그건 대가였다. 모든 사람―그와 앨린, 그들이 하마터면 잃을 뻔했던 베시, 그리고 지금 감옥에 갇혀 있는 젊은이―이 치러야 하는 대가였다.

"이 나라는 브루스가 살아야 할 조국이야." 그가 말했다. "브루스, 너 혼자 갈 수 있겠지?"

"그럼요." 브루스는 용감하게 대답했다.

완전범죄

벤 레이 레드먼

벤 레이 레드먼(Ben Ray Redman, 1896~1961)

미국의 작가·편집자·평론가. 《뉴욕 타임즈》《세터데이 리뷰》 등에 서평과 칼럼을 오랫동안 기고했으며, 할리우드에서 각본가로 활동하기도 했다. 아내(영국 출신의 여배우 프리다 에네스코트)에게 전화로 세계 정세에 절망했다고 말한 뒤 자살했다.
수록 작품의 원제목은 'The Perfect Crime'(1934)이다.

세상에서 가장 위대한 탐정은 자기 나이보다 더 오래된 포도주를 만족스럽게 홀짝거리며, 가장 친한 친구를 탁자 너머로 바라보았다. 참으로 오랜만에 만나는 친구였다. 그레고리 헤어는 그를 마주 보며, 그의 말을 기다리거나 듣고 있었다.

"완전범죄가 가능하다는 건 의심할 여지가 없어." 트레버는 술잔을 내려놓으면서 말했다. "완벽한 범죄자만 있으면 돼."

"그야 물론이지." 헤어는 어깨를 으쓱하며 동의했다. "하지만 완벽한 범죄자란…."

"완벽한 범죄자는 실제로는 좀처럼 만날 수 없는 전설적인 인물이라는 건가?"

"그래." 헤어는 커다란 머리를 끄덕이며 말했다.

트레버는 한숨을 내쉬고 다시 포도주를 한 모금 들이킨 다음, 여위고 날카로운 코 위에 얹힌 안경을 매만졌다.

"그렇지 않아. 솔직히 말하면 나도 아직까지는 완벽한 범죄자를 만나지 못했지만, 항상 희망을 품고 있다네."

"범죄자한테 멋지게 속아 넘어가기를 바란다는 건가?"

"아니, 완벽한 수사 기법을 그 가능성의 한계까지 시험해보고 싶다는 뜻일세. 탁월한 재능을 지닌 수사관은 단순히 후각이 예민

완전범죄 327

한 수색견의 피가 혈관에 흐르고 있는 직관적인 경찰관이나 꼼꼼한 과학자가 아니라, 그 이상의 존재야. 그런 사람은 예술 비평가이기도 하지. 시시한 이류 작품만 계속 비평하도록 강요당하는 건 어떤 비평가도 좋아하지 않는다네."

"그야 그렇겠지."

"이류 작품도 충분히 나쁘지만, 가장 나쁘진 않아. 날마다 일어나는 삼류, 사류, 오류 범죄를 생각해보게. 그리고 소위 걸작이라는 '명작'조차도 자세히 들여다보면 서투른 그림일 뿐이야. 여기저기 미숙한 색채와 부적당한 선이 보이지. 잘못된 부분도 있고, 흔들린 부분도 있게 마련이지."

"살인자는 대부분 어리석으니까." 헤어가 말참견을 했다.

"어리석다고? 물론 그래. 자네는 숱한 살인자를 변호했으니까 그들이 어리석다는 걸 당연히 알고 있겠지. 문제는 가장 뛰어난 정신을 가진 사람이 최선의 노력을 기울여 살인을 저지르는 경우가 없다는 거야. 대체로 살인은 열등한 정신을 가진 사람이 제 능력을 벗어나는 완벽함을 얻으려고 교활하게 애쓴 결과이거나, 뛰어난 정신을 가진 사람이 열정에 눈이 멀어 잠시 그 능력을 십분 발휘하지 못한 결과라네. 물론 살인마는 영리한 경우가 많지만, 상상력과 다양성이 부족해. 그들은 같은 범죄를 되풀이할 수밖에 없기 때문에 자동차가 급정차하듯 조만간 살인을 멈추게 되지."

"반복은 지루하니까." 헤어가 중얼거렸다. "그리고 누군가가 말했듯이 지루함은 용서할 수 없는 죄악이지."

"맞아." 트레버도 동의했다. "정말 그래. 그리고 많은 살인자들은 그것 때문에 발목이 잡혔지. 하지만 허영심 때문에 처벌을 받은 경우도 그에 못지않게 많아. 사실상 모든 살인자들은 우연히 범죄를 저지르지만 않았다면 지독한 에고이스트야. 그건 자네도 잘 알고 있을 거야. 살인자는 권위의식이 엄청나게 강하고, 그래서 대개는 입을 다물고 있질 못한다네."

해리슨 트레버 박사의 안경이 눈부시게 빛났다. 그는 빠르고 정확하게 말을 뱉어낼 때마다 안경에 매달린 검은 끈을 계속 손으로 잡아당겼다. 범죄는 그가 잘 아는 분야였고, 그는 전문가였다. 20년 동안 그는 범죄자들을 전문적으로 사냥하여 합법적인 먹이로 삼았다. 그는 모든 나라에서 범죄자를 사냥했고, 그의 사냥 솜씨는 뛰어났다. 이층 침실에 있는 서랍장에는 빨간 가죽을 씌운 커다란 상자가 있는데, 그 안에는 그 성공의 상징들이 가득 들어 있었다. 금과 은으로 제작된 훈장과 화려한 리본들은 유럽 각국의 정부가 중요한 사건이 일어났을 때 이 시대의 가장 위대한 범죄 사냥꾼에게 얼마나 큰 고마움을 느꼈는가를 말없이 증언해주고 있었다. 트레버가 살인에 대해 독단적인 태도를 취한다 해도 그에게는 충분히 그럴 자격이 있었다.

반면에 그레고리 헤어는 상대의 말에 경의를 표하는 훌륭한 청취자였지만, 형사 전문 변호사로서 오랜 경험을 쌓았기 때문에 그 나름의 견해를 갖고 있었다. 그는 법률적 이익을 얻기 위해 일부러 자신의 견해를 밝히지 않는 경우를 제외하고는 언제나 거리낌 없이 자신의 견해를 밝혔다. 지금도 그는 조용한 목소리로 천천히 자신의 견해를 이야기했다.

"살인자들 모두가 지독한 에고이스트라고? 그러면 위대한 탐정은 어떻게 되지?"

트레버는 눈을 깜박거리고 있다가 차가운 미소를 지으며 검은 안경끈을 잡아당겼다.

"대부분의 탐정이 멍청이라는 건 솔직히 인정하겠네. 완전한 멍청이에다 공작새처럼 허영심이 강하지. 위대한 탐정은 아주 드물어. 내가 아는 위대한 탐정은 세 명뿐이야. 그중 한 사람은 지금 오스트리아의 빈에 있고, 또 한 사람은 프랑스 파리에 있고, 세 번째는…."

헤어는 손을 들어 트레버의 말을 가로막고 말했다.

"세 번째, 아니 첫 번째 탐정은 지금 이 방에 있지."

세상에서 가장 위대한 탐정은 기운차게 고개를 끄덕였다.

"그래. 거짓으로 겸손한 척해 봤자 무슨 소용이 있겠나? 안 그래?"

"맞아. 그리고 해링턴 사건이 해결된 직후에 그런 태도를 유지하기는 좀 어려울지도 모르지. 그 불쌍한 녀석은 지지난 주에 처형되었다며?"

트레버는 코방귀를 뀌었다.

"그래. 자네가 그 살인자를 불쌍한 녀석이라고 부르고 싶다면 마음대로 하게. 그 녀석은 계획적인 살인자였어. 그건 그렇고, 아까 하던 우리의 완전범죄 이야기로 돌아가세."

"우리가 아니라 자네의 완전범죄겠지." 헤어는 정중하게 트레버의 말을 정정했다. "나는 아직 완전범죄가 가능하다는 주장에 동의하지 않았으니까. 그리고 설령 완전범죄가 저질러졌다 해도, 거기에 대해서 어떻게 알 수 있겠나? 범죄자는 영원히 잡히지 않을 텐데."

"그 사람이 예술가의 자부심을 조금이라도 갖고 있다면, 자기가 죽은 뒤에 발표되도록 완전한 범죄 보고서를 남길 거야. 게다가 자네는 완벽한 수사 방법이 있다는 걸 잊고 있군."

헤어는 낮은 소리로 휘파람을 불었다.

"자네한테는 이론적으로 문제가 있어. 완벽한 탐정이 완벽한 범죄자를 붙잡으려고 한다면, 어떻게 되겠나? 그건 어떤 방패도 뚫을 수 있는 창과 어떤 창도 뚫지 못하는 방패의 문제와 마찬가지야. 참으로 재치있는 얘기지만, 완벽함 따위는 존재하지 않는다는 게 옥에 티지."

트레버 박사는 꼿꼿이 앉아서 헤어를 노려보았다.

"범죄 수사에는 완벽함이 존재해."

"글쎄, 아마 그렇겠지." 헤어는 상냥하게 웃었다. "그건 자네가 나보다 더 잘 알 테니까. 하지만 자네가 말하는 완벽한 수사 방법은 실제로는 불완전한 범죄를 수사하는 완벽한 방법이라고 생각하네."

박사의 엄격한 태도는 사라지고, 이제 그는 지금까지 한 번도 보인 적이 없는 상냥한 미소를 짓고 있었다.

"그래, 그럴지도 모르지. 아마 그럴 거야. 하지만 그래도 나는 작은 실험을 한번 해보고 싶어."

"그게 뭔데?"

"내 지성을 총동원해서 범죄를 저지른 다음, 그 세부적인 사항을 모조리 잊어버리고, 내 수사 기법을 총동원해서 나 자신이 창조한 수수께끼를 해결하는 실험이야. 나는 나 자신을 범인으로 잡게 될 것인가, 아니면 놓치고 말 것인가? 그게 문제야."

"아주 멋진 시합이 될 것 같군." 헤어는 동의했다. "하지만 그게 과연 잘될까? 망각은 사소한 일인 것 같지만, 실제로는 어려운 일이거든. 어쨌든 그 결과를 예측하는 건 재미있을 것 같군."

"그래, 재미있을 거야." 트레버 박사는 그의 기질과는 달리 꿈꾸는 듯한 얼굴로 말했다. "하지만 우리는 절대로 우리가 원하는 만큼 멀리까지 앞을 내다볼 수는 없는 법이지. 내 일본인 하인인 다나카가 어려운 질문을 받을 때마다 인용하는 속담이 있는데, 다나카는 미소를 지으면서 이렇게 대답한다네. '후지산에 올라가면 분명 멀리까지 볼 수 있을 겁니다.' 문제는 대부분의 경우 그 산에 올라갈 수가 없다는 거야."

"다나카는 현명한 친구로군. 하지만 트레버, 완전범죄에 대한 자네의 개념이 뭔지 말해주겠나?"

"내 개념은 아직 명확하게 구체화되진 않았지만, 마음속에 대충 윤곽은 그려져 있지. 그 윤곽을 되도록 정확하게 설명해주겠네. 하지만 우선 서재로 올라가세. 거기가 더 편안하고, 다나카도 식탁을 치워야 하니까. 자네가 피울 시가를 갖고 따라오게."

집주인은 앞장서서 좁은 계단을 올라갔다. 트레버 박사의 집은 매디슨가에서 그리 멀지 않은 이스트 50번가의 작은 벽돌 건물이었다. 외관은 집주인에게 어울리지 않게 아름다웠지만, 말끔히 정돈된 내부는 집주인의 꼼꼼한 성격과 딱 어울렸다. 돈 많은 뉴욕의 기준으로 보면 큰 집은 아니었지만, 박사가 한때 뒷마당이었던 터에 건물을 증축했기 때문에, 바깥 거리에서 보는 것보다는 상당히 널찍했다. 이 새로 지은 부분에는 아래층에 부엌과 하인방이 있고, 위층에는 실험실 겸 작업실이 있었다. 산업이나 연구에 종사하는 과학자라면 누구나 그 방의 설비를 부러워했을 것이다. 방을 빈틈없이 둘러싸고 있는 서가에는 어떤 신문사의 조사부도 따라가지 못할 만큼 완벽한 참고자료가 갖추어져 있었다. 실험실은 서재에서 문을 열고 들어가도록 되어 있었는데, 서재 자체는 이상적인 공부방과 비슷했다. 해리슨 트레버 박사의 집은 요컨대 독신 남자의 이상적인 거처였고, 그는 한 번도 그 집을 다른 형태로 바꾸고 싶다는 생각을 해본 적이 없었다. "트레버가 독신을 고집하는 것도 당연하다"고 말할 만한 이유를 찾아낸 남자 손님은 한두 명이 아니었다.

헤어가 집주인의 고급 시가를 피우면서 하인이 탁자에 놓아준 음료를 맛볼 때, 그의 마음을 스쳐 간 것도 바로 그 생각이었다. 헤어도 역시 독신 생활을 즐기고 있었지만, 독신의 즐거움을 그토록 철저히 즐기는 요령은 아직도 체득하지 못했다. 그는 판에 박힌 일상생활에서 몇 가지 점을 개선할 작정이었다. 그럴 만한 여유는 있었다.

"완전범죄는 당연히 살인이어야 돼." 트레버의 목소리가 그들이 서재에 들어온 이후 계속된 침묵을 깨뜨렸다.

헤어는 커다란 덩치를 약간 돌리며 물었다.

"그래? 그건 또 왜지?"

"우리가 일반적으로 인정하고 있는 기준에 따르면, 살인이야말로 모든 범죄 가운데 가장 비난받아야 할 범죄이고, 따라서 내 기준에 따르면 최고의 범죄이기 때문이지. 우리가 가장 소중하게 여기는 것은 인간의 생명이고, 그래서 우리는 인간의 생명을 지키기 위해 최선을 다하게 마련이야. 그렇다면 어떤 수사도 피할 수 있을 만큼 교묘하게 인간의 생명을 빼앗는 것이야말로 가장 이상적인 범죄 행위인 것은 의심할 여지가 없지 않은가. 다른 어떤 범죄도 살인만큼 아름다울 수는 없네."

"자네는 마치 살인에 호감을 갖고 있는 것처럼 말하는군."

"나는 범죄 애호가이자 범죄학 교수로서 말하고 있어. 외과의사들이 '아름다운 사례'에 대해 말하는 건 자네도 들어봤겠지. 내 마음가짐도 바로 그런 거야. 의사들이 말하는 아름다운 사례가 대부분 그렇듯이, 내가 말하는 아름다운 사건에서도 환자는 반드시 죽게 마련이지."

"알겠네." 헤어가 말했다.

트레버는 눈을 깜박거리고 안경끈을 잡아당긴 다음, 다시 말을 이었다.

"범죄는 살인이어야 하고, 특별한 종류, 가장 순수한 종류의 살인이어야 해. 그럼 뭐가 '가장 순수한' 살인일까? 그걸 한번 살펴보세. '치정 살인'은 당장 제쳐놓을 수 있지. 그런 범죄가 완벽할 가능성은 전혀 없으니까. 격렬한 열정은 예술에 도움이 되지 않아. 뜨거운 피는 수많은 실수를 낳게 마련이지. 그럼 이익을 얻기 위한 살인은 어떨까? 이런 부류의 살인자들은 살인 자체를 목적으로 삼지 않고 수단으로 삼는다네. 그들은 희생자를 제거하기 위해서가 아니라, 희생자의 죽음으로 이익을 얻기 위해서 희생자를 죽이지. 이익을 얻기 위한 살인도 완전범죄를 낳을 수 있는 유형이라고 기대할 수는 없어."

코끝이 뾰족한 박사는 잠시 말을 끊고, 얄팍한 입술 사이에 시가를 물었다. 헤어는 신기한 듯이 상대의 얼굴을 살펴보았다. 그런 문제를 이야기하면서도 전혀 감정을 드러내지 않는 트레버의 무심함은 별로 마음에 들지 않는다고 헤어는 생각했다.

트레버는 시가를 내렸다.

"자, 그러면 정치적이거나 종교적인 살인은 어떨까? 이런 살인도 거의 당장 제외할 수 있네. 이유는 간단해. 그런 사건에서 살인자는 항상 자기가 대중이나 신에게 봉사하고 있다고 확신하고, 따라서 죄를 감추려는 노력을 거의 하지 않기 때문이지. 하지만 또 다른 부류의 살인자들을 고려할 수 있는데, 그건 죽이는 행위 자체의 순수한 기쁨을 얻기 위해 남을 죽이는 자들, 말하자면 피에 굶주린 자들이지. 자네는 이런 부류의 살인이 가장 순수한 유형이라고 생각할 거야. 하지만 아까도 말했듯이 살인마는 언제나 같은 범죄를 되풀이하게 마련이고, 똑같은 수법을 되풀이 쓰다 보면 언젠가는 꼬리가 잡히게 돼. 그리고 그보다 훨씬 중요한 건, 예술가는 선택 능력을 가져야 하는데 타고난 살인자에게는 선택권이 전혀 없다는 점이지. 그런 사람의 행동은 그 자신이 의도한 게 아니라, 그에게 억지로 강요된 거야. 완전범죄는 불가피하게 강요된 범죄가 아니라 예술품처럼 창작된 것이어야 해."

"자네는 모든 가능성을 아주 훌륭하게 배제시킨 것 같군." 헤어가 말했다.

박사는 재빨리 고개를 저었다.

"전부 다 배제시킨 건 아니야. 한 가지 유형이 남아 있는데, 그게 바로 우리가 찾고 있는 종류의 살인일세. 제거를 위한 살인, 다시 말해서 희생자를 이 세상에서 없애는 것을 유일한 목적으로 삼는 살인이지. 어떤 사람이 이 세상에 계속 존재하는 것이 살인자에게 바람직하지 않은 경우, 그 사람을 없애버리는 것이 이런 살인의 유일하고 순수한 목적일세."

"하지만 그건 아까 자네가 말한 '치정 살인'이 아닌가? 예를 들면 질투에 따른 살인은 사실상 상대를 이 세상에서 없애기 위한 살인이잖나?"

"어떤 의미에서는 그렇지만, 가장 순수한 의미에서는 그렇지 않아. 아까도 말했듯이 격렬한 열정은 절대로 완전범죄를 낳지 못해. 완전범죄는 모든 면을 주의 깊게 검토하고, 신중한 계획을 세워서 지극히 냉정하게 실행해야 해. 그러지 않으면 불완전해질 게 뻔해."

"자네는 냉혈동물인 물고기처럼 이 문제에 덤벼들고 있군."

"물론이지. 그게 완전범죄를 행할 수 있는 유일한 방법이니까. 이제 나는 동기와 부수적인 상황에 관한 한 완전히 이상적이고, 상대를 이 세상에서 없애는 것을 유일한 목적으로 삼는 순수한 살인을 상상할 수 있네. 가령 자네가 15년 세월을 바쳐서 핀다로스(고대 그리스의 서정시인-옮긴이)의 송가 가운데 의미가 불분명한 단락에 대해 어떤 해석을 확립했다고 가정해보세."

"하하하!" 헤어는 어이없다는 듯이 웃음을 터뜨렸다. "좋아, 내가 그랬다고 쳐."

"그런데…" 트레버 박사는 친구의 방해에 개의치 않고 말을 이었다. "또 다른 학자가 자네의 해석을 완전히 뒤집는 이론을 만들어냈다고 가정해보세. 그리고 그 사람이 자네한테 자신의 증거를 제시했고, 자네 말고는 아직 아무한테도 그걸 말하지 않았다고 가정해보세. 그러면 자네는 완벽한 동기를 갖게 되고, 주변 상황도 완벽해. 남은 문제는 살인 방법을 계획하는 것뿐이겠지."

그레고리 헤어는 몸을 똑바로 세웠다.

"맙소사! '살인 방법'이라니, 그게 무슨 소린가?"

박사는 눈을 깜박거렸다.

"아니, 그걸 모르겠나? 자네는 경쟁자를 제거함으로써 자네의 해석이 뒤집히는 것을 막아야 할 훌륭한 이유를 갖게 된 거야. 그리고 자네가 희생자를 죽이고 증거를 없애면, 자네한테 그런 훌륭한 동기가 있었다는 건 아무도 눈치채지 못할 거야. 자네는 완전히 자유롭게 일을 처리할 수 있어. 오직 두 가지 중요한 점에만 정신을 집중하면 되지. 하나는 살인 방법이고, 또 하나는 시체를 처리하는 문제야."

"시체를 처리한다고?" 헤어는 저도 모르게 박사의 마지막 말을 되풀이했다.

"물론이지. 그건 아주 중요한 문제야. 사실은 가장 중요한 문제라고 할 수 있지. 내 자랑을 하는 것 같지만…" 여기서 박사는 낮은 소리로 킬킬거렸다. "사실 나는 그 방면에서 아주 귀중한 연구 성과를 얻어냈다네."

"그래?" 헤어는 중얼거렸다. "무얼 발견했는데?"

"나중에 말해줄게." 트레버는 장담했다. "자네 말고는 이 세상에 살아 있는 어느 누구한테도 그 방법을 말해주지 않을 작정이야. 너무 간단하고 너무 위험하니까 말이야. 하지만 지금은 시체 처리야말로 완전범죄에서 가장 중요한 단계라는 사실을 강조하고 싶네. 타살 시체가 없다는 건 경찰에는 골치 아픈 일이지. 해링턴은 웨스트의 시체를 어떻게든 처리했어야 했어. 물론 그랬다 해도 전기의자를 피하지는 못했겠지만 말이지. 해링턴은 너무 부주의했어."

헤어는 다시 몸을 똑바로 세우고 큰 소리로 외쳤다.

"오오, 그래? 말이 나왔으니 말인데, 내가 오늘 밤에 자네와 주로 이야기하고 싶었던 게 바로 해링턴 사건이야."

"그래? 그 이야기는 잠시 후에 다시 하기로 하지. 그런데 해링턴 사건도 제거 살인에 가까웠어. 하지만 돈이라는 요소가 등장했지. 그것도 아주 큰 돈이. 그리고 황금은 범죄와 뒤섞이면 상당히 강한 냄새를 풍기기 쉽다네. 해링턴의 동기는 쉽게 추적할 수 있었지만, 지위를 가진 사람이었기 때문에 사건을 물샐틈없이 완벽하게 해결할 때까지 우리는 그 사람한테 손을 댈 수가 없었다네."

"물샐틈없이 완벽하다고? 내가 듣고 싶은 게 바로 그거야. 나는 지난주까지 해외에 나가 있었기 때문에, 배를 타기 직전에야 비로소 해링턴이 체포되었다는 소식을 들었다네. 북아프리카의 신문은 별로 많은 정보를 제공해주지 않아. 내가 그 사건에 특별한 관심을 갖는 이유는 그 두 사람을 잘 알고 있기 때문이야. 그리고 웨스트의 아내에 대해서는 훨씬 더 알고 있지."

"그렇군. 웨스트 부인은 정말 매력적인 여자지. 웨스트 부부는 별거했고, 부인은 지난 2년 반 동안 유럽에서 살았다네."

"그래? 나는 몬테카를로에서 그 여자를 마지막으로 만났지만, 지금으로서는 별로 중요하지 않아. 나는 자네가 어떻게 해서 해링턴을 범인으로 단정하게 됐는지, 그게 궁금해."

해리슨 트레버 박사는 흐뭇한 미소를 지으며 안경을 고쳐 쓴 다음, 그 특유의 태도로 말을 시작했다.

"그것 자체는 정말 간단했어. 유일한 결점은 해링턴이 마지막에 자백했다는 거였지. 그것 때문에 나는 좀 곤혹스러웠다네. 자백은 필요하지 않았으니까. 상황 증거가 완벽했거든."

"상황 증거?"

"그럼. 살인에 대한 유죄판결이 대부분 상황 증거에 바탕을 두고 있다는 건 자네도 잘 알고 있잖나. 사람을 죽일 테니 와서 구경하라고 초대장을 보내는 살인자는 아무도 없으니까."

"그야 물론이지."

"자네도 아마 알고 있겠지만, 월가의 투기꾼이자 억만장자인 ― 이건 신문에 나온 표현이야 ― 어니스트 웨스트는 약 1년 전 어느 날 밤 심장에 총을 맞고 죽은 시체로 발견됐어. 그는 롱아일랜드(미국 뉴욕주 남동부에 있는 섬 ― 옮긴이)의 스미스타운 근처에 통나무집을 한 채 갖고 있었는데, 거길 기지로 삼아 오리 사냥과 낚시를 즐기곤 했지. 하인은 현지 주민인 늙은 가정부뿐이었어. 웨스트는 상황이 허락할 때면 소박한 생활을 좋아했거든. 그래서 그곳에 갈 때는 운전사도 데려가지 않았어. 그가 살해된 날 저녁, 가정부는 자메이카 만(롱아일랜드 서쪽 끝 하구에 있는 강어귀 ― 옮긴이)에 사는 병든 딸을 밤새 간병하느라 집을 비웠지. 가정부는 웨스트가 혼자 저녁 식사와 아침 식사를 가볍게 차려 먹을 수 있으니까 걱정 말고 딸한테 가보라면서 자기를 보내주었다고 증언했어. 가정부는 이튿날 아침에 나타났는데, 웨스트가 죽었다는 말을 듣고는 너무 충격을 받아서 하마터면 죽을 뻔했지. 웨스트는 사냥과 낚시 도구, 그리고 책 몇 권이 놓여 있는 일종의 총기 보관실에서 총에 맞았다네. 그 방은 꽤 아늑하고, 그 통나무집에서는 가장 좋은 방이야. 다툰 흔적은 전혀 없었어. 웨스트는 커다란 안락의자에 구부정하게 앉아 있었지. 웨스트를 죽인 총알은 25구경 권총에서 발사된 것이었어. 강력계의 퍼스트 경위는 형사들이 아무 흔적도 찾지 못하자 당장 나를 불렀고, 나는 연락을 받자마자 달려갔다네. 자네도 알다시피 웨스트는 저명인사였으니까." 트레버 박사는 검은 안경끈을 잡아당겼다. "나는 당장 그곳에 가서 여러 가지를 알아냈지. 우선 그 집은 외딴집이라서, 유용한 증거를 제공해줄 수 있는 이웃은 하나도 없었어. 시체는 저녁 일곱 시 반쯤에 전보를 배달하러 온 소년이 발견했는데, 시체를 조사한 결과, 살인은 약 한 시간 전에 저질러졌다는 걸 알아냈지. 나는 집 안에서 유용하다고 여겨지는 물건을 딱 하나 찾아냈네. 총기 보관실 바닥에서 쓸어낸 먼지 따위를 샅샅이 조사한 끝에, 트위드 양복에서 나온 게 분명한 작은 실오라기를 몇 개 찾아냈지. 그리고 그 실오라기는 웨스트의 옷에는 들어맞지 않았어. 하지만 몇 달 전에 떨어진 것일 수도 있었기 때문에 나도 처음에는 거기에 별로 신경을 쓰지 않았지. 집 밖에서는 더 많은 단서가 발견됐어. 땅이 축축했는데, 도로로 이어지는 샛길에서 두 쌍의 발자국을 알아볼 수 있었지. 하나는 남자 발자국이었고, 또 하나는 여자…."

"여자라고?" 헤어는 이제 트레버의 말에 주의 깊게 귀를 기울이고 있었다.

"그래. 물론 가정부의 발자국이지."

"아아, 가정부의 발자국?"

"그렇고말고. 하지만 남자가 샛길을 여러 번 오락가락한 뒤에야 마침내 범죄현장을 떠났기 때문에 여자 발자국을 확인하기는 어려웠어. 범죄를 저지른 뒤 신경이 곤두서서 그랬던 게 분명해. 범인은 여자 발자국을 거의 다 짓뭉개버려서, 온전하게 남아 있는 발자국은 거의 없었어."

"그건 이상하군. 안 그래?"

"언뜻 보기엔 정말 이상하지만, 잘 생각해보면 아주 간단해. 범인은 웨스트를 쏘아 죽인 뒤 그 집을 서둘러 뛰쳐나왔겠지. 그런 다음, 잠시 망설였을 거야. 살인자는 당황해서 허둥댔기 때문에, 다음에 어떻게 해야 할 것인지 갈피를 잡을 수 없었겠지. 샛길 끝에 자동차가 대기하고 있었다 해도 말이야. 그래서 살인자는 곤두선 신경을 가라앉히고 생각을 정리하려고 몇 분 동안 샛길을 오락가락한 거지. 그건 좁은 샛길이었고, 따라서 살인자가 여자 발자국을 밟아서 지워버린 건 우연인 동시에 필연이지."

"살인자는 자동차를 대기시켜 놓았나?"

"그래. 무거운 장거리용 자동차였지. 그 자동차의 타이어 자국은 웨스트가 그날 오후에 가정부를 위해 불러준 택시의 타이어 자국과 마찬가지로 또렷이 찍혀 있었다네. 그런데 그 자국에는 한 가지 흥미로운 특징이 있었어. 타이어 하나에 크고 단단한 기포가 생겨 있었는데, 그게 땅에 닿을 때마다 진흙에 움푹 들어간 뚜렷한 자국을 남겼어."

"알겠네. 그런데 그 두 쌍의 발자국은 같은 지점에서 끝났나?"

"그야 당연하지. 택시가 가정부를 태우려고 멈춰 선 곳은 살인자가 나중에 자기 차를 세워둔 바로 그 자리였으니까."

"흐음." 헤어는 새 시가에 불을 붙이고 생각에 잠긴 얼굴로 시가를 피우다가, 다시 질문을 던졌다. "그런데 자넨 여자가 남자와 함께 같은 자동차에 타지 않았다고 확신하나?"

트레버는 헤어를 멍하니 바라보다가 외쳤다.

"자네는 부질없는 공상에 빠져 있는 모양이군. 여자는 가정부였고, 그 여자는 늦어도 범죄가 저질러지기 두 시간 전에 택시를 타고 떠났어. 어쨌든 해링턴은 마침내 자백했을 때 내 추리가 모두 옳다고 확인했어."

해리슨 트레버 박사는 분명히 초조해하고 있었다.

"아아, 참 그랬지. 그걸 깜박 잊어버렸군. 미안하네. 그럼 자네가 어떻게 해링턴을 붙잡았는지 들려주게."

탐정은 친구가 자기한테 미끼를 던지고 있을지도 모른다고 두려워하는 것처럼, 의심스러운 눈으로 잠시 친구를 쳐다보았다. 빈틈없는 정신을 가진 헤어는 여느 때에는 그런 종류의 질문을 던지지 않았기 때문이다. 헤어는 소매 속에 무언가를 감추고 있는 것처럼 보였다. 그러나 트레버는 의혹을 옆으로 밀쳐버리고, 자신의 승리를 설명하는 유쾌한 일로 돌아갔다.

"총알과 발자국, 타이어 자국, 그리고 실오라기를 발견했기 때문에, 나는 상당히 많은 단서를 얻었지. 이제 내가 해야 할 일은 그 단서들을 한 사람과 결부시키는 것뿐이었어. 그러면 살인자를 손아귀에 넣을 수 있지. 하지만 그 단서들은 곧 신중한 움직임을 요구하는 국면으로 우리를 데려갔다네. 나는 물적 증거를 앞에 놓고, 웨스트를 살해할 동기를 가졌을지 모르는 사람들을 집중적으로 추적하기 시작했지. 웨스트한테는 적이 하나도 없었어. 하지만 친구도 거의 없었지. 웨스트는 혼자 여행해야 가장 빨리 갈 수 있다는 격언을 믿었던 모양이야. 하지만 월가에서 몇 사람이 웨스트한테 호되게 당한 적이 있었어. 그래서 나는 곧 웨스트의 주가 조작에 관심을 기울이게 되었다네. 그 결과, 내 지시에 따라 움직이는 조사원들과 함께 대단히 흥미로운 사실 몇 가지를 발견했지. 웨스트가 죽기 전 3주 동안 엘리어트 동력회사의 보통주 가격이 57

포인트나 올랐는데, 그가 총에 맞은 지 나흘 뒤에는 적어도 63포인트나 떨어졌다는 사실이야. 조사해본 결과, 해링턴이 주가가 떨어질 것을 예상하고 실제로 갖고 있지도 않은 그 특정 주식을 계속 공매해서, 웨스트가 살해된 당일에는 그렇게 공매한 주식이 이미 13만 주를 넘어서 있었다는 사실이 밝혀졌다네. 해링턴은 계속 그 주식을 공매했고, 웨스트는 주식시장에 나온 주식을 몽땅 사들이고 있었지. 해링턴도 재산이 엄청나지만, 경쟁자인 웨스트의 재산을 감당할 수는 없었어. 해링턴은 엘리어트 회사 보통주의 주가를 대폭 떨어뜨리지 않으면 파산하게 되리라는 걸 알았지. 그래서 해링턴은 주가를 떨어뜨리기 위해 그가 생각해낼 수 있는 확실한 방법을 선택한 거야. 즉 웨스트를 제거한 거지. 그건 몇백만 달러가 걸린 살인이었네."

트레버가 잠시 말을 끊었다. 헤어는 한마디도 하지 않았다.

"이야기는 이제 거의 다 끝났어. 남은 건 일상적인 조사뿐이었지. 살인이 일어난 다음 날 해링턴은 장거리용 자동차의 타이어를 모두 새것으로 갈았더군. 해링턴이 그 자동차에서 떼어낸 타이어 네 개를 내 부하가 찾아냈는데, 그 가운데 세 개는 완전한 상태였어. 그 타이어들은 해링턴의 시골 별장 차고의 다락에 처넣어져 있었지. 타이어 세 개는 완전한 상태였다는 데 주목하게. 그리고 네 번째 타이어에는 크고 단단한 기포가 있었다네. 해링턴의 구두는 웨스트의 집으로 들어가는 샛길에 남아 있던 발자국과 일치했고, 실오라기는 해링턴의 양복과 일치했어. 그리고 무엇보다도 결정적인 증거는 해링턴이 체포된 뒤에 우리가 해링턴의 벽 금고에서 찾아낸 권총이었네. 손잡이에 진주를 박은 25구경 연발 권총이었지.

한 발은 발사되어 있었는데, 해링턴은 총을 쏜 뒤에 소제도 하지 않았더군. 해링턴의 운전사는 살인이 일어난 날 오후에 주인이 혼자 자동차를 몰고 나갔다고 증언했어. 운전사가 그 날짜를 기억하고 있는 건 그날이 마침 아내의 생일이었기 때문이지. 아주 간단한 사건이었어. 해링턴이 자백한 덕분에 그 사건이 갖고 있던 흥미조차 줄어들어 버렸다네. 언론은 내가 그 사건에서 맡은 역할을 지나치게 떠들어댔지." 박사는 비난하듯 미소를 지었다. "사실 그 사건은 전혀 미스터리가 아니었어. 사건 관련자들이 그렇게 부유하거나 유명하지 않았다면 그 사건은 사실상 무시되었을 거야. 하지만 우리는 제때에 해링턴을 체포했지. 해링턴은 다음 주에 유럽으로 떠날 예정이었거든."

"그게 어떤 종류의 권총이라고 했지?"

헤어가 느닷없이 불쑥 물었기 때문에, 트레버는 대답하기 전에 흠칫 놀랐다.

"손잡이에 진주를 박고 니켈로 마무리 한 25구경이었어. 전체적으로 우아한 무기였지. 해링턴은 그런 장난감을 갖고 있었던 걸 변명했다네."

"아마 그랬겠지. 권총 손잡이 오른쪽에 흠이 나 있지 않았나?"

"그래. 그런데 도대체 자네가 그걸 어떻게 알았지?"

"그건 엘리스가 다보스(스위스 동부의 휴양지 — 옮긴이)에서 바위에 그 권총을 떨어뜨렸을 때 생긴 흠집이야. 우리 네 사람은 호텔 뒤뜰에 과녁을 놓고 사격 연습을 하곤 했지."

"엘리스라고?" 트레버가 외쳤다. "어떤 엘리스 말인가? 그리고 네 사람이라니, 그건 또 무슨 소리지?"

"앨리스 웨스트 말이야. 그건 앨리스의 권총이었어. 그리고 우리 네 사람이란 웨스트와 앨리스, 해링턴, 그리고 나를 말하는 거야. 우리는 4년 전에 스위스에서 같은 호텔에 묵었어."

"앨리스의 권총?" 박사는 이제 완전히 흥분해 있었다. "앨리스가 그 총을 해링턴한테 줬단 말이야?"

"앨리스는 해링턴을 사랑했지만, 아마 총을 주진 않았을 거야." 헤어는 천천히 말했다. "아마 해링턴이 앨리스한테서 그 총을 빼앗았겠지. 하지만 그때는 이미 때가 늦었을 거야."

"수수께끼 같은 말을 하고 있군." 탐정이 으르렁거리듯이 말했다. "도대체 그게 무슨 뜻이지?"

"아주 간단해. 그 작은 무기는 엉뚱한 남자를 처형하는 데 도움이 되었다는 뜻이야." 헤어는 지친 듯이 말했다.

"엉뚱한 남자!"

"그건 한 가지 표현법일 뿐이야. 하지만 이 경우에 범인은 '남자'가 아니라 여자일 거라고 생각하네."

트레버의 흥분은 갑자기 사라지고, 이제 그는 스핑크스처럼 침착해졌다.

"무슨 뜻인지, 정확하게 말해보게."

"그건 모두 4년 전에 다보스에서 시작되었어. 해링턴은 앨리스 웨스트를 사랑하게 되었고, 앨리스도 그를 사랑하게 됐지. 웨스트는 심술 사납게 굴었다네. 그는 아내의 이혼 요구를 거부했고, 아내와 이혼하려고도 하지 않았지. 그들은 물론 별거에 들어갔지만, 그건 앨리스와 해링턴이 결혼하는 데에는 전혀 도움이 되지 않았어. 나는 처음부터 그 일의 내막을 잘 아는 입장에 있었지. 처음에는 우연이었지만, 나중에는 그들 모두 나한테 속사정을 털어놓고 의논했기 때문이었어. 웨스트는 사실 아내를 더 이상 사랑하지 않았기 때문에 꼭 돼지처럼 야비하게 굴었다네. 웨스트는 어떤 남자도 앨리스를 갖지 못하게 하겠다고, 적어도 법적으로는 다른 남자가 앨리스와 맺어지는 걸 방해하겠다고 결심했을 뿐이야. 그리고 그런 결심을 고수했지. 앨리스의 총에 맞아 죽을 때까지…."

"앨리스가 웨스트를 죽였다고?" 위대한 탐정은 낮은 소리로 말했다.

"나는 그렇게 확신하네. 마치 내 눈으로 본 것처럼 말일세. 우선, 그 총알을 발사한 총은 자네가 입증했듯이 앨리스의 총이었어. 우리가 재미 삼아 유리병 따위를 쏘았을 때 나는 그 권총을 수백 번이나 보았다네. 해링턴이 그 권총을 빌릴 이유는 전혀 없어. 해링턴은 멋진 무기를 여러 개 갖고 있지 않았나?"

"그래, 우리는 구경이 큰 군용 권총 두어 자루와 자동권총 한 자루를 찾아냈지."

"맞아. 해링턴은 오랫동안 그런 장난감을 한 번도 사용하지 않았을 거야. 게다가 해링턴은 절대로 살인을 저지르지 않았을 거야. 해링턴은 아주 분별 있는 사람이었으니까. 반면에 앨리스는 지나치게 신경질적인 여자지. 나는 앨리스가 화가 나서 이성을 잃어버리는 걸 여러 번 보았다네. 앨리스가 아름다운 여자인 건 사실이야. 하지만 위험한 여자야. 그리고 결국 겁쟁이이기도 했지. 그 여자 스스로 그걸 입증했어. 나는 한 번도 해링턴을 부러워한 적이 없었다네."

"하지만 그 여자는 살인이 저질러졌을 때 유럽에 있었어."

"아니야, 앨리스는 그달에 캐나다 몬트리올에 있었어. 그건 내가 분명히 알고 있어. 그리고 몬트리올은 롱아일랜드에서 그리 멀지 않아. 해리 샌즈가 몬트리올의 리츠 호텔에서 우연히 앨리스를 만났어. 내가 몬테카를로에서 앨리스를 마지막으로 만났을 때 해리 샌즈와 앨리스는 그때 일을 회상하고 있었지. 앨리스는 살인이 일어나기 전후에는 유럽에 있었지만, 살인이 일어났을 당시에는 유럽에 있지 않았어. 어쨌든 이야기는 그것만이 아니야."

"그럼 또 뭐가 있지?" 트레버의 입매가 엄격해졌다.

헤어의 손가락은 은으로 만든 성냥갑을 만지작거리고 있었다. 그는 대답하기 전에 잠시 망설였다. 그러다가 빠른 말씨로 요령 있게 말했다.

"그 이야기의 나머지는 이렇다네. 아까도 말했듯이 앨리스는 신경질적인 여자고, 지난 몇 년 동안 술과 마약에 빠져 있었어. 내가 몬테카를로를 떠나기 전날 밤에 앨리스는 완전히 이성을 잃어버렸지. 우리는 웨스트의 죽음에 대해 이야기했고, 나는 누가 그런 짓을 할 수 있겠는가를 생각하고 있었어. 해링턴은 그때 아직 체포되지 않았으니까. 그리고 나는 앨리스한테 해링턴과 곧 결혼하지 않을 작정이냐고 물어보기도 했지. 앨리스는 분명히 당황하면서 그 질문을 회피했어. 그러다가 느닷없이 죽은 남편에 대해 신랄한 비난을 퍼붓기 시작하는 거야. 웨스트한테 온갖 욕설을 퍼붓고, 마지막엔 핸드백 안에서 편지 한 장을 꺼냈지. 그건 앨리스한테 온 편지였는데, 소인은 1년 전의 것이었어. 하도 여러 번 되풀이해서 읽었기 때문에 접힌 자리가 거의 찢어져 있을 정도였어. 앨리스는 그 편지를 내게 주면서 읽어보라고 고집을 부리더군. 그건 웨스트한테서 온 편지였는데, 나는 지금까지 그렇게 잔인한 편지는 읽어본 적이 없다네. 그건 고양이가 생쥐한테 보낸 편지, 간수가 죄수에게 보낸 편지였어. 웨스트는 자기가 원하는 곳에 앨리스를 몰아넣고, 그곳에 앨리스를 붙잡아둘 작정이었지. 웨스트는 듣기 싫은 소리를 늘어놓을 때 아주 사소한 것도 놓치지 않았어. 그 편지는 너무 지독해서 끝까지 읽고 싶지 않았지만, 앨리스는 끝까지 읽으라고 요구했지. 그 편지를 앨리스한테 돌려주었을 때 앨리스의 눈은 활활 타오르고 있었어. 앨리스는 내 손을 잡으면서 외치더군. '당신이라면 이런 사람을 어떻게 하겠어요?' 나는 말문이 막혀서 잠시 더듬거렸지. 그러자 앨리스가 나 대신 큰 소리로 대답하더군. '죽일 거예요! 죽여버릴 거예요! 당신이라면 그러지 않겠어요?' 나는 최대한 침착하게 누군가가 이미 웨스트를 죽였다는 사실을 지적했지. 그러자 앨리스는 느닷없이 발작하듯 웃음을 터뜨렸다네. 나는 지금까지 그렇게 사악한 웃음소리는 들어본 적이 없어. 그러고 나서 앨리스는 마음을 가라앉히고, 코에 분을 바르면서 조용히 말했다네. '그 죄없는 유리병은 마음대로 모가지를 날려 보내도 아무도 뭐라고 하는 사람이 없는데, 독사 같은 인간을 쏘아 죽이면 붙잡아서 목매달아 죽이다니, 정말 우스워요. 그런데 나는 교수형을 당하고 싶지 않아요.'"

헤어는 지친 듯이 말을 끊었다가 덧붙였다.

"이제 이야기는 거의 다 끝났어. 별로 즐거운 이야기는 아니었지. 나는 이튿날 아프리카로 떠났고, 거기서는 신문을 거의 보지 못했다네. 하지만 누가 어니스트 웨스트를 죽였는가에 대해서는 전혀 의혹을 품지 않았어."

벽시계의 분침이 세 눈금을 움직이는 동안 책으로 둘러싸인 그 방에는 무거운 침묵이 흘렀다. 이윽고 트레버가 입을 열었다. 그의 목소리는 긴장되어 있었다.

"그러니까 자네는 내가 실수를 했다고 생각하나?"

헤어는 트레버의 눈을 똑바로 바라보았다.

"자네는 어떻게 생각하는데?"

탐정은 또 다른 질문으로 도피했다.

"정말로 어떤 일이 일어났는가에 대해서 자네는 무언가 추론을 갖고 있나?"

"정확하게 말하기는 어렵지만, 나는 앨리스가 범인이라고 확신하네. 앨리스가 유리병을 언급한 걸 보면 앨리스는 웨스트를 살해하는 데 쓰인 무기가 뭔지를 알고 있었던 게 분명해. 앨리스는 그 총으로 수많은 유리병을 쏘았을 테니까. 내 추측은 이래. 앨리스와 해링턴은 함께 웨스트를 만나러 갔을 거야. 어떻게든 웨스트의 마음을 바꾸어놓을 수 없을까 하고 한 가닥 기대를 품었지만, 결국 실패했어. 그러자 앨리스가 그 작은 장난감을 꺼냈겠지. 앨리스는 항상 그 총을 핸드백 속에 갖고 다녔으니까. 그건 나쁜 습관이라고 나는 늘 앨리스한테 말하곤 했다네. 앨리스는 웨스트가 미처 몸을 피하기도 전에 웨스트를 쏘았어. 앨리스는 해링턴보다 사격 솜씨가 좋았거든. 해링턴이라면 절대로 웨스트의 심장을 명중시키지 못했을 거야. 그런 다음, 그들은 집을 나와서 해링턴의 차를 타고 달아났겠지. 하지만 그 전에 해링턴은 집 쪽으로 돌아와서 앨리스의 발자국을 모조리 밟아 뭉개버렸어. 그리고 어떤 발자국도 빠뜨리지 않으려고, 가정부의 발자국까지 지워버렸겠지. 거기에는 두 쌍의 발자국이 아니라 세 쌍의 발자국이 있었어. 그건 틀림없어.

이어서 해링턴은 앨리스한테서 권총을 빼앗았겠지. 그 전에 빼앗지 않았다면 말이지. 그러고는 앨리스가 가고 싶어 하는 곳으로 태워다 주었을 거야. 앨리스는 해링턴을 떠났어. 해링턴이 의심을 받는다 해도, 혼자서 그 고난을 견디도록 내버려두고 떠나버렸지. 그리고 해링턴이 한 짓은 정말 해링턴다웠어. 남자가 한 여자를 언제나 변함없이 사랑할 수 있을지는 의문이지만, 어쨌든 해링턴은 앨리스를 사랑했어. 그리고 앨리스는 자기 나름의 방식으로 해링턴을 사랑했지만, 그건 세상에서 가장 훌륭한 방식은 아니었어. 앨리스는 해링턴보다는 자신의 하얀 목을 훨씬 더 사랑했지." 헤어는 쓴웃음을 지었다. "앨리스는 뉴욕주가 교수형을 지지하지 않는다는 걸 잊어버렸나봐. 전체적으로 보면 재미있는 이야기는 아니야. 하지만 가엾은 해링턴은 앨리스가 그럴 만한 가치가 없다 해도 그 여자를 구하고 싶어 했겠지. 해링턴한테는 앨리스가 충분히 그럴 만한 가치를 갖고 있었으니까."

"절대로 있을 수 없는 일이야!" 트레버는 자신을 억제할 수 없는 것처럼 매서운 어조로 말했다.

"뭐가?"

"내가 실수를 했다는 게."

"우리는 누구나 실수를 한다네."

"나는 아니야." 얄팍한 입술이 여느 때보다 더 얄팍해졌다.

"물론 유감스러운 일이긴 하지만, 다 끝난 일이야." 헤어는 어깨를 으쓱했다.

트레버는 차가운 눈으로 헤어를 바라보았다.

"자넨 이해하지 못하는 모양이군. 내 명성은 실수를 용납하지 않아. 나는 절대로 실수를 저지를 수 없어. 그것뿐이야."

헤어는 온화한 미소를 지었다. 트레버가 그토록 괴로워하는 게 진심으로 딱하게 여겨졌다. 그래서 헤어는 트레버를 안심시키려고 애썼다.

"하지만 자네 명성은 손상되지 않을 거야. 이 사실은 공표되지 않을 테니까. 앨리스 웨스트는 내가 판단하기에는 2년도 못 가서 마약 중독으로 죽을 거야. 그리고 다른 사람은 아무도 이 사실을 몰라."

"자네는 알고 있잖아."

"물론 나는 알지. 하지만 거기에 대해서는 잊어버리면 돼."

트레버는 신경질적으로 고개를 끄덕였다.

"그래, 잊어버려야 해. 알겠나, 헤어? 우린 잊어버려야 한다고."

헤어는 이상한 듯이 트레버를 살펴보았다.

"걱정 말게, 친구. 자네 평판은 안전해. 나는 입을 조개처럼 꽉 다물고 있을 테니까."

트레버는 아까보다 더 신경질적으로 고개를 끄덕였다.

"그래, 그래. 자네가 입을 다물 거라는 건 나도 알고 있어. 자넨 입을 다물 거야."

"한잔하지 않겠나?" 헤어가 의자에서 몸을 일으켰다.

"저기 탁자 위에 있으니까, 자네가 직접 따라 마시게. 나는 잠시 실험실에 들어가 있겠네."

트레버 박사는 낮은 문 안쪽으로 사라졌다. 헤어는 깊은 생각에 잠긴 태도로, 술이 담긴 식탁용 유리병과 술병을 이것저것 만지작거렸다. 트레버가 그토록 당황하는 게 딱하게 여겨졌다. 하지만 정말 대단한 자만심이야! 어쩌면 트레버한테 아무 말도 하지 않는 게 나았을지도 몰라. 얻은 게 아무것도 없잖아. 이제 다시는 그 이야기를 꺼내지 않겠어. 헤어가 마침내 술잔에 따른 것은 독한 브랜디였다. 그는 실험실 문에 등을 돌리고 그 술잔을 들어 불빛에 비추어보았다. 그러나 그는 결국 그 술을 마시지 못했다. 여윈 손가락이 그의 목을 휘감고 클로로포름에 적신 헝겊이 입과 콧구멍을 틀어막는 것을 느낀 순간 술잔을 떨어뜨렸기 때문이다. 그는 간신히 두 마디를 내뱉었을 뿐이다.

"하느님 맙소사…."

15분 뒤에 해리슨 트레버 박사는 계단 난간 너머로 조심스럽게 아래를 엿보고 있었다. 아래층에는 아무도 없었다. 트레버는 재빨리 아래로 내려갔다. 부엌에 있던 다나카는 현관문이 쾅 닫히는 소리를 들었고, 그 직후에 층계참에서 그를 부르는 주인의 목소리를 들었다. 다나카는 기운차게 응답했다.

"헤어 씨가 방금 떠나셨네." 박사가 말했다. "그런데 담뱃갑을 두고 갔어. 빨리 뒤따라 가보게. 아직 멀리 가진 않았을 거야."

다나카는 밖으로 달려나갔다. 과연 길모퉁이에 키가 큰 남자가 있었다. 분명 헤어 씨였다. 그러나 그 남자는 막 택시에 올라타고 있었다. 다나카는 달려갔지만, 그가 그 구역을 절반도 가기 전에 헤어 씨가 탄 택시는 달려가버렸다. 다나카는 돌아와서 헤어 씨를 놓쳤다고 보고했다.

"그거 안됐군." 층계참에서 주인이 말했다. "하지만 중요한 문제는 아니야. 헤어 씨의 아파트에 전화해서, 헤어 씨가 여기다 담뱃갑을 놓고 갔으니까 거기에 대해서는 걱정하지 않아도 된다고 하인한테 말하게. 내일 아침에 자네가 헤어 씨한테 갖다 드리면 돼."

다나카는 명령에 복종하기 위해 아래층으로 내려갔고, 뒤에 남은 주인은 헤어를 닮은 남자가 마침 그 시각에 택시를 탔다는 우연의 일치에 놀라고 있었다. 이 우연한 증거는 유용할지도 모르지만, 전혀 불필요한 것이었다. 그런 건 전혀 필요하지 않았다.

그는 우연의 도움을 받을 필요가 없었다. 탐정은 서재 문간에 서서 비판적인 눈으로 현장을 살펴보았다. 모든 것이 어김없이 제자리에 놓여 있었다. 모든 것이 쾌적하고 판에 박힌 듯이, 그리고 의심할 여지 없이 제자리에 놓여 있었다. 바닥에는 깨진 술잔 조각이 하나도 남아 있지 않았다. 양탄자 위에 검은색의 젖은 자국이 남아 있을 뿐이었지만, 그것도 빠른 속도로 말라가고 있었다. 소다를 섞은 브랜디는 어떤 얼룩도 남기지 않을 것이다. 해리슨 트레버 박사는 싸늘한 미소를 짓고는 일거리가 기다리고 있는 실험실 쪽으로 단호하게 걸어갔다. 일단 그 문을 닫은 다음, 그가 맨 처음 취한 행동은 전기 환풍기를 켜는 일이었다. 그 환풍기는 감추어진 파이프를 통해 불쾌한 냄새를 모두 밖으로 빼냈다. 그 후 박사는 아침까지 일에 몰두했다.

저명한 변호사인 그레고리 헤어 씨가 해외에서 귀국한 지 일주일도 지나기 전에 실종되었다는 소식은 신문 1면을 화려하게 장식했다. 이 사건은 한때 떠들썩하다가 금세 잊힐 만한 사건이 아니었다. 헤어 씨가 비열한 범죄에 희생된 게 분명하다고 맨 먼저 주장하고 나선 사람은 트레버 박사였다. 그리고 경찰의 전폭적인 도움을 받아 이 사건을 열심히 조사한 사람도 트레버 박사였다. 그가 이 사건에 깊은 관심을 갖는 것은 당연했다. 헤어는 그의 절친한 친구였고, 그는 살아 있는 헤어를 마지막으로 본 사람이었기 때문이다. 그러나 시신은 끝내 발견되지 않았고, 사건 해결의 실마리가 될 만한 증거도 전혀 없었다. 다나카는 그가 아는 사실을 되풀이해서 말했고, 택시 이야기를 몇 번이고 되풀이했다. 그리고 초소에 있던 순찰경관은 일본인의 증언을 확인했다. 키 큰 신사가 트레버 박사의 집 쪽에서 걸어왔고, 일본인 하인이 그를 쫓아오고 있을 때 택시를 타고 가버렸다는 내용이었다.

이런 증언은 아무 도움도 되지 않았다. 헤어가 몇 년 전에 지방검사로 일할 때 감옥에 보내어 오랫동안 감옥살이를 시킨 '절뚝발이' 루이라는 전과자가 경찰 수사망에 걸려들었다. 그러나 그는 완벽한 알리바이를 갖고 있었다. 수수께끼는 수수께끼로 남았다.

트레버 박사와 퍼스트 경위는 사건 수사를 포기한 지 오래인 어느 날 오후, 이 사건에 대해 이야기를 나누었다. 퍼스트 경위는 아직도 그게 살인사건이 아닐지도 모른다는 생각을 버리지 않았지만, 트레버는 단호했다.

"절대로 확실해. 헤어는 분명히 살해됐어."

"글쎄…" 퍼스트 경위가 말했다. "박사님이 그토록 확신한다면, 나도 동의하고 싶은 마음이 드는군요. 박사님은 한 번도 실수를 저지른 적이 없었으니까요."

이것이 완전범죄다
세계 미스터리 걸작선 2 – 사건편

초판 제1쇄 발행 2021년 8월 11일

엮은이 엘러리 퀸

옮긴이 김석희

펴낸이 김현주

주 간 함윤수
편 집 김희수
디자인 이강빈
마케팅 한희덕
펴낸곳 섬앤섬

출판신고 2008년 12월 1일 제396-2008-000090호
주 소 경기도 고양시 일산동구 백석로 119. 210-1003호
주문전화 070-7763-7200 **팩스** 031-907-9420
전자우편 somensum@naver.com
인 쇄 세영미디어

ISBN 978-89-97454-46-4 03840

이 책의 출판권은 섬앤섬 출판사가 소유합니다. 저작권법에 따라 보호를 받는 저작물이므로 무단 전재와 복제를 금합니다.